U0621384

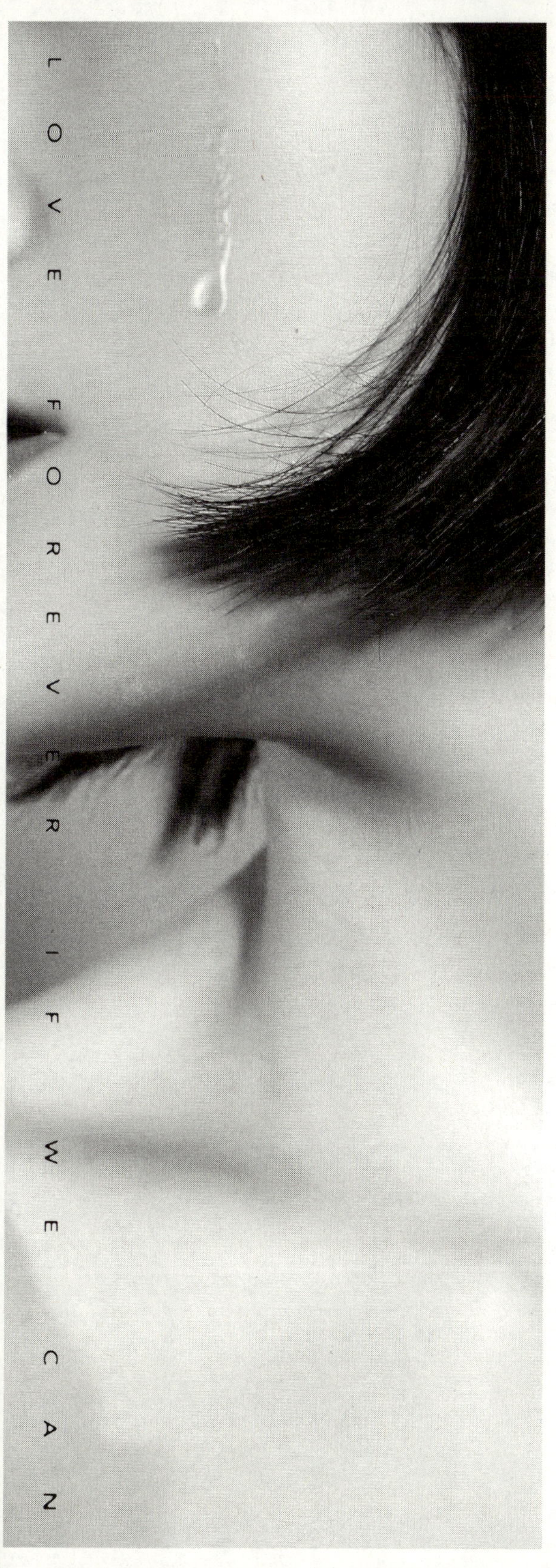

如果可以，不停相爱

嗜睡的蝴蝶◎著

重庆出版集团
重庆出版社

图书在版编目(CIP)数据

如果可以,不停相爱/嗜睡的蝴蝶著.—重庆:重庆出版社,2015.9

ISBN 978-7-229-10094-0

Ⅰ.①如…　Ⅱ.①嗜…　Ⅲ.①言情小说—中国—当代
Ⅳ.①I247.5

中国版本图书馆CIP数据核字(2015)第121613号

如果可以,不停相爱
RUGUO KEYI, BUTING XIANG'AI
嗜睡的蝴蝶　著

出 版 人:罗小卫
责任编辑:袁　宁
责任校对:杨　婧
装帧设计:重庆出版集团艺术设计有限公司・刘沂鑫

重庆出版集团
重 庆 出 版 社　**出版**

重庆市南岸区南滨路162号1幢　邮政编码:400061　http://www.cqph.com
重庆出版集团艺术设计有限公司制版
自贡兴华印务有限公司印刷
重庆出版集团图书发行有限公司发行
E-MAIL:fxchu@cqph.com　邮购电话:023-61520646
全国新华书店经销

开本:720mm×1000mm　1/16　印张:17.5　字数:265千
2015年9月第1版　2015年9月第1次印刷
ISBN 978-7-229-10094-0
定价:30.00元

如有印装质量问题,请向本集团图书发行有限公司调换:023-61520678

一

潘婕只拎了手包，冲出办公室。

冲到电梯间，看见电梯还在一楼。等不及它爬上来了，她果断走了外楼梯。

林俊峰追出来的时候，她已经到了三楼，眼看就要下到一楼。他再也顾不得太多，站在五楼的栏杆边上大声对潘婕喊道："好，潘婕，你说我不尊重你，那我就用你能接受的方式来追求你。我们来一场赌局，十个项目，谁拿到得多谁就算赢。你赢了，我消失；我赢了，你嫁给我！你敢不敢接？"

身穿粉色套裙的背影猛然顿住，该死的林俊峰，你能不能放过我？

公司办公室全部是开敞式的，潘婕抬头看去，几乎每层楼的栏杆边都探出了无数人头，林俊峰的话音一落，原本还有些声响的大楼里瞬间鸦雀无声。

潘婕来到这里四个月，很了解这个公司。她知道，自己今天无可避免地再次成为了八卦的主角，而现在的寂静，是所有人都在等着她的回答。她拼命地咬了咬嘴唇，心里恨极了林俊峰，这么多人面前，她实实在在不愿意向他低头认输。可这个赌局，她能接吗？

她离开了这个公司，明白自己将要走的路不会再像之前那样一帆风顺，她甚至知道自己有可能给新公司带来无穷无尽的麻烦。如果不接，她相信以林俊峰的脾气，新公司很快就会面临灭顶之灾。

潘婕清楚这一点，林俊峰更清楚。接了，尚有百分之五十的希望；不接……时至今日，她还能选择不接？

林俊峰赌的，不只是她潘婕的婚姻，更是拉上了一家无辜公司做要挟，逼得她毫无退路。

想到这里，潘婕僵直着后背，缓缓转身，还是那张清丽无瑕的脸，只是此时这张美丽面孔上冷若冰霜。面向五楼上的那个自己昔日的校友，也面向几乎是全公司的人，一字一句地说道："林俊峰，我接下你的赌局，希望你光明磊落。"

虽然她根本不相信林俊峰会不耍任何手段，可潘婕还是必须要说。

“好！”林俊峰答应得非常爽快，“这次我一定会赢得光明正大，让你无话可说。”

没有再多说一句，潘婕默默转身，坚定地走完剩下的几十级台阶，在全公司的目光注视之下，推开玻璃大门走了出去。

林俊峰，这个被公认是绝尘公司第一帅哥的年轻人，却像被人把身体中最后的精力抽走了一般，默然地站在那里，一动不动。

如果他爱的人需要他用这样的方式来证明自己的真心，那么即便是他再不情愿，他也会这样做。这里不是他的部门，周围的同事都并不熟悉，没有人来和他说上一句话。

他轻轻地走到潘婕原来的办公室门口，推开门，默默地走了进去。

她的地方永远是那么整洁，桌上的花瓶中，粉色的百合静静绽放，仿佛并不知晓自己的主人已经不在，仍然香气幽然，弥漫到了房间的每一个角落。

林俊峰走到桌边，在椅子上坐了下来，只见左手边上堆着小山一样的文案。她就是这样，永远那样好强，永远对自己要求那么高。也许对绝尘公司，她是个不可多得的人才。可对他林俊峰来说，他却更希望她成为自己的妻子。从大一那年第一眼看见她，这个希望就没变过。

可现在，她走了，而自己却要像古罗马时的角斗士一样，拿起刀剑盾牌和她面对面厮杀，来赢得她的心。也许，她天生便是一个战士，自己也只有用战士的方式才能做到尊重她，从而获得她的尊重。为了她，他会做，只是她从来没想过，他其实根本不想在她面前成为一个战士，更不希望她继续做战士。

笃，笃，笃，门上三声轻响。林俊峰抬起头，看向门口：“请进。”

进来的是潘婕的助理卫兰，他是认识的。看她进来并没说话，林俊峰就开口问道：“卫兰，你有事找我吗？”

“没……我只是进来看看，林部长你有什么需要吗？”卫兰一向是这样很有分寸，无论说话，还是办事。

“你怎么打算的？”一听他提到这个问题，卫兰倒有点紧张。自己来到绝尘公司，就是因为潘婕到任需要助理，现在头儿走了，也就意味着她不能再做助理了。可直到现在，她也还没考虑好到底何去何从。

要论今后的发展，无疑是留在绝尘公司最好。可这几个月潘婕待她不薄，多少也算有知遇之恩，而且这几个月她跟着潘婕也学到不少东西。所以今天潘婕离开，她确实也动了想随她而去的心思。现在听到林俊峰发问，自己也正纠结，一时倒不知怎么回答是好。

林俊峰看到她的样子，也就明白了几分。心里原本模糊的那个念头一下子成形了。

"我有个建议。"说到这里，林俊峰顿了一下，果然看见卫兰眸子里亮了一下，看来这姑娘还是担心自己的将来啊。于是他继续说道，"我想让你跟着潘婕过去，继续做她的助理。"

卫兰没想到他会这样说，神情露出了些许吃惊。

林俊峰继续解释说："到了那边，你每个月的收入可能会比绝尘低，差多少我帮你补多少。"

看着卫兰的表情由吃惊变为不解，林俊峰这才把心里那个念头和盘托出："她去了新公司，肯定开始挺困难，我不放心，想请你去帮帮她。你跟了她这么久，肯定比一个新人更好用，算我私人请你。将来如果……"说到这他停了一下，如果，如果什么呢？如果她嫁给自己？如果自己消失？谁又知道会是什么结果呢，换个说法吧。"将来如果你想回绝尘，来找我就行，我给你安排位置。"

一席话，卫兰微蹙的眉头舒展开了。不是为了自己今后的出路明确了开心，而是真心为潘婕高兴，看来林俊峰是真心对她的。即便有了那个全公司尽人皆知的赌局，他仍然在担心她身边无人可用。她不知道潘婕为什么不接受林俊峰，但无论是什么样的问题，看到他今天的表现，都应该可以释怀吧。

林俊峰盯着卫兰，等着她的回答。

"我，我同意，不过我有一个条件。"林俊峰松了口气，只要卫兰答应，至于条件，再多一些他也没问题的。

"好，你说吧。"

"我只是过去继续做潘部长的助理，不做卧底！"

"哈哈哈，我叫你过去也不是让你做卧底啊。你放心吧，我说过会光明磊落地赢她。”卫兰的回答让林俊峰非常满意，看来潘婕没看错这个姑娘，不仅忠心，还很有头脑。

说完，林俊峰突然觉得，似乎还有哪里有问题，对了：“卫兰我对你有个要求。”

“什么?”

“你不要告诉潘婕是我要求你过去帮她的，可以吗?”是的，这一点太重要了，差点忘记，否则被潘婕知道就真的弄巧成拙了。

这下卫兰倒不明白了：“为什么……”三个字刚出口，就突然自己想明白了。都是那么骄傲的人，怎么会接受这种安排，更何况是来自对手的，哪怕这种安排是友善的。看来这场赌局真的要开始了。

林俊峰走进潘婕办公室的时候，一脸沮丧，可走出来的时候，却像换了一个人。他并没回自己办公室，而是来到企划部部长办公室，找到了部长林至群。

“林部长，从今天开始，只要是我们和断点公司竞标的项目，全部都交给我做。”虽然他是总裁公子，可过去对这位企划部长一直比较客气，保持着应有的礼数。这会儿的语气，急促不说，而且也完全没有平时要与之商量的意思，倒像是告诉林至群一个决定，而不是征求他的意见。

林至群对此倒是毫不介意，笑着从椅子上站了起来：“哈哈，俊峰啊，又是为了小潘吧。”自从他这个副手到任，他就看出了林俊峰对潘婕的心思，“都是些小案子，我叫下面人多尽心就是了，还用你亲自管?”

“不行，这次我一定要自己亲自负责，事关重大不能马虎。”林俊峰知道他最后也不会不同意，但还是想给他提个醒，这些案子自己输不起。

林至群刚才就得到了消息，知道林俊峰跟潘婕定了那个赌局，其实在他心里并不愿林俊峰获胜。好好一个漂亮小姑娘，每天看着养心养眼的，被他逼走了。

由他折腾吧，公子爷咱也得罪不起。心里想着，嘴上应承道：“好，今天开始就全部交给你!”

二

潘婕走出绝尘公司的大门，来到街上，伸手召了一辆出租车。

上车坐下的一刹那，眼泪再也忍不住地夺眶而出。想不到自己从小就自强自立，却在今天要被迫离开这个她喜欢的公司。林俊峰，你为什么要这样?

回头看了看身后的绝尘大厦，轮廓越来越小，外形越来越模糊。四个月前，她初到绝尘时，是想着要在这里实现自己梦想的。可是林俊峰的出现，让她所有的努力都变得如此微不足道。也许今天的离开，在其他人看来是她冲动所为，可潘婕知道，这是自己的一个开始，真正靠自己努力实现梦想的开始。她想让林俊峰和所有的人看到，没有显赫的家世背景，只要努力，也一样可以创造童话。

只是，她并没有想到，这个童话中还连带上了自己的婚姻。这是一场赌局，赌注已经大到或许会让自己失去全部，她没得选择，只有向前走。

出租车在潘婕的要求下，向郊外驶去。

绝尘公司里今天有点人心浮动。

早上市场部和企划部两位副部长上演了一出苦情戏，下午市场部副部长的助理又提出辞职。久无八卦素材的办公室里，议论纷纷，连最不爱传闲话的人都忍不住四下打听到底出了什么事。

卫兰的辞职信是人事部长批的。她不是高级管理人员，辞职手续非常简单。当然，有人打了招呼，肯定也是原因之一。

卫兰的东西不多，把还没处理完的文件分发给各部门，也就没什么了。如果只是她辞职，可能还需要跟接替者做工作交接。可现在副部长都没有了，也就简单了很多。

桌上电话响了起来，长音，是内线。

“喂，你好，市场部，请问找哪位?”

“卫兰，我是许弈飞，你为什么要辞职啊?”电话里的声音带了点哭腔，卫兰知道这姑娘肯定难过了。

“现在一句两句也说不清楚，晚上一起吃饭吧，那时我再跟你说。”卫兰努力控制自己的情绪，不想让她听出自己的难过。许弈飞是卫兰在绝尘最好的朋友。虽然她只是个没头没脑的小前台，可她对朋友的真诚没得说。

电话里的姑娘倒也乖巧，并不再追问："好吧，那我下班还是去'好再来'等你。"

"好。"放下电话，在座位上坐了一会儿，她再次走进了潘婕原来的办公室。

桌上的文案已经被她处理掉了，大半都是副部长已经审核过了的，一小部分没处理的就交给了周林，让他转给鲁部长。这样一来，桌面上干干净净，一切就像四个多月前她第一次进入这间办公室一样了。唯一的不同是，桌上花瓶里的那束红色玫瑰花，现在换作了百合。

三 

四个月前

绝尘大厦，是H市最大广告公司"绝尘"的办公大楼，坐落在市中心二环之内。楼并不高，只有九层，但大楼的设计一看就知道，绝对是出自名家之手。

正是上班时间，走进大厦的人络绎不绝。许弈飞今天来得特别早，笑容可掬地站在前台，跟大家打着招呼。这不是她一贯的风格，通常她都是在最后一刻冲进大门打卡的。可今天一大早的就被卫兰的电话吵醒，让她这个每天不赖床就像吃了大亏一样的睡神深感郁闷。

而五楼的卫兰，已经忙完了手上所有的准备工作。

副部长的办公室已经收拾干净，桌上的白瓷花瓶是她精心替自己的上司挑选的，今早路过花店还买了一束最新鲜的红色玫瑰，搭配了几枝满天星插在了花瓶里。桌面上端端正正地摆放着自己这几天精心准备的文件，万事俱备，只欠老大！

今天卫兰的衣着也特别下了点心思，虽然仍是一套职业装，颜色也是比较暗沉的绛紫色，但开襟是别致的中式设计，扣子也是盘扣，很有特点却又毫不张扬。脸上薄施粉黛，淡扫蛾眉，干净清透的裸妆效果，清新可人。今天的主角是新到任的副部长，自己绝不能抢了风头，卫兰分寸拿捏得非常好。

市场部的人陆陆续续也已经到得差不多了。最近正部长鲁平阳出国考察，所以人员也略显松散，早上总有迟到的。倒是鲁平阳的助理周林，这几天精神抖擞的，每天到得早不说，但凡有空就往卫兰这边转。他老大不在，于是他就像脱了缰的野马似的，撒了欢地明目张胆地来追求卫兰。卫兰对他并无好感，可刚到公司又不好得罪，所以想着法子躲他。

不过周林也是个人精，知道今天卫兰的老大要到任，很识趣地没有过来找她，只是给她打了个电话，告诉她不要紧张，多注意细节。这让卫兰多少有一点感动，要不是他追得太紧，跟他做个朋友其实未尝不可。

看了看时间，应该还早，拿起杯子就准备去茶水间泡杯茶。刚起身，桌上的电话突然响了起来。

"喂，你好，这里是市场部，请问找哪位?"卫兰的声音很好听，回答也很到位。

可电话里那位就不同了，大呼小叫的："卫兰，卫兰，是我，我刚看到你老大了。人事部的人陪着去你们那里了，哇，绝尘第一美女啊！"除了许弈飞，还会是谁?

卫兰实在被她的高分贝吵得耳膜嗡嗡直响，赶紧把听筒远离耳边。这许弈飞发什么疯呢? 说得糊里糊涂，把她听了个一头雾水："喂，你说什么呢? 什么第一美女啊?"

"马上到，马上到，你看到就知道了！"电话里许弈飞也不多解释，急急忙忙说完这句，就把电话撂下了。

这个家伙总是这么毛手毛脚、咋咋呼呼的。卫兰放下电话，站在原地想了想，应该是人已经到了。于是放下茶杯，轻轻拢了拢头发，向电梯那边走去。

这时电梯门开了，就见一票人从电梯出来，向她这边走过来。远远看去，气场慑人，卫兰定睛一看，最前面的是人事部黄部长，后面竟然跟着的是"绝尘"的余副总，再身后还有个人看不清楚。

卫兰笑眯眯地迎了上去："余总，黄部长，早！"其实她并没正式见过余副总，只是远远地被许弈飞指点过，毕竟她只是个小助理，来的时间又不长，根本没什么机会。黄部长倒是见过几面，自己应聘的时候就是她面试的。

黄部长看见她，样子仍然一如既往的含蓄矜持，微微笑着点了点头："小卫，你们副部长今天到任了，来，给你们介绍一下。"

这时，市场部的人早已闻声围拢了过来，连周林也走了过来。在绝尘，副总和人事部长同时出现，在一年里只怕也很难有一次。大家都想满足一下好奇，瞻仰一番高管风采。

黄部长笑着转过身去，最后跟着的那位也向前走了几步。黄部长伸手搭住来人的手臂，大声说道："这是你们市场部新来的潘副部长，大家欢迎。"

这位新上任的副部长还未开口，只一亮相，人群中已经出现了低呼声。这个新来的上司有点漂亮哦。

"大家好，我叫潘婕，以后和大家同事，请多关照。"

这个叫潘婕的新部长，穿着很低调。一袭烟灰色的职业正装套裙，除了左胸上的一小片银色刺绣图案之外，几乎看不出有什么特别的地方。不过细心的卫兰并没有忽略那一点绚烂，那是一只造型优美的凤凰图案，精美但并不夸张。虽然服装样式很职业，可这并没掩饰住她姣好的身材。

再往上看，就更让人眼前一亮了。一头齐耳短发，两鬓的发丝都被拢于耳后，看起来格外精干。肤色是很少一见的白皙清透，吹弹可破的样子。双眉浓淡适中，自然上扬，眉峰处有明显的突出，给精致面容中增加了一丝不多见的英气。一双丹凤眼大而有神，眸子深得让人看不透。鼻梁挺直，鼻尖小巧地微微上翘。两边唇角弧度上扬，弯出一个完美的微笑，牙齿雪白，唇色红润，唇形自然饱满，下嘴唇正中有一丝隐隐的凹线，使嘴唇形状立体起来，看起来甚至有些性感。好一个短发的气质美女。

这，这个美女是我老大？

卫兰立刻有点发晕，难怪许弈飞电话里大喊大叫的，这样的美人从她面前走过，卫兰不用看都知道，她会是怎样一副花痴德行。

卫兰很机灵，也不说话，带头鼓起掌来。爱美之心人皆有之，多了这么个漂亮同事，大家心里自然都很开心。特别是那些男员工，一个个的巴掌恨不能拍得通红，刚才的冷场一下子变得异常热烈。

掌声持续的时间很长，黄部长不得不笑着伸出手去，做了个向下压的动作，大家这才静了下来。她笑了笑，转向卫兰招了招手。卫兰很快地走到她的身边，黄部长拉起她，对潘婕说道："这是你的助理卫兰，提前两周来的公司。有什么不清楚的地方可以问她，再不明白的话可以直接来找我。"

"好的。"潘婕对自己这位助理笑了笑。笑容很亲切，很有亲和力，像个邻家女孩一般，看上去非常自然、清新。卫兰一下子就觉得和她的距离被瞬间缩短，也在这一刻喜欢上了这个老大。

这时余副总走到前面，清了清嗓子："潘副部长是斯坦福的高才生，今天加盟我们绝尘，是公司的荣幸，也是我们在座所有同事的荣幸。我希望大家在工作中多多支持潘副部长，为咱们公司的发展贡献力量！"等他说完大家也就象征性地给了点掌声，比起潘婕的出场显得寒酸多了。

两位高管又陪着她和员工们聊了一会儿，就告辞了。留下潘婕，开始了来到绝尘的第一天的工作。

环顾自己的办公室，潘婕露出了赞许的表情。

整个房间，最吸引潘婕目光的，是办公桌上那个玲珑剔透的白瓷花瓶，造型别致，瓶中是一大捧红色的玫瑰，娇艳欲滴。花束中点缀了几枝白色的满天星，花型和颜色搭配都很完美。潘婕微微笑了一下，这应该是自己那位漂亮助理的创意。

来到办公桌前，一个绿色的文件夹整齐地放在桌面最显眼的地方，这应该就是自己要处理的第一份文件吧。

潘婕把手上的拎包挂到座椅旁边的衣帽架上，坐到椅子上开始看文件。门上传来三声轻叩，潘婕抬起头轻轻说道："请进！"

推门而入的是卫兰。

"潘部长，桌上的文件是我这几天整理的，您抽空可以看一下。您需要什么东西可以直接叫我。"卫兰从进门，脸上就挂着微微的笑容，说起话来清晰简洁。

潘婕第一眼看到她，就觉得这个助理不错，现在更加深了这个印象。她很清楚地知道，在一个公司特别是绝尘这种大公司里，有一个好的助理对她来说有多重要。现在看来，公司没有给她找个草包当助手，也侧面说明比较重视她，这让她对自己今后的发展又多了一份信心。虽然绝尘的约聘对她来说，来得莫名其妙的及时和蹊跷，但现在的她想不了那么多。她只想好好做事，这样自己的妈妈才有指望。

“好的，我需要的话会叫你。”

卫兰正要转身离开，又听见潘婕说道：“这束花是你买的吧，谢谢，我非常喜欢！”抬头看看潘婕，笑容真诚甜美，倒弄得卫兰有点不好意思了。

看着卫兰离开，潘婕的笑容才缓缓收回。她并没告诉卫兰，自己最喜欢的是百合花，因为那束火红玫瑰传递的热情，实实在在地感动了她。对着关上的门发了一小会儿呆，潘婕的注意力回到了桌上的文件上。

卫兰给潘婕送进去的第一批文件，又让自己在这个新上司面前得到了加分。

文件夹里一共有四份文件，中间包括组织机构、主要人员及岗位介绍、职能描述、分工，最后是项目进展汇总报告。其中附带了很多照片，非常详尽。

潘婕看完，对卫兰的能力有了更清晰的了解。文件非常完整，这么多的信息，没有一个礼拜时间是绝不可能整理清楚的。她把自己关在办公室里几乎一整天，出来时对公司的基本情况已经很清楚了。当她迎面碰到市场部一个小业务员，就脱口叫出他名字的时候，市场部在场的所有人都大吃一惊。当然，卫兰除外。

一阵敲门声，把卫兰从回忆中惊醒过来。她赶紧跑到门口，打开了门……

四

潘婕乘坐的出租车停到了离市区较远的H市第四医院。这里远离闹市，环境比较好，因此是很多慢性康复病人最好的休养场所，而第四医院也被百姓称为“康复医院”。

她很快来到了835病房门口，推开门，走了进去。

床上躺着的是一位妇人，大概五十来岁，容貌端庄，眉眼之间倒和潘婕有几分相似。她身边并没有常见的针管、气管之类的东西，只在床边有一个挂吊瓶的支架，提醒着进来的人，这里住着的是一位病人。

潘婕轻轻走到床边，在椅子上坐下，拉起妇人的手轻轻地摩挲着："妈，我来了，你今天还好吗？"

床上的妇人并没说话，也没睁眼，就如睡着了一般平静地躺着。

潘婕看了看妈妈的气色，和昨天没什么差别，平和稳定。她站起身，拿起桌上的花瓶，去给百合换水。今天又有花苞开放了，新开的花总是看起来那么娇艳。潘婕轻轻地把花蕊拔掉，只留下绿绿的花蕊茎，并用手在花朵上弹了点水。这还是以前妈妈告诉她的，百合开放，要把花蕊拔掉，这样花期才会更长。

回到房间，放下花瓶，从床下拿出一个脸盆，打了半盆温水，用毛巾开始给妈妈擦脸、擦手，一边擦，一边给她按摩，又轻柔又熟练。这时，病房的门开了，进来的是她请的护工——王婶。

"潘姑娘来了啊，今天怎么这个时间就来了？不上班吗？昨天晚上我已经给你妈妈擦过身了，衣服也换过了。"

潘婕对她笑笑："哦，我今天休息。我帮她按摩一下，没事。"

那王婶知道她的脾气，所以也就由着她，自己拿起拖把，拖起了地板："你还真孝顺，每天都来看妈妈，你妈妈要是能知道，肯定特别开心。"

潘婕按压着妈妈的额头，手法轻柔娴熟。"她肯定知道的。"做女儿的，和妈妈是心意相通的。她知道，自己做的所有事情，妈妈一定都知道。

王婶一边擦着地板，一边怜惜地看着她："现在的孩子还有几个像你这样的啊，一个个跟父母说话都不耐烦的。就拿我那个小子来说吧，十几岁就不学好，一天到晚就知道玩游戏，从早到晚连话都不跟我说一句。要是说他点不是啊，恨不能蹦起来跟你吵。我要是有你这样一个女儿就好了哦。"

潘婕听了心里有些难过："我出国上学，中间一直没有回来过，那几年都没好好陪她。在这世界上，我就妈妈这一个亲人了，我没法……"她再也说不下去，声音也哽咽了。

王婶放下拖把走过来，轻轻拍了拍她的肩膀："好姑娘，吉人自有天相，你妈妈肯定会醒过来的。别难过了啊，今天休息就多陪妈妈说说话。"

潘婕把眼泪强忍回去，轻轻地点了点头。利索地擦完了脸、手、脚，又做完了按摩，小心地把妈妈的手脚都放回了被子里。

王婶接过脸盆，帮她把水倒掉："潘姑娘，你今天中午在这里吃好了，我去帮你订个饭。"

潘婕轻轻点点头："那麻烦你了，阿姨。吃了饭我就回去了，下午还有事。"

"好的好的，有事你尽管去忙，这边我会帮你照顾的，你放心好了。"笑着说完，就出门订饭去了。

潘婕坐在床边，拉住妈妈的手，轻声说道："妈妈，我离开绝尘公司了。新公司很好，你放心……"

潘婕在妈妈这里，对不顺心的事从来只字不提。她只想让妈妈每天开开心心，快点好起来。爸爸不在了，一切艰难都应该由自己扛起来。

王婶拿饭回来，听着她还在和妈妈絮絮叨叨地聊天，不禁笑了起来："姑娘，我看你也不小了，有男朋友没有呢?"

潘婕笑着摇了摇头，想起了林俊峰。可是他算得上男朋友吗?

"你条件这么好，工作好，人长得这么好看，怎么会没有男朋友呢? 是不是要求太高了?"王婶一边说着，一边在床角坐了下来。

"也不是。前几年一直忙着读书，顾不上考虑这些事。今年才回国，刚参加工作压力大，也没时间。所以……"

"啧啧啧，你看看，这要是你妈妈在身边，得多着急啊。女孩子，追求上进是好事，可最终还是要成家的啊。你这么好的条件不找，等好男人都被别人挑跑了，你可怎么办? 说到这，阿姨突然拍了一下大腿，想起一件事，"对了，你有个同学来看过你妈妈，好几个月了，这时间一长我倒给忘了。"

"同学?"这下潘婕倒迷糊了，妈妈住在这家医院没几个人知道啊，哪来的什么同学呢?"那人叫什么?"

"他说了，不过我没记住，只记得好像是姓林。"

林俊峰！他竟然跑到医院来看我妈妈！潘婕不禁更怒了。

看到潘婕不说话，王婶又接着说道："我看那个小伙子就不错，长得就像电视里的男孩子一样那么精神,脾气也好,和人说话可有礼貌了。潘姑娘怎么不考虑考虑他?"

"我是不会考虑他的! 他做梦!"潘婕话一出口,阿姨愣住了。这是怎么了,刚才还好好的,怎么一下子就发火了?

潘婕也几乎立刻意识到自己话说重了,赶紧对着阿姨说道:"阿姨我不是说您。"看她一副仍不能释怀的样子,知道自己不免又要多解释几句,"您说的那个确实是我的同学,可是我不喜欢他,不想和他来往。"

王婶听她这么一说,才明白过来:"好好,不喜欢就不考虑。只是我觉得那孩子真的还挺好的,你俩站一起,肯定特别般配。"

潘婕实在不想多说有关林俊峰的事,也不再说什么,只低头吃饭。

医院的饭菜并不美味,但还算清淡可口,很合潘婕的胃口。吃完饭,已经快一点了。潘婕站起身对王婶说道:"阿姨,我下午还有事,这里就拜托您了,我明天有空再来。"潘婕说完对王婶笑了笑,便离开了病房。下午要去断点公司,两点以前她要赶到。

潘婕毕业时本来已经在美国找好了工作,是导师文森先生推荐的一家IT企业,公司很不错,还是世界五百强。可就在她刚刚上班半个月之后,国内传来家里出事的消息,潘婕不得不辞去工作,第一时间回了家。她的爸爸妈妈每天早上都有一起去买菜的习惯,多少年了一直如此。原本菜市场就在离潘婕家不远的地方,两人步行很方便。可后来城区改造,旧的菜场被拆迁,新菜场离她们家要过两个街口。就是这次拆迁,让她在一个早晨失去了父亲,而母亲陷入昏迷,至今未醒。

等她回国,交通大队的人告诉她,肇事的是一辆早上起来去拉货的小面包车,开车的人无证驾驶,已经被抓了。当她父亲看到面包车迎面而来的时候,他奋力推了老伴一把,就是这一把,让她妈妈幸免丧命,而他自己却当场死亡。潘婕妈妈被一推,经车一撞飞了出去,便成了现在这个样子。

当时的情况特别混乱,潘婕回国时事情已经基本处理完了,而谁找到她的电话通知她、谁安排她妈妈住院、谁处理事故、谁帮着办理她爸爸的后事,她都不清楚。当时整个人都是傻的，也根本无暇顾及这么多。

几个月以后的现在想起来，觉得是有人在帮她做这些。可到底是谁呢？

潘婕的车在离绝尘大厦三个街区的地方停了下来。这里是创业大厦，对外招租的写字楼。按照前几天断点公司人事部的说明，她找到电梯，按下23楼的按钮。

电梯门打开，迎面就是大大的招牌“断点广告公司”。潘婕走过去：“我找人事部的刘部长。”

前台的小妹，人长得很甜，看上去年纪非常小，面对潘婕微微一笑，露出了一对俏皮的虎牙。

“你是潘婕潘部长吧？”

“你认识我？”潘婕很诧异，自己在业界并不出名，这个前台竟然能叫出她的名字。

小妹笑得更甜了，眼睛像个小月牙：“那倒不是。刘部长交代了，今天下午会有个美女部长来找她，我一看您这气质，可不就是了吗？”

小妹也不耽搁，站起身快步走到潘婕面前：“您跟我来。”说罢引着潘婕进了公司。

和很多写字楼里的公司一样，断点也是大办公室，隔成了一个个格子间，只是隔板的颜色很特别，不是用的常见的蓝色、灰色，而是粉紫色与银色组成的图案。画面很抽象，像花不是花，像鸟不是鸟，但看上去非常舒服。

小妹一边引路，一边向潘婕介绍。

说话间，来到了一间单独的办公室：“这里就是刘部长办公室了。”说着，就走上前去敲了敲门。

“请进。”门内传出的是个男声。小妹向潘婕微微点了点头，就推开了门：“刘部长，您说的那位潘部长来了。”

“欢迎欢迎！”正对房门坐着的男子动作迅速地站起身，满面笑容地走上前来，握住了潘婕的手，“潘部长真是准时啊，正好两点你就到了。”

潘婕笑着寒暄道：“应该的，守时是基本的职业素质嘛。”

刘部长哈哈一笑，对着门口的小妹挥了挥手："你去忙吧。"然后又转过来对潘婕说道："李总今天还吩咐我，说你一到，就叫我带你去见见他，我们现在过去可以吧？"

"当然可以。"

刘部长引着潘婕，并未乘坐电梯，而是直接走了楼梯来到总经理办公室。门口的助理一见是他，对着他笑了笑，轻声说了句："李总正在等您。"说完就起身敲了敲门，听到里面回话就推开办公室的门，向着刘部长和潘婕做了一个请的动作。等他们进了办公室，又轻轻地把门带上。

两人进去，李总并没有立刻抬头，而是在面前的文件写了几个字，这才抬起头，看向两个人。

"李总，这位就是新来的潘部长，潘婕。"

在楼下快餐厅草草吃过晚饭，潘婕便再次回到了公司。

22楼没有前台，但办公室里加班的人不少。潘婕的办公室，位置跟23楼刘部长的一样。她坐回自己的座位，继续审阅刚才没有看完的文案。吃饱了饭，人有些犯困，潘婕习惯性地站起来，走向办公室的右边，想倒杯咖啡。等她来到一排书架边上，才惊觉，这里不是绝尘，没有吧台了。

潘婕苦笑着摇了摇头，回到自己的座位上。看来明天卫兰过来后第一件事，就是让她赶紧给自己弄个咖啡机来。

一直到十点半，潘婕才把手边的文件全部看完。她对公司的项目有了大概的了解。

现在正在进行的项目有八个。三个是香港的项目，应该是总经理带来的，主要是户外广告一类的。还有三个是H市的平面广告，客户都是一些小公司。还有两个项目是稍大一些的，一个是一个电视广告项目，客户是一家汽车行业。另一个是一家地产公司的全套策划，这个项目最大。

前面几个项目都已经基本进入签订合同的阶段，问题不大。汽车项目方案已经做完，等待开标；地产项目刚刚接到标书，而同时参与这个项目竞争的，就是绝尘公司！看来，赌局的第一场，应该是这个案子了。

潘婕把这个案子的标书完完整整地看了三遍，又仔细分析了一下需要注意的几点，发现以现在断点的实力，拿下这个项目困难可能非常大。但她对断点的情况还不熟悉，很多细节需要确认，也许明天需要和设计部的人好好地沟通一下了。当然，还有财务部。

五

林俊峰回到家的时候，已经是晚上十点了。

他的家，在H市麓山广场旁边，多年前就是一片别墅区，H市最早起家的一批企业家都住在这里。

开了门，发现客厅的灯还亮着，林俊峰走了过去，看见爸爸还没睡，正在看电视。

绝尘公司的总裁林宏宇，今年五十七岁。他在自己五十岁的时候从父亲林杰豪手中接过公司，到现在已经执掌绝尘七年了。林宏宇很有魄力，几年时间就几乎垄断了H市的广告市场，而且准备将触角向其他行业延伸。

但两年前，他被查出患了胃癌，实施了切除手术之后，身体状况就大不如前，因此现在的主要时间都在休养。

“爸，还没睡啊?”林俊峰说着，走到旁边的沙发上坐了下来。父子俩一直以来也是聚少离多，以前是因为林宏宇忙工作，后来不忙了，林俊峰又在英国。只是到了最近，两个人才在家里能见见面。

林宏宇今天在家已经接到了办公室的电话，知道潘婕离职的事，也知道了自己儿子今天的表现。

“峰儿啊，今天潘婕离职了?”

“是，她知道了进绝尘是我的安排，一气之下就走了。”林俊峰说着，头就低下了。这件事其实让他很难受，可是在公司里他没法和任何人说。

林宏宇宽厚地看了看儿子，这傻小子总是这样，做了好事还被别人误会，从小到大吃了那么多亏，可就是死性不改。

“潘婕那孩子，我只见过一面，心里却很喜欢。她很独立，也很有想法，公司上下对她的能力评价都很高。可这样的女孩子一定是好强的，你喜欢她，追求她，要注意方式方法，不然肯定适得其反啊。”

“爸，我也不知道怎么办，就是挺想帮她，可总是帮不到点上。”林俊峰挠了挠头，这事其实困扰他挺久了，可他不知道怎么做才能不被她抗拒。

“像潘婕这种女孩子是不会接受你那样的帮助的。你还没看明白吗？她是想用自己的实力来证明自己，你也只有认可了她的实力，才能够平等地接受她。她要的，是这种理解和尊重。”

“她也是这样说的，她说我不尊重她。”

林宏宇笑了笑：“你今天的处理方式挺好啊！”说完也不看他，目光转向了电视机。

林俊峰猛地抬起头来：“爸，你知道我跟她赌婚的事了？”

林宏宇向前探了探身，拿起茶几上的茶杯，轻轻地喝了一口：“你真以为你爸不去公司，那边的事情就都不知道？傻小子，你今天这件事做得还有点意思，像我儿子。”

“嘿嘿，这不是有其父必有其子嘛。”林俊峰有点不好意思，可嘴上赶紧奉承一下老爸。对这十个项目的赌局，他其实心里并不是很有底，到时少不得请教老爷子。

“你这小子，你那点心思我还不知道吗？不过我还是提醒你，你最好还是靠自己来做那十个项目，不然就算你赢了，潘婕也不会接受你的。”说完看到儿子一脸为难的样子，不禁好笑，“难道绝尘公司这么多资源给你用，你还没有信心？”

“不是，老爸，潘婕是很有才的，项目这种事情，真的难保哪点闪光一下就抓住客户了。万一我输了，您就眼看着这么好的儿媳妇去了别人家里？”林俊峰一见老爸想袖手旁观，有点急了，干脆将了他一军。

林宏宇笑了起来：“是你没本事娶到这么好的老婆，关我什么事啊？”再一看儿子，脸色真的变了。话锋一转，还是给他颗定心丸吧：“行了，你就好好去做吧，关键的时候我不会见死不救的。”

林俊峰听到这话，立刻转忧为喜："谢谢老爸，我一定努力。"说完就起身准备回房间。

"峰儿。"

"啊?"

"潘婕妈妈的事，你还是找机会告诉她吧。不然以后又是个定时炸弹。"

"……这个，我想想吧。"

这孩子，追个姑娘怎么这么费劲。林宏宇不禁有点着急："还有，大四的那件事，你还是不准备向她解释吗?"

"爸，这些事可能以后要找机会慢慢说，我会处理好的。我先回房间了。"

林俊峰的房间在三楼，他的楼下便是父亲的卧室。他把西装扔在床上，人也一并躺在了床上。爸爸今天的话，让他情不自禁地回想起大四那一年发生的事。

2003年4月的一天，H市的Z大校门口，平日很少有人驻足的告示栏，围得是里三层外三层。两则引人注目的告示贴在醒目的位置上，一张红色，一张白色。

红色告示上写的是：本校传媒学院传媒产业管理专业四年级学生潘婕，因学习成绩优秀，各项条件均符合要求，并在斯坦福大学校长来校进行学术交流访问期间表现优异，被该校经济系录取，获得攻读商科与管理学专业硕士学位的资格，同时获全额奖学金。特此公示，并向该同学表示热烈祝贺。

而白色告示上写着：本校经管学院工商管理与市场营销专业四年级学生林俊峰，因违反校规，情节严重，经与其本人及家长沟通，学校研究决定，对其劝退。望广大学生引以为戒。

然而，这还不是全部!

两天后，据靠谱人士透露，林俊峰被劝退与三个月前跳楼自杀的同班女生肖雅娟有关。

听说肖雅娟死后留下一封遗书。貌似是说林俊峰对肖雅娟始乱终弃，肖雅娟一时想不开，从教学主楼的七楼跳下，自杀身亡。

六

潘婕躺在床上，久久难以入睡。

林俊峰追出来对她立下赌约的画面，就像放电影一样反复在脑海中出现。他终于开始像个男人一样，面对自己了。

她清楚地记得，大二时，他在女生寝室楼下用玫瑰花摆出的那颗心形图案，是怎样被她冲下楼去踩成烂泥；也清楚地记得，大三那一年他每天放弃去球场、跟在自己身后去图书馆的情形；更清楚地记得，那个大雨的黄昏没带伞的自己被他拦在操场上，面对想强吻自己的他扇出的那一记耳光。

他的追求，让她变得越发冰冷，因为只有这样才能保护自己，拒他于千里。在很多人眼里，林俊峰正如一座潜藏的金山，太多人想要从他身上发掘出通向幸福的捷径，可她不愿意。她想要的，是一条自己铺就的花径，哪怕不那么完美，但甘之若饴。

可是，林俊峰从来不懂这些，不懂她到底要的是什么。她要的，只是一个男人，比她更强、比她更优秀，而不是依靠着家世背景、处处显露出优越感的大男孩。这些，林俊峰不明白。

从她来到绝尘，几个月之间，他的表现确实让潘婕刮目相看。可以说，工作上的表现并不逊于自己。也正因为如此，她已经开始尝试放弃对他的成见，慢慢了解并接受他。可是，当她终于知道，原来自己入职绝尘都是他一手安排之后，她不能原谅他。

潘婕不知道林俊峰一定是一直关注着自己，不然，那一份绝尘公司的合约，不会那么及时而合适地出现在她的手边，不然他也不会出现在自己妈妈的病房里。从认识他到现在，整整七年多，他几乎是唯一一个走进潘婕生活中的男人，可他还是不能走进她心里。

赌婚，不是她想要的战斗，可如果这一次他可以让她看到改变，那何尝不是一件好事呢？虽然也许这场战斗，从开头就不是公平的，但这是她的选择，她会勇敢面对。

深秋的太阳，虽然倦怠懒散，可仍然在该出现的时候出现了。林俊峰难得地在大早醒来，收拾好自己，吃过早饭，提前半个小时到了公司。大厦里静悄悄的，他径自坐上电梯，来到自己的办公室。

昨天，他已经让自己的助理把最近的项目文案拿了过来。他煮了杯咖啡，在椅子上坐了下来。平时，他看见那山一样的文案就有点头疼，可今天一反常态，每个文案都看得非常仔细。

他在找和断点公司共同竞标的项目。

十点钟不到，他已经把所有的文案看完。按了一下内线电话把助理叫了进来。

"这几个送去市场部，其他这些都送去林部长那里再看一下。"说着举起手中的一个文件夹，"这一份留在我这里。"抬手看了看表，对助理说道，"通知设计一组，十点半到会议室开会。"

"好的。"助理抱起桌上的文件，转身出门。

林俊峰一边喝着冷了的咖啡，一边拿起了手机，拨通了潘婕的电话。

铃声响了很久，电话才被接了起来。"喂，对不起，我现在正在开会。"潘婕的声音一听就知道是故意压低了说的。

"哦，我没别的事，就是跟你确认一下，我们的第一战是那个地产项目，对吧?"

"是。"回答很平静，也很冷淡。

林俊峰无声地笑了笑："那我们一起加油！"说完，也不等潘婕回答，就挂断了电话。

潘婕听到电话中传来的忙音，默默地收起了手机。从现在开始，她不能出现任何一点错误。她很快调整了情绪，注意力回到会议上来。

这是专门针对地产这个项目开的会，因为对手是绝尘公司，再加上项目很大，所以不只是潘婕，全公司都对这个项目非常重视。今天与会的，是断点最精英的团队，潘婕、财务部长、设计部长、设计总监，还有李总。

刚才设计部长已经大概介绍了一下整体设计思路，潘婕还没来得及发表意见，就接到了林俊峰的电话。这会儿电话打完，她站起身来。

“我想谈一下我的想法。我在绝尘工作过几个月，很了解他们公司的实力，对这样的大项目而言，说句不怕各位忌讳的话，绝尘比我们有优势。一方面是因为他们财力雄厚，另一方面是因为他们人脉广大，而这两点正是我们断点所欠缺的。”说到这，她环顾了一下四周，看到几位部长都听得很专心，这让她不免更加放松，“我认为，在这样的大项目上和绝尘竞争，我们要充分发挥自己的优势，那就是新颖的设计，一定是要有亮点、有前瞻性的设计！”

看到设计部长和设计总监都忍不住频频地点头，潘婕信心更足了。稍稍停顿了一下，接着说道：“以我了解的绝尘，他们的设计团队思想相对较为保守，而且企划部已经有一两年没有出过非常优秀的设计师了。而这一点，正是他们的短板。反观我们断点，我们是新公司，没有包袱，再加上我们有H市现在最好的设计师，一定可以在这一点上抓住客户，争取优势。”

李总听完潘婕的这番话，不住地点头。看来这个小姑娘确实很有头脑，一下就抓住了问题的关键。可只凭这一点还不足以帮助他们获得这个项目，他还想再考察一下潘婕的实力。

“除了这一点，我们在其他方面还有没有需要做的？”

“有！”潘婕一边回答，一边走到财务部长的身边，“我们还有一个最大的问题，就是资金。地产这样的大项目，前期投入是非常大的，这对公司的财力是个考验。一方面我们需要拿出一个有说服力的详细投入计划，让客户放心；另一方面我们更需要制订一个合理的计划，最大限度地利用好公司的资金。总之，如果这一点我们处理不好，那这里就是我们的短板！”

听到这，李总的身体放松了，后背轻轻地靠向了沙发靠背。市场部交给潘婕，绝对是个正确的选择。

会议从九点一直开到十一点半，进行得非常顺利。收拾好文件，潘婕和设计部长一同走出会议室。

“小潘啊，真没想到你年纪轻轻，头脑就这样清楚。真是后生可畏啊！”一番话说得很坦诚，不像是虚伪恭维的样子。

“哪里哪里，您过奖了。其实我今天说的，各位也不是不清楚，只不过是我在这个位置不得不说，大家抬举我了。”潘婕的谦逊倒也不是装出来的，断点这个团队的氛围，比之绝尘的钩心斗角，让她更加喜欢。

回到办公室，看到卫兰已经把咖啡机装上了，不仅如此，那只白色花瓶也被她拿了过来，还插上了一束淡黄色的香水百合，点缀着两枝粉色康乃馨。

潘婕刚在桌前坐下，卫兰就敲门走了进来。

“潘部长，地产项目的经理刚才来过了，说晚上请客户吃饭，问您有没有时间参加一下。”

潘婕轻叹一口气，终于要开始了。和客户交流沟通，是市场部的必修课。过去在绝尘，她一般都不愿出席这种场合，有需要部长出面的也都是鲁平阳出马。现在不行了，作为市场部唯一的负责人，她责无旁贷。

而此时，绝尘的会议还在进行。

林俊峰召集开会的设计一组，是企划部里能力最强的一个组，足见他对这个项目的重视。

会议开始并不顺利。设计一组现在同时做着四个项目，抽不出足够的人手来完成设计。林俊峰当时就决定将三个项目分出去给其他组做，这才让会议顺利地进行下去。

“从对方的标书来看，全套的方案应该包括平面宣传、电视广告、网络宣传、户外广告这四个部分，项目非常大。不过公司在做这一类案子方面有非常成熟的经验，套路也都是现成的，所以难度应该并不大。”设计一组的组长昨天已经看过标书，总体的方案已经基本有数了。

“做了竞争对手分析没有？”林俊峰很关心这一点。不知己知彼，就算绝尘再有经验，也可能阴沟翻船。他可不希望因为轻敌而失标。

“……还没有。”其实，这个组长并没有把断点这样的公司放在眼里。除非招标方的负责人脑子进水了，不然绝不可能把这么大的项目，交给像断点这样没有根基的公司。其他几个参与招标的小公司就更不值一提了。

林俊峰突然有了一种非常不好的预感，也许太多的人在绝尘已经过了太久的安稳日子了。

“你们太小看断点公司了！”林俊峰有了怒气，语气也就突然严厉了起来。“那个公司虽然刚刚起步，但他们的设计师来自香港，是从意大利留学回来的，从业十几年，应该是现在H市最好的设计师。你以为凭着现在绝尘的设计能力，可以胜过他们？"

设计组长被他一席话问得有点发蒙，这个总裁少爷一直像个纨绔子弟一般，他是什么时候了解了这么多的项目背景？

林俊峰猛地站起身来："你和你的团队今天必须把所有的信息搜集清楚，明天上午来向我汇报。"说完，也不再多说，拿起电脑径直离开了会议室，留下一组设计人员面面相觑。

回到自己的办公室，他突然感到压力陡增。自己这么多年一直坐享其成，从没想过自己的父亲和爷爷是经历过怎样的艰难，才将绝尘带向辉煌。当他想要通过自己努力获得肯定的时候，才发现一切是如此不易。一瞬间，他似乎理解了潘婕，知道她为什么一直不肯接受自己。她是对的，原来错的，一直是自己。

林俊峰拿起了内线电话，不一会儿，助理走了进来。

"你去叫地产项目的经理，约一下客户，今晚请他们吃饭。"

看着助理转身出去，他再次陷入了沉思。

卫兰敲门走进潘婕的办公室时，她已经把项目框架图基本画完了。

"潘部长，项目经理说，今晚约的是对方的采购员和采购经理，其他人没有约。"

潘婕把耳边垂下的一缕发丝拢回耳后，轻轻说道："那我晚上和项目经理一起参加吧，卫兰你晚上要是没事，也一起去。"

卫兰微微一笑："好，我知道了，我这就去安排。"

回到自己座位上，卫兰也轻舒一口气。来到断点的第一天，感觉就和在绝尘不太一样。过去虽然自己也算是部长助理，但因为潘婕只是副部长，相对压力要小很多。市场部当时还是鲁平阳负责，所以潘婕基本也是个虚名。现在不同了，潘婕压力大了，连带着自己这个助理，肩上的担子也重了不少。不过她倒不怕，对自己来说是个磨炼和提升。再说断点的工作环境，比起绝尘要单纯很多，回想起当时鲁平阳对潘婕的打压，连卫兰也还心有余悸。

卫兰的思维还漂浮在回忆中，她的手机响了起来。她回了回神，接听了电话。

“喂，你好。”

电话里的声音很好听，深沉的男声：“卫兰，我是林俊峰。”

卫兰听到这句话，下意识地四下看了看，看见没人注意到自己，才轻声说道：“林部，您怎么把电话打到我这儿来了？”

“我……潘婕还好吗？”

卫兰一边压低了声音，一边向楼梯间走去。现在这种时候，和绝尘的副部长通电话，即便是自己胸怀坦荡，只怕别人知道了也会误会。“嗯，还好。就是一来就特别忙。”

电话里林俊峰停顿了一下，接着问道：“潘婕晚上要应酬，你让她少喝点酒。”

卫兰轻轻地笑了，明明这样关心人家，为什么就不能自己对她说呢？这两个人真是够别扭的。“好，您放心吧，我会注意。”

“好，谢谢你！”林俊峰说完，收了线。这个电话的目的已经达到了。

刚才助理回来说，项目经理找了地产公司的采购员，想安排晚上聚一下，可人家说，今晚已经被断点公司的人安排了，绝尘要约只能改天。林俊峰不禁心里一惊，断点的人下手好快！自己这边连应标的框架都还没有搭好，那边已经进行实质性接触了。

想到潘婕现在是市场部的负责人，晚上的见面十之八九会参加。可他没法直接找潘婕询问，想了半晌只好给卫兰打了个电话。并未明着问她潘婕会不会去，而是试探了她一下，卫兰的回答让他更加肯定晚上的宴请，潘婕会去！

他无法说清楚自己心里的想法，只是实在不太愿意潘婕出现在这种场合，想象着她和陌生男人们在席间推杯换盏的场景，林俊峰就觉得自己胸口有什么东西，像要爆裂开。商场如战场，她为什么非要固执地冲到最前线？

想到这，他的烦躁难以克制。松了松领带，打开办公室的门，走到助理身边：“叫项目经理去查一下，断点今晚的宴请安排在哪里了？”

潘婕下午又和设计部开了两个多小时的会议，会议开完，已经五点多了。她和卫兰刚回办公室，项目经理走了过来：“潘部长，晚上的事已经全部安排好了，在盛世帝豪酒店，六点。”

“好，我知道了，我会提前到的。”潘婕一边回答，一边打开办公室的门。卫兰跟着她一起走了进去。

“卫兰，看一下我那套紫红色的套裙在吧？”

卫兰点点头，走到里面的衣帽间看了一下：“在的，那双水晶鞋也在。”潘部的那套裙子，虽说是套裙，但有一些晚礼服的设计元素在里面。那双同色水晶鞋，鞋面上洒满小小的玫瑰花和花蕾，与那套裙子领口的一圈玫瑰绢花遥相呼应。这是潘婕最喜欢的一套衣服，优雅大气，透露着低调的隆重，而她平时几乎不穿，只在绝尘的十一聚会上穿过一次。卫兰一见她问起这套衣服，就知道潘婕对今晚的饭局是相当重视。

潘婕对着卫兰点点头：“你叫公司车去准备吧，我们马上走。”

卫兰应着去安排，潘婕收拾东西，准备换衣服出发。

等她拿上手包走出办公室，卫兰和项目经理已经在门口等着。一行人行色匆匆地下了电梯，上了早已在大厦门口等候的一辆黑色轿车。车子缓缓驶入主干道，向着酒店方向疾驰而去。

当盛世帝豪酒店四楼1508包房的门被推开的时候，潘婕他们已经等候了半个小时。项目经理陪着几个人，欢声笑语地走进包房。潘婕和卫兰赶紧走上前去，项目经理给她们一一介绍。

“潘部长，这位是他们采购部的许部长，这位是采购部的李经理，这位是采购部的卢先生。这位是我们断点公司的市场部潘部长。”

潘婕一听他的介绍，心里微微一惊，怎么开始并没说采购部的部长要来啊？她反应非常快，并没露出惊讶之色，而是很快地走上前去，握住那位部长的手笑着说：“啊呀，许部长，能请动您的大驾，潘婕真是荣幸啊，幸会各位！”说完又分别与李经理和负责项目的采购员握手致意。

潘婕的出场，完全没有悬念地吸引了所有人的目光。卫兰注意到进来的几个人，看到潘婕时眼里都不约而同地闪过一丝光亮。是的，潘婕今天的形象，没法让人不惊艳。

许部长握着潘婕的手，笑着说道：“本来我这个不怎么管事的，平时很少出来走动。可小李跟我说今晚潘部长要亲自来，我这个老家伙不来作陪一下就实在有些失礼了。怎么样，不嫌我冒昧吧?"

"许部长您实在是太给我面子了，小潘资历浅，您大驾光临对我来说实在是意外之喜，我欢迎还来不及呢，怎么会有冒昧一说啊，您太客气了。"潘婕的回答很得体，笑容也更加甜美了。

项目经理赶紧引着大家入席，许部长坐了主席位，潘婕坐了他的右边，卫兰挨着潘婕坐了下来，其他几位也分别落座。但独独空下来了许部长左边的座位。

潘婕等许部长坐下，就端起了桌上的茶壶，给许部长的茶杯里斟满，给自己也倒上了一杯。端起茶看向许部长，娓娓说道:"还未开席，我就以茶代酒，代表断点公司对您的出席表示热烈欢迎。"说完笑着喝了一杯。

许部长是北方人，听了潘婕一番话也很高兴:"难怪小李回去和我说，断点这个市场部的部长了不得，不仅国色天香，而且能力过人，今天一见名不虚传啊。希望我们有个愉快的合作。"说着，也爽快地喝了自己的那杯。

在座的都笑了，这开场的场面也就算过去了。

看着左边的空座，潘婕不解地问:"许部长，是还有您的朋友没到?"

许部长看了一眼空着的椅子，笑着说道:"我今天自作主张还请了一位小朋友，他的父亲和我也是多年生意上的朋友，今天我想借这个机会大家一起聚一聚，小潘没有问题吧。"

"当然没有问题。"潘婕笑着回答。多一副筷子的事情，她当然不会介意，"那我们等等再上菜?"

许部长看了看表:"那倒不必，上菜吧，他这会儿也应该到了。"

服务员开始上凉菜，精致的菜品摆盘也很讲究，六个菜一上桌，就立刻显出了宴席的档次。

正在这时，包房的门再次开了，所有人的目光都转向了门口。林俊峰在众人的注视下，笑着走了进来。

卫兰看见他进来，吃惊地张开了嘴，半天合不拢。他不是走错房间了吧？林俊峰偷偷看了看潘婕，只见她并未说话，只是眉头紧紧地锁了一下，不过几乎立刻又舒展开来。

"许叔叔好!"林俊峰一边笑着，一边走到许部长的身边，伸手握住了他的手，

“好几年不见，您身体还好吧？”

许部长一只手握着他，另一只手在他右臂上猛拍了两下：“俊峰啊，几年不见，都长成大小伙子了！”

林俊峰的笑很魅惑，至少卫兰是这样觉得。只听他说道：“再大，在您眼里还是那个小调皮鬼的样子啊。”

“哈哈哈哈，那倒是。”许部长一边爽朗地笑着，一边看向潘婕：“小潘，我请的这个小朋友不错吧？”

林俊峰看着潘婕脸上稍纵即逝的复杂表情，嘴角不经意地扯出了一丝得意，使得笑容看上去有点邪魅。而潘婕从林俊峰进门开始，脑子里就一刻不停地转，但脸上却很好地保持着微笑。听到许部长问话，轻轻地回答道：“嗯，不错。那请坐吧，我们开始。”说完还伸出右手，对着林俊峰做了个请坐的手势，可眼里的疑惑和愤怒又怎能逃过林俊峰的眼睛。

林俊峰故意转过头去，一边笑一边对着其他人说道：“我今天就是来蹭许叔叔饭的，你们谈你们的事，无视我就可以了。”

许部长拍了拍他的肩膀：“你还像小时候那样调皮。”说完，转向潘婕：“小潘啊，我知道你们这次是对手，可对手也可以成为朋友嘛。而且我听说你也是从绝尘出来的，大家都熟。今天这顿饭就算我借花献佛，对这个项目有什么疑问我就一并解释了，省得下次还要再说一遍。小潘，你觉得呢？”

潘婕欠了欠身，笑着说道：“那当然好了，一切听您的安排，我没意见。”

“那我们边吃边聊？”

“好。”

每当潘婕端起酒杯，就看到林俊峰的眼光像刀子一样射过来。她故意视而不见，我行我素。几杯酒下去，头脑还是很清楚，可脸却觉得热热的，估计已经红得不成样子了。

一旁的卫兰看在眼里，非常自然地站起身来，端着酒杯走到许部长面前。潘婕适时地说了句：“许部长，这位是我的助理卫兰。您先喝着，我去下洗手间。”

看着许部长微微点头，她优雅地站起身，轻轻地走出了包房。

包房里其实就有洗手间，在房间的顶头。可她舍近求远，向大堂边的公共洗手间走去。酒喝下去有点热，她想出来走走，透透气。另外林俊峰的突然出现，让她还有众多疑虑，也想借机想想。

推门走进女洗手间，迎面就是一面大镜子。潘婕看见镜子里的自己，一身紫红，脸色更是透出淡淡的红色，连脖子都有一点点发红，看来以自己这点道行，这酒还是真不能沾。打开龙头，双手捧了点凉水，轻轻地洗了洗脸。发热的脸庞遇到冷水，立刻感到非常舒服。她手没停，又接了点水，淋在了脸上。

潘婕伸手从旁边的托盘中拿起一条毛巾，把脸上的水擦干。又顺手把镜子抹了一下，这才把毛巾丢进旁边的篓子里。她打开手包，拿出粉饼和唇彩，稍稍往脸上扑了点粉，又补了点唇色，对着镜子抿了抿双唇。她平时很少化妆，即便是化，也只是如此。唯一的一次例外，是在上次穿这条裙子的聚会上化过一次淡妆，就惹得林俊峰失了态。想到这，潘婕苦笑了一下，这个人什么时候才能成熟起来?

潘婕刚一出门，就扑进一个正站在门口的人的怀里。那人靠门很近，看见潘婕冲来竟不躲不闪，顺势张开双臂，实实在在地让她“冲”进了自己的怀抱。当“猎物”就位，他的双臂就像捕食的猪笼草，迅速合拢，把潘婕稳稳地搂住。抱得美人，嘴上还卖乖:“不会喝酒还喝这么多，看看，站都站不住了。”

潘婕前一秒钟还在奋力挣扎，试图逃离“猪笼”，听到这一句，停下了所有的动作，只僵直地站在原地，一脸冰霜。

这棵“猪笼草”，正是林俊峰。

林俊峰从走进包房的那一刻，心里的那双眼睛就根本没有离开过潘婕。这条裙子，他是第二次看见。上一次，是在公司的聚会上，他强迫着裙子的主人陪他一舞，情动之时紧紧地搂住了她，被她一高跟鞋踩痛了脚面。而那道紫红的身影也因此离场，很长时间不跟他说话。

今天她又穿上了这套裙子，还是那么的让他心动，只是现在她的身份，不再是他公司的一员，而变为了他的对手。潘婕，如此的郑重其事，竟然是为了一个项目的得失。

怀里的人儿停止了挣扎，林俊峰稍稍松了松手臂，低头看向潘婕的脸。面若桃花、唇如樱桃，让他难以自持。他多想深深地吻下去，直到地老天荒，可是……

可是……他最后做的却是用右手扶住她的后脑，紧紧地将她的头靠在自己的胸膛之上。

“可以放开了吗?”潘婕冷冷的声音响起，林俊峰轻轻地松开了手。

眼前这个男人，一双英气剑眉，眼睛明亮，鼻梁挺括，唇线分明，如此标致的长相在男人中实属难得。潘婕心中莫名涌起一种难以言状的情绪，复杂到连自己都说不清楚。

林俊峰等着她将给自己的惩罚，责骂也好，踢打也好，他都准备好了接受。看着潘婕的眼中掠过了自己读不懂的眼波，然后她转过身，什么也没说，径自向包房的方向走去。

他站在原地，看着她的背影渐行渐远，嘴角却露出了一丝笑意。

七

潘婕今天心情莫名不错，要说有什么高兴事儿，倒也真没有，只是心里也好像有一缕阳光照着，整个人都觉得亮堂堂地舒爽。或许是昨晚喝了点酒的缘故，潘婕睡得特别香，中间连个梦都没做，刚才照镜子的时候都发现，自己的眼睛今天特别有神。女孩子嘛，如果看到自己容光焕发，很少会心情不好吧。

她自动过滤了昨晚对林俊峰的回忆，她在车上一觉睡醒已经到公寓门口的欣喜，让她下意识地就把林俊峰当成了出租车司机，好像自己下车离开的时候，连句谢谢也没说。当然，也没付钱。而那个没收钱的“出租司机”竟然也没上来纠缠，心甘情愿地融入了夜色，成为了自己所有活动的背景。这让她在昨晚的尴尬饭局之后，多少找到了一点点心理平衡。其实这个夜晚，也挺美好的。

和潘婕比起来，林俊峰今天的心情可是不怎么样。上午设计一组送来了地产项目的框架构思，给林俊峰留下的印象只有两个字:陈腐！这样的设计，连他林俊峰都糊弄不过去，怎么可能赢得客户的认可?

林俊峰拿着这个文案，在办公室里转了十几分钟，一直想不出到底应该怎么办。僵化的设计，让他觉得想修改都无从下手。企划部的正部长是林至群，可那个老家伙每天除了惦记着公司几个漂亮妹子以外，脑子里几乎就不装什么其他的东西了，找他也是白搭。情急之下，他突然想起一个人，市场部长鲁平阳！

林俊峰从鲁平阳那里回到办公室，心里多少有了些底。鲁平阳的话，虽然不能全信，但也不可不信。资金问题，确实会是断点面临的大麻烦，这一点他承认鲁平阳分析得有道理。另外，他给自己推荐的那个设计师，林俊峰也决定一试，毕竟现在这个方案实在是代表不了绝尘的设计水平，他需要一个更靠谱的人来完成方案的设计。

想到这，他按下了内线的"1"键："叫设计四组的罗晓波到我办公室来一下。"

没多久，敲门声就响了起来。

推门进来的是他的助理，身边跟着一个戴着眼镜的年轻人。

林俊峰并不认识进来的这个人，只见助理介绍道："林部长，这就是罗晓波。"

罗晓波是个不到三十岁的瘦弱男子，带着现在常见的宅男体貌特征，皮肤苍白，精神有一点萎靡，可一双眼睛透过镜片闪烁着捉摸不定的光芒。看见林俊峰，微微哈了哈腰："林部长好。"

林俊峰看着他，不由得笑了："你就是罗晓波？"

"是我。"

"在创世广告干过四年？"

"是的。"

林俊峰从桌上拿起一个文件袋，轻轻地放到他面前："今天回去把这个看一下，明天把你的设计思路告诉我。"

罗晓波扶了扶眼镜，从桌上拿起文件袋，打开抽出看了看："地产广告？这种案子一般都比较大，明天可能拿不出详细的方案，只能谈谈我的大体想法。"

"好，明早一上班，你就来找我。"

看着罗晓波跟着助理出门，林俊峰端起咖啡，大大地喝了一口。不管鲁平阳推荐的这个人是不是有能力胜任这个案子，他现在也只能孤注一掷了。一旦整体框架搭起来，下面的细化方案就很好做了。

这时，他才轻轻地舒了口气，看着桌上安静的手机，脑海里不禁又浮现出那个时时萦绕心头的问题——潘婕，这会儿你在干什么呢？

此时，潘婕正在办公室里发呆。

带着美美的好心情到了公司，找几位设计员一起交换了一下看法，整体框架已经呼之欲出。潘婕很振奋，又和设计总监碰了一下头，综合了一些他的意见，思路愈加完整。虽然方案细化还要花费一定的时间，但那些都不会有大的问题，接下来就只剩合理分配进度、控制资金这一个问题了。

潘婕回到办公室，满面喜色，看见新换的百合娇艳非常，还凑上前去，深深地嗅了嗅浓郁的花香。一如既往的沁人心脾，让她的头脑更加清晰起来。

正在这时，桌上的电话响了起来。潘婕接起电话，并没怎么说话，只是轻轻地“嗯”、“好”地应了几声，就挂断了电话。接完电话的潘婕，就陷入了沉思。

打来电话的是地产项目的经理。由于和采购员交流不错，两人关系直线升温。今天他得到消息，绝尘公司的市场部已经开始全面和他们进行接触，而绝尘的代表就是市场部部长鲁平阳。昔日的顶头上司，今天终于变成了“战场”上直接的对手。

潘婕早料到他们迟早会“刀兵相见”，开始看地产项目只是林俊峰一个人在忙，还多少觉得有些侥幸。现在听到鲁平阳也开始关注这个案子，就知道这个项目的争夺将会非常激烈了。想起当初湖畔山庄的案子，再想起自己在绝尘时听到的各种关于鲁平阳的传言，本来轻松愉快的情绪，开始变得沉甸甸的。

虽然潘婕现在对于断点公司的实力已经有了信心，但与鲁平阳和林俊峰交手，自己并无很大的胜算。仅靠企划方案上的优势，只怕还不足以打败他们。况且，自己在绝尘时间并不长，鲁平阳到底有多大的能力，自己并不是完全清楚。项目将会被他们带向何方呢？

八

潘婕离开公司的时候，已经晚上九点多了。

出了创业大厦的大门，迎面而来的寒风让潘婕打了个哆嗦。天，是真的冷了。

等了半天也不见有出租车过来，心里不免有点着急。

正在这时，一辆黑色轿车缓缓驶来，行至她面前停了下来。副驾一侧的玻璃摇了下来，只听一个声音从车内传出。

“小潘，你去哪儿？上车我送你。”

潘婕躬下身子，这才看清车里坐着的男人——鲁平阳。

“鲁部长啊，你怎么在这儿？怎么好意思麻烦你送，我再等一会儿应该就能打到车了。”潘婕这倒不只是客气，她是真不想跟这个人有什么瓜葛，哪怕只是搭他个车，也不愿意。

车上的鲁平阳倒一点没拿自个儿当外人，一见潘婕推辞，干脆解开安全带，开门下了车：“这时候车子不好打，再说早点回去也好早点休息。”

说着就帮她开了后门，潘婕看推辞不过，就不再坚持，跟着也钻进了车里。

“国林花园三区。”潘婕赶紧告诉鲁平阳目的地，生怕他走错了方向。可反光镜中看他咧嘴笑了笑。

潘婕不想让鲁平阳把车开到自己楼下，就在小区门口让他停了车。

“鲁部长，我到了，今天谢谢你了。”

“举手之劳，不必客气。再说我家离这也不远了，顺路的事儿。那我走了，再见！”

“再见！”潘婕目送鲁平阳的车远远消失，就走进小区，向里面走去。

冬天夜晚的小区，路灯昏暗，行人稀少。一旁的大树在路灯的映照下，在路面上投出深深浅浅的斑影。夜风中，还有一些残留的枯叶被扯离树枝，飞向空中。好在她住的楼离小区门口不远，潘婕不禁加快了脚步，想早点到家。

走近单元门，看见旁边停着一辆车，也并未在意，快步来到单元防盗门口，掏出钥匙正要开门。

“怎么这么晚才回来？一个人都不怕出事吗？”突然响起的一句话把潘婕吓得一哆嗦，钥匙也就此掉到了地上。

她迅速转过身，只见从树影中走出一个人，慢慢地走到她身边，弯腰捡起钥匙，递给她。潘婕见到他，并没伸手接钥匙，而是气得恨不能冲上去打他两巴掌。

“林俊峰！你能不能不要这样大半夜出来吓唬人啊，你知不知道会吓死人啊？”

林俊峰一脸笑意地看着她：“你又没死，怎么说会死人？”

潘婕气得冲过去，一把抓过钥匙，对着林俊峰的胸口就是一拳。

林俊峰伸手攥住潘婕的拳头，脸上的笑已经不见，眼里露出的反而是一丝凶光：“为什么这么晚才回来？不知道女孩子晚上一个人很危险吗？”

潘婕死命地挣脱，可林俊峰的手越握越紧。潘婕又惊又痛，忍不住脚就抬了起来。

“还想踩我？劝你省省吧。刚才送你回来的那个人是谁？”

潘婕手上吃痛，可林俊峰却丝毫没有怜惜之意。本来劳累了一天，心情就很低落，再加上被林俊峰吓得不轻，潘婕的情绪突然无法自控地爆发了。

她抬起右脚，没头没脸地踢向林俊峰的小腿，眼泪忍不住地奔涌出来：“放开我！该死的林俊峰你放开我！”

潘婕下脚根本没顾轻重，林俊峰突然感到腿上一阵剧痛，可他并未放手，而是狠狠一拉，把潘婕拽入自己怀中，双手紧紧地把她抱住。怀中的潘婕那么的瘦弱，林俊峰用力地环住她，就像要把她的身体融入自己的。

潘婕拼命扭动身体，想要挣脱出来重获自由。可林俊峰越抱越紧，勒得她呼吸都开始变得困难了。她终于知道，一切都是徒劳的，她根本无法摆脱他。灰心的念头一上来，本已透支的身体就瘫软了下来，一直坚强的潘婕就那样垂落双手，像根木头一样站在原地，任由这个男人紧紧地搂着自己，放声大哭。

她不知道自己为什么哭，只觉得一瞬间心头涌上无数的委屈。在这世上，如果有那么一个人，她最不愿让他看见自己这副软弱的样子，那就一定是林俊峰。可此时此刻，她面对着这个人，却完完全全地崩溃。她为自己的表现感到异常沮丧，又因为沮丧哭得更凶了。

林俊峰抱着潘婕，心里有种说不出的难受。这个女孩子从他认识她的第一天起，就好像一直在挑着一副沉重的担子。她的路上，从来都是一个人，无人陪伴。他不相信她不孤独，他不相信她不柔弱，只是他靠近她、想要看清的时候，她就越发冰冷。

今夜的潘婕是他从没见过的。这让他慌乱，更让他心疼。人累了，总会想要卸下担子歇一歇，如果自己能做那块让她歇脚的倚靠，他一定会毫不犹豫地化身为石，给她最有力的依靠。

他没有再追问她今晚的行踪，除了他林俊峰，他不相信还有男人会那么轻易地靠近潘婕。现在的潘婕，需要的一定只是一个怀抱，温暖、安全，这样也就够了。

林俊峰就这样抱着潘婕，没有再说一句话，只是任由潘婕的眼泪渗透自己的外衣，穿过衬衫，再被夜风吹成一片冰凉，贴上肩头的皮肤。都不知过了多久，感觉着潘婕的大哭变为低泣，又从低泣变为啜泣，最后一片平静，他仍然没有松开手，只是稍稍降低了一点搂抱的力度，让潘婕能够感觉舒服一点。

潘婕的心忽然在这一刻变得无比平静。紧绷的情绪宣泄之后，她感到了少有的平和，慢慢地止住了哭泣。圈住自己的怀抱是如此的温暖，让她一瞬间竟然生出了难以克制的贪恋。周围的一切似乎都已隐去，没有房，没有树，没有车，没有人，只有这个怀抱，只有自己。这么多年，没有人给过她这种感觉，所有人可能都觉得她潘婕根本不需要这种安慰，这种关怀，而她天生就该是一个战神，没有弱点。

她走得太快，太义无反顾，没有给自己一点点机会停下喘息。其实，她深深知道，自己有多渴望这样一个怀抱，正如惊涛骇浪中的一叶小舟渴望避风的港湾。但她害怕怀抱后面包藏的各种祸心，害怕自己稍有不慎就万劫不复，她不敢停下，不敢回头，更不敢放慢自己的脚步。她需要，就像今天这样，可是……为什么这个怀抱，属于林俊峰?

感觉到环着自己的力量稍有松懈，她慢慢地推开这个男人。不敢抬头看他的眼睛，潘婕低着头转过身，正如什么都没发生过一般，用钥匙打开防盗门，走了进去。随着弹簧的拉力，大门“咣”的一声合上，潘婕的身形也随着这一声顿了一下。可她仍然没有回头，慢慢地走上楼梯。

林俊峰没有阻拦潘婕，只是静静地看着她离开自己的视线。过了几分钟，约莫着她已经到了家，这才抬起头，看见四楼的房间亮起了灯。呆呆地看了一小会儿，只见房间的灯熄灭，潘婕应该去睡了。他转过身回到车里，发动车子轻轻地开出了小区。他当然不知道，四楼那个漆黑房间的窗帘后面，有一双眼睛一直目送着他，直到那一对车灯的光消失在夜色之中。

林俊峰回到家，父亲已经睡了。他一瘸一拐地上楼进了自己房间，一屁股坐到床上，弯下腰卷起了左腿的裤管。一路上腿一直在疼，可他顾不上看，现在一见之下，自己也倒吸口凉气。这姑娘可真狠！

胫骨上已经一片青紫，颜色最深处还有点破皮，渗出几道血迹。潘婕那几脚，可真是铆足了气力啊。

林俊峰脱下长裤，趿进卫生间，草草把小腿洗了一下。拿出房间里的药箱，找出了几个瓶瓶罐罐，在伤处涂涂抹抹。以前喜欢运动的他也经常受伤，处理这些驾轻就熟。只是还从来没被一个女孩子打成这样过，心里想着不觉苦笑了两下。本想把伤处包扎起来，想想应该也没太大必要，干脆把腿摆个“大”字，伤腿放到被子外面。倦意几乎是立刻就把他完全包围了起来，倒在床上的林俊峰，一闭眼就进入了深深的梦乡。

九

闹钟响起的时候，潘婕其实早已经醒了。这一夜睡得很不踏实，好容易到三四点钟时囫囵地睡着了，却噩梦连连。四周全是烟雾，她跌跌撞撞地走着，没有目标、没有方向。头顶不知是哪个地方传来了妈妈的轻声呼唤：“小婕、小婕！”她站在原地到处张望，却找不到妈妈的身影。心里一急，向前大大地跨出一步，结果如万丈高楼失脚，人飞快地下坠，心脏难受得无法忍受。这时，眼前突然清晰地看到对面的山崖，变形成了一只斑斓猛虎，对着她张开血盆大口扑了过来。

潘婕一个激灵,人惊得坐了起来。

两侧的太阳穴,突突地跳着,潘婕觉得头很痛。坐在床上醒了醒神,才想起今天周六,不用上班。

重新躺下的潘婕,却再也无法睡着。昨天的林俊峰,让她不禁对他在自己心目中的一贯印象画上了一个问号。她印象中的林俊峰,是那么纯粹的花花公子,跟昨天判若两人。她永远都记得,大四那年他搂着当时的Z大校花从她眼前走过的情形。那时的林俊峰,看向自己的眼神满是挑衅,而那朵"花"更是盛气凌人、傲视一切的模样。面对着迎面而来的他们,潘婕抱紧怀里的书本,抬着头,就当他们是透明的一般,漠然地擦肩而过。

潘婕,不愿向任何人低头。

可昨天的情景,让潘婕回想起来,竟然有一丝感动。站在窗帘背后,看着林俊峰瘸着脚走上车,她突然陷入了深深的自责。他给她的,是那个让她沉迷的温柔乡,而她还给他的,却是无情的连环脚。更奇怪的是,林俊峰竟然没有对她做出任何报复,她记忆中的他,不该是这个样子。

林俊峰变了?

闹钟响了,她轻轻地关掉。反正也睡不着了,干脆起床。

林俊峰是被闹钟吵醒的,睁开眼迷糊了一下,一抬身就发现头很重。伸手摸了摸额头,好像有点发烧。昨晚在潘婕的楼下等了她一个多小时,可能被风吹得着了凉。

人一醒,感觉器官也就醒了过来,他很快就接收到了腿上传来的阵阵疼痛。撑起身子向腿上一看,原本青紫的地方已经肿了,伤处看起来比昨晚更加骇人。林俊峰不禁咧了咧嘴。

趔趄着下了床,晕晕乎乎地刷牙洗脸。他没忘记今天还约了罗晓波在公司谈地产方案,他得去公司。

西服套装是穿不得了,只怕裤子紧了会磨到伤处。翻了一套久已不穿的休闲装换上,反正周末公司没人,穿这个去也没多大关系。收拾停当就拐着下了楼。

周末早上,林俊峰的父亲照例约着几个老朋友去打球了,楼下静悄悄的。餐桌上放着煎好的鸡蛋和火腿，还有几片烤好的面包。林俊峰没有什么胃口，可还是坐下吃了点，就出了家门。

公司也静悄悄的，一路上林俊峰一个人也没见到，心里不免庆幸没人看到自己这副狼狈的样子。来到七楼的时候，发现罗晓波已经等在了他的办公室门口。

"早啊，罗晓波。"林俊峰虽然身上感觉没力气，可还是打起精神和门口的眼镜男打了个招呼。

罗晓波见林俊峰一身便装一瘸一拐地走过来，稍稍愣了一下，但并未多问，赶紧站起身："林部长早。"

打开办公室的门，两人走了进去。林俊峰把车钥匙往桌上一扔，坐下问道："怎么样？有想法了？"

"嗯，大体有了。"

罗晓波取出包里的一个文件夹，在林俊峰面前展开，是一个广告策划案的框架图。

"林部长，我是这样想的。地产设计的框架，大体跑不出电视、平面、户外、网络这四块。如果想体现出创意，在每一块都可以有些改变。但我们过去做的这种广告，四个版块之间的联系并不紧密，往往是各说各的，不能形成立体的宣传效果。这次我想改变一下，让这四部分变成有机的整体，既各有特点和针对人群，又互相关联，这样才可以形成事半功倍的效果。"罗晓波本来看上去是个很内向的人，话也不多。可说起策划方案来，口齿异常清晰，逻辑也非常严密。

林俊峰听完，立刻对他的想法产生了兴趣。他回来几个月了，还没有一个项目经理能把自己的想法说得如此让他认同："来，详细说说你的想法。"

罗晓波推了推眼镜，从包里拿出一支笔来，指着框架图上的"电视"一块说道："比如电视，我觉得我们可以尝试一种新的拍摄模式，借鉴电影电视剧的那种搞法，按照客户推崇的关注点，拍出情节来。不是为了给大家推介产品，而是要传递一种文化，讲一个故事。故事好听，文化接地气，观众自然就会接受你宣传的东西了。在这个基础上甚至可以拍出连续剧的效果，这样的话肯定效果更好。而其他三个板块，全部依托这个故事情节，分别利用自身的特点，放大情节的局部或者全部，让这个广告全面铺开，家喻户晓！"

“好！”罗晓波还没讲完，林俊峰已经拍案而起。他从罗晓波的话里，敏感地捕捉到了引领广告新方向的信息，如果这个构想实现，不仅在H市，甚至在全国都会成为广告界的先驱。他不禁认真端详起面前这个跟他年龄相差无几的年轻人，眼神中流露出爱才的神色。

“林部长，关于这个创意，还有很多细节我还没想好，所以大概也就这么多了。”一说完方案构想，罗晓波又回到了过去自己的状态，语气不再那么充满自信，连神态都又变得“宅”了起来。

林俊峰绕过桌子，走到他的身边，拍着他的肩膀说道：“这个是最主要的！细节的问题，可以周一再详细讨论。对了，周一你就离开四组，到一组报到，设计一组今后你负责！”

林俊峰轻轻地舒了一口气，困扰他几天的难题，今天终于迎刃而解，心中的舒爽不言而喻：“你先回去吧，今天辛苦了。”

罗晓波依言照办，躬了躬身算是告辞，转身离开了办公室。

林俊峰拿起文件夹，仔细地又看了几遍。不能不说，这个罗晓波确实是个人才，鲁平阳也算慧眼识人了，这次他们可真是帮了自己一个大忙。

此时，林俊峰并不知道，潘婕在绝尘时受到的最大一次打压，正是这两个人的“天作之合”。

心里的一个结打开，他这才感到头晕得厉害了，人也虚弱得开始冒冷汗。看来挺不过去了，非要去医院不可了。

潘婕一大早就去了商场，帮妈妈精心挑了两套素雅花样的睡衣。坐在开往医院的出租车上她还打了个盹，昨晚的睡眠质量实在是太差了。

车到医院，她还没醒。路边早已有人等着车了，司机看着这姑娘，伸手推了推她：“闺女，到了。”潘婕这才猛醒，赶紧连声道歉，掏出钱包付了车钱，下了车。

住院部在医院的后面，要穿过门诊大楼。今天周末，来看病的人很多，大厅里非常喧闹。潘婕一边在人群中躲闪，一边加快了脚步。前面一个高大的男人挡住了她，一瘸一拐地走得很慢。潘婕嫌他挡路，轻轻地搭住他的手臂，嘴里说道：“对不起，借过！”那男人停下脚步回过头，潘婕看到他的脸，愣住了：“怎么是你？”

眼前的林俊峰脸色苍白，看见潘婕竟然还微微笑了笑："我刚才还在想，会不会碰到你来看你妈妈，你还真不经念叨。"

"你……这是什么情况？"潘婕看到他的样子吓了一跳，她还从来没见过林俊峰如此狼狈呢。

"还能是什么情况？昨天被你这个大小姐把腿给踢瘸了，又被你家门口的冷风吹得着了凉，你不肯对我负责任，我只好来找大夫咯。"病成这样一副模样还在耍嘴皮子，潘婕听得是又好气又好笑。

神差鬼使一般，潘婕几乎本能地扶住林俊峰："我扶你去！"说完，陪着他就上了三楼内科。

排了半天，终于进了诊断室。一测体温，大夫就嚷嚷起来："都烧到快40℃了，怎么才来？身上还有哪儿不舒服？"

林俊峰快快地回答："倒没别的，就是没劲、头晕、出虚汗，腿还有点疼。"

"腿上什么地方疼？来，给我看看。"医生一边说着，一边弯下身子往他的腿上看。

林俊峰倒很配合，卷起休闲裤的裤腿，露出腿上的伤处。潘婕探身一看，一下被惊呆了。自己虽然昨天踢他的时候是使了不小的力气，可他昨天除了上车的时候有一点跛，站在那儿的时候并没什么反应啊。可那么一片触目惊心的青紫瘀血摆在那儿，这个做不了假。想到这儿，潘婕偷偷地向后退了一小步，生怕大夫知道她就是那个"施暴者"。

"啧啧啧，小伙子你这是怎么弄的？怎么伤成这个样子啊？跟人打架了？"大夫看了一眼伤处，也禁不住皱了皱眉，"你发着烧，还受了外伤，搞不好还会发炎的。你等会儿最好再去外科把这伤口处理一下，卧床休息几天。"说完拿起处方单，抬手递给潘婕："这是你女朋友吧？来，拿着。去药房领药，然后再去输液室打两针。"

潘婕心里不免恨恨的，可又不敢反驳，乖乖地接过处方。看着林俊峰一脸坏笑地看着自己，真恨不能再扑上去给他两脚。

看着林俊峰站起来准备出门，大夫还特意多关照了一句："千万记得去外科啊，你这伤还真是不轻。"

回到一楼大厅，林俊峰就借口腿疼，怎么也不肯去排队拿药。可怜潘婕心里一边骂着他，一边乖乖地在大厅里穿梭。虽说这厮受了风寒跟自己没太大关系，纯属他自作自受，可腿上那伤自己却脱不了干系。算了，只当自己做回雷锋了。

林俊峰歪在大厅的长凳上，笑容满面地看着潘婕来回忙活。如果她肯一直这样，自己就算每天来趟医院也成啊。恍惚之间，感觉自己跟潘婕真的有恋人的状态了，想到这一层，看向潘婕的目光更加柔情，笑意也更深了。

潘婕拿完了药，回到林俊峰身边准备扶着他先去外科。可看到他脸上的表情，立刻把担心的神色变作了愤懑。林俊峰一见她变了脸色，也换了一副嬉皮笑脸的模样："我这今天的待遇提升好快啊，能享受冰美学霸的照顾，三生有幸啊！"

"信不信我把你另一条腿也踢废了？"潘婕咬牙切齿地威胁，林俊峰明知她不可能那么做，仍然故意装作一副害怕的样子。

"女侠饶命，废了一条了，留下一条我好单腿蹦吧，不然只能坐轮椅了。"

要论耍嘴，潘婕还真不是他的对手。潘婕狠狠地瞪了他一眼，一把把他从凳子上拉了起来："走！去外科！"

十

等他们把所有的事情忙乎完，已经中午了。

林俊峰打过针，精神好了很多，只是伤口上了药，破损的地方上了药水，比早上来的时候疼得更厉害，走起路来也跛得更厉害了。

潘婕看他这个样子，恐怕开车回去很困难。可自己还要去看妈妈，再加上两人都还没有吃午饭，扶着他在大厅纠结万分。

林俊峰也不说话，知道她肯定在做思想斗争。反正今天这个样子，她应该也不可能把自己丢下不管，这个周末就赖上她了。

这时，只见潘婕咬了咬牙，似乎做了什么重要决定似的。紧接着扶起林俊峰，穿过门诊大厅向住院部走去。林俊峰一看方向，心里立刻明白，抑制不住地一阵狂喜，潘婕这是要带着他去见她妈妈呀！哈哈，这算是女婿见丈母娘不？虽然之前自己背着潘婕也偷偷来看望过几次，可这次要是真去了，意义就完全不同了。难道？

潘婕脚下步子很快，也不顾林俊峰的步履蹒跚，一边走，一边冷着脸对他说道："你别想多了，我只是不想把你一个人丢下，没别的意思。"

林俊峰赶紧装出一副可怜样："我哪敢想多啊，这会儿要是不依靠你，我连家都回不去，我敢想吗？"说完还故意狠狠地瘸了两下，以示自己境遇悲惨。

潘婕也不理他，拖着他进了住院部。走到835病房的门口，指着门边的长椅说道："你不许进去，坐这里等我！"说完把他向椅子上一搡，自己推开房门走了进去。

妈妈还是老样子，安静地躺在床上。

旁边的架子上挂着吊瓶，细细的输液管软软地垂下，延伸进被子里。正在输液。

床边的椅子上，王婶坐着打盹。刚刚吃完午饭，正是最容易犯困的时候。潘婕开门的声音惊醒了阿姨，她抬起头看见是潘婕，连忙站了起来："潘姑娘怎么这个时间过来了，吃过饭没有？"

潘婕轻轻走到床边，就像怕吵醒了谁似的，虽然她的妈妈根本还没有知觉，她还是下意识地放轻了手脚，连说话的语气都是低低的："阿姨，医院食堂现在还有吃的吗？"

"应该是有的。你还没吃饭啊？那我去给你打一点。"阿姨一边说，一边绕过病床来到桌子前，拿起饭盒就要出门。

"呃……那什么……阿姨，再带个饭盒，多打一份吧。"一向干脆利落的潘婕，突然结巴了起来。阿姨不明就里："我拿一个饭盒多打点就可以了，不用两个饭盒的。"

潘婕这下急了："不是……不是我要吃那么多，是……还有一个人。"

阿姨这下才明白："你带了朋友来啊？怎么不早说，我现在就去！"说完从桌上又拿了一个饭盒，转身走了出去。

房里的潘婕这才松了口气。也静静地看着妈妈。潘婕妈妈就像睡着了一般，恬静安详，眉目间仿佛带了永恒的慈爱。看到她的鬓边的一根白发，潘婕忍不住用手去拢了拢。

潘婕不想帮妈妈拔下来，怕任何一点小动作弄疼了妈妈。她不会让妈妈再承受一点点痛苦，哪怕只是拔掉一根小小的白发。

门被推开了，严格来说是被蹭开了。王婶端着两个饭盒，已经无法伸手开门，只能用后背把门顶开。一进来就盯着潘婕，吃惊地问道："上次来过的你那个同学，就在门口坐着，你说的那个朋友是不是他？"

潘婕听她这样一问，竟然微微地红了脸："我们今天无意中在医院碰到的，他病得不轻……我等会儿要送他回去……"

阿姨没再多问，脸上却有着意味深长的表情。

潘婕有点难堪，也不多说，接过王婶手里的饭盒，推门走了出去。门口的林俊峰看见饭盒，眼睛亮了起来："你总算给我送粮草来了，我这空城计都唱了老半天了，再不给吃就要打鼓了。"

"别贫！快点吃。"潘婕扔了一个饭盒在他腿上，自己抱起另一个，在他对面的椅子上坐下，闷声吃了起来。

还没吃两口，王婶就端着两杯水走了出来，也不说话，笑着放到林俊峰和潘婕的身边，然后转身又回了病房。林俊峰一看乐了："你请的这个护工真是不错，太有服务意识了。"

潘婕气得狠狠地瞪着他："吃你的吧，饭都堵不住你的嘴！"心里暗急，阿姨啊阿姨，你什么时候勤快不好，这会儿出来送个哪门子水啊？赏他口饭吃已经是天大的面子了，还给水喝，这是想让他嘚瑟成什么样啊？

潘婕也不抬头看他，低头狠命地往嘴里刨饭，一盒饭差不多吃完了，都没注意到吃的是什么菜。关上饭盒盖，端起杯子，喝了两口，这才注意到林俊峰正坐在她对面"数饭粒"。心里的火"腾"的一下就上来了，站起身走到他面前，伸手就要抢他的饭盒。不曾想林俊峰早有防备，就在她伸手的一刹那，转了个身，潘婕这下抓了个空。

"我好歹也是个病人，饭总要让我吃饱吧？不能太不人道了啊。"林俊峰边说还边把饭盒里的肉挑出来，送进嘴里还自言自语，"味道还不错，就是肉少了点。"

潘婕一跺脚，再不理他，推门进了病房，把饭盒刷干净，往沙发上一窝，闭目养起了神。

王婶看她这样，暗暗地笑了笑，毕竟自己是几十岁的人了，什么样的人没见过啊。这两人虽说表面上如此别扭，可看来还真是有戏。她对门外这个男孩子一直印象就不错，今天的情形就更加清楚了，只怕潘婕这姑娘自己还不明白自己的心意吧。年轻真好啊！

潘婕本来昨晚就没睡好，又扶着林俊峰在医院跑了一上午，这会儿吃饱了饭，睡意袭来几乎未作出丝毫抵抗，只几分钟便沉沉睡去。王婶看她睡着，抓了条毯子轻轻给她盖上。回到床边看见吊瓶里的药水已经快打完了，赶紧按下呼叫铃，喊来护士把针拔掉。

处理好这些事，王婶推开房门，只见林俊峰已经吃完，端着饭盒坐在椅子上发呆，便走到他面前，柔声说道："吃完了吗？饭盒交给我吧。"

林俊峰抬起头，看了看面前的阿姨。一边把饭盒递给她，一边问道："她妈妈最近没有太多好转吗？"

阿姨接过饭盒："还是老样子，没什么变化，医生说她这情况不乐观，醒过来的可能性越来越小了。不过我没有告诉潘姑娘。"

林俊峰的眉头紧紧地皱了起来，沉默了片刻才又问道："她还在房里？"

"睡着了。这姑娘看着真可怜，家里就剩她和妈妈了，结果她妈妈还是这副样子。这孩子孝顺啊，差不多天天往这儿跑，她是把这里当家了。"说到这停了停，抬头看了一眼林俊峰，缓缓地说道，"小伙子，你要是喜欢她，就好好对她。这是个好孩子，心地善良，你别让她受了委屈。"

林俊峰苦笑了一下，张嘴刚要回答，可想了想又把到嘴边的话忍了回去。出口的却是另外的一句："阿姨，那我回去了。等她起来你跟她说一声。"

王婶连忙阻止："她刚才说你病得不轻，要送你回去的，你这样走了她肯定不放心啊。要不我帮你把她喊起来。"

"不用了，我没事，她最近太累了，让她多睡会儿吧。我先走了。"说完站起身，拖着伤腿一步一顿地走了出去。

阿姨拿着饭盒站在病房的门口，看着他的背影轻轻地叹口气："唉，我真就看不出来这个孩子哪里不好。”

林俊峰忍着疼痛，坚持着走到停车场。天气虽然寒冷，可他坐到座位上的时候已是满头大汗。开着车离开了医院，他突然觉得有点想哭。他在被潘婕扇耳光的时候没有哭过，在被潘婕一再拒绝的时候没有哭过，在潘婕离开绝尘的时候没有哭过，在潘婕狠狠踢他的时候也没有哭过。可是现在，他却想哭，为了潘婕，为了她妈妈，为了她在一场车祸中支离破碎的家。

潘婕，要坚强，等我赢了这十场赌局，我要给你一个最美最好的家！

十一

潘婕再睁开眼睛，是被手机的铃音吵醒的。睡得迷糊，半闭着眼睛四下摸索，才在身边的包里把那个嘟嘟作响的小东西捞了出来。

“潘部长，我是卫兰，明天下午两点，游泳馆，你别忘记了啊。”

潘婕这才缓过神：“哦，哦，放心吧，不会忘的。”看着四周的场景，不对啊，我好像还是忘了什么吧？林俊峰！

想到这，心里咯噔一下，自己怎么就这样睡着，把他一个人撂在走廊上了？“卫兰不说了啊，我这里有点事，明天我会按时到的。”慌慌张张合上手机，拽掉身上的毯子就往门外冲。

走廊上空无一人，心更慌了。他一个人瘸着腿，还发着烧，能去哪儿呢？潘婕转身回了病房，对着正靠在行军床上看书的王婶大声问道：“阿姨，他人呢？”

王婶很淡定地对着她笑了笑，轻轻地扬扬手：“走啦！”

“走了？他自己走的？”

“是啊，吃完了饭就走了，让我跟你说一声。”

潘婕顿时懊恼不已：“啊，你怎么不叫醒我啊?!”

阿姨还是不急不忙：“我要叫你，可那小伙子说你最近太累，让你多睡会儿，死活不让。自己一瘸一拐地走了。”说到这本想再多加两句，可抬头看了看潘婕，发现这姑娘站在那里眼睛竟然有点红，赶紧闭上了嘴。

潘婕不想在王婶面前流露太多，转身去了洗手间，就着凉水洗了把脸，难受的劲儿也就压了下去。今天，终究是自己做得过分了点。

出来走到妈妈床边，紧紧地握着她的手。如果妈妈醒着，她一定知道女儿现在的心情。妈妈，你快点醒过来吧。

离开病房的时候，已经下午四点了。潘婕走出医院的大门，心里觉得有一点迷茫。丢了林俊峰，让她有些忽然找不到自己的情绪。她没想过自己有一天会在意他，可当她看到空空的走廊时，却那么清楚地感觉到，身体里也有那么一点点地方空了。这是怎么了？

她没有叫车，沿着蜿蜒的马路静静地行走。天阴阴的，初冬的街道隐隐透出一层灰白的颜色，仿佛昭示着严冬的临近。路上人来人往，也都如天气一样，带着冰冷的脸色，匆忙走过。

王婶那句话一直在她耳边反复回放："孩子啊，你该有个家了。"

是啊，"家"这个词，对她而言，是从什么时候变成了一个概念了？她过去的二十多年，一直把父母在的地方当成家；后来，把母亲的病房当成了家。什么是家？一个能给她温暖、给她温馨、给她安慰、给她力量的避风港湾，这个要求不算过分吧？可是，她的家到底在哪儿？爸妈的家，已经没了，她想要的一切只有自己去努力获得，不仅为了自己，也为了妈妈。

孤单的心，终归是要找个依靠，这也是那一晚，自己为什么贪恋林俊峰怀抱的原因。那一抱，在那一瞬间，真的像家。虽然她事后悔恨自己的软弱，可她自己很清楚地知道，在心底最深处是多么渴望这温暖的重现。

可是……可是……为什么是他？他那样一个人，怎么可能有那样的胸怀？一切只是自己的幻觉，只是一厢情愿罢了。如果自己沦陷，下场只怕跟那些被他抛弃的女人一样，跟肖雅娟一样，万劫不复！

不能！我不能！

潘婕突然感到心上一痛，扶着路边一棵树站了下来。自己才二十四岁，却觉得已经有颗五十岁的心。她真的好累，真的想停下来歇歇。可是，她歇了，妈妈怎么办？

潘婕鼻子有点酸，可她努力地把头高高地抬起来，眼睛闭上停了许久，等心情总算平静下来，这才抬脚继续向前走。

一辆公交车在路边靠了站，车上下来了一群人。一个白衣女孩，戴着一条火红火红的围巾，给这灰白的城市增添了一抹亮艳的颜色。潘婕就像黑暗中看到一丝光明的人，丧失意识似的，毫无目的地跟着这一团火焰，走了很远很远……

周一上班的潘婕情绪好了很多，抱着百合，走在公司走廊上，和相熟的人不停地打着招呼。

卫兰还没到，潘婕打开办公室的门，把残败的花丢进垃圾桶，换了瓶里的水，又把新鲜百合插进去。打开咖啡机，顺手把窗户打开了一扇。

昨晚回家后，想起那个发着烧、瘸着脚的林俊峰，多少还是有些担心。犹豫良久，拿出手机，号码都拨好了，想来想去还是没按下呼叫键。就算这次是对不起他，也只能这样了。反正这么多年了，自己在他眼里一直就是个无情之人，怨就怨吧……

虽说这样想，可还是忍不住给许弈飞打了个电话，让她早上要是看见林俊峰，注意一下他的情况，然后向自己通报一声。再怎么不在乎他对自己的看法，也还是要尽量求个心安。

按计划，今天设计部的地产方案应该出来了，会有一个方案介绍会。潘婕心里充满期待，设计总监亲自参与的项目到底是什么样子。

潘婕正要收拾东西去会议室，项目经理敲门走了进来，语气急促地说："潘部长，有个不好的消息，我早上刚刚接到采购员电话，说标书可能要做修改，好像对我们不太有利。"

潘婕心里一惊，招标方在这个阶段修改标书，意味着说不定方案都要推翻重来，这个变化可不是一点半点。"知道是哪方面的修改吗？"

"采购员说他也还不清楚，好像和投放规模计划有关。但没看到新文件，他也不能肯定。"

投放规模计划？潘婕很敏感地意识到，投放规模的更改，势必造成整个项目进度的调整，随之而来的必然就是投入资金的变化，而投入资金规模正是断点的软肋，难道？

潘婕心里闪过一个不祥的预感，但已经不是细想的时候，会议时间要到了：“我们先去开会吧，这个问题会上谈。”

他们走进会议室的时候，设计部的几位已经到了，其中就包括设计总监。潘婕把刚刚收到的消息向大家做了通报，会场上一度陷入了沉寂。谁都知道，这个时候修改标书，对方案的确定有着至关重要的影响，很有可能，一票人周末加班的成果就付之东流了。

“具体的修改内容知不知道？”设计总监问道。

潘婕摇摇头：“最新的标书连他们的采购员都还没有看到。”

设计总监沉吟了片刻：“那我看这样，我们还是先把设计思路谈一下，详细的方案今天就先不谈了。等收到对方最新的标书，我们再看看框架能不能满足，如果不行，就考虑新的方案。”

“好！”潘婕对他这个决定表示赞同，其他人当然也没有意见。

框架介绍和讨论用了两个小时，潘婕对他们的构思非常欣赏，几乎挑不出一点问题。只是，这样的构思，在新的甲方要求面前，能实施吗？她心里没底。

走出会议室的路上，设计总监叫住了她：“小潘部长，我想和你谈一谈，去我办公室怎么样？”

“好的。”

潘婕从进入断点公司到现在，一直都是在会议室和这位设计总监打交道，还没进过他的办公室。

跟着他来到办公室门口，他的助理小帅哥站起身来跟他们打了个招呼，总监只是摆摆手，顺势推门而入。潘婕也跟着他，进入了这个设计师的世界。

把潘婕请到沙发上坐下：“咖啡还是茶？”

“咖啡吧。”

总监熟练地给潘婕倒了杯咖啡，自己也端了一杯，坐了下来。

“我想听听你对今天设计思路的想法。”

潘婕稍稍想了一下，朗声回答道：“整体来看，我非常欣赏这个构思，在对受众的心理掌握、创意方面都是十分到位，我已经提不出什么再好的建议了。唯一让我担心的，是标书的修改可能让这个创意无法实施。”

总监连连点头："没错，我也是这样想。你认为标书的修改可能是什么方向?"

潘婕坐直身子，看着他的眼睛认真地说道："从项目经理现在获得的信息来看，很可能涉及投放计划的调整，也就是说可能向最不利我们的方向改。"说到这，垂下眼睑，端起茶几上的咖啡，"最坏的可能，就是在很短的时间内增加前期的资金投入。"

沉默了片刻，总监放下杯子，双手在胸前合掌，拍出一声轻响："如果收到正式修改通知，请第一时间通知我，我会重新考虑我们的设计框架。"

"好!"谈话进行到此，也基本上应该进入尾声了。潘婕喝空杯中的咖啡，把杯子也轻轻放在茶几上，人随之站了起来，"那就先这样吧，我先回去了。"

总监起身准备将潘婕送到门口，在潘婕正想打开门的瞬间，忽然问了她一个问题："小潘部长，我好像从来没有听过你叫我的名字。那天的介绍可能太匆忙，名字又拗口。我姓路，叫路云鹏。大路的路，白云的云，大鹏展翅的鹏。"

潘婕握在门把上的手，不禁停了下来。笑着转身，有点不好意思地看着眼前这个男人："路总监心真细，那天我确实是没记住你的名字，实在不好意思。"

路云鹏大度地笑了笑，走到门前为她打开大门："言重了，常有的事，不必放在心上。"说完做了个请的手势，目送潘婕走出办公室，消失在楼道间，这才走回房间，来到水族箱前。

看着箱里悠闲的小鱼，路云鹏自言自语地说道："确实很美。"

潘婕回到办公室门口，看见卫兰，想起了周五的事情，于是拍了拍她的肩膀，示意她跟自己进来。

在桌边坐下，潘婕轻轻对卫兰说道："卫兰，你可不可以找周林问一下，鲁平阳周五晚上是约什么人吃饭?"

卫兰脸上浮现了一丝为难的神情，但还是点了点头："好，我试试。潘部长还有别的事吗?"

"没了，你去吧。"看着卫兰离开，潘婕想起了许弈飞。这姑娘怎么还没给自己打电话呢?

许弈飞，今天早上并没有看到林俊峰。倒不是他没来上班，而是许弈飞迟到了。

昨天玩得开心,晚上回去就很晚了。到家一看地板,才想起早上自己丢了一地的衣服还没收拾,这让许弈飞抓了狂。足足跟自己做了五六分钟的思想斗争,最后才痛苦地决定,收拾!

忙乎到快十一点,才把屋里收拾利索,再洗澡,躺下快十二点了。许弈飞一向有早睡的习惯,这么晚睡还是很少的事,按照自己睡眠的生物钟照例睡上九个小时,于是早上睁眼的时候就已经来不及了。

她这才想起潘婕昨天吩咐自己的事儿,连滚带爬地赶到公司,人都已经各就各位,别说林俊峰,大厅里连个人影都没有了。捶胸顿足了半天,许弈飞这才想起可以找个理由去七楼晃晃,好让自己交了潘婕的差。于是在邮件堆里翻检出一些企划部的信件之类的东西,装模作样地上了去七楼的电梯。

许弈飞刚走出电梯,当头就遇到了"橡皮糖",手上抱着一大堆的文件。这"橡皮糖"是企划部的一个小设计员,因为很黏人,所以得了这么个外号。

"哟,这么巧,我刚准备去找你。"一边说着,一边就把那堆文件丢到许弈飞的手上。"这些文件,拍摄印刷部那边等着用,你现在就赶紧送过去。"

"我……我要来送邮件……"许弈飞急得赶紧说道,"这里有林部长的邮件,我要给他送过去。"说着,拿着邮件的小爪子就在捧着的文件下面直摇晃,以示自己没乱说。

"橡皮糖"一把抽过那几封邮件:"交给我就行了,我帮你送去。"

"那个……"许弈飞这下找不到理由,气得直跺脚,"这些是什么文件?以前不都是用传真发的吗?"

"橡皮糖"刚要离去,听到她这么一问,回身一笑:"林部长要送过去的,你去问他呀。还有啊,要亲手交给那边的卜经理哦!"语气里带着毫不掩饰的嘲讽,还特意把最后一个"哦"字拖了个长长的尾音,眼光里的幸灾乐祸连傻子都能看出来。

许弈飞这才明白过来,这个女人是故意要整她呢!昨天自己闲聊的时候,脱口而出说了她一句"狐狸精",今天肯定是传到她耳朵里,就要找个机会报复了。想到这,她狠狠地瞪了一眼"橡皮糖"的背影,转身又进了电梯。

到了大厅一问，去拍摄印刷部的车十分钟前刚刚离开，气得许弈飞跳着脚地低声骂了半天街。没办法，只能搭班车了。这一跑就一直到了中午吃饭时间才回到公司。

到了大厅一看，公司的人都去吃饭了，赶紧放下背包就往餐厅冲，想着能在那里看到林俊峰。结果她端着餐盘从前到后找了三遍，都没看到她要找的人。今天可真是邪门了！

好不容易人都差不多吃完走光了，才看到周林抹着嘴正要离开，许弈飞赶紧出声叫住他。

“周林！”

“啊？”周林四下看了看，只见前面坐着的许弈飞正朝自己摆手，就走了过去，“有事吗？”

“那什么，你们林部长今天来上班了吗？”

“来了啊，早上还跟设计组开会来着。怎么，你找他？”

“哦，不是，有他邮件来着，我上午没看到他，所以没给他。”许弈飞随便找了个由头，怕周林起疑心。

“邮件？那你拿给我就行了，要不我现在跟你去取也成啊。”

许弈飞一听不好，他去了不就露馅了吗，哪里还有什么邮件，早上都被“橡皮糖”拿走了。“不用不用，等会儿我拿上去就是了。那什么……他没什么事吧？”

周林听她问话，有点纳闷了：“他能有什么事啊？跟平时都一样啊。我说许弈飞，你今天没事吧？”

“没事没事，”许弈飞窘得脸都红了，“你先走吧，我没什么事了。”

周林莫名其妙地看了看她，转身就离开了餐厅。

许弈飞手撑着桌子，任务虽然完成了，可咋感觉这么憋屈呢。赶紧拿出手机，拨了潘婕的电话。

“喂，潘部长啊，林部长今天上班了，没什么事，你放心吧。”放下电话，许弈飞这才如释重负。看来自己真过不了操心的日子，这么点事，都能差点办砸，要是遇到大事，可怎么是好啊？一边摇头叹气，一边推开吃得干干净净的餐盘，走出了餐厅。

潘婕放下手中的电话，稍稍安心。虽然有一点诧异，前天看上去伤得那么厉害的腿，一天时间就全长好了？看来这人的康复能力就跟蜥蜴一样，她不用担心了。

卫兰帮她订的盒饭终于送来了。盒饭质量实在差强人意，潘婕打开盒盖，看着里面的饭菜就完全没了胃口。正在这时门上一阵轻响，卫兰走了进来，看见潘婕正要吃饭。

“潘部长，你还没吃饭啊，那我等会儿再来。”说着就要转身。

潘婕赶紧冲她招招手："没事没事，进来说。"

卫兰这才走到桌前，房间里虽然只有她们两个，可她还是压低声音轻轻说道："我给周林打过电话了，他说鲁平阳周五晚上约的，是地产公司的李经理。"

潘婕闻声放下了饭盒："果然不出我所料，我们那天在公司出来碰到鲁平阳的时候，他就是刚刚和李经理吃完饭。"

“这么巧啊?”

潘婕出神地想了想，既像对卫兰说，又像自言自语："周五鲁平阳请了李经理吃饭，周一就传出标书要改的消息，这么说是鲁平阳的主意啰。"

卫兰问道："这是什么意思?"

“鲁平阳很清楚现在断点的资金是最薄弱的地方，为了给我们增加竞标难度，他说服了李经理，让他们公司修改投放模式计划。如果真的是这样，那这个修改肯定会带来短期资金投入量的大幅增加，对我们不利，只是不知道会不利到什么程度。”

潘婕对着卫兰解释，说着说着，越发觉得这事着实有些棘手。

卫兰看潘婕都把眉头紧锁了，自己就更加没了主意。想来想去也帮不上什么忙，干脆就轻手轻脚离开了她的办公室。

潘婕根本没注意到卫兰什么时候走的，只是自己一个人呆呆地想着这件事。项目经理传来的消息，并没有肯定标书一定会修改。那么他肯定是听李经理口授的，只是想法罢了。当然他既然传出了这个口风，必定会去影响公司的高层，那么他必定会找许部长。新标书没到，就意味着要么许部长还没同意，要么文件还没有做完。总而言之就是一句话，还有机会!

对！我还有机会说服许部长不要修改标书！

想到这，立刻打开抽屉，翻出那天许部长留给她的名片，照着上面的电话打了过去。

“喂，许部长吗？我是断点公司的潘婕，还记得吗？”

电话里传来的声音很清晰，环境很安静，估计是在办公室里：“哦，是小潘啊，怎么可能不记得呢？上次一见，印象深刻啊！”

潘婕握着电话，也不禁微微笑了笑：“您真是好记性。我今天找您，是有件事想和您谈谈，关于这个广告招标的事。您方便晚上出来吗？我请您吃个饭。”

“哎呀，不好意思，今晚没有时间啊！”

潘婕咬了咬嘴唇：“那您现在有没有时间？我现在去您办公室找您。不用很久，最多浪费您半个小时。”

电话里的许部长沉默了片刻，然后继续说道：“好，那你过来吧。两点，给你二十分钟的时间。”

“好！一定按时到！”潘婕挂了电话，看了看表，赶紧来到门口，向卫兰说道：“帮我叫地产项目的经理来一下。”

项目经理走了进来，潘婕很简短地问道：“从这里到地产公司采购部，坐车要多久？”

“大概一个小时左右。如果赶上堵车，时间就要更长了。”

“现在十二点半，你跟我一起过去一趟，无论如何两点前赶到那儿。”

项目经理听到这没头没脑的指令有点糊涂：“潘部长，我们为什么要去那儿？”

潘婕这时已经收拾好了电脑，放进了包里拎了起来：“我们去粉碎对手的一个阴谋！”说着，人已经跟一阵风似的，走出了办公室。

项目经理虽然还是不太明白，但还是一阵小跑地拿了包，跟着她上了电梯。

潘婕刚刚离开，设计总监路云鹏就拿着个文件夹来到她门口。卫兰看他走过来，估摸着就是来找潘婕的，站起身对他说道：“总监，潘部长不在。”

“哦？刚才好像还看到她了，这么快就不在了？去哪儿了？”

“刚刚喊了项目经理一起，好像去地产公司了。”

“这样啊。”路云鹏正要转身离开，想了想又对着卫兰说道，“那我把这个文件放在她办公室，等她回来你告诉她一声，让她尽快处理一下。”

卫兰微微一笑，应道：“好的，那你放那儿吧。”

路云鹏打开门，走进了潘婕的办公室。把文件端端正正地放到她的桌上，一眼就看到推在了一边的饭盒，满满一盒饭几乎就没动过。她连午饭都没吃，就去客户那里了？

许弈飞百无聊赖地坐在前台。外面的天越来越冷，虽然大厅里也送了暖气，可空间太大，再加上人来人往总要开门，所以显得冷飕飕的。正当她嘟嘟囔囔抱怨的时候，公司的大玻璃门又一次被推开，一个高大的人影一瘸一拐地走了进来。许弈飞正要抱怨，一抬头看见来人，立刻吓傻了。他不是好好的在上班吗？怎么？怎么？还有他的腿？我的老天，这是什么情况？

进来的可不就是林俊峰嘛！看着呆呆站在那发愣的小前台，暗暗好笑。犯花痴也不用这样明显吧，虽然这样的傻姑娘也挺多的，可这毕竟是在公司啊，有点顾忌好不好。心里想着，就促狭地伸出手，在她眼前晃了晃：“喂，回魂啦！”说完也不再回头看她，跛着就进了电梯。

许弈飞这才缓了过来。不仅缓了过来，还注意到在她眼前挥舞的那只手背上贴着的胶布。了不得了！了不得了！自己给潘婕传递了假情报，这到底是怎么回事啊？

许弈飞哆哆嗦嗦地拨通潘婕的电话，响了半天也没人接听。姐姐呀，接电话呀！

连着打了三次，潘婕的电话都没有接，许弈飞再次进入白痴模式，而且还是暴走型的。

林俊峰上了七楼，他的助理看到他的样子呆了一下，连忙站起来跑过去扶住了他：“林部长你这是怎么了？”

“没事，不小心磕了一下。”林俊峰满不在乎地摆摆手，“什么事这么着急一定要我过来啊？”

助理带着一脸尴尬的笑容，迟疑地说：“进你办公室说吧。”

扶着林俊峰进了办公室，坐在了椅子上，助理这才站直身子，扭扭捏捏地开了口："林部长是这样的，你也知道我女朋友一直在S市，早就要我过去，可我想在公司做出点名堂，所以拖了两年。周末她打电话要我必须立刻就过去结婚。我也快三十岁了，父母催结婚也催了很多次，这两天我在家里认真考虑了一下，就决定……辞职去S市。"

"哦？还是决定过去了？"林俊峰倒也不觉得意外。这个助理跟他时间不长，刚来的时候就说过女朋友的事，他也估计迟早会有变动。只是没想到才过了三个多月，就提出辞职。早点走也好，免得以后用得顺手了再走，自己还别扭。

助理低着头，两只手背在背后不停地纠缠："嗯，决定了，林部长，对不起啊！"

林俊峰笑了笑："人之常情嘛，可以理解，没关系的。那你辞职报告交了没有？"

助理赶紧说道："还没。不和您先说一下就交辞职信，我觉得不合适。所以才给您打电话，看您今天能不能来一趟，想当面跟您谈。"

"没关系，我同意了，你去人事部交报告吧。"

"嗯嗯，谢谢林部长，那我现在就去了。"助理对着林俊峰像模像样地鞠了个躬，转身出去了。

林俊峰深深地向椅子里一靠，眼睛也闭上了。本来今天不想来上班，腿还没好，烧也还没完全退，不想拿这副狼狈相见人。助理电话打来，他犹豫了半天，最后还是决定过来看看。没了助理，好多事就都不太顺手了，得让人事部赶紧给他物色一个。

林俊峰这才有点小小的后悔，当初怎么就把卫兰给潘婕送过去了，要是不让她走，这会儿正好自己合用。可世上是没后悔药卖的，还是让人事部赶紧想办法，再给自己弄个助理来吧。这样想着，就给人事部的黄部长打了个电话。

两点半，潘婕和项目经理才走出许部长的办公室，比原来预计的时间多了十分钟。

许部长的话说得很圆滑，并没否认标书有可能进行更改，也没确定说一定要改。只是一个劲地对潘婕说："断点实力雄厚，就算修改也不会对你们构成太大影响，要对自己有信心嘛。”

潘婕向他分析了现在这个时候更改标书的风险，同时也暗示这种来自投标方的建议本来就不公平。当然，话说得很委婉，但她相信许部长听明白了，因为她看见许部长原本谈笑风生、满不在乎的表情，变得有一点点严肃，眉头也微微蹙了起来。不管最后结果如何，潘婕觉得自己已经尽力了。

告辞出来，潘婕打开手包，把手机拿了出来。进许部长办公室之前，她怕影响他们的谈话，已经把手机打到了静音，甚至连振动都关闭了。这会儿一看，除了公司的几个号码，其余的都是许弈飞的未接来电。

这姑娘出什么事了？潘婕皱着眉头，回拨了许弈飞：“弈飞，我是潘婕，什么事这么急找我？”

“潘部长，我对不起你啊！”电话另一头的许弈飞听声音都像是要哭出来了，“我早上迟到，没见到林部长，吃饭的时候遇到周林，他说林部长好好的，什么事都没有。我就给你打电话了呀。可下午，我才看到林部长一瘸一拐地来上班，手背上还有一小块胶布，好像是刚打完吊瓶。我该死我该死！我问周林‘林部长怎么样’，结果他和我说的是林正部长，我忘了说是林副部长了……”

声音夹着点哭腔，说得又急，潘婕只听清她说什么一瘸一拐来上班，其他什么都没听明白。

“弈飞你别急，我问你，”潘婕连忙打断了她，“你说林俊峰是一瘸一拐地来上班的？”

许弈飞这才略微平静了些：“嗯，是的，好像还打了吊瓶。”

怎么这样严重？潘婕听她这样说，心里暗暗着急：“瘸得厉害吗？”

“我看还挺厉害的，人看起来也没什么精神。”

潘婕顿了一下，对许弈飞说道：“没事，我知道了。别着急了，没事。”安慰了一下许弈飞，就干脆利落地收线。

此时的潘婕，再次动了给林俊峰打电话的念头。可项目经理还跟着自己呢，回公司再说吧。

回到办公室，潘婕把那一盒冰冷的饭丢进了垃圾桶，又赶紧给路云鹏打了个电话，把刚才的情况说了一下。路云鹏听完并没发表意见，而是说马上过来找她。潘婕本想抓紧时间给林俊峰打个电话，可看来不行了，只好暂时放一放。

桌上放着文件夹，潘婕打开一看，是地产项目的详细方案企划书。这肯定是路总监拿过来的，也先放到了一边，等会儿慢慢看吧。

路云鹏来得很快，两三分钟之后就来了潘婕办公室，手里还拿着一个精致的小盒子。潘婕见他进门，就开口想问路云鹏对这件事的想法。岂料他冲着她摆摆手，笑着把手里的小盒子放在桌上，自己在一旁的沙发上坐了下来。

"先不谈项目，打开看看。"

潘婕不解地看着他，迟疑地慢慢打开小盒子。是一盒看上去非常精美的糕点。潘婕不明白他的意思，抬头用疑问的眼光看着这位总监大人。

"我刚才送文件过来，看你的盒饭都没有动就去了地产公司。还饿着肚子吧？来，尝尝，楼下这家店的东西不错的。再麻烦你给我来杯咖啡，你一边吃，咱们一边聊。"这话说完，还耸了耸肩。

潘婕看到那些糕点，心里就一通欢喜。空空的胃好像也知道有美食即将进入似的，很不要脸地咕咕叫了两声。潘婕再想拒绝，就难免有打肿脸充胖子之嫌了。索性自然地拈出一个小糕点塞进嘴里，边吃边说："我还真是饿坏了。"人也来到咖啡机旁边，打了两杯蓝山端过来。

潘婕是真的饿坏了，糕点味道也实在是好。她吃了第一块之后就没法住口，接二连三地又往嘴里塞了三四块，这才长出了口气："真好吃！"

路云鹏被她的样子也逗乐了，看她拍拍手准备收拾残局，这才开口说道："再给公司卖命，饭也还是要吃的。你是李总的爱将，饿坏了我们可赔不起。"

潘婕三下两下把盒子收好，拿起刚才放到一边的企划书，也坐到了沙发上。

"我今天去找了地产公司的许部长，看来标书要更改这件事确实是有，他没否认。"

"那更改的细节谈到了吗？"

"没有透露，而且他一直说对我们不会有太大影响。但是，"说到这，潘婕抬起眼睛看了看路云鹏，"我不相信他。"

路云鹏听到潘婕这样说，感到有点意思，于是身体向前动了动，并没说话，可看向潘婕的眼光更专注了。第一次在断点公司见到潘婕的时候，这个女孩子的聪慧和冷静就让他很是欣赏。他喜欢潘婕阐述观点时的自信和审慎，这些都是一个优秀职场人必须具备的良好素质，但不是每个人都可以练就的。而她，仿佛天生便有这种能力，令人艳羡不已。

潘婕继续说道："不过我相信我说的话，多少还是对他起到了一点作用。我不敢保证他会就此打消更改标书的念头，但至少在修改的时候，应该会考虑对每个应标公司的公平性。"

路云鹏听完这段话，仍然有些担心地问："这只是你的感觉，可不一定真的就会这样。"

潘婕很快接过他的话："没错，这一点我也考虑过了，所以我想跟你商量，我建议按照资金投入最低的极限来进行方案的设计。"

路云鹏一愣："为什么这样考虑？"

"我想过了，按照这个极限来进行方案设计，我认为有三个好处。第一，可以避免我们根据他们要求的频繁变更而频繁修改设计，减少重复工作。另外，如果他们真的加大了对资金投入的需求，我们也可以对自己公司设置一个接受底线，超过这个底线，我们宁愿放弃项目；最后一点，就算他们的标书不做更改，我们仍然按照这样的设计进行，可以为公司争取到最大化的利益。根据现在的情况，我认为这是最明智的做法。"

路云鹏听到这样一番话，暗暗心惊。潘婕这个姑娘也就二十几岁，可这心思怎么会如此细致？这一段话反映出来的洞察力和决断力，连自己这个三十几岁的人都自愧不如。

潘婕，真是个人才啊！

想到这，路云鹏清了清嗓子，看向潘婕："我个人同意你的分析和判断，要不你看这样行不行，我们明天上午开个会，召集参与这个项目的人一起讨论一下。如果方向确定了，我们立刻就着手新的企划书。"

"好！"随着潘婕的应声，路云鹏也站了起来，准备告辞。临出门，还丢了句："以后可不许不吃饭就出去拼命咯。"

潘婕不好意思地一笑："谢谢总监的糕点，不然这会儿我估计早就趴下了。"

两人相视一笑，摆手道别。

潘婕坐回椅子，拿起手机拨了林俊峰的电话。认识了七年，这好像还是第一次主动给他打电话呢。

电话里传出林俊峰的声音，仍然是那么贫："太阳打西边出来了啊，潘大小姐竟然给我打电话了，我得回去看看，今天是不是黄道吉日啊。"

潘婕心里暗啐一口，语气还是那样冷冷的："林俊峰，严肃点！你的腿怎么样了？"

"还能怎么样啊？搞不好要落下残疾了。潘婕，我要是就这么被你踢瘸了，我能不能要求你对我的下半辈子负责任啊？"

"负责？好啊！我出钱，把你送养老院，让你安度晚年！"

"潘大小姐，你也太狠心了，咱俩虽然没同班过，可好歹也还是校友，曾经又是同事，我还对你一直这样一往情深的，你就这么狠心把我送养老院了？枉费我受了你一场酷刑，还那么呵护着你了。你太让我伤心了。"

呵护着？你那是强行熊抱好不好？如果林俊峰现在站在面前，潘婕很可能就又扑上去"报仇雪恨"了。不过他还能贫，说明心情还算不错，身体应该也没什么太大问题。想到这些，潘婕安心了许多。

"那什么……那天在医院我不是故意丢下你的，我也没想到自己就那么睡着了……对不起啊！"潘婕也不知道自己怎么就说出了这样一番话，好像是为了对自己那天的行为做解释。可实际上，自己明明并不在乎他是怎么想的，为什么要解释呢？

电话那头的林俊峰听到潘婕这句话，倒出人意料地沉默了。潘婕一听电话里没了动静，心里不禁有点慌了，自己是不是说错了什么？看来这句话真的不太合适……

"潘婕，"沉默半晌的林俊峰再次开口，语气却变得正经了起来，"我想和你谈谈，认真地谈谈。"

"什么叫认真谈谈？我们之间有什么好认真谈谈的？我不想和你谈……"潘婕不知是因为心虚还是什么原因，回答得很犹豫。她不是不知道，如果自己一让步，林俊峰就会全面发起攻击。可是，为什么自己的拒绝听起来如此的软弱无力？

“大小姐，你在和我赌婚呢，赌婚懂吗？就是你要是输了就要嫁给我的。你真的就打算万一赌输了，就随随便便把自己丢给我，不要多了解了解我？”

“林俊峰，你别得意！你现在还没赢呢！你怎么就知道我一定会赌输？说不定到最后哭的是你！”潘婕这下有点急了。赌婚之局在她这里是个禁忌，不想任何人在她面前提起。上一次鲁平阳送她回家提到这事，她就已经给他摆过冷脸子了。这会儿林俊峰再提起，自然潘婕不能容忍，更何况……他还是跟她订下赌约的人！

“哈哈，潘婕，如果我赌输了，我肯定会哭。不过不是为了赌输了而哭，是为了娶不到你而哭。今晚七点，罗赛牛排餐厅，不见不散。”

潘婕刚想对着电话大骂，可听筒里已经传来了“嘟嘟嘟”的忙音。该死的林俊峰竟然挂断了电话！

她忽然觉得今天给他打电话这个举动实在太愚蠢。潘婕气得“啪”地合上手机扣在桌上，双手在桌面上狠狠地拍打，好像这桌子就是林俊峰。

推门进来的卫兰被她这疯狂的举动吓坏了，她眼中的潘婕，一向是那么优雅节制，从没见过她如此过激。卫兰没敢上去阻止，也没想到叫住她，只是呆呆地愣在了门口。

潘婕拍得手上吃痛，这才停了下来。隐约感觉有道目光看着，猛一抬头看见卫兰正吃惊地看着自己，脸唰地就红了。这下好，形象彻底崩塌了！

“哦，我没事，等会儿再来。”卫兰快步退出房间，站在门口疑惑不已，潘部长这是怎么了？

林俊峰坐在罗赛牛排餐厅已经等了一个小时了，可还是不见潘婕进来，激动的心情也就慢慢地凉了。难道经过这些，她还不能有所改变吗？自己也饿了，总不能她不来就饿死吧。喊来接待，随便叫了个牛排。低头一边吃，一边信马由缰地胡思乱想。

旁边一桌的一对情侣坐在同一边的沙发上，亲亲热热地窃窃私语，那情景看起来真是令人艳羡。林俊峰不禁感叹，同是追求幸福，人家怎么就能那么甜蜜，自己为何就要如此辛苦？什么时候她那座冰山才能被自己融化？

牛排吃完，潘婕还是没有出现，也已经快九点了。林俊峰站起身，在吧台埋过单之后就走出了餐厅。

街上清冷，行人寥寥，寒风中林俊峰拉了拉围巾。车停在餐厅对面路边的停车位上，他慢慢走过去，拉开车门坐进去，却并未急于离开。

腿上的伤已经好了不少，只是走路的时候还是有些感觉，可现在他倒觉得，心里的伤比这腿上的伤要严重得多。三年前自己做了那个选择，三年后只能接受潘婕的如此对待，仿佛这便是因果报应。要想跟她解释清楚，没有张军在是不行的。

可上哪儿找张军呢?

毕业后，张军就去了北方的一个小城，在工商局工作。他年迈的父母一直在家务农，那个小城离他们不远。后来林俊峰去了英国之后，两人就很久没了联系，直到他回国前想要再找张军的时候，过去的联系方式已经无法联络到了。自己和潘婕，就那样在公告牌上张贴在大家的眼前，从此各自走上了没有交点的路。

他身在国外，可从没放弃对潘婕的关注，只是不知道什么时候可以让自己重新获得追求她的机会。林俊峰甚至考虑过，如果潘婕决定留在美国，他就义无反顾地去那里找她。直到潘婕父母出事，他才找到转圜命运的机会。让潘婕重新回到自己的视线中，让他能看得见，够得着。可现在的情形，她对自己的抗拒始终存在，让他无法真正接近。也许，是时候对她说出真相了。

坐在车里的林俊峰不会知道，在离他不到一千米的地方，有一家马克西姆餐厅。此时这个餐厅的一间小包房里坐着两个人，地产公司李经理和绝尘公司鲁平阳。

今天是李经理约的鲁平阳，可谈话却不是围绕这次的广告招标展开的。

“鲁部长，你看这事怎么样?”

“你今天说这事还真巧了，我们那边市场部林副部长的助理刚刚离职，好像正在物色新助理。”鲁平阳两手的手指叉在一起，背靠着沙发说道。

“那你看能不能帮着说说，让她先去试试? 这会儿她同学不少都去用人单位实习了，她就非要进绝尘，别处都不去，你说说这事……”

“毕竟不是做我的助理，所以我也不能跟你保证什么，不过我可以帮你推荐一下。”

“哎呀，那就太好了。有你鲁部长推荐，这事肯定能成。来，我敬你一杯。”说着，李经理就端起桌上的酒杯，向着鲁平阳举过去。

鲁平阳的后背并未离开沙发，只是伸手也端起酒杯，轻轻地向前伸了伸。也未碰上李经理的杯子，就象征性地放在嘴边抿了一口。

“李经理，时候不早了，要不我们就到这儿?”

“好，那我闺女的事，就拜托你多费心，一定要帮我这个忙啊。”李经理看着鲁平阳已经站起了身，不失时机地提醒他，别忘了今晚谈好的事情。虽然他也不知道为什么自己女儿咬死非要进绝尘，但好歹是H市最大的广告公司，工作应该是不错的。

两人相视一笑，尽在不言中。

“你今天回去就把姑娘的简历发到我邮箱里吧，我明天去人事部帮你去说。”鲁平阳一边穿大衣，一边向李经理说道。

“好，我回去就发。对了，我身上就带着一份纸质版的，要不先给你看看吧。”说着，就从随身携带的包里拿出一份打印文件。

鲁平阳接过文件，目光扫了一眼。李钰琪，二十二岁，Z大中文系应用语言学专业。照片上的姑娘笑意盈盈，青春靓丽。

鲁平阳微微扬了扬眉头，哦? 又一个Z大的。

“我非常认同潘部长的意见，特别符合公司的实际情况。不知道大家意见怎么样?”路云鹏在会议室里踱了几步，刚才说到激动，人不禁站了起来。

几个设计组的人互相看了看，其中一个迟疑地说道:“那我们原来的方案就基本要推翻了。”

潘婕接过他的话头:“不会完全推翻，我觉得你们开始的框架挺好的，可以保留。但实施细节上需要重新构思一下，体现最优、最省的原则。”

看着他们没有再提出其他的意见，潘婕也站了起来:“我们不能和绝尘无限制地拼，所以现在这个想法是最合理的。我们要有迫不得已的时候宁可放弃的决心，这也是给地产公司那边的一个压力，让他们也要考虑万一成了独家竞标的情况，不至于在标书上过分为难我们。”

“那就这样决定了，设计组回去三天之内做好企划书，准备应标的陈述演示。没有问题吧。”

“没有问题。”设计组的人说完，就陆续走了出去。

潘婕收拾好东西，不无担忧地看向路云鹏：“我们这样，至少给你们设计组争取了两到三天的时间，标书修改就不用你们担心了，除非有非常大的变化。你们那边有把握吗？我指的是创意……”

“对我们这么没信心？”路云鹏放下手上的笔，也拿起桌上的电脑站起身来。“放心吧，有我呢。”说完，跟着潘婕走出了会议室。“介不介意请我去你办公室喝杯咖啡？你的蓝山不错。”

潘婕微微一笑：“当然，随时欢迎。”说罢引着路云鹏回到办公室。

“你喜欢百合？”看着那束百合，路云鹏不禁发问。记得上次来潘婕这里，摆的也是一束百合花。

“是的。我妈妈最喜欢百合，所以我也就受了影响。”潘婕说完，端起咖啡递给路云鹏。

“我太太以前也很喜欢这个花，不过她最喜欢的还是玫瑰，跟你还是有些不同。”路云鹏一边呷着咖啡，一边看着瓶里的花。

“你太太也在H市？还是留在香港了？”

“在香港，香港仔墓园。”

潘婕吃惊地望着路云鹏，这个回答可是她怎么也没想到的。

“前年过世的，癌症。”路云鹏摇了摇头，语气虽然并没什么变化，但潘婕却多少感觉到了他的心痛，“我其实很早就想来大陆发展，可碍于她的病，一直不能成行。去年把香港的事情处理好，就来了这边。”

潘婕端着咖啡杯，一时倒找不出什么话安慰他，只好轻轻地说：“对不起，我很遗憾。”

“没什么，都过去两年了。再说也不是你的错啊，那么自责做什么呢？”路云鹏对着潘婕笑笑，把这个沉重的话题一带而过，“对了，我听说你妈妈一直在医院，情况怎么样？”

潘婕并未在公司说过妈妈的事，路云鹏怎么会知道？顾不上问这个，她淡淡一笑："还是老样子，一直没醒。大夫虽然没说，可我感觉，情况似乎并不大好。”

“我今天就是想和你说这个。我在香港有个朋友，美国留学回来的，主修脑外科和神经外科，治这种病很有经验。要不要我帮你联系一下，你咨询一下他的意见？”

潘婕一下子没反应过来，停了半晌才明白，路云鹏是帮自己找了个专家："啊呀，那可太好了！路总监，真是太谢谢你了！”

路云鹏笑着从口袋里拿出笔，找潘婕要了张便签，写了几行字。然后拿起来交给潘婕："这是他的EMAIL和MSN，最下面是他的私人电话，你先和他联系一下，就说是我的朋友，他会尽力帮你的。”

潘婕接过那张纸，心情激动了起来："太谢谢你了！我替我妈妈也谢谢你！”

“哈哈哈！”路云鹏不禁一阵大笑，潘婕再干练，终究不过一个女儿家。听到这样的消息，也不能平静对待，雀跃得像个小姑娘一样，“你先不用谢我，要是你妈妈真的好了的话，请我吃顿饭就行。”

“那没问题！别说一顿，一百顿都行！”

“罗医生，我是路云鹏的朋友，我叫潘婕。我妈妈因为车祸，已经昏迷了半年多，我们非常需要您的帮助。迫切希望收到您的回复，谢谢！”

邮件发出，潘婕感觉就像发出了一份沉甸甸的希望。但愿这一次，妈妈能有好转。

手机铃声响起，潘婕还沉浸在对希望的憧憬中，并没注意电话是谁打来的。

“喂，你好。”

“潘大小姐，为什么放我鸽子？”电话里的声音，微微带了一点怒气。

潘婕显然心情还没有转过来，听到问话愣了一下，把电话拿到眼前一看，才知道是林俊峰。于是重新将电话放到耳边："我并没答应过你我要去啊，是你自己一厢情愿好吧。”

电话里的林俊峰语塞了，虽说当时潘婕是没有答应，可他仍然没有想到她真的会不来。这个女孩，每当他想有进一步的行动时，她就会像刺猬一般竖起坚硬的刺，毫不客气地给他来那么一下子。到底跟她说什么，才不会让她如此排斥自己呢。

沉默半晌，林俊峰终于说道："好吧，我们说点别的。我的助理辞职了，今天鲁平阳给我推荐了新助理，想知道是谁吗？"

潘婕突然觉得很无奈："林俊峰，你换个助理跟我有什么关系？我又不是你们绝尘的人事部长。"

"别人也就算了，可这个人说不定你真能感兴趣。"

"哦？那说来听听。"

"地产公司采购部李经理的千金小姐。是不是感兴趣了？"

这回轮到潘婕语塞了。这到底是什么情况？潘婕一瞬间脑子有点混乱，怎么还会出现这种状况？

林俊峰听潘婕这边没了动静，就知道这番话还是多少触动了她。这让他心里有些高兴，自己身边总算还有点事能让她感点兴趣。"不过如果你有意见，我可以拒绝。"

潘婕这才回过神来："我有什么意见？你家的公司，你的助理，我会有什么意见？你想多了。"

"好吧，如果你这样说，我就只好做个顺水人情了。不过你放心，我不会以此就利用近水楼台的优势，欺负你们断点。咱们还是公平竞争。"林俊峰的口气里，带了一丝得意，听得潘婕很不舒服。

"林俊峰，你要是没有别的事，我就先挂了。以后这样的事也不必告诉我，再见！"放下电话的潘婕，心里有那么点自己也说不清楚原因的恼怒。毫无疑问，李经理的女儿加入绝尘，对地产这个项目无疑会带来很大的影响。可自己的怒气，真的只是因为这个项目吗？

自从上次饭局之后，潘婕就一直觉得和林俊峰的距离被他越拉越近，到现在自己都很难说清对他是什么感觉。恨，当然谈不上。说远点，也就是大学时的那件事让她对他的印象糟糕到了极点；说近点，也就是他安排她入职绝尘伤了自己的自尊心。而退一步说，大学里那件事毕竟自己不是受害人，而加入绝尘也只能说是他好心办了坏事，都跟恨扯不上关系。

爱，当然就更谈不上。如果想爱，只怕大学的时候她就可以接受他的追求，何须一直抗拒到今天。而现在，两人都已经成为对手，势如水火，就更不可能谈什么爱不爱的了。

可是，为什么自己对他的感觉，始终无法像对待一个路人甲那样淡定平和？喜与怒，都是那么容易被他牵动。这到底是怎么了？

这种情况，潘婕不是没有察觉，也正因为如此，她在纠结了一天之后，最终还是没有去赴林俊峰的约。她想拉开两人的距离，即便是有什么想法，站在远处看恐怕也会更清楚冷静吧。

其实，潘婕不是没有想过，干脆放弃抗拒，从了林俊峰。也许从此不再需要这样的辛苦，不再需要这样的拼命。可是，每每这样的念头一过，心里就会有无数个潘婕跳出来，众口一词地说“不”。如果真的放弃，自己这么多年的奋斗又所为何来？妈妈要是知道自己女儿做这样的选择，她会答应吗？

还有那个死去的肖雅娟，就真的成为一缕青烟，彻底散去了吗？

这个念头一出现，潘婕不由自主地打了个寒战。林俊峰造的孽，不能就这么被一笔勾销。

十二

林俊峰坐在座位上，盯着坐在他面前的这个年轻姑娘。

李钰琪，简历上写的是二十二岁，可也许是因为化了妆，使她看起来显得更成熟一些。中分长发，把脸型修饰得很瘦削，不大看得出原来的轮廓。头发直直的，很滑顺的样子。眉眼都着了浓妆，眉形是现在流行的画法，偏粗。眼睛的眼线画得非常黑，也非常长，外眼角部分几乎拉出去四分之一眼长，使得眼睛看上去超出正常的大。贴了假睫毛，刷了很重的睫毛膏。皮肤很白，但能看出涂了比较厚的底霜。嘴唇点了裸色唇蜜，晶莹透亮的，还着意向前微微撅出来一点，似乎想显得更加性感。两侧的耳朵上戴着水滴形耳环,随着脑袋的晃动不停前后摆动。

也许是第一次见面,这姑娘在林俊峰面前还有点不自在。可即便如此,她的眼睛也还是直勾勾地看着他,时不时放出一阵火花,仿佛自己真的拥有一对电眼似的。

她身上穿着一件米黄色的大衣,脚上是黑色的高跟长筒靴。这是个很时尚的女孩子,至少她的外表看上去如此。说不上漂亮也谈不上不漂亮,因为你根本也看不出她身上什么地方是真的,什么地方是假的。

对着这个妆容武装到牙齿、看不出年龄的妹子,林俊峰觉得心都凉了半截。这样的人,给自己做助理? 鲁平阳的脑袋是不是被门挤了?

他尴尬地清了清嗓子,问道:"李小姐,你为什么一定要进绝尘公司呢?"

李钰琪忽闪忽闪她的"大眼睛",睫毛上下翻飞:"绝尘是H市最大的广告公司,我认为我在这里可以学到很多东西,所以……"话并没说完,但已经不用多说,因为她又暗暗地对着林俊峰放了一下电,而且确定他已经收到。对面坐着的林俊峰身体微微抖了一下,眉头也皱了起来。

对面的李钰琪一见他这个表情,心里有点慌。自己是不是做得过了一点?其实她选择进绝尘,就是冲着林俊峰来的。李钰琪在一个偶然的机会,看到了几张林俊峰大学时的照片,从此便不能自拔。当她四处打听,得知林俊峰回到了绝尘公司之后,就打定了主意要来绝尘。

昨天得到面试的消息,她激动得一夜没怎么合眼。约好十点的面试,她七点多就爬了起来,花了将近两个小时,把自己打扮到自认为的最佳状态。她必须让林俊峰一眼就看中自己,把自己留在他身边。

"我爸一直对我说绝尘的林部长不仅英俊潇洒、风流倜傥,更是能力过人。所以我很早就希望能进绝尘公司向您学习。我这个人,不能说有多聪明,但还够机灵,如果林部长你今天肯留下我,我一定会尽全力好好做事的。不仅是我,我们全家都会感谢您的。"说到"全家"的时候,她刻意加重了一下语气。

林俊峰不喜欢这个女孩子,那些别别扭扭姑娘身上有的毛病,在她身上几乎是占全了,他想把她快点打发走:"要不这样,今天就到这吧,你先回去等通知。"

对面的李钰琪看着林俊峰的笑容，竟然发了呆。他可真帅啊！

林俊峰看她不说话，也不离开，把身子向前凑了凑，伸出手在她眼前晃了一下："喂，听见我说话吗？"

李钰琪这才猛地醒过神："啊，啊？你说什么？"

林俊峰不禁有些哭笑不得，不管怎么说这也是在面试，她怎么能在这种时候也走神成这样？"我是说，你今天先回去等通知。"

"可不是说今天就可以上班的吗？"李钰琪显然没有想到林俊峰这就要打发她回去，之前和她说的就是来见见自己的上司。

林俊峰这时换了一副严肃的表情："李小姐，今天是面试。你别搞错了。"

一见林俊峰动了怒，李钰琪赶紧站起身来。她可不想还没来绝尘，就给林俊峰留下不好的印象，反正自己老爸在后面撑着，她也不怕进不来。这样一想，倒也无所谓了，回去就回去。

"好吧，那我就回去了，有结果麻烦您尽快通知我，我随时可以来上班。"一边说着，一边还不忘又冲林俊峰眨了眨她的"大眼睛"。

林俊峰坐在椅子上动都没动，脸上挤出一个皮笑肉不笑的表情："好，再见！"看着李钰琪转身出了门，他一拳头砸在了桌面上。该死的鲁平阳，他到底搞什么鬼？竟然给自己弄这么个奇葩妹子来当助理！

心里火大，也没找鲁平阳，他拿起电话给人事部长打了个电话："那个李钰琪，对，今天来面试的，我不同意接收。你们人事部看着处理吧。"

撂下电话，林俊峰仍然气呼呼的。昨天还在跟潘婕嘚瑟这件事，这下好，成了自己的闹心事儿了。但凡是个普普通通的女孩子，他也就将就了。可这个姑娘的样子，根本不会普通，别到头来给自己再找个大麻烦。他林俊峰可不能做这样的冤大头。而且她看自己的眼神，心思本就不简单，以后要是再对自己纠缠不清，那潘婕那里就更说不清楚了。想到这，林俊峰打定了主意，这个助理不能要。

林俊峰正在办公室生气，就听见有人敲门。也不等他说话，就直接推门进来了个人。真是怕什么来什么，进来的人正是鲁平阳。

"小老弟，一个人在办公室里琢磨什么呢？"鲁平阳满面笑容，看着林俊峰。

林俊峰一见是他，就知道是为了面试结果来的。没给他好脸色，也没请他坐，只是淡淡地说:“没什么。”

鲁平阳哈哈一笑，也不客气，直接往旁边的沙发上一坐，摆出一副要跟他长谈的架势:“怎么样，面试结果如何?”

你要是不知道结果，会跑到我这里来跟我闲聊? 林俊峰知道他明知故问，心里的火更大了:“鲁部长啊，你见过这个小姑娘没有啊?”

鲁平阳气定神闲地靠在沙发上，说起话来不疾不徐:“没有啊，怎么了?”

林俊峰三步两步也走到沙发边坐下，对着鲁平阳开了炮:“我问她为什么想来绝尘，一句实在话都没有。这边面试着呢，人都不知道走神到什么地方去了。这样的助理你们谁爱要谁要，我是不要。”

鲁平阳看着林俊峰如此激动，赶紧对他摆了摆手:“俊峰啊，别急别急。小姑娘还小，再说她也不了解绝尘，你让她说个什么求职理由，她当然说不出什么来。大学生还不都想找个大公司嘛，心情可以理解啊。”一看林俊峰又要反驳，他立刻继续说道，“至于走神什么的，人家一个年轻姑娘，面对你这么个大帅哥，能那么容易集中精神吗? 要怪，也只能怪你长太帅了，哈哈哈!”

他的话，林俊峰一句都不能接受。可又不知道怎么说才好，干脆气鼓鼓地也不说话，转过头生气地不看他。

鲁平阳抬头瞟了一眼林俊峰，换了种更恳切的语气:“要不这样吧，反正她现在还没毕业，我们先让她进来算实习，还是给你做助理。等她实习期满了，到时你再根据她的表现，决定是不是留下她。也不过几个月的事，这总可以吧?”

林俊峰一听他话说到这分上，反而不好再坚持。可想着今后要每天对着那张脸，不禁身上的汗毛都有点竖了起来。

“好吧，既然这样，那我只能答应接受她来实习。不过我可先丑话说在前头，你去告诉李经理，让他女儿别每天浓妆艳抹地来上班!”

鲁平阳一听这话，一颗心算是放下了。人也站了起来:“你放心吧，我一定转告。”说完，作势就要出门。

林俊峰赶紧又追了一句:“就这几个月啊，多一天都不留。”

“好好好，就这几个月，没问题。”鲁平阳赔着笑，算是给林俊峰吃了颗定心丸。出了他的办公室，微微冷笑，还是太年轻，这点小事就沉不住气。

林俊峰看着鲁平阳出了门，心里还是很郁闷。想着地产公司的项目方案设计应该已经差不多了，就拿起内线想让助理喊罗晓波过来。都已经按下了“1”才想起自己现在已经没助理了，无奈之下只好走出办公室，对着离他最近的一个人喊道：“去帮我把罗晓波叫过来。”

罗晓波进来，还是带着一脸宅气。林俊峰最近和他也熟悉了起来，开门见山地问道：“地产广告的方案怎么样了，还要几天？”

罗晓波扶了扶眼镜：“基本已经做完了，不过上午收到了市场部转来的地产项目新标书，我们正在核对，看看对我们的原方案有没有影响。”

“新标书来了？我怎么不知道？”林俊峰听到这个消息很意外，他并不知道鲁平阳背后使的小花招。

“是鲁部长直接安排人拿过来的，可能还没来得及告诉您吧。”

林俊峰沉默了一下，接着对罗晓波说：“那你先回去吧，把新标书给我复印了拿过来。”

罗晓波应声出去了，不一会儿，一个小文员就把新标书的复印件送了进来。

林俊峰曾经仔细研究过老标书的条款，所以一拿到新标书就从头到尾仔细地看了一遍。发现除了最开始投放时的规模要求增大了以外，其他的地方并没有太多的变化。再仔细看看变化的部分，其实也并不大。他不明白为什么地产公司会对标书做这样一点点的修改。

对这份新标书疑惑不解的，好像也只有林俊峰了。潘婕看到新标书，是什么都明白了。

上午收到新标书之后，她是第一个细细研究的人。当发现标书更改非常小之后，她之前的担心烟消云散了。看来地产公司还是在绝尘和断点之间做了个权衡，既给了绝尘一个面子，也给了断点继续竞标的机会。这一招可谓双方兼顾，估计鲁平阳看到这份新标书要火冒三丈了。

想到这，潘婕不禁露出了笑容。看来断点的方案，很快就可以定稿了。

拿着这份文件，潘婕叩响了路云鹏的办公室大门，再次走进了他的路氏水族馆。

“路总监，新的标书我研究过了，对我们的方案几乎没有任何影响。”说着，就把文件放到了路云鹏的桌上。

路云鹏听潘婕这样一说，脸上露出了欣喜的神色："看来地产公司并没有买绝尘的面子嘛。"

"也不能说是没买，只是买了个小的。"潘婕笑着回答道。从现在的情况来看，这次标书的更改，几乎跟没改差不多。这让潘婕心里放松了不少。

"我们的完整企划书大概明天就可以完成了。如果讨论通过，就可以准备应标展示文件了。"路云鹏看到潘婕开心，心情也跟着好起来。

"好，那明天我们就开讨论会。"

路云鹏欲言又止地看了看潘婕，最后还是决定和她说一下："小潘，我有个事情需要跟你说一下。"

"你说。"潘婕心情轻松，语气也透着愉快。

路云鹏十根细长的手指在手中的笔杆上来回地撸了几下，想着要怎样措辞才能说服她："我想让你做这次应标的陈述人。"

潘婕很吃惊，因为通常项目应标都是由设计部的人来完成，方案是他们做的，自然由他们介绍最清楚。她不知道为什么路云鹏会要求她来做介绍。倒不是说她没有这个自信做好陈述，而是这不符合常规。"路总监，你为什么有这样的想法。"

路云鹏本想在明天的讨论会上再和潘婕讨论这个问题，其实自从潘婕一进断点介入地产这个项目，他就在心里有一个朦胧的想法，希望她能在某个时机成为项目甚至公司的代言。毕竟潘婕本来就很漂亮，形象让人接受起来非常容易，再者她的能力，也让路云鹏刮目相看。也正由于有了这样的想法，所以整个地产项目的创意策划都让他灵感不断。

但这一切，都是围绕潘婕展开的。

现在，设计方案的谜底即将揭晓，路云鹏很想提前跟潘婕说一下，免得明天的会议上她难以接受。伸手做了个请的动作，路云鹏把潘婕让到了沙发上。通常只有长谈才需要在这个区域进行，看来总监这个谈话短不了。

"小潘，这要从我们这次的方案策划讲起……"

回到办公室的潘婕，表情有点凝重，连卫兰都感觉到，老大今天有心事。刚刚接到许弈飞的电话，说她又想去吃“好再来”的火锅了，约她俩一起去。可看到潘婕这个表情，卫兰不确定她会不会有心情参加。犹豫了半晌，还是站起身来，敲开了潘婕办公室的房门。

“潘部长，你还好吗？”看见潘婕仍然眉头微蹙，卫兰没有直接说出吃饭的事。

潘婕这才从沉思中惊醒：“哦，没事，没事。”说完就对着卫兰微微一笑，“没事，我在想点事情。你找我有事吗？”

卫兰挠了挠头，也不知道现在跟她说这个合适不合适，停了一下还是说了出来：“弈飞刚才打电话来说，好久没去‘好再来’，问我们愿不愿意晚上一起去坐坐。你有空吗？”

那家火锅店的味道确实特别，潘婕也是一段时间不去就常常会想去。想想也有段时间没去了，许弈飞那个吃货估计早就垂涎好久了。她对卫兰说道：“今晚我没什么安排，有空！”

卫兰笑着挤了挤眼睛，对她做了个OK的手势。好久没跟弈飞聊天了，看来晚上又有好听的绝尘八卦了。

看着卫兰出门通知许弈飞，潘婕继续想她的心事。

路云鹏的建议她倒不是不能接受，只是很怀疑自己能不能把这个方案讲好。从现在的设计来看，绝对是个有冲击力的构想，但地产那边能不能接受如此前卫的设计？她不确定。

一直到午饭时间，潘婕才在自己的记事本上写下了几条明天开会想谈的要点。看看时间也差不多了，干脆放下不想，下楼吃饭。

许弈飞是第一个下班到达“好再来”的。等潘婕和卫兰到来的时候，不仅菜已经全部上齐，连汤都已经开了。两人也不客气，坐下就吃。

许弈飞一见两人狼吞虎咽的样子，也不甘落后，几个姑娘都没顾上聊天，就把自己填了个大半饱。把几盘子肉片全部吃完，这才放下筷子，互相看着笑了起来。

“我咋觉得咱们几个越来越像吃货了呢？”卫兰一边笑一边说道。

“那还不好？做吃货是最幸福的一件事了。”许弈飞边擦嘴上的油，边笑嘻嘻地说。

卫兰赶紧问道:“快,吃货跟我们说说,绝尘最近有啥新鲜事儿?”

一提到这种八卦,许弈飞的眼睛就开始放光了:“要说新鲜事儿,最近还真有不少。财务部长前几天去相了第八个对象,听说两人一下子就对上眼了,好像要闪婚呢。这万年王老五终于要成双了,你说是不是喜事?”

许弈飞偷偷抬眼看了一下潘婕,低声说道:“还有一个是关于林副部的。”迟疑了一下,看潘婕并没有露出不悦的神色,这才继续说道,“林副部长新招了一个助理,打扮得跟妖精一样。”

卫兰听许弈飞这样一说,也暗暗观察了一下潘婕。只见她并未说话,甚至没有抬头,看上去吃东西的神情更加专注了。卫兰不禁向许弈飞递了个眼色,这个话题怎么能说呢?

可这个呆头呆脑的许弈飞并没有会意:“那个小丫头眼睛画得跟个乌眼鸡一样,那个眼线黑得跟煤炭似的,还学埃及艳后画得那么老长。一张脸就跟假的似的那么白,还自我感觉良好。”

潘婕的眉头终于皱了起来。本想装作完全不在乎的样子,可是怎么只要事关林俊峰,自己就很难做到淡定漠然呢?按照许弈飞的描述,这种女孩子要是作为助理站在林俊峰身边,肯定看上去是个很奇异的景象。可再一想,那天林俊峰还专门打电话向自己嘚瑟,说自己找了李经理的姑娘做助理,好像地产项目就势在必得了的得意样,又有一点幸灾乐祸。扑哧一声笑了出来。

许弈飞正说到兴头上,听见潘婕的动静,赶紧看向她,只见这个刚才还一脸平静的大部长,这会儿都快笑得接不上气了。这是个什么情况?

潘婕边笑,边指着许弈飞说:“弈飞你这张嘴,简直说得活灵活现,就好像那个乌眼鸡就站在咱们面前似的。”

听潘婕这样一说,连卫兰都忍不住了,也哈哈哈地大笑起来。

剩下许弈飞一个人先是呆呆地一愣,看着两个笑作一团的人,自己也忍俊不禁了。笑了半天,几个姑娘才安静下来。许弈飞继续说道:“对了,企划部前两天新提拔了一个设计组长,那个人好像才来公司没几个月,直接给提到设计一组当组长了,你们说神奇不神奇?”

“不是吧,到设计一组做组长,怎么也要在绝尘干过三五年的人才有可能啊!"卫兰一听也觉得奇怪。

潘婕倒是很冷静,抬眼轻轻地问了一声:"是不是因为做了地产项目的策划?"

许弈飞摇摇头:"这个我就不知道了。"

潘婕笑了笑,也没再多问,反而催促着她们把菜尽快消灭。

吃完了饭,走出火锅店,卫兰和许弈飞一路,而潘婕打车去了医院。天气冷,她不放心妈妈。

等她从医院回到家,天色已经很晚了。惦记着那个香港医生的消息,一到家就把电脑打开。果然,在收件箱里静静躺着的一堆邮件里找到了一封来自香港的信,潘婕的心跳立刻加速了。

"你好,我是罗医生,我收到了你的邮件。从你介绍的你妈妈情况来看,很有可能是遭遇车祸时脑部受到重创,留下瘀血所致。我需要你提供更详细的病历及检查报告,才能判断是否有合适的医疗方案。你尽快搜集一下这些资料,给我寄过来,我看过之后再跟你联系。"

再向下是一个清单,列出了他需要的所有资料,另外还有一个医院的地址。

潘婕看到这个邮件,激动地跳了起来。虽然并不知道这个罗医生是不是可以帮助妈妈苏醒过来,但这个邮件本身带给了潘婕无尽的希望。

她赶紧写了一封答谢邮件,告诉罗医生自己会尽快寄出资料。然后又给妈妈的主治医生打了个电话,按照清单上的要求说了一遍,所幸所有需要的资料医院都有,只需要她去取一下就可以了。

做完这一切,潘婕的心情好得无以复加。如果妈妈真的醒了过来,她就有个真正的家了!

路云鹏正在接一个来自香港的电话,电话另一头的人,正是今天给潘婕带来无穷希望的罗医生。

路云鹏原本并不认识罗医生,几年前他的夫人罹患癌症,罗医生便是她的主治医生。当时罗医生刚从美国回来不久,路夫人是他接治的第一位癌症病人,而且已经是晚期。

两个不同行业的人,没有什么交集,本来不会成为朋友。但路云鹏夫妇表现出的伉俪情深，深深打动了罗医生；而他们对待病痛与死亡的态度，也让他深深叹服。虽然他竭尽了全力，但无情的病魔仍然夺去了路夫人的生命。处理完后事的路云鹏，在罗医生面前酩酊大醉了一场，酒醒之后却笑着离去。自此两人成了莫逆之交。

尽管关系很好，可路云鹏从来没有向罗医生推荐过病人。不过前几天，罗医生出乎意料地接到了路云鹏的电话，不推荐病人的惯例被他自己打破了，随后罗医生就收到了潘婕的邮件。等他回复完这个邮件之后，自然要找路云鹏，他想问一问，是什么人让路云鹏开口向自己讨这个人情？

“就是公司的一个小姑娘，人很不错，能力又强，可她父母很不幸地遭遇车祸，爸爸去世了，妈妈昏迷了很久一直不醒，所以就想求你帮帮她咯。”路云鹏不吸烟，可对红酒是一往情深，这会儿手上也正端着一杯，边说边轻轻摇晃酒杯，呼吸着红酒散发出的醇香。

“真的吗？只是个公司的小姑娘？咱们两个认识这么多年了，你可是第一次开口给我介绍病人哦。说吧，是不是对人家有什么别的想法？”电话那头的罗医生显然对他给出的答案不满意，想要继续挖掘一下。

路云鹏抿了一口红酒，漫不经心地说道：“我呢，什么想法也没有，就是看着那个姑娘一个人奋斗挺不容易的，想帮个小忙而已。”

罗医生一看他不肯说，干脆也不再追问，换了一个话题：“不过，我最近两个月的安排都是满的啊，肯定没法去H市，她要是着急只能让她到香港来，这个你要跟她说一下啊。”

路云鹏一听，这事有点棘手。叫潘婕一个人带着她妈妈去香港，而且她在那边好像还没有朋友，这还真是个问题。沉吟了一下，暂时也没什么好的想法，只好说道：“好吧，我跟她说一下。”

电话那头的罗医生说完，并没有挂电话，而是在停顿了一下之后又说道：“云鹏，你是不是也考虑一下自己的事？你夫人也过世好几年了，有合适的姑娘你也努力努力，总一个人这么过也不是办法啊！”

路云鹏知道罗医生是关心自己，可把这个话题跟潘婕妈妈治病的事放在一起说，就好像坐实了他想乘人之危似的。于是表情严肃起来，虽然他也知道罗医生根本看不见："咱们换个时间再讨论这个话题，不能在今天说。你就非要把这两件事搅在一起？"

罗医生在电话里笑了起来："好好好，今天不说，不过我是好意哦。"

"行了行了，谢谢你的好意！"路云鹏说完就准备挂断电话。这时听筒里传来了罗医生的叫声："喂喂，先别挂，你明天一定要告诉你那个朋友，让她把我叫她准备的资料尽快给我寄过来，我想先看看情况，说不定没那么严重，我出个医疗方案让她在大陆找医生做就可以了。"

"别，我会告诉她准备你要的东西，不过这人还是要你亲自来诊。我好不容易拉下面子求你一回，万一有个闪失，我可没办法跟人家交代。必须你治，没得商量。"

十三

绝尘和断点都在为地产项目的竞标做着准备，开标时间也确定了，一月十八日。

林俊峰和潘婕，谁都不想输；绝尘和断点，同样谁都不想输。

离开标还有三天，林俊峰和潘婕都陷入了深深的焦虑之中，而对于潘婕更是有别样的压力，因为她是这次的应标陈述人。不仅如此，在她把妈妈的资料寄给了罗医生以后，他很快回复了消息，让她利用春节时间带妈妈去香港，他已经初步拟定了治疗方案，需要当面诊断实施。这让她心中更多了一份焦虑。

快下班的时候，潘婕去了路云鹏的办公室。其实并没有什么具体的事情需要商量，只是潘婕突然之间很想找个人说说话，一时之间又不知道找谁合适，就想到了路云鹏。

"怎么，紧张了？"路云鹏是个聪明的男人，见潘婕这会儿过来，很清楚她为什么来。最近这姑娘压力很大。

"是啊！"一边说着，一边也站到了水族墙旁边："路总监，你说这个标我们有几成把握?"

路云鹏笑笑，看了看身边这个美丽的女孩子，轻轻说道:"即便只有一成把握，我们尽了十分的力，我觉得也是成功的。其实人生就是一个过程，相比结果而言，过程要精彩多了。"

"可是……"路云鹏的一番话并没有让潘婕释怀，他不知道潘婕和林俊峰的赌局，所以如此淡然很正常。可潘婕要面对的，不仅仅是一个项目的得失，更是一诺千金的诚信。即便是嫁，也不能被别人赢回去，但这些话，她没法和路云鹏说。

路云鹏看她欲言又止的样子，心里也有些不忍，虽说自己对这次的方案有六七成的把握，可担保的话是没法说的。想了想，就说:"我春节期间是会回香港的，我在那里还有一套房子，你过去要是需要就可以住我那里。"

潘婕感激地看了看路云鹏:"不用麻烦，你帮我们找到罗医生，我就已经感激不尽了，怎么还能那样打扰你呢？再说罗医生已经帮我们在医院联系好了床位，我们住在医院就好了。"

路云鹏点点头:"反正我那段时间在香港，有什么事情你随时给我打电话。"

潘婕突然就觉得心里一松，虽说路云鹏并没说什么，可她仍然感觉压力莫名就小了很多。看来自己还是太嫩了，遇到这点事就觉得有点扛不住。这样想着，也就微微笑着摇了摇头。

"那我就不打扰你了。"说着就打开了办公室的门，临出门之前还没忘记夸奖了路云鹏一句，"你的这些鱼真漂亮!"

看着潘婕的身影被房门格挡在屋外，路云鹏默默地转过身。罗医生前两天告诉他，自己大概有六成把握可以治好潘婕妈妈的病，只是康复的时间可能会比较长，虽然不用连续住在医院里，可仍然需要在香港逗留一段时间，以便他随时可以掌握病情，调整治疗。这种情况，当然不可能长时间住在酒店，所以他才想到让潘婕她们住在他的房子里。而自己这次回去，很大程度上也是想帮潘婕母女。

一切都等到了香港之后再说吧。

林俊峰这几天心情很好。

企划案的设计让他觉得非常满意，特别是罗晓波在细节上都考虑得十分周到，使得整个方案非常有说服力。林俊峰虽然并不知道断点的设计是怎样的，但在他看来，以绝尘这次的设计水平，地产这个项目想丢都不那么容易。

心情一好，万事皆顺，连新来的实习助理李钰琪，看上去都不那么碍眼了。

李钰琪虽然只是个实习生，可手脚还算麻利，人也还勤快，所以来了不几天，企划部对她的评价也都不算差。只除了一点，看见林俊峰还是会犯花痴。只要有去他办公室的机会，就绝不放过。有一次园艺师傅送盆很大的植物来，她都非要跟人家一起抬进林俊峰的办公室。要是有送文件的机会就更是如此，只要一进办公室就找着各种话题不肯出来，经常惹得林俊峰要下逐客令才行。

几天下来，林俊峰也知道她这毛病，所以有什么事都不愿叫她，宁可自己跑出来安排。这下倒好，明明有助理，倒和没助理没什么两样。

这天下午快下班的时候，李钰琪进来送月中报表，林俊峰抬头看见是她，手里还拿着一叠文件，连话都没说就对着桌子指了指，示意她把文件放下就可以出去了。可半天不见有什么动静，他忍不住又抬起头看着李钰琪，面无表情地说道："什么事?"

李钰琪盯着林俊峰，脸都有点红了，可还是不肯移开目光。半天才开口："我爸说，过两天就开标了，叫你们做好准备，这次他们公司的老总也会参加。"

林俊峰凝神想了一下："好，我知道了，你去吧。"看到李钰琪还是不肯出去，不禁又想下逐客令。

岂料李钰琪这次很勇敢，终于把憋了很久的话说了出来："林副部长，我一直有个问题想问你，那个跳楼自杀的女生真的和你有关系吗?"见林俊峰的表情眼看就要发怒，又赶紧接了一句，"我听Z大的人这样说，可我怎么都不相信，你这样的人不可能做出那样的事情！"

这句话倒是把林俊峰说得一愣。这件事自己背在身上这么多年，可从来没人对他说过这样的话。眼前这个一直让自己反感的小实习生，却说出这样让人吃惊的话，不禁让他对她的话多少有了点兴趣。

"你凭什么这样说呢?"

李钰琪一看林俊峰的表情缓和了下来，这可是难得的机会，自己当然不会放过。

“你那时那么喜欢那个潘婕，不可能和那个什么娟的有什么关系！”

林俊峰一听，脑袋嗡了一下。这都是他心里最隐秘的事，她怎么会知道？难道她调查过他？心里想着，看向她的表情就有些冰冷。岂止是冰冷，甚至有些目露凶光：“你怎么知道这些？”

李钰琪倒是并不慌：“你们那时在Z大那么出名，我就是想不知道也难吧。其实我说的这些都是自己分析出来的，没人跟我说。”

“那你太不了解我了，我在Z大谈过的女朋友都快够一个排了，什么事不可能发生？”林俊峰听她这样说，暗松一口气，口气上也就带上了一丝心不在焉。

“那些都是假象，你是想拿她们刺激潘婕！其实你心里一直喜欢的，就只有潘婕一个，对不对？”

林俊峰猛地坐直了身子，锐利的目光死死地盯着李钰琪。而面前的这个女孩子似乎并不畏惧，眼睛也直视着林俊峰，只不过她的目光里，满是爱慕。

“你出去吧，以后别随便进我的办公室。”林俊峰突然之间觉得很无力，强撑着再次对李钰琪下了逐客令。

林俊峰怎么也没想到，自己隐藏了这么多年的心事，竟然被一个以前完全不认识的小姑娘一语道破。他在大学里一直以来的“放浪形骸”，只是为了让潘婕看见；他的那些招之即来、挥之即去的“女朋友”，也只是他在潘婕面前挽回颜面的道具；甚至他大四时挽着女孩子专门找潘婕上下自习的路线，都只是为了刺激这个屡次拒绝自己的女生。

这些，这一切，李钰琪都分析出来了。潘婕，为什么你就不明白？

十四

开标的时间定在早上十点整，地点在地产公司的综合展厅。

当绝尘的这一队人被引到第一排最中间的方阵上时，林俊峰环顾了一下会场。除了绝尘和断点，这次参加竞标的其他几家公司规模都不大，座位也安排在了第二排。正在这时，在一旁忙着的地产李经理迎了过来，跟绝尘的人寒暄问候。林俊峰一边笑着和他们打招呼，一边还在场内搜寻。怎么潘婕还没有到呢？

又过了二十分钟左右，又有一家公司的人到了。可还是没见断点公司的人出现。虽然离正式开标还有半个多小时，可林俊峰还是有些坐立不安。这不大像潘婕的风格，过去上大学的时候，她总是早早地去图书馆、自习教室占位置，怎么到了开标这种大事的时候，反而一反常态姗姗来迟呢？

正在他胡思乱想的当口，只听见门口一片人声。循着声音望过去，果然看见一群人在引导员的引领下，向这边走来。队伍中那唯一的女性，不是潘婕还会是谁呢？

潘婕今天的衣服颜色，是她从未穿过的玫红色套裙。上身的衣服倒没有什么特别，比较简洁的V字领设计，也很合身，但下面是一条前短后长的鱼尾裙，外面披着一件白色的斗篷。

也许是对今天的开标特别重视，潘婕化了淡淡的妆，唇红齿白，面若桃花。加上那套别致的套裙，整个人看上去像极了一条美人鱼。

林俊峰从来没有见过潘婕如此妩媚的打扮，在看到她的第一眼就直接如遭电击般地呆在了原地。身后几家公司的人没见过潘婕，更是惊艳无比，赞叹和议论的声音一下子大了起来。

相比绝尘，断点参加这次招标的阵容明显高了一个层次。李总亲自带队，潘婕、路云鹏、财务部长三员大将全部到齐。还有项目经理和三名工作人员，一共是八个人。足见断点公司对这个项目的重视。

李经理这时已经快步迎了上去，当潘婕向他引见李总的时候，他明显露出了一丝惊讶的神色，他没想到断点的老大会为了这个项目亲自出马。不过毕竟都是职场老马，很快就笑容满面地和各位一一见过。

这时离正式开标只有十分钟左右了。许部长陪着地产公司的几位领导进入了会场，少不得的当然又是引见、寒暄，直到即将开始，才各自落座。

六家收到标书的广告公司，到了五家，有一家直接表示放弃，当然人也就没有来。

方案介绍是由抽签决定陈述顺序的，绝尘抽到二号，而断点抽到的是五号，其余三家公司分别是一、三、四。潘婕得知这个序号，心里暗暗地紧张了一下。身边的路云鹏附在她耳边悄悄说了几句，潘婕听完后表情明显变得轻松，对着路云鹏笑了笑。这一切，都被林俊峰看在眼里，心里泛起了一股酸酸的醋意。

第一家上去做应标陈述的，是一个二十多岁的年轻人。口齿清晰，表述也还算准确，只是方案本身并无亮点，所以也使得整个介绍反应平平。年轻人讲完，好像终于完成了任务似的，人还站在讲台上就轻轻地松了一口气。下面的人倒也还算配合，掌声虽然寥寥落落，可到底没有冷场。

当主持说到"请绝尘公司的代表进行应标陈述"时，所有人的目光立刻全部转移到了林俊峰所在的这个方阵，当然也包括潘婕。这时她才发现，林俊峰的眼睛正死死地盯着自己，目光中传递出的信息非常复杂，潘婕竟然无从辨识。

只见从这个方阵中站起的，既不是林俊峰、也不是鲁平阳，代表绝尘做陈述的，是罗晓波。

潘婕其实没有见过罗晓波，虽然上次被鲁平阳设计摆过一道，但她本人并没跟罗晓波打过交道。看着一个貌似木讷的眼镜男走上讲台，她多少有些惊讶。为什么绝尘会选这样一个陈述人。

站在讲台上的罗晓波，仍然给人一种宅男的印象。可当他一开口，特别是开始介绍详细方案的时候，潘婕才终于明白，其实他是一个口才极佳的演讲者。

"我们绝尘公司本次的设计方案，最大的亮点是剧情化、系列化。大家都知道，通常我们使用的传播模式都是约定俗成的，很难做出大的突破。电视剧大家都爱看，可如果在电视剧中插播广告，观众肯定会骂声一片。为什么？主要原因有两点，一是插播广告影响了电视剧情的连续性，另一点就是，我们的广告特别是电视广告，拍摄得太没有水准！"

罗晓波的开场，可以说是非常成功。不要说坐在第一排的地产领导这些评委听得微微点头，就连其他几个应标公司的人也被他的这一段话吸引住了，林俊峰和鲁平阳虽然并没有很明显的表示，但从两人脸上渐渐浮起的微笑来看，显然对罗晓波的陈述也非常满意。

潘婕静静地看向路云鹏，正好此时路云鹏也在看她。两个人交换了一下眼神，只见路云鹏偷偷伸出右手，在身前做出了一个“V”字。显然，即便台上的这个人做了如此精彩的开场，他仍然对断点的取胜抱着必胜的信心。

潘婕看到这些，心里的不安再次平复，掉转头把注意力重新回到讲台上。只见罗晓波的陈述进入了最关键的段落。

“我们在研究了国外近几年的广告发展趋势，特别是与房地产业密切相关的几个行业的广告模式之后，提出了一个全新的理念，我们一定要拍好看的电视广告，要拍吸引观众的电视广告。我们的具体想法是这样的……”随着他的话音，液晶屏幕上的画面也做了切换，一片白茫茫的背景出现在屏幕之上。

“我们会从一对夫妻谈恋爱开始……”配合他的介绍，画面上出现了一对情侣花前月下的情景。由于图像经过后期处理，所以画面非常干净，给人的感觉十分梦幻，“然后是组建幸福的家庭，入住贵公司的这一片小区……”屏幕上一片高楼大厦出现在所有人的眼前，美轮美奂。

“现在这一片小区还没有完工，这是用后期制作完成的模拟图像。”罗晓波看到第一排的评委们有一点疑惑，就赶紧解释了一下，“接下来他们有了自己的宝宝……”当然了，屏幕上肯定少不了一个可爱的孩子，不仅漂亮而且很萌，看得潘婕都露出了疼爱的表情。

“随着孩子长大，父母渐渐老去……”背景上的画面始终和罗晓波的陈述配合紧密，就好像是在讲述一个动人的故事，“而当孩子也开始恋爱的时候，遭遇了失恋的挫折，于是他回到家里，回到这个他出生和成长的地方……”

这一段介绍展示，画面细腻唯美，情节虽然并不新奇，但由于过去很少有这样类型的广告，所以几乎在场的所有人都被这个创意所吸引。当影片慢慢定格，场内是一片安静。

此时，罗晓波的声音再次响起：“这样具有剧情的电视广告片，足以让消费者为故事中的主人公产生牵挂，并使他们产生购买欲望。当然，这里谈的只是方案构想，具体拍摄时会有更好的剧本，一切都按照电影电视剧的拍摄方式进行。”

看到台下听众的注意力都已经被他吸引住，罗晓波的信心更足了起来:“有了这样的电视广告片，我们其他几个版块的设计也会以这个剧情为主线，分别设计出适合自身特点的方案，最大限度地将这个故事呈现完整。比如网络宣传，就会以这个故事的几位主人公为背景，进行动画或平面展示。而平面广告，也会以这个故事为主线，选取其中的一个或几个宣传点，加以放大，来收到最好的广告效果。”

到此为止，他的陈述已经基本全部完成，可台下鸦雀无声。他有点诧异，情急之下来了一句:“这就是我今天全部的陈述，请各位专家指正。”

台下的人这才回过神来，原来绝尘的陈述已经完成。不怪大家反应慢，确实是介绍太精彩。热烈的掌声从第一排率先发出，很快席卷全场。坐在第二排的几个小公司的人更是窃窃私语，看来这个陈述对他们的信心产生了不小的打击。

路云鹏认真听完了陈述，转过头对着潘婕轻轻地说了一句话，潘婕的眼睛立刻一亮，神色中带着惊讶。她相信路云鹏的判断，也知道他此时这样说是为了给自己减压，不过尽管如此她对他说的这句话仍然将信将疑。

路云鹏说的是——“我们赢了!”

接下来两个公司的陈述，跟绝尘的比起来就实在是乏善可陈，连前排的评委在陈述过程中都已经注意力不集中了。所有的人，包括完成了陈述的绝尘公司，都在等着最后出场的断点公司的陈述。而这个陈述的开场就让所有人都没有想到。

当主持人说完引导词已经下了讲台，屏幕上就出现了断点公司的应标文件封面。但却迟迟不见介绍人走上讲台，所有人都莫名诧异，不知道他们搞的是什么名堂。

林俊峰忍不住看向断点的座位，看到路云鹏一脸踌躇满志，而潘婕却不见了人影。

屏幕上画面转换，映入眼帘的是地产这个项目小区的环境图片。突然，屏幕中出现一个人影。在场的人都定睛一看，才看出这其实并不是一个真人，而是用3D技术绘制的一个虚拟人像!

正在大家都有点摸不着头脑的时候，这个人像开口说话了。是的，3D虚拟人像开口说话了。

“大家好，我是代表断点公司做应标陈述的发言人，我叫露娜。”此言一出，看台下立刻响起了窃窃私语。用一个虚拟人像做应标陈述，这简直就是一个天方夜谭。可看着屏幕上的人像并未受台下人的影响，仍然专心在做着陈述，所有人才相信，断点确实把这个神话变成了现实。

“大家肯定很诧异，像我这样一个虚拟人像，怎么可能为项目代言？可我希望大家看过我后面的介绍，对我再做一个重新的评价。”

会场上渐渐安静了下来，所有人的注意力又回到了讲台之上，可林俊峰的眉头却紧紧地锁了起来。这个露娜，虽然是个3D人物，做过后期动画修正处理，可是除了发型和潘婕不一样，其他的容貌神态，跟她几乎完全一样，别无二致。不仅如此，连声音也是潘婕的。难怪他找了半天没看到潘婕的人影，难道是她在幕后为露娜配音？

屏幕上的露娜自信满满地继续说道：“接到这个项目之后，我们对该小区的环境进行了调查和分析。我们发现，在这片小区的附近，有两所幼儿园、两所小学，而且都是H市的明星幼儿园、重点小学，所以我们宣传的重点应该突出这个小区的教育优势。”这时，画面上的露娜出现在几个小学和幼儿园的前面。正值放学时间，不时有家长领着孩子从镜头前走过，更有淘气的孩子时不时冲到摄影机前面，做个鬼脸。

看台下的人们都被孩子们的童真逗乐了。露娜这时挤到最前面，冲大家闪了闪眼睛，道：“咱们还是继续正题，淘气鬼太多了。”

画面切换到远景，这是从附近的一栋大厦上自上而下拍摄的，可以看到从学校、幼儿园出来的孩子被家长接走的画面。人流很长，一直延续到远处的街道上，而周围的车流就更是拥挤。露娜这时是凌空立在镜头前，继续介绍道：“大家可以看到，每天早上和晚上，这里人满为患、车流不息，对孩子来说安全存在很大隐患。”

镜头一转，切到这个项目的小区位置，露娜牵着一个长着一张娃娃脸、非常可爱的小女孩的手，慢慢走了过来：“我们的小区，离这几个孩子们聚集的地方最远只有两个街口，而我是小区的保护神，保护小区安全，护送孩子们回家。"

说到这，露娜双手张开，就像动画片里的仙女一样，布下了一个闪闪发光的圆形光罩，将整个小区罩在一片梦幻之中。身边的小女孩跑向小区，消失在那片神奇之中。

"针对上面介绍的背景，我们选择了接近卡通式的宣传模式，利用虚拟人像作为广告的主角，非常符合从幼儿园到小学这个年龄段孩子们的心理需求。通过这种方式，使家长全面了解我们的经营销售理念，一切以孩子为本，关注成长、关注童年。"

由于采用实景和虚拟制作相结合的制作方法，画面呈现的视觉效果甚至比绝尘公司的展示还要唯美梦幻。当然，露娜的介绍还没有结束，他们最后的亮点出现了。

背景迅速地切换，露娜瞬间换装，身处在一间宽敞的会议室中，面前的白墙成为她展示的载体。

"我们选择这种构思主要有几大好处。"随着她的介绍，白墙上出现不同的提示条，就仿佛她在哪个虚拟的环境中进行一页页的幻灯展示一般，"第一，对小区的销售对象定位更准确，并采用最合适他们的广告方式进行宣传，非常利于心理接受。第二，我们利用世界上最先进的拍摄制作方式进行3D和动画制作，较之真人拍摄，可以极大地缩短拍摄周期，节约成本。而成本的降低，甲方与乙方可以共同获益。第三，目前全国范围内，采用虚拟人物作为项目乃至公司代言的广告，这是第一个。所以这样一个形象，将会开创广告界的一个先河。今后她不仅会成为这个项目的代言，甚至在将来可以成为企业的代言人。用一个项目的广告投入，获得整个企业乃至集团的企业形象，这种收益相信在座的所有人都会衡量。第四，虽然广告内容中并没有对小区命名提出要求，但我们根据这个创意，为这个小区建议命名——蓓蕾花园。"说到这，露娜的右手在镜头前一抹，画面重新切换到小区。所不同的是，刚才笼罩在光罩之中的小区上方，浮现出几个不断发光的字"蓓蕾花园"。

到此为止，所有的介绍全部完毕，屏幕上的露娜对着大家莞尔一笑，举起右手做了一个告别的手势，画面渐渐淡出，最终浮现了一排红色的大字："断点广告公司，与蓓蕾花园一同成长”。

坐在第一排的评委们，这时已经陆续起立鼓掌，会场里响起的掌声是今天全场最热烈的一次。潘婕这时不知从哪个角落里再次出现，脸上挂着微微的笑意走回自己的座位。路云鹏对着潘婕竖起了大拇指。今天的陈述，比之前在公司练习的几次讲得都好，连他这个创意人都被吸引住了。

林俊峰侧过身子看着潘婕若有所思，身边的鲁平阳、林至群的脸色却变得非常难看，多年的经验告诉他们，这一次断点的方案确实无可挑剔，这个标悬了。

应标陈述完成之后，照例是各个公司的商务应标。每个公司都派代表将密封的文件袋交到指定的地点，由专人收取。主持人宣布进入评委议标阶段，第一排的所有评委都进入了会议厅旁边的小门之中。不用看也知道，那里一定有个会议室，以供他们对陈述和商务报价进行商议。等他们出来，这个项目的归属也就定了。

当主持人宣布“参加竞标的各位可以先休息一下”的时候，会场上的人就自由活动了。潘婕正要也站起来四处走走，就看见林俊峰大步向她走来。

“潘婕，能不能借一步说话？”林俊峰开门见山，并没有什么客套的前奏。

抬头看了看林俊峰，潘婕迟疑了一下。虽然今天的陈述她自己也比较满意，可结果毕竟还没出来，她心里也没有底。作为竞标的对手，此时林俊峰找她，会有什么事？

身边的路云鹏已经站起了身，正要走开。听见林俊峰说话，也停下了脚步，看着潘婕。

林俊峰见她没有反应，又加了一句：“私事！”看似说给潘婕，实则也让路云鹏听到。

潘婕这下不再好装聋作哑，只好站起身来，跟着林俊峰向会场的一个无人角落走去。

“潘婕，我昨天去了一趟四医院看你妈妈。王婶对我说，你准备春节期间带你妈妈去香港治病，是真的吗？”

真是的，怎么总是阴魂不散？潘婕听他这样一问，多少有些心烦：“是真的。怎么了？”

“你一个人，带着个昏迷的老人，怎么照顾啊？要不我跟你一起去吧。”林俊峰是真的有点担心，虽然潘婕一直很独立，可毕竟是带着个“沉睡”的人，她一个人怎么可能照顾得过来？另外，林俊峰还担心另一件事，万一……治疗失败，总要有人在她身边帮她处理各种事情吧。就像她父母出事时，自己叫人帮她处理一样。

潘婕明显没料到他会这样说，多少有些意外。她并不想接受林俊峰的帮助，可他能想到这一点，还是让她有些感动。烦闷的语气也随之变了：“不用麻烦你了，公司的路总监正好那段时间回香港，可以帮忙。”

林俊峰听到潘婕这样说，心里一动。路总监，她身边那个男人？刚才自己找潘婕，他明显流露出异样的关注，本来还以为他是担心他们做竞标方面的交流，现在看来却好像没那么简单了。如此说来，自己最初想着慢慢向潘婕解释的计划，要加快实施了，否则……

看到林俊峰不再说话，潘婕也觉得没有再和他独处的必要。轻轻地问了一句：“你要是没有其他的事情，我就先过去了。”说完就准备转身离开。

林俊峰猛地抓住她的胳膊，有些急切地说道：“潘婕，别和他走得太近，别欠上他的人情。”

本来还心存感激的潘婕，此刻却有些恼怒。你林俊峰是我什么人？要干涉我的生活？这也太自以为是了。大庭广众，不便对他发作，只好强忍了一下，轻轻旋开手臂，淡淡地说道：“谢谢关心，谢谢提醒。”说完，便挺直后背，向会场中心走去。留下林俊峰一个人在一旁“肝肠寸断”。

看着潘婕走过来，路云鹏迎上前去：“没事吧，小潘？”

潘婕的嘴角微微向上翘了一下，挤出了一个并不发自内心的笑容：“没事，叙叙旧而已。”

路云鹏看着潘婕，又抬头看了看远处的林俊峰，微微一笑问潘婕：“听说，你离开绝尘的时候，是和人家打了赌的，是不是就是他？”

潘婕瞪大眼睛一脸惊讶地看向这个男人：“你怎么知道？”

“哈哈哈！”路云鹏没有立刻回答，反而是大笑几声，停顿了片刻才继续说道，“在绝尘传得沸沸扬扬的事，怎么可能不出门呢？你到断点的第二天我就知道了。”

潘婕微微红了脸，解释也不好，不解释也不是，左右为难。正在这时，鲁平阳向他们走了过来，嘴里还跟潘婕打着招呼：“小潘，你今天的陈述太精彩了！”

这个在潘婕心目中被拉入了黑名单的男人，却在此刻帮着她摆脱了尴尬。潘婕赶紧礼貌地回应道：“鲁部长，你过奖了。”

鲁平阳来到身前，和潘婕握了握手。潘婕向旁边一指，对他说道：“给你们介绍一下，这位是我们公司的设计总监路云鹏先生，这位是绝尘市场部部长鲁平阳。”

两个公司的“台柱子”都是各自地盘上的大牌，一般的项目都不会亲自参加投标，所以尽管都很出名，但至今无缘相识。今天得到潘婕的介绍，也都感到很高兴。

“早就听说断点的设计总监才华横溢，今日一见果然不同凡响。鲁某久仰大名，一直没有机会结识，今天得见，荣幸荣幸！”鲁平阳说着就向路云鹏伸出了手掌，而总监大人握住他的手，话说得比他还客气。

“鲁兄真是谬赞，在下实在不敢当。绝尘公司这几年业务拓展速度如此迅猛，没有鲁部长这种青年才俊，那是断断不可能的。路某今日得见，也是甚为钦佩啊！”

两个大男人在这里互相说着恭维之词，一旁的潘婕尽管已经在职场中摸爬了不短的时间，这些话听到耳中仍然觉得阵阵肉麻。这鲁平阳为人本来虚伪，这样说也就罢了，可平时看着诚恳务实的路云鹏说出这番虚与委蛇的言辞，着实令潘婕有些意外。当然，意外之余，还是觉得一阵恶寒。

两人寒暄几句，话题就又回到了今天的竞标上。

“路总监，你们今天的陈述是真的太精彩了，简直堪称完美，我叹为观止啊！”

路云鹏没再谦虚，而是指了指潘婕：“这还是小潘的功劳最大，没有她，再好的想法也实现不了。”

鲁平阳对这一点倒是没多大异议。和林俊峰一样，他也早看出潘婕就是露娜的原型，也听出了潘婕的声音。这个当年稚嫩的小丫头，到了断点却好似脱胎换骨了一般，再加上路云鹏的绝佳创意，她散发出了与众不同的光芒。也许当初打压她真的是个错误的选择，如果那时决定拉拢她，会不会有一个完全不同的结果呢？可鲁平阳一向脸皮厚黑，仿似早把当初的不良之举忘得一干二净，笑着对路云鹏说道："可不是嘛！小潘过去在绝尘就深受器重，是我的爱将。现在到了你们断点，再有你路总监的帮助，岂会不脱颖而出呢？"一面明夸了潘婕和路云鹏，一面又暗暗地抬高了一下自己。

潘婕听到他这样说，不禁心生厌恶，面上倒不露声色，轻轻地说道："二位先慢聊，我去下洗手间。"说完就按照大厅里的指示，走到了侧厅。

侧厅位于大厅的旁边，基本上像是个门厅。从方位上判断，侧厅离着评委们议标的会议室应该不远，很有可能只有一墙之隔。潘婕按照提示走进旁边的一条过道，过道的尽头悬挂着洗手间的标牌。当她收拾利索，正走在过道里准备回到会场时，听到侧厅里一声门响，接着响起了一个男人打电话的声音。

"对，结果已经出来了，不是好消息……是……完全公平……是凭借实力获胜……对……好……那就先这样。"门声又响了一下，侧厅再次安静了下来。

潘婕在听到第一声的时候就停下了脚步，直到安静之后才走了出来。刚才的声音她觉得非常熟悉，在脑子里回想了一下，很快就想到，说话的男人，是地产公司采购部的许部长。断断续续听到他的谈话，潘婕判断可能是在向地产公司的领导汇报招标结果，这样看来很快就要宣布了。想到这里，她加快了脚步，赶回了会议大厅。

果然，在她到达大厅不到五分钟，主持人就请大家就座，很快要宣布竞标结果了。

除了绝尘和断点，其他几家公司并没有抱太大的希望，所以个个都不紧张。只是这两家最终谁会折桂，成了所有人关注的焦点。等各公司的人全部就座，评委们也从会议室里出来。走在最前面的许部长，手上拿着一个密封的红色信封。所有人的目光都集中在了这个信封上，这里的结果，将决定这次的招标到底花落谁家。

主持人很快宣布竞标结果揭晓，许部长拿着这个信封走上了讲台，当着所有人的面拆开信封，口齿清晰地宣读："评标委员会对各位竞标公司的方案及商务报价进行了讨论和比较。对方案的评鉴采用评分的形式，得分最高的是……"念到这里，他抬头看了看台下，发现所有人的目光都集中在自己身上，他觉得很满意，重新低下头说道，“断点广告公司，得分93分；得分排名第二的是绝尘广告公司，得分83分；其他三家公司的方案得分分别是70分、65分、63分。”

听到这里，台下一阵喧嚣。断点方案的优势确实明显，但领先绝尘10分之多，却是很多人没有想到的。潘婕和路云鹏更是高兴，互相交换了一下眼神，都从对方的眼中看到了十足的信心。

许部长待下面安静下来后，继续宣读结果：“在完成方案评分后，我们对各公司的商务报价进行了汇总，并结合方案得分进行了加权计算，同时对各公司提交的项目计划进行了比较。最后所有评委讨论，获得了一致的意见。本次竞标活动最后得标的是……”

场内鸦雀无声，连呼吸的声音都弱不可闻。鹿死谁手，就在此刻，潘婕感觉自己的心都提到了嗓子眼。

在终于成功营造了悬念气氛后，许部长大声说出了获胜方的公司名字。

“断点广告公司！”

潘婕从凳子上跳了起来，连一直淡定的路云鹏都站了起来。难掩内心的激动，张开双臂的潘婕跟同样高举双手的路云鹏拥抱庆祝，断点的方阵沸腾了。

进入断点的第一个项目，十场赌局的第一场，艰难地胜利了。潘婕无法形容自己此刻的心情，胜利的喜悦让她忘却了一切，根本没注意到离她不远处冷眼看着一切的林俊峰。

开标结束，便是地产主办的一个小型答谢酒会，感谢各公司参加这次招标。绝尘不愧是大公司，行事也大气，虽然失利，但一个人都没有缺席酒会。几家小公司本来就夺标无望，更是轻松。而断点作为胜利的一方，当然更没有理由不参加。今天地产公司所有的工作人员，辛苦了一上午，自然也是都参加的。所以一场酒会，参加的人倒是很多。

绝尘的几位表现各不相同。林至群春风洋溢地穿梭在美女群中；鲁平阳人前和颜悦色，但只要面前没人，他的脸色立刻就会变得冷漠严肃。脸色最难看的是林俊峰，一个人拿着一杯酒静静地站在角落里，不和人说话，也不拿吃的东西，只把一双眼睛看着潘婕，沉默不语。

而此时跟林俊峰同样沉默不语的，还有一个人，就是在家中坐着的绝尘公司董事长，林俊峰的父亲，林宏宇。

在他那身处招标现场的儿子得知结果之前，他就已经知道了结果。能提前告诉他这个结果的，只有一个人，那就是地产公司的许部长。

“看来，真的要回去看看公司咯。”林宏宇轻轻地自言自语。

断点的崛起也就是这一年左右的事情，开始只是做一些小的项目，绝尘公司本来对这些小芝麻也不大上心。可最近这段时间，业内对断点的评价越来越高，他们做的项目也越来越大，林宏宇自然也听到了不少风声。

对于潘婕，他开始并未太过注意。一个才毕业的小姑娘，就算能力再强，也不过是个新手，安排个不低的位置养起来就可以了。再说儿子显然对这个姑娘很是倾慕，林宏宇也见过潘婕，外表上看起来跟峰儿确实很般配，所以他也就听之任之，打算看看再说。

可没过多久，就听到公司传来鲁平阳打压潘婕的消息，林宏宇不免心中一动。难道，潘婕真的能让鲁平阳都感到有压力吗？这倒是完全出乎他的预料。如果真是这样，那么鲁平阳便不是不可取代的了。

还没等他有什么动作，就发生了儿子追急了潘婕，把人逼走甚至立下赌婚之约的事。这让他不得不在心里对她重新审视。也许这姑娘真的能成为鲁平阳的继任者。这样的念头一出现，林宏宇紧接着就做了一系列的决定。

他要摸断点公司的底！他要摸潘婕的底！

当然，失败毕竟不会让人觉得心里舒服，招标的结果虽然让他有点失落，但更多的却是惊喜。绝尘终于有了一个像样的对手？峰儿的这个心上人难道真的是一个意外惊喜？

是时候回去了，绝尘应该也需要他回去了……

十五

潘婕第二天睡过了头。

参加完地产的答谢酒会，晚上又是断点公司的庆功酒会，潘婕几乎端了一天的酒杯。就算下定决心今后不喝酒，可这次中标对她来说，意义重大，高兴之余就喝多了。上一次的庆功，是她送卫兰回的家；而这一次，是卫兰扶着她，搭了路云鹏的车把她送回来的。

手机早就没电自动关了机。所以潘婕这一觉睡下去，再睁眼就到了下午两点。坐起身来头还晕晕的，潘婕就开始到处抓闹钟，一看时间自己也吓了一跳，好像从来还没有像今天这样一闭眼睡到下午呢。虽然睡得糊里糊涂的，可有件重要的事她还是没忘记。今晚有个广告行业协会年会，自己必须准时参加。

去年年会的时候，潘婕还没有回国，自然不知道是个什么样的集会。但昨天路云鹏好像大概介绍了一下，说是每年的举办都还挺隆重，是个半官方的聚会。先是行业年会会议，介绍行业动态和发展；然后会有优秀广告人的评选颁奖；最后是自助餐会和舞会。参加年会的，基本上都是H市各广告公司部长以上的高级职员，规格很高。

潘婕昨天晕晕乎乎，只记得了这些。可她忘记了重要的一点，这个年会所有与会的人都可以自带男伴或女伴。昨天路云鹏已经约了她做自己的女伴，而潘婕在半醉的情况下也答应了。

洗完了澡，潘婕已经彻底酒醒。尽管昨天喝得多，可由于睡的时间长，所以精神倒格外的好。她一边擦着湿漉漉的头发，一边打开了手机。离充满电量还差得远，不过可以开机了。

她刚想转身去吹头发，桌上的手机却像发了疯一样连震带响地闹个不停。潘婕慌忙回来拿起手机……竟然有二十多个未接来电提醒，还有几条短消息。

她干脆在床边坐下，一条条翻看。大概有十四五个是林俊峰的电话，有四五个是卫兰的电话，还有一个是路云鹏的电话。林俊峰，自动忽视了；卫兰肯定是看今天自己没去上班，打过来问情况的，估计问题也不大；路云鹏怎么也打电话过来了？一定是有重要的事情吧。

潘婕这样想着，第一个给他回拨了电话。

“喂，路总监，你找我?”

听到潘婕的声音，路云鹏放了心，看来她的酒醒了。既然潘婕没什么大碍，他也就淡定了许多，电话里的口气也恢复了平日里平静和缓的样子。

“哦，小潘啊，你怎么样？没事吧?”

“谢谢，我没事，这会儿酒也醒了。”潘婕边说，边拿手抚了抚额头。其实睡这么久，就算酒醒了也会有点晕晕的感觉。

“我打电话来是想提醒你，今天年会四点半开始，你收拾一下，我四点钟在你楼下接你。”

“好。”潘婕挂断电话，看了看时间，还有一个多小时，应该来得及。抬手就又拨了卫兰的电话。

电话只响了一声，卫兰就接了起来，还没等潘婕开口，她就急促地说:“潘部长，你总算开机了。”

潘婕听她如此紧张，赶紧问道:“什么事这么着急?”

卫兰压低了声音，对着话筒低声说道:“林部长发疯了一样找你，往我这里都打了十几个电话了。你赶紧给他回个电话吧，不然他……”

电话里卫兰的话还没说完，潘婕就听到自己的门口传来了咚咚咚的敲门声。“好，我知道了，卫兰你要是没什么事我就先挂了，我这边有人敲门。”说完也没等卫兰回话，就挂断了手机走过去准备开门。

敲门声并不友好，潘婕忍不住从门上的猫眼看出去。只看了一眼，潘婕就猛地转过身，甚至连呼吸都屏住了。门外站着的，正是林俊峰。这人怎么了？难道输了个标就承受不了了?

这时门外的林俊峰一边敲门，一边喊了起来:“潘婕，开门!”

敲门已经变成了拍门。

“潘婕，我知道你在家，快开门!”

潘婕害怕惊动邻居，引起误会，只好在门内应了一声:“等一下，我换下衣服。”拍门声这才停下。

回到屋里，潘婕手忙脚乱地拿了一套休闲的衣服，顾不得头发上还滴滴答答地往下落水珠子，换好衣服对着镜子看了看，虽然一副刚刚出浴的样子，可勉强能见人了，这才趿拉着拖鞋，走到门口打开了房门。

林俊峰一手撑着门框，另一只手抄在裤兜里，看见门打开并没有马上走进来，而是用了非常怨毒的目光看着潘婕。怎么他今天的感觉和平时不太一样？潘婕心里突然有一点慌乱。

"呃……你怎么找到我家里来了？有事吗？"潘婕努力平复着自己的心情，一边继续用毛巾擦着头发，一边若无其事地问。

林俊峰直起身来，走进房间，随手砰的一声把门关上。

"你手机怎么了？"

"没怎么啊？没电了而已啊。你怎么了？"

林俊峰被她这样一问，倒不知从何说起。对她说昨天在会场上看着她跟路云鹏拥抱妒火中烧？还是对她说昨晚亲眼看着路云鹏和卫兰一起把她扶回了家？还是对她说自己找了她一天不知道她去了哪里心烦意乱？这些怎么说？可他实在被自己的情绪左右得无法自已，只想找到她，抓住她，大声问。

林俊峰突然觉得特别挫败。昨天招标的失利本来就让他很不高兴，看到潘婕和路云鹏在一起有说有笑，一时间他都有想要扑过去的冲动。他很想和潘婕说说话，不求她会安慰自己，哪怕对她说声祝贺呢，可一直没有找到机会。下了班在她公司大厦门口也没等到，最后接近十一点才在她的家门口看见她被送回来。上午打了几十个电话，想约她做自己的女伴，却四处找不到她。等最终在家里找到了她，她竟然问自己"你怎么了"。

他摇了摇头，对自己感到无比失望。林俊峰在任何人眼中都是玉树临风、踌躇满志，可只要见了潘婕，就好像矮了她几分。这感觉让他特别不舒服。

"你酒醒了？"沉吟半晌，林俊峰说了这么一句。

潘婕很意外，他把门拍得山响恨不能冲进来的动静，进来之后问的竟然是这个问题。虽然一听就知道他昨晚肯定又在自家门口"守株待兔"了，但她现在不想跟他计较。时间不多了，她想赶紧送走林俊峰，要准备去参加年会。想到这也轻轻地回答："嗯，没事了。"

林俊峰感觉到潘婕语气并没反感的意思，这才抬起头看着她说："昨天中标，我还没向你表示祝贺呢，今天补上可以吧？”

“哦，为了这个啊，我接受你的祝贺，谢谢。”潘婕说完，继续问道，“你等会儿不去参加年会吗？”

林俊峰一听她发问，正好趁机说道：“去，我上午一直在找你，想请你做我的女伴。”

“哎呀，那不好意思了，我昨天好像是答应了路总监，他等一会儿就来接我。抱歉啊！”

“你答应了路总监？”林俊峰刚刚按下去的怒火，腾地又被点燃了，“潘婕，你最好离那个男人远一点！他别有用心！”

潘婕听他这样说，也有些不高兴了：“什么叫别有用心？难道你对我就不是别有用心？”边说边转过了身，不想再看林俊峰，“你无权干涉我的生活！”

林俊峰伸手扳过潘婕，恶狠狠地盯着她的眼睛：“我不许你接近他！你最终是要嫁给我的，我不想让别的男人打你的主意！”

“你脑子没错乱吧？你还没有赢呢！凭什么就认定我要嫁给你？”

“凭什么？就凭这个！”说完，双手抱住潘婕的头，对着她的双唇，狠狠地吻了下去。

潘婕被他的举动吓坏了，无奈被他死死抱住，连转头都无比困难。挥起双手向林俊峰身上狠狠打下去，可面对比自己高出这么多的强壮男人，她的拳头就像给他挠痒痒。潘婕一急，脚就抬了起来，照着林俊峰的腿踢了过去。可今天是在家里，脚上穿的不是皮靴，踢到他的腿上自己的脚却震得生疼。

最后，她放弃了一切抵抗，停止了所有动作，静静地闭上了双眼。

林俊峰在这个强吻中，宣泄了多年的渴望。他爱了潘婕七年，却从未吻过她。这是他爱的女人，他想让她属于自己，他要给她一个家，这就是他的梦想，简单却艰难。

感到潘婕停止了挣扎，甚至停止了一切动作，没有了一点声响，林俊峰莫名产生了一丝心慌。他慢慢松开了手，看到潘婕闭着眼睛，满脸泪痕。

看到这种情形，要是放在以前，林俊峰一定会深深自责。可是今天，他的心情却有些复杂，不仅没有负疚感，反而有些喜悦和期待。哪怕她恨自己，也比把自己当路人要强。有恨，至少可以证明有感觉。

林俊峰放开潘婕，对潘婕说出了一番肺腑之言。

“潘婕，我等了你七年，跟了你七年，从我第一眼见到你，心里就只有你。我不知道为什么我不能打动你，以前你要专心于学业，我理解；可现在我不知道为什么你还是不愿接受。要知道，在心里默默地爱一个人并不容易，而我坚持了七年，而且只要你还没结婚，我就会继续下去。潘婕，我不知道自己在你的心里到底是怎样的印象，但曾经发生过的很多事其实都另有隐情，我以后会慢慢向你解释，慢慢向你证明。也许我太在乎你，所以才想尽办法伤害你、刺激你，想看到你也在乎我。可是现在看来我错了，我做的一切只会让你离我越来越远。我们是两个过于骄傲的人，谁都不肯放下自尊屈就对方，所以也就注定了现在的结局。但是此时此刻我想告诉你，我林俊峰从今天开始，放弃我所谓的骄傲和自尊，只为换取你的爱，你愿意吗？”

对林俊峰来说，能说出这番话非常艰难。如此出色的男子，在自己心爱的女人面前要抛却一切，这在几年前是完全不可想象的。时至今日，他却清醒地意识到，如果自己还坚持过去的骄傲和自负，那么潘婕将无法接受他，也就意味着他将永远地失去她。

“有一句话，我早该在七年前就跟你说，可我一直拖到了今天。潘婕，我爱你！我的心里，从来就没有过别人！”说完，他站起身，没有回头再看潘婕一眼，走出了她的房间……

听到大门砰的一声关上，潘婕才微微一动。眼泪，还没有止住，可神志却一直清醒。

林俊峰的话，每一个字她都听得清清楚楚，可今天的他，让潘婕觉得无比陌生，以至于她不敢相信这些话真的是出自那个桀骜不驯、骄傲自负的男人之口。

这是潘婕的初吻，被这个自称爱了她七年的男人，在没有得到她同意的情况下，强行索去。她并不是为了失去初吻而痛惜，林俊峰口口声声说爱了她这么久，为什么不懂她到底想要什么？为什么不能理解她？

“如果你爱我，为什么要伤害我？”

潘婕觉得特别的委屈，她不知道怎么说，也不知道跟谁说。除了止不住的眼泪，她不知道该怎样才能宣泄出自己的情绪。

今天，他没有一点怜惜，让潘婕隐隐生出了一丝害怕。他，归根到底还是个男人，一个充满侵略性的雄性动物，他一直以来在潘婕面前表现出的克制和隐忍，终究无法改变他骨子里的兽性。今天的情形，潘婕毫不怀疑自己如果再忤逆他，很有可能出现更严重的后果。这让潘婕非常灰心，自己无论如何拼命、如何努力，在一个禽兽面前，也只能永远处于弱者的地位。

恨意，让潘婕无法控制地在脑中闪过一个念头：如果，如果自己嫁了人，林俊峰应该就此死心了吧！

走出潘婕房间的林俊峰，并没有就此离去。他回到自己的车里，静静地坐下。自己冲动之下的举动，他很担心真的伤到潘婕，所以他一定要第一时间见到她出现在自己的房间之外，否则他无法安心。该说的，他都说了，其余的他真的无法控制。看来，他必须尽快找到张军，否则，旧的结还没解开，新的误会必将把两个人的心越拉越远。

昨天开标回到家后，父亲已经很明确地告诉他，自己将重回公司，执掌绝尘的大印。这样一来，他也有更多的精力来解决和潘婕之间的事情。至于父亲为什么选择这个时间回绝尘，父亲没说，林俊峰也没想问，当时他因为潘婕已经处在极度的狂躁之中，根本没时间多想其他事情。

潘婕太孤独，身边甚至连一个对她有影响力的亲人都没有，这让林俊峰想曲线救国都不行。要是她妈妈还在，也许会好很多……潘婕妈妈！林俊峰眼前一亮，自己做不到的很多事，她妈妈是可以做到的。如果能让她妈妈早日清醒过来，是不是很多事情就迎刃而解了？

想到这里，他心里似乎有了主意……

十六

年会开始前，林宏宇收到了儿子林俊峰的电话，说他正要动身去北方一趟。

具体是哪里儿子并没说，他也没多问，孩子毕竟都这么大了，总有自己的想法。不过，知子莫如父，他小子最近满脑子都是潘婕的事，这次出门肯定也跟她有关。等来到会场看到潘婕缺席了年会，林宏宇就更加肯定了自己的判断。这两个人之间一定出了什么问题。

而断点的李总收到的是路云鹏的电话，说潘婕病了他不放心，所以两个人就都不来了。其实，作为这么重要的行业社交活动，少了路云鹏和潘婕，断点公司形象肯定会大打折扣。但是，昨天一场漂亮的胜利，使得李总的心情不是一般的好，两个功臣告假，也就没多说什么。

备受关注的缺席年会这三个人，现在在不同的地方。

林俊峰在飞往北方的飞机上。

潘婕在第四医院妈妈的病房中。

路云鹏在自己的别墅里。

路云鹏是准时到达潘婕楼下的，可打了潘婕的电话，她却说自己不能参加年会了。电话里的声音听上去很不正常，路云鹏不禁有些担心。迟疑了一会儿，上楼来到了潘婕的房间。

敲了半天门，房里没有反应。可再拨打潘婕的电话，明明听见电话铃声在门内狂响。路云鹏这才开口叫道："小潘，开门，是我，路云鹏。"

很快，门里传来拖鞋的踢踏声，紧接着，门开了。潘婕打开了门就转身向屋里走去，路云鹏甚至没看到她的脸，不过她这一身便装打扮，确实没有去参加年会的意思。

路云鹏走进房间，轻轻关上了门，关心地问道："小潘你怎么了？病了？"

潘婕走路的样子非常无力，走到门厅的沙发上坐下，低着头轻轻说道："没病，只是感觉不舒服，不想去。"声音沙哑，还带着很重的鼻音，听上去像感冒的样子。

路云鹏轻轻走过去，伸手摸了摸潘婕的额头："还好，没发烧。感冒了？"

潘婕还是没看他，仍旧低头看着地板，不过没说话，只是轻轻摇了摇头。

路云鹏见她状态实在不好，赶紧说道："要不我陪你去医院看看吧，你这样子不像没病啊。"说完就伸手去拉潘婕。

潘婕这才抬起头，对着路云鹏勉力一笑："我真没病，就是……"

"……你……这是怎么了？"路云鹏这才看清，潘婕双眼红肿，头发蓬乱，整个人就像失了心神一样的颓废、悲伤。他从来没见过潘婕这个样子，这是出了什么事情了？

潘婕鼻子一酸，强忍着没哭出来，可眼眶再次红了。看了看路云鹏，咬了咬嘴唇，还是没有说话，只把头扭向了一边。

路云鹏赶紧在她旁边的沙发上坐了下来。从他看到的情况，潘婕的生活一直很简单，除了她妈妈昏迷这个事情以外，几乎没有什么其他事可能让她这样。过两天自己就会跟她一起带她妈妈去香港看病，照理她不该是现在这个样子，那她到底遇到了什么事情呢？

他并不清楚林俊峰和潘婕之间这么多年的纠葛，只是从昨天招标时林俊峰拉着潘婕到一边谈话，隐约感觉二人之间有些什么。因为两个人当时的神情，都不是正常的朋友交流的样子。这样看来，潘婕今天的情形多少应该和那位绝尘大公子有些关系。绝尘为了昨天的失标来报复她？还是有其他什么原因呢？

想到这，路云鹏伸手轻轻拍了拍潘婕的肩膀，柔声说道："跟我说说，到底怎么回事？"

潘婕的眼泪再也忍不住，多少年了，她一直默默承受的压力，在这一刻全部化作了眼泪。路云鹏就像一个大哥一样坐在自己的面前，等着听她的委屈，听她的故事。

于是，在这个春节前阴冷的下午，路云鹏听到了一个简单但不平凡的故事。一个女孩子奋斗的故事，一个女孩子坚称没有爱情的爱情故事，当然，还有那一场以职场胜负为局的赌婚之约。

林俊峰确实是要去找张军。

虽然他知道，现在自己和潘婕之间的问题，已经不再是说清以前的误会就可以解决的了。往事似乎是两人之间的一座断桥，在最关键的一处让他们无路可走，但毕竟还联系着他们。可现在的种种冲突就仿佛是漫天的冰雪，在断桥上筑起了一道道雪墙，再凝结成厚厚的坚冰，把两个人隔开得越来越远。本来他是想在两人的感情到达一定程度时，再找到张军把那断掉的一处修补好，应该就算圆满了。可这段时间来，林俊峰突然对自己没了信心，带着过去的那段历史，潘婕不可能接受他。特别是当他看着路云鹏走上潘婕公寓的单元，他的想法就更加急迫。他看到了危机！找到张军，一刻也不能等！

张军所在的那个小城不通飞机，林俊峰只能到了T市后转乘火车。下了飞机，天已经黑了。林俊峰马不停蹄地去了火车站，由于快过春节，火车站到处都是赶着回家过年的人，到小城的车票早已售空，只剩下站票了。林俊峰毫不犹豫地买了票，随后又赶紧去买了份快餐。这么长时间的奔波，他一直没吃东西，人已经饿得前心贴后背了。

一路的辛苦自不用说，列车还晚点了半个多小时，到达小城时都快四点了。下了车的林俊峰快连路都不会走了，车厢里人多得像沙丁鱼罐头，连个蹲着的地方都找不到，他硬生生站了近四个小时。一下车，看见火车站旁边有一个酒店，虽然很破旧，也管不了许多，走过去开了个房间，一觉睡到了早上八点多。

九点半，林俊峰出现在这个小城的工商局，跑了好几个地方，他才找到综合办公室。最后，询问的结果让他大吃一惊。

张军在两年多以前，因为贪污受贿，被判了五年，现在正在远郊的监狱中服刑。

难怪自己回来一直找不到他，原来他进了监狱！林俊峰听到这个消息，心里一沉，自己替他背了那么大个黑锅，难道就是为了让他出来贪污受贿进监狱的吗？他这样做怎么对得起自己当年的良苦用心？想到这不禁火起，恨不得立刻见到这个该死的张军。

当探视室里面的大门打开的时候，林俊峰跟所有人看向那个入口。穿着号服的犯人一个个鱼贯而入，清一色的光头。已经有犯人家属看到自己的亲人，呼唤声、哭声响成了一片。林俊峰站在最靠边上的一个探视位上，看着犯人们一个一个都坐到了亲人的对面，这才认出那还站在入口的小个子男人，张军变得他都一眼认不出了。

都说北方的人高大威猛，可张军这个北方人却是个小个子。上学的时候，他的一口东北腔曾经引得班上不少人笑他，可同时也有很多人学他的口音，结果一度这东北腔成了他们工管营销一班的男生“官方语言”。

上学时，张军跟林俊峰的关系并不是特别好，也不算是他那一群狐朋狗友中的一个。可后来两人却过从甚密，联系非常多。很多人并不知道这中间的蹊跷，是因为他们忽视了两个人关系好转的那个时间。那个所谓的后来，就是以林俊峰被Z大劝退开始的。

眼前这个男人，林俊峰觉得既熟悉又陌生。张军那原本就布满痘印的脸上，添了一道疤痕，从左侧的耳根划到下巴。剃得净净的光头，灰色的囚服，让林俊峰怎么也没法将眼前这个犯人形象与过去在学校中动不动就犯贫的那个书生印象重合在一起。时间或许可以改变很多人、很多事，可张军的变化，让他瞠目结舌。

“张军！”林俊峰轻轻地唤了一声。

低头站在墙边的张军听到呼唤，抬起头四处寻找。他并不知道今天是谁来看望自己，家里人前两天就已经来过了，他想不出还有别的什么朋友会找到这里。不过，喊他的这个声音，很熟悉。

林俊峰看他寻找的眼神，伸出右手在空中挥舞了几下：“这里，这里！”

张军迟疑了一下，随即快步走到他的面前。林俊峰没怎么变，还是那么高大出众。看着这个从天而降的老同学，张军悲喜交加：“俊峰，怎么是你？”

“是我！张军，是我！”林俊峰看着张军，之前想好的一肚子的话竟然一句都说不出来，只是一直重复着这一句“是我”。

张军没有想到林俊峰会找到这里，羞愧难当的同时，心情也格外激动。伸手握住林俊峰，这个北方的小个子汉子红了眼眶。好不容易把那个劲儿忍了下去，才说出了一句：“俊峰，我终究辜负了你，我对不住你！”

原本听到张军入狱的消息，林俊峰心里涌起了一阵悔意，早知他有今天，自己当初何必成全。可今天见到张军，却发现那一丝后悔荡然无存。不管过去如何，都已经过去了，就算一切重新再来，他林俊峰可能还会做同样的选择。

林俊峰当年被Z大劝退，正是代张军受过！

2002年12月离毕业还有五六个月，毕业班的各种活动多了起来。

年轻帅气的林俊峰，刚刚和Z大的校花分手。分手的理由当然是林俊峰胡乱寻找的，没有什么合理还是不合理。快毕业了，他要留着自己的自由，迎接潘婕。四年的学业终于结束，潘婕搪塞他的理由也就不存在了，只要拿到毕业证，那么谁也不能阻挡他追求潘婕的脚步。

林俊峰很清闲，心情也很好，所以当班长跟他商量，请他帮忙一起办个圣诞聚会时，他连想都没想就答应了。

活动安排并不能算多有新意，不过是吃饭、K歌、通宵打牌或者去网吧包夜。酒足饭饱之后，自然就是去KTV嗨歌。老节目了，林俊峰也没什么大兴趣，可既然答应了班委要参加，只好一直陪着。同学们的“鬼哭狼嚎”，他也不耐烦听，躲在包房的角落，只把手机掏出来，百无聊赖地玩着贪食蛇。

这时身边坐下一个人，坐下时擦着了他的手，一条长长的蛇没控制住，一下咬住了自己的尾巴。林俊峰刚要发火，抬头看到来人，忍了忍，已经到了嘴边的粗话咽了下去。坐到他身边的人，是他们班的肖雅娟。

在Z大，不搭理林俊峰的女生只有两个。一个是潘婕，另一个就是肖雅娟。潘婕毕竟和他不是一个班的，平时见面也少一些，可这个肖雅娟跟他一个班，却也不理他，这就叫人有些无法理解。后来听说，肖雅娟在寝室里对室友说，林俊峰这种纨绔子弟她是绝对看不上的。寝室的女生开始只当她是酸葡萄心理，人家潘婕要说这话好歹还有些资本，她肖雅娟又不能算多漂亮，说这种话不是笑话嘛？可后来发现还真是这么回事，慢慢地对她反而另眼相看。

可后来室友看到从她的书里掉出了一张林俊峰的照片，肖雅娟从那天开始就被女生们孤立了起来。而肖雅娟干脆也不再伪装，有事没事就在林俊峰身边绕。只可惜大四课少了，两人基本不怎么能碰到。今天林俊峰参加班聚，肖雅娟自然不会放过这样的机会。刚才在饭桌上就点着林俊峰要跟他喝酒，周围同学跟着一起哄，林俊峰只好陪了她几杯，肖雅娟就更起劲了。这会儿看到林俊峰一个人躲在边上玩手机，她自然而然地也就凑了过来。

林俊峰一见是女生，也就不想再怪她破坏自己创造纪录。屁股向旁边挪了挪，离肖雅娟远了一点，顺手又开了一局。肖雅娟见他不理自己，也不恼，把头凑到林俊峰旁边，看着他玩。一屋子同学，总有没抢到麦的，看到这情形也暗自议论，这肖雅娟还真不背人。

埋头专心游戏的林俊峰哪顾得上理她呀，头都不抬地继续操作他那条小蛇，感觉到旁边的人凑得太近，便把身体转了一下，挡住了肖雅娟看他手机的视线。肖雅娟坐着尴尬，顺手抓起台子上的啤酒瓶，自己跟自己较上了劲。到十二点K歌结束，一群人合计着后面的活动怎么搞。

KTV楼下就是个网吧，大部分男生就相约去了那里。剩下一些女生和几个不想上网的男生，就准备去对面酒店棋牌室打个通宵。林俊峰不爱打网游，跟着这一小部分人去了酒店。班长安顿好网吧的人，就赶到棋牌室。怕他们中间有些人熬不到第二天，就周到地去订了两个房间，男生一间、女生一间，供体力不支的人去休息。

肖雅娟当然也在这一拨人里。只是她好像已经喝多了，一直低着头踉踉跄跄。两个男生扶着她进了棋牌室，把她放到旁边的沙发上，就支起了牌桌。林俊峰还在低头打着他的贪食蛇，其他人都开始捉对厮杀了。桌上就有张军。

张军其实也没少喝，不过毕竟是北方来的，酒量还是不错。只不过他前一天晚上已经和老乡熬了一宿，这会儿也已经很疲惫。但看到牌桌上三缺一，他还是仗义地顶了上去。

班长是个游戏迷，回来把房卡往桌上一丢，跟他们打了个招呼，就回了网吧。

没多久，本来安静地靠在沙发上的肖雅娟，突然话多了起来。喋喋不休地说了一大堆，口齿也不清楚，不知在嚷嚷什么。牌桌上的人嫌她吵，可手上都忙着，于是大家都来求林俊峰，让他把肖雅娟送去房间休息。

林俊峰不愿意做这种事，可四下一看，除了他倒真没别人好差遣。更何况他自己也嫌肖雅娟太吵，所以只好拿起一张房卡，架起肖雅娟，上了酒店的电梯。

房间在五楼，这个时间酒店里走动的人已经很少，林俊峰扶着肖雅娟一路都没有碰到其他客人。也许是感觉到有人支撑，肖雅娟抬起眼睛，朦胧间看见林俊峰。

"林俊峰，"一边说着，肖雅娟一边把双手伸出，环住了他的脖颈，"你知不知道，我喜欢你。你知不知道?"

林俊峰对着这个一身酒气的女同学，心里有些厌烦。把手伸到脖子后面掰开她的手，想把她从自己身上拉开。可肖雅娟不知哪来那么大力气，抱着他的脖子死不撒手。

“你别想甩开我……我想要的男人……我就一定要得到。林俊峰……你不要喜欢别人……我好难受！”

醉酒之后的女人真是多变，刚才还气势汹汹地责问他，片刻之间又嘤嘤地哭了起来。林俊峰紧皱眉头，她的头埋在自己胸前，一把鼻涕一把眼泪地抹在自己的衣服上，心里说不出的厌恶。

好在电梯很快到了，他拖起肖雅娟走进走廊，找到房间后拽着她走了进去。可肖雅娟一直吊在他的脖子上不肯放手，林俊峰没办法，只好狠命掰开她的双手，拦腰把她抱了起来，放到了床上，自己就想转身离开。

平躺在床上的肖雅娟，此时却像发了疯一般，抓住林俊峰的上衣死命一拉。身体还没站直的林俊峰被她这么一拽，整个人失去重心向床上栽去，放在裤子口袋里的手机也顺势一滑掉在床上。肖雅娟就像完全清醒一般，伸手揽住林俊峰，死死地把他抱在了自己的怀里……

楼下打牌的人看林俊峰半天还没下来，也很奇怪。等他头发散乱地回到棋牌室的时候，几个人抬头看了看他。肖雅娟喜欢林俊峰已经是公开的秘密，难道林俊峰也借此机会占了点便宜？反正大家见多不怪，更何况是一向风流的林俊峰呢。所以大部分人也根本没有太在意。

林俊峰气急败坏地把房卡往桌上一扔，一屁股坐下呼哧呼哧直喘。这喝醉酒的女人太可怕，他为了挣脱出来，简直就像跟她来了一场肉搏。头发被她抓乱，连扎在长裤里面的衬衣都被她拽了出来。等他狠狠地把她推开的时候，一个箭步冲到门口，飞快地打开门，冲出去的瞬间又赶紧把门关上。听到房里立刻传来了哭声，他重重地出了一口气。肖雅娟真是疯了！

平静了一会儿，这才想起刚才的游戏才打到一半。可翻遍了身上的口袋，都没找到手机。

“咦，我手机呢？”林俊峰边说边站起身来，一边在身上到处乱拍，一边在地下四处看。

张军一见他又要玩手机，赶紧站了起来："来来来，你也别玩手机了，来替我打得了。哥们儿实在是撑不住了，我去睡会儿。"

林俊峰不喜欢打牌，可手机找不到也没办法。想了想，没准刚才掉肖雅娟房间了。可那地方自己实在不想再进去了，等明天早上再说吧。想到这，也不再推辞，接着张军的位置坐下。而张军顺手拿起桌上的房卡，晃晃悠悠地上了楼。

一票人都专心在牌桌上，没人注意张军拿走的房卡，正是林俊峰刚刚放下的那一张。

几个人熬到早上快六点，就都觉得困了。于是几个人站起来就打算回学校。林俊峰惦记着自己的手机，让其他人先走，自己想到楼上叫醒张军，陪他一起去肖雅娟睡的房间把自己手机拿出来，然后退了房回去睡觉。想到这拿起另一张房卡，上了楼。

他没忘记，自己手上这张房卡是肖雅娟那个房间的，本是给女生共用的，怕中间又有人要上去休息，所以他才拿了回来。男生房间那张卡还在张军手上，看来要狂喊他才行了。

经过昨晚"肉搏脱身"的房间，他没敢停留，而是来到隔壁房间的门口，使劲敲起了门。

"张军！张军！起来了，回去了！"

奇怪的是，敲了半天，屋里都没反应。这小子是睡死了吧！林俊峰一边不耐烦地继续敲门，一边无意识地拿着手上的房卡插到卡槽里。本是无聊之举，没想到门锁咔嗒一响，竟打开了。林俊峰一愣，试着扭下了门把手，门应声而开了。

这下林俊峰纳闷了，这房卡？探头探脑地走进房间，发现房里并没有人。站在空空的房间里发了一下呆，林俊峰这才想起一个严重的问题，老天，这个房间是空的，那张军睡哪儿去了?!

林俊峰冲出房间，也没多想，直奔肖雅娟睡着的房间。也不顾什么女生房间方便不方便了，直接拍门大叫："张军！张军！你在吗?"

片刻，门内就传来张军迷迷糊糊的回应："来了，来了，一大早的，叫丧啊！"

林俊峰一听，坏了！出事了！这傻小子怎么睡到肖雅娟的房间里来了？还没等他再说什么，门里就传来了张军失魂落魄的喊声："我的老天！这是怎么回事？我的天！”

随后，房里传来稀里哗啦的东西掉落的声音，几分钟后，门开了，林俊峰看见了裸着上身，只穿了一条三角短裤的张军。一个醉成烂泥的女生，一个迷迷糊糊的男生，再加上他这么个形象，这要是说他们在同一张床上什么也没发生，只怕是个人都不会相信。

张军看到林俊峰，一副临近崩溃的样子："俊……俊峰，我……我……"

林俊峰一看这个情形，就知道房里的情况只怕更是混乱。林俊峰不想多掺和这种事，反正跟自己没什么关系就只当没看见。想到这里，对着张军扬了扬手。

"我先回学校了，等下你走的时候记得把房卡交了，我下去结房费。"

张军这下更慌了，结结巴巴地对林俊峰说道："别别别，等我一下，我跟你一起走。"说完冲回房间，用不可思议的速度套上了秋衣秋裤，其他衣服来不及穿上，抱着就出了房间，顺手还赶紧把房门关上，好像生怕里面的人冲出来抓他似的。

林俊峰一看他这个狼狈样，只好再把另一个房间的门打开，让他进去穿好衣服，两人一起下了楼。到前台结了两个房间的房费，便叫了个车往学校走。一路上两人什么都没说，一个做贼心虚地不知道怎么解释，一个事不关己地不想多打听，就这样保持着沉默回到了学校。而林俊峰被张军这事一打岔，自己已经完全忘记，他上楼是为了去找手机的。

回到学校，林俊峰睡了整整一天。可他没想到，之后发生的一切，几乎彻底改变了自己的生活。

看着眼前的张军，林俊峰感到非常痛惜。本来已经回到了故乡，又有一份不错工作的他，怎么会落到如此地步？

"张军，你怎么会？"林俊峰的话没有说完，他不想继续往张军的心口上撒盐。

张军叹口气："唉，只怪自己鬼迷心窍。"

天有不测风云，本来慢慢总能过好的日子，偏偏又那么多不如意。张军父亲有一天去喝乡亲的喜酒，回到家就胃痛不已。经过几级卫生院接诊都无法确诊，最后还是张军把他接到城里，才查出老人患的是胃癌。为了给父亲尽快动手术，他找了很多人借钱，但还是没凑够。一急之下就找到了几家个体户，他们因为不符合条件，执照一直没有批下来。而且他们都曾经找过他帮忙，并且暗示会有酬谢，但都被他拒绝了。张军收了人家七八万块钱，凑够了手术费，帮他们通过审查并弄到了营业执照。

第一次做这种事，张军提心吊胆。要不是等着钱救老父亲的命，他是绝对不会如此铤而走险的。他把这次受贿的数目字找了个笔记本记了下来，想等今后自己有经济实力再慢慢还给人家。

张军父亲手术很成功，由于发现得早，并没造成很严重的后遗症。手术做完挨到拆线，就非要回家。可不接受化疗就不能确保癌细胞完全被杀死，也就难保今后会复发，张军最后在医院跪着求老人，才让他坚持做完了一个疗程。最后由张军的哥哥把父亲接回了家。

一切困难似乎就这么挺了过去，可张军的厄运却似乎并没有完结。记录受贿的笔记本，有一天不知怎么就掉落了出来，被他同办公室的一个新来不久的小姑娘捡到后，以为是个人日记，便好奇地看了一遍。当看到记录几笔受贿金额的时候，她有些害怕，思前想后就把笔记本交了上去。

本来这事是可以退赔的，张军也不至于被判那么重。可现在的张家，哪里还拿得出那么多的钱？更何况父亲刚刚经历一场大病，他不能再用这件事让父亲雪上加霜。借钱，已经无处可借。张军虽然知道如果自己开口找林俊峰，他一定会帮忙，可是自己已经欠了他太多太多，没脸再向他开口。于是，这个重点大学的毕业生，锒铛入狱……

听着张军说着这些往事，语气很平静，林俊峰不禁心里一阵感慨。自己虽然帮他扛了一次，却仍然无法终结他的噩梦。林俊峰想起，当他毕业前夕收拾行李准备离开Z大的时候，张军双膝向他跪倒，一向乐观的东北汉子哭得像个孩子。

也许，他命中注定有着一劫吧，不在H市的Z大，便在这里。

张军说完了这些，就像卸下了一副沉重的担子一样，深深地出了口气。看着眼前这个沉默的老同学，问道："俊峰，你是找我有事情，对吗？"

很长时间没有联系了，林俊峰今天突然出现，一定是有事情。

林俊峰抬头看了看张军，却不知怎么开口。现在这种情形，让他当面和潘婕解释，已经是不可能的事情了，而把潘婕带到这里来，就更是不可能。既然这样，那就干脆不说了吧。

张军一看林俊峰皱着眉头不说话，自己想了想，轻轻说道："是不是为了潘婕？"

听到这句话，林俊峰吃了一惊，看向张军的眼神很惊讶："你怎么知道？"

张军微微一笑，他的回答说明自己猜对了。林俊峰的家世背景那么好，个人也很优秀，如果说还有什么事情能让他千里迢迢来找自己，那就只有一件事，只为一个人。

是啊，这件事，其他人可以瞒，可对潘婕是迟早要说清楚的。潘婕对于林俊峰的重要，其实他们班上的男生都明白。

林俊峰离开Z大的时候，曾经拍着张军的肩膀对他说过一句话："兄弟，有一天我会需要你为我说一句话，只要你说了，我所做的一切就没白做。"从那时开始，张军就知道林俊峰迟早有一天会来找他，而听这句话的人也只能是潘婕。

就如当年林俊峰拍着他一样，张军伸手在林俊峰宽厚的肩膀上也拍了一下："兄弟，我如果连这个都不知道，我也枉为人了。只是我现在……行动不便……要怎样做？"

林俊峰看着眼前这个人，他没有忘恩，没有负义，没有失却当年的情分，也没有放弃对生活的希望。这一切，都让他觉得非常宽慰。这样想着，脸上就慢慢绽放出了微笑："不急，我可以再等等。"

嘴上这样说，可林俊峰心里很清楚地知道，他已经不能等了。自己和潘婕，一吻之后，他向潘婕又走近了一步，而潘婕却离他又走远了一步。他真的害怕她在冲动之下把自己的终身轻易地处置，尤其是现在她身边还有那么个香港人。

脸上虽有微笑，但眼神里满是忧患之色，张军也是个明白人，一看他的表情，就知道他们两人应该是到了关键时刻。他微微沉吟了一下，对林俊峰说道："要不这样，俊峰你看行不行，我先给潘婕写封信，把当年的情况说一下。你看怎么样？"

林俊峰面露喜色："这样就太好了！"他掏出钢笔，又拿出一张自己的名片，把潘婕的通讯地址写在了上面。"这是她的地址，那这事就拜托你了。"

“你这话说的……”张军轻轻摇摇头，本来就是自己做的孽，连累林俊峰无辜受过，为人家解释清楚没什么好说的，还用这样客气吗?

探视时间到了。两个男人紧紧地握了握手，没有再说告别的话，因为他们都知道，他们一定会再见的。

回到小城，林俊峰跑去商店买了一大堆的食物和日常生活用品，又在袋子里偷偷塞了几千块钱，第二天打了个车再次去了监狱。不过这一次他没有和张军见面，而是把东西交给了狱警，再三叮嘱一定要把东西交给张军。

回H市的路上，林俊峰一路沉默。过去只要一静下来，满脑子就是潘婕;而现在，他第一次在独处的时候，想到张军，想到他们的过去……

十七

除夕之夜，林俊峰和潘婕都是在飞机上度过的。林俊峰在回H市的途中，而潘婕在去香港的路上。

陪着潘婕的，是断点设计总监路云鹏。

在潘婕房间里的一番谈话，路云鹏终于知道了这个美丽女孩子的情路历程。虽然潘婕反复说，自己对林俊峰并无情愫，可是作为一个旁观者，一个男性听众，他很清楚地意识到，潘婕爱上了林俊峰。这似乎是个并不意外的事情，看上去也是完美无缺的。至于她说的那个被他抛弃、跳楼死去的女孩子，他觉得纯属意外。以她说的情况，林俊峰根本不可能爱上别人，更别说对别的女人做出这样的举动，这件事要么就是林俊峰被人算计，要么就是子虚乌有。

可就算他看明白了这一切，路云鹏还是没有对潘婕说。也许，维持着这样的误会并不是一件坏事，至少对他路云鹏来说，应该不是件坏事。作为局外人，他看清楚了这两人之间的问题，可他自己却也在不知不觉中，变成了局内人。

一个三十多岁的男人，对自己的情感已经是很清楚的了。他被潘婕吸引，是她刚来断点没多久就明白了的，只是他把这看作是爱美之心。地产项目一战，他清楚地知道，潘婕是个很有才情的女子，身上几乎没有半点他无法接受的特质，他很希望自己的另一半像她。

但是和潘婕谈话，让他隐隐有种不祥的预感，她似乎把自己当成了兄长，而不是……可是，他并不在乎，他们认识的时间并不久，还有的是时间互相了解。也许一切都会改变的。

香港之行，是他们早就确定的，他希望这次能有一个好的结果，至少让这个漂亮的姑娘，能有一个依靠。

一路上并不非常容易，潘婕妈妈必须半躺，他们是用特制轮椅推着她上的飞机，从轮椅到座位，都是路云鹏帮着搬动的，这让潘婕省却了不少麻烦。好在路云鹏早有安排，他们一到机场，就有一台医院的车来接他们，所以去医院这一路倒是很顺利。

当他们推着病人进了事先已经安排好的病房时，潘婕终于见到了传说中的罗医生。

潘婕和罗医生已经保持了一段时间的联系，当然有路云鹏从中周旋，罗医生对潘婕妈妈的病情很上心。从这段时间的接触，潘婕在心里对这名“神医”的形象也有一个大体的勾勒，所以当他真的出现在潘婕面前的时候，她还真有点意外，这位名医和想象中的不太一样……

罗医生看上去和路云鹏年纪差不多，可长相就差多了。身高大概刚刚一米六的样子，比潘婕还矮不少，头发谢顶比较严重，中间的部分已经寸草不生。眼镜当然是必不可少的，这种做学问研究的人很少有不近视的，人也很瘦弱。皮肤微黑，门牙还稍稍有些前突。这可和潘婕心目中的“神医”形象差别不小啊！

罗医生看到眼前这个漂亮女孩子，一眼就看出来，她肯定就是潘婕。能让路云鹏向自己开口的女人，一定不凡。而看到潘婕审视自己的眼神，不禁笑笑：“是不是看上去像个老头子啊？”

潘婕被他说得不好意思，讪讪地解释道：“没有没有，只是和想象的有点不一样。”

罗医生被她的话逗乐了：“你想象中我应该是个什么样子啊？”

潘婕本来就有点挂不住，听他这样一问就更不好回答，脸憋了个通红。一旁的路云鹏赶紧上来替潘婕解围："罗医生，你这话也太多了吧。"

"哈哈，好好，不说了。"罗医生爽朗一笑。看来路云鹏很护着这个小姑娘啊。他心里明白，可嘴上并不点破，转脸向潘婕说道："明天一早我就安排给令堂做全面检查。"

潘婕听他这样说，也从刚才的尴尬中摆脱出来，对罗医生点点头。

罗医生转身向路云鹏说道："你是不是应该帮潘小姐安顿一下？她母亲就先住在医院里吧，我们这里有临时护工，夜里可以帮着照顾，你们可以明天上午再过来。"

路云鹏也在一旁说道："到这里了你就放心，一切交给罗医生就好了。"

潘婕这才点了点头，拿起放在轮椅下面的行李，跟着路云鹏出了病房。罗医生目送他们消失在医院走廊尽头，这才笑着摇摇头，看来路云鹏这个家伙快请他喝喜酒了。

路云鹏在香港的家，离罗医生他们医院不算远，出租车跑了二十多分钟就到了。开始潘婕听说路云鹏要让自己住在他家里，死活不同意，坚持要住酒店。可找来找去，才发现那所医院附近并没有什么酒店，而路家倒是离着医院很近。再加上路云鹏坚持要让她住下，潘婕想着盛情难却，但只想把日常要用的东西放到路家，自己干脆晚上就住在医院里。虽然她也知道医院床位紧张，陪护的家属恐怕很难安排住宿，但妈妈的轮椅在医院呢，而且可以放成半躺状态，这就解决了她晚上陪床的问题了。

这个打算在离开H市时，她并没有跟路云鹏说，因为她知道，即便说了他也不会同意。但到了香港医院里，她要住在病房，路云鹏总不能把她绑架回家吧。因为求罗医生给妈妈做治疗，就已经让她欠了路总监人情，她不想再靠他安排自己的起居，否则这个人情今后拿什么来还呢？

路云鹏在香港的这套房子，远没有在H市那么气派。在H市他是一栋别墅，而这里只是一套高层公寓。不过面积倒不算小，也有三房两厅。路云鹏有个姐姐，早年移居加拿大，而他的父母后来因为要帮姐姐照顾孩子，所以跟着去了加拿大，几年后也办了移民。而现在在香港，路云鹏也没什么亲属了。

路云鹏打开门，自己先走进去开了灯，然后帮潘婕把行李拿进来，喊她进了屋。

房间很整洁，由于平时没人住，不少家具上都盖着白色的单子。潘婕进去换了鞋，路云鹏已经手脚麻利地把客厅的单子揭开，又把几个窗户打开。空气一流通，房间里的感觉好了不少。指着沙发，路云鹏喊着潘婕："过来坐，我稍微收拾一下。"看潘婕还是站在门口没动，走过来把她推到沙发上，自己跑到厨房，把水烧上。

"你先坐一下，水马上烧开了。"

潘婕怎么可能看着他一个人忙乎，赶紧还是站了起来："我帮你吧。"

路云鹏想了想，也好，不然潘婕恐怕也没办法心安理得地休息："洗衣机在阳台上，你帮我把这几个单子丢进去洗就好了，其他的不用管。"说着就把几个布单放到潘婕手上，顺手一指阳台的方向。

潘婕依言打开阳台门，果然看到了洗衣机。把单子丢进洗衣桶，仔细看了一下上面的提示，就开动了机器。正要转身回房间，却发现阳台上可以看到香港的夜景，不禁停住了脚步。

香港果然是个美丽的不夜城，灯火通明、霓虹闪烁。远远地应该是维多利亚湾，水波荡漾、光影摇曳，高楼大厦栉比林立，夜色中的轮廓明艳清晰，比白天看上去更充满吸引力。

潘婕虽然在美国待了几年，但香港却是第一次来。看着如此繁华的都市，一时间有些沉迷。

"这里看不是最好，改天我带你去太平山，从那里看香港的夜景，视野最好。"路云鹏不知何时也来到潘婕的身边，轻轻地对她说道。

潘婕收回自己的眼光，像被大人抓住了犯罪现行的孩子一样，有一点局促不安。她不是贪恋欣赏美景来的，只是偶尔看到被吸引了一下，她只是个求医者，不是来观光的。

"哦，不用的，以后有机会再说吧。"说完低下头走回了房间。

路云鹏微微笑笑，把手上拿着的单子放到洗衣机边上，也回到屋里："小潘，我带你看一下你的卧室。"说着向潘婕招招手。

"呃，不用了……我想晚上还是睡在医院，不然我……不放心。"

仿佛早料到潘婕会这么说，路云鹏没有一丝意外，脸上的笑容更深了一些，看着潘婕说道："小潘，你不要那么多顾虑，晚上医院那边根本没什么事情，你就安心在这边休息。"

潘婕有些心急："不行……我还是不能……我想守在妈妈身边……"

路云鹏看着潘婕，若有所思，停了一下道："这样，今天走了一路，你也累了，今晚就在这里休息。明天一早我们就过去医院，那时再说这件事好不好？今晚医院那边你放心，罗医生会安排好的。"

厨房的水烧开了，水壶的哨声提醒着他们。路云鹏赶紧来到厨房，拿下水壶问潘婕："小潘，你喝点什么？"

潘婕迟疑了一下，她本来想放下东西就赶紧赶回医院的。可现在看来这样就走，实在也有些不太礼貌，也许一切真的是自己想得太多了。想到这，抬起头对路云鹏说："那还是咖啡吧。"

路云鹏很快就端了两杯咖啡回来，放在了茶几上："来，坐这边。"

潘婕坐下，端起面前的杯子，细细地抿着。毕竟是速溶，味道没有豆子煮出来的香，不过忙碌了一天，这样一杯咖啡倒是很提神。

路云鹏没有坐，端着杯子站在沙发旁边。两人都有点沉默，路云鹏不知道说什么好，潘婕也是心事重重。咖啡喝了一半了，路云鹏才喃喃地说了句："这咖啡真没你办公室的蓝山好喝。"

潘婕一听，扑哧笑了，气氛立刻轻松了许多，不得不说路云鹏是个聪明的男人。"路总监你这不就说岔了嘛，你这个是速溶的，我那个是咖啡机煮的，这么比多不公平啊。"

虽然本就是句废话，可路云鹏对这"废话"的效果很满意。看来要想保持和潘婕的良好关系，聊天也只能从这几个事情谈起，工作、她妈妈、林俊峰。

路云鹏这才走到沙发边坐下，微笑着问道："对了，接下来那九个赌局你打算怎么办？"这事，和工作相关，和林俊峰相关，她应该会有谈话的兴趣。

"还能怎么办，能拿下多少就要拿下多少，我不想把自己输给别人。"

路云鹏看了看潘婕，有时他确实有些看不懂她。潘婕和他在大陆见过的不少女孩子都不太一样，她们似乎很清楚自己需要什么，所以她们很直接、很现实。而潘婕，看上去似乎一直很明白自己的目标，可实际上却好像根本没弄明白自己到底要的是什么。

她没看懂林俊峰，也没看懂路云鹏，甚至没看懂她自己。而她仍在坚持，坚持着让自己不随波逐流，不任人摆布。她爱上了林俊峰，却毫不自知，反而把他当成了自己的敌人，拼命想要摆脱。

路云鹏并不了解林俊峰，可是他了解自己，如果是自己和潘婕订下这样的赌约，他很清楚地知道最后的结果是什么，而且是唯一的结果，也是最好的结果。

可是，即便如此，路云鹏心里还是很希望潘婕能赢得最后的胜利，这样至少潘婕还会是自由的。

"前几天的年会，绝尘的总裁出山了，听说了吗?"路云鹏是当天晚上就听到了消息，这对断点来说，实在不能算是一个好消息。

潘婕看了看他："听说了，而且好像在整个年会过程中很高调。"说到这一点潘婕其实很担心，林宏宇曾经是H市广告界的一个传奇人物，他现在出山，让潘婕对今后的竞争变得毫无信心。

"那你打算怎么办？还是继续自己的赌局吗?"路云鹏轻轻地问道，接下来的比拼恐怕不是单靠自己的专长就能帮得了潘婕了。

潘婕自己何尝又不明白自己的处境，只是……"我还有得选择吗？我能说不继续吗?"

路云鹏看着潘婕的样子，心里也为这个倔强的姑娘叹了口气，如今公司的利益、自己的利益、潘婕的利益，是在同一条船上，不管怎么说都要尽力帮她。只是后面的路，估计会困难重重。况且这次地产项目的获胜，虽然断点的方案确实优势明显，但竞标过程本就有着一些蹊跷之处，只是不知潘婕有没有意识到，也不知自己该不该提醒她。

想了半天，路云鹏再次开口对潘婕说道："小潘，这次地产项目，你有没有仔细想过竞标过程中的问题?"

潘婕听到这话吃了一惊，过程中的问题？难道还有什么事情是自己没想到的？于是她仔仔细细地把整个过程想了一遍，隐约觉得确实有哪里不对劲，可又实在抓不住那种感觉。

路云鹏看她的表情，就知道她还是有疑惑，忍不住提醒她。

潘婕就像被人从脑后打了一下，猛然醒悟："你是说……林宏宇?"

路云鹏重重地点了点头。

潘婕这才如梦方醒，自己和林俊峰设了一场赌局，可更大的局却始终操控在林宏宇的手心里。如果真是这样，那她的所谓十场赌局，在林宏宇的眼里还是个事儿吗？潘婕不禁惊出了一身冷汗。

看到潘婕的样子，路云鹏有些心疼。这个姑娘再怎么说也只有二十出头的年纪，她早一点认识到这其中的险恶，也就能早一天做好应对的准备，至少可以做足防范。

天也不早了，路云鹏喝干杯中的咖啡，看了看仍在发呆的潘婕，轻轻说了声"我去帮你放洗澡水"，就转身走进里间。

潘婕坐在沙发上，陷入深深的思索。路云鹏的这一番话，确实给她敲了一记警钟。因为赢得了这个大项目，潘婕一度对自己、对断点的能力评价很高，毕竟击败的是H市的龙头老大，不是每个人、每个公司都能做到的。可现在看来，所有的这一切，都只不过是别人棋局中安排好的，这个感觉让她产生了强烈的挫败。回过头再想想自己在这个项目中的表现，虽然自己已经尽力，但说到底还是太过稚嫩，遇到林宏宇这种高手，还是显得道行太浅。

一只手拍到了肩膀上，潘婕这才注意到路云鹏已经回到身边："水放好了，别多想，洗个澡好好睡一觉，明天去医院专心照顾你妈妈。"

潘婕回过神，也不再反对，静静地跟着他来到里面的一个房间。

"这里一直是客房，床上有浴衣。"看着潘婕走进房间，路云鹏帮她带上了房门。

也许是因为换了环境，也许是因为喝了咖啡，又也许是因为睡前这一番谈话，潘婕和路云鹏两个人都没有睡好……

十八

林俊峰回到H市的家中，已经是除夕晚上十一点了。林宏宇一个人坐在客厅的沙发上，一边喝茶，一边看电视。林俊峰去北方找张军，他是知道的。所以听见儿子回来，并没做出太多惊讶的反应，而是很沉静地问了一句："找到了吗?"

"嗯。"林俊峰走到沙发上坐下，有些垂头丧气。林宏宇看到他这个样子，有些疑惑地问道："找到了怎么这副样子?"

林俊峰便把找到张军的情形，对父亲说了一遍。看着林俊峰一脸疲惫的样子，他没忍心立刻把潘婕去了香港的事情告诉他，一切等明天再说吧。

"早点去休息吧，你这一天跑得也够累的了。"

听到父亲的话，林俊峰没动。他们父子俩很少谈论林俊峰的感情，可今天儿子却一反常态。

"爸，你说我是不是在自找苦吃?"

林宏宇看了看他，放下手中的茶杯，转过身面对着儿子："后悔了?"

林俊峰摇了摇头："我不知道。我只是觉得自己就像掉进了一个旋涡一样，越陷越深，不能自拔。这几年我从来没后悔过自己当年做的决定，可现在……我真的不知道……"

"峰儿，"林宏宇很认真地看向林俊峰，"我从小就告诉过你，无论做什么事情，都要先想清楚你自己要的是什么。那么现在爸爸问你，你要的是什么?"

"我……"林俊峰轻轻地皱了皱眉，这句话一直在他心里，没对父亲说过。犹豫了一下，仿佛下定了某个决心似的一字一句地说道："我想娶潘婕!"

"哈哈哈，你终于说出这句话了!"林宏宇突然感到很欣慰。峰儿跟潘婕这个姑娘的纠结，他已经看在眼里了好几年，可是儿子从来没有像今天这样明确地说出他要娶潘婕。今天，他终于像个男人一般，把自己心里的话说了出来，这是他的决心，也是他的宣言。儿子，终于长大了。

"傻小子，几年了，你终于明白自己要什么了。好! 好! 潘婕这个小姑娘爸爸也很喜欢，我支持你! 然后呢? 怎样才能娶到她呢? 想清楚了吗?"

林俊峰这下犯了难，潘婕那么好强，对自己又误会颇深，现在做什么好像都是不对的，只能让她和自己的距离越来越远，他迷茫了。“爸，我不知道该怎么办，我越靠近她，她就离我越远。”

林宏宇笑了笑，儿子可并不了解女人。“你现在知不知道，她到底是讨厌你，还是喜欢你？”

“不知道，我觉得她不能接受我……应该是讨厌我，可是有时我又感觉她还是有点喜欢我……所以我说不清……”林俊峰说到这里很泄气，他确实不懂潘婕的心思，她对自己时冷时热，谁又知道她心里想的是什么？

林宏宇没有在这个问题上再继续说下去，而是话锋一转：“峰儿啊，你这次去找张军，就做得很好啊。你们之间误会的最初源头在他那里，先把那个误会解开是很重要的。还有一点我要提醒你，潘婕妈妈的事你要帮她解决，这个是她现在最大的心结，如果这事你办好了，在她心里会给你加分不少的。”

“可是，爸爸，我现在离不开公司啊，我和潘婕立了赌约的……”林俊峰的言下之意，如果不遵守这个赌约，就算自己帮了潘婕，最后也不一定就能赢得她的心。毕竟能力是她非常看重的。

林宏宇笑着摆摆手：“有爸爸在公司，你还怕你输了那些赌局？你只管忙你的正事，这几个项目招标的时候你只要出个面就可以了，爸爸自有安排。”

“潘婕妈妈的病我要管，这几个赌局我也要管。好的结果我当然想要，但如果我不参与过程，也就背离了当初我们设立赌约的初衷。而且，我希望爸爸你不要过多干涉，你难道不希望看到我可以独立完成项目赢得合同吗？”林俊峰说着，右手不知不觉就攥成了一个拳头。

林宏宇轻叹一口气，知子莫如父，他何尝不知道儿子的心思。好多年没和儿子一起过年了，这是林俊峰回国后的第一个春节，林宏宇很想和儿子多说说话。可是……他抬眼看了看林俊峰，微微笑了笑，今后的机会应该还多着呢。

“峰儿。”

“啊？爸。”

“你今天早点休息，明天就去香港吧。”

林俊峰不解地问：“为什么要去香港？”

林宏宇身子向前一探，再次拿起茶几上的茶杯：“潘婕带着她妈妈去了香港，一起去的还有他们那个设计总监。"

潘婕、路云鹏回到医院的时候，罗医生正在潘婕妈妈病房里。看到他们进来，做了个手势，让他们跟着自己一起到办公室。

"罗医生，情况怎么样?"刚进门，潘婕就急迫地问道。

罗医生扶了一下眼镜："潘小姐，我们今天对令堂做了全面检查。令堂在车祸后，大脑出现大面积瘀血，在H市进行过手术，现在从片子的情况看，基本清除比较干净。脑干和脑半球没有问题，所以康复希望还是有的。但神经系统目前由于阻断时间过长，可能有受损情况，而且可能需要进行脉冲刺激治疗。一般这样的昏迷病人，最好的治疗康复时间是半年，现在距令堂车祸发生时间已经接近半年了，如果一个月内不能苏醒，恐怕……"

潘婕听不懂那么多的专业名词，只听到罗医生最后那段话的意思，心里一急，连忙问道："那您觉得有多少把握?"

罗医生沉吟了半晌，这才犹疑地回答道："这要看这几天的治疗情况，现在还不好说。如果能苏醒哪怕是短时间苏醒，那应该就有七成以上的把握；如果这几天治疗没有效果，那我就只能建议你们……"说到这看了看路云鹏，"……到美国去试试。"

一旁的路云鹏一直没有说话，听到罗医生这样说，才缓缓地问："确定的话要几天?"

"三到四天。"

潘婕呆呆地站在原地，心里一时间思绪翻涌，说不出话来。路云鹏抬起手来，轻轻拍了拍她的肩膀，面对这样的情况，他可以理解她的心情。

罗医生看到潘婕的样子，也许是为了宽慰她，表情也和缓了下来，柔声说道："潘小姐也别太担心，还没到山穷水尽的时候。令堂出车祸之后，抢救应该是很及时，手术也很成功，所以脑内处理都还是很得当。再加上在医院照料得应该是不错，所以身体整体的情况还好。"

一番话，潘婕心下安慰不少："那就拜托你了，罗医生。"

"放心吧。我先去准备一下，马上就开始治疗，你们去病房看看吧。"说完对着他们笑笑，走出了办公室。

潘婕走到病床边坐下，习惯性地伸手拉住了妈妈的手，不停地摩挲。身后的路云鹏看了看她们，也没再说什么，转身出了门。

护士开始往病房里推新的治疗设备，很快罗医生和另外几名助手也走了进来。

潘婕放开了妈妈的手，轻轻地推开病房的门，来到了走廊上。

随着她的离开，玻璃门窗上的窗帘被护士拉了起来。潘婕轻轻地闭上眼睛，心中默默地祷念："妈妈，你一定会好的，一定会的。"

"放心吧，你妈妈一定会好的。"就像在回应她一般，身后一个男音说出了她心里的话。

潘婕甚至没有转身，就已经听出这是林俊峰的声音。

怕什么来什么，他终究还是追来了！

潘婕一动也没动，听着身后的脚步声越走越近，直到自己的身边站定。自从那天被他强吻，一直就没有再见到他，也没他的电话和消息。现在，她不想转身，因为她不知道自己该怎么面对他。

"我来了。"这样的一句再平常不过的话，潘婕听得一震。就像早就说好在这里会面似的，自然而又顺理成章。林俊峰永远有这样的本事，能把一切都说得、做得都那么心安理得，不管他们之间发生过怎样的不愉快，他都能当作什么也没发生过。

说完，林俊峰再不多说，只定定地站在潘婕身后。没有询问，没有其他的动作，仿佛他天生就该在她身边。当路云鹏抱着一捧香水百合走出电梯转进走廊时，看到的就是这么一个奇怪的场景：两个俊美的人儿，沉默无语地站在病房门前，女前男后，女的看着面前病房的窗户，男的看着身前的人。

路云鹏看着他们，远远地停住了脚步。

眼前的画面实在太过完美，他不想破坏。蹙了蹙眉头，路云鹏转身再次进了电梯。

不知这样站了多久，罗医生的治疗仍然没有结束。潘婕的脚已经站酸，她这才转过身走向身边的椅子。林俊峰赶上一步，伸手扶着她坐了下来，自己也在她的身边坐下。

“你怎么知道我在这儿?”潘婕语气很平静，没有欣喜，也没有责备。因为不管哪一种情绪，潘婕都觉得不合适，最好就像这般，没情绪最好。

林俊峰笑了，她终于肯跟他说话了。可他并没回答潘婕的问话，人都站在她身边了，怎么知道她在这里还重要吗? 她心里只怕对自己的回答也并不关心吧。

“你妈妈在里面?”林俊峰的问话很轻柔，听上去就像两个很正常的恋人之间的对话。

听到林俊峰的声音从身后响起，潘婕突然感到了一阵前所未有的温暖。她没忘记那个冬夜中舒适的怀抱，此刻的感觉就如同那夜，一种有所依靠的感觉，一种被人呵护的感觉，但由于那个吻，又让这种感觉有了一种特别的暧昧味道。这是潘婕从未体验过的。那个强吻让她抗拒，可毕竟是自己的初吻，在这一刻的心情中，她努力回忆那个吻的感觉，应该是很特别的感觉吧。可煞风景的是，她脑子里是空的，只记得当时唯一的记忆是——电击般的触感，然后……眼泪的味道。

“嗯，在里面做治疗。罗医生说，要过三四天才能知道会不会有治愈的希望。”

林俊峰走到潘婕身边，伸手将她揽住。潘婕突然感到很无力，顺势把头靠在了林俊峰的肩膀上。她一直都没有弄明白，为什么在林俊峰面前就这样容易让软弱的一面显露出来。本来就是不喜欢他，不能接受他，可为什么就无法做出拒绝他的行动? 就像现在，明明还在生气他强迫自己，可还是没办法拒绝这个臂弯。

路云鹏一直没有回来，病房的门也还没开，走廊里偶尔走过的医护和病患也没有注意这一对男女，他们就这样倚靠着，静静地等待。

“潘婕。”林俊峰的声音响在耳畔，像耳语一般的呢喃。

“啊?”潘婕听到呼唤，猛地坐直了身体，沉湎这个怀抱的时间太久了，她怕自己醒不过来。

“不管结果是什么，我在这儿呢……”林俊峰的话还没说完，就听见病房的门响了，治疗结束了。

潘婕赶紧站起身，林俊峰也跟着站了起来。罗医生走出病房，看见林俊峰愣了一下。哪来这么个帅气小伙子？不过也没多想，转向潘婕说道："潘小姐，今天的治疗做完了，电极刺激对令堂还是有效的，一部分机体都还有反应，再做两天观察一下吧。"

罗医生并没有把治疗经过全部说出来，说了估计她也不一定懂。今天的治疗其实也是测试的一部分，从情况来看，肢体反应不错，但期待的脑部反应还是没出现。

"谢谢罗医生。"潘婕连声道谢，虽然罗医生并没有说可以治愈，可这番话已经足以让她兴奋异常。

罗医生回身指了指病房的门："你可以进去看看令堂了，明天的治疗就不在病房里了，需要转移到楼上治疗室。你明天可以早点来。"说完对着潘婕点了下头，摘下听诊器把软管缠了缠，揣进了大褂的口袋，带着几个助手回了办公室。

潘婕推门走进病房，林俊峰也跟了进去。

床上的病人身上又多了几根管子。原来没有用到的氧气管，现在也插上了，吊瓶也挂上了。这样一来，整个人看起来更加的瘦弱。林俊峰一见，怕潘婕难过，赶紧伸手想去拉她的手。潘婕却看了看他，又把手轻轻地甩了甩，虽然心里难过，可在妈妈面前，她不想和林俊峰过于亲密，尽管妈妈根本看不见。

潘婕走到床前，俯下身体对着妈妈的耳朵轻轻说："妈，罗医生说希望还是很大，你要加油啊。"

林俊峰站在原地，潘婕妈妈比上次他见到的时候感觉状况更差一些了，脸色更苍白，人也更清瘦，这样拖下去实在不是办法，看来治疗一定要抓紧了。

两人都没有再说话，这时路云鹏回来了。迎着林俊峰看向自己的目光，他脸上没有太多的表情，只是微微对他点点头。病房内的气氛有些尴尬和紧张。

半晌，潘婕终于抬起头，声音弱到几不可闻地说："林俊峰，我们出去谈谈吧。"

就像士兵听到了将军的号令一般，林俊峰腾地站了起来。这句话他盼了很久，现在潘婕说了，这一次，他准备把心里的话全部说出来。

医院前面，有一个不大的小花园，散布着不少木制长椅。由于天气已经冷了，所以在外面活动的病人和医护人员不多，倒是很清静。潘婕走到一条长椅边，靠着一头坐下，身后的林俊峰识趣地和她保持着一个人的距离，也在长椅上坐了下来。

想谈什么，潘婕并不知道，仿佛有很多话想说，可又不知道从何说起。她不开口，林俊峰也就保持着沉默，两人就这样静静地坐了五六分钟，最后还是潘婕开了口："林俊峰，我们的赌局还算数吗？"

林俊峰没想到她先问的竟然是这个，一时没明白她说这话的目的是什么，迟疑了一下，回答道："如果你说还算，那么就算，如果你说不算了，那我听你的，就不算。"

潘婕心里轻轻地叹口气，她累了，不想再这样和林俊峰周旋下去，可他不肯放弃，这让她很难办。

"赌局还可以算，可是我们能不能不要赌婚了？婚姻大事这样赌，是不是太儿戏？"

林俊峰脑子很清楚，他看着潘婕果断地回答："如果现在取消赌局，那么只有一个可能，就是你肯嫁给我。"

"你为什么非盯着我不放？我说过我不喜欢你，你为什么就不明白？"

"潘婕，我今天就想把所有的事情和你摊开谈。你说你不喜欢我，那你告诉我为什么。我爱了你七年，除非你有足够的理由拒绝我，否则我不会放弃。"

"不喜欢，其实不需要理由不是吗？不过我还是想和你说说。你应该记得大学时你追求我的时候，我曾经怎么拒绝你的。"

"你说你不喜欢我，而且你想专心学业，大学期间不想谈这些儿女私情。"

没错，这是当初自己和他说的话，几乎一字不差。"我当时这样说，不仅是因为我无心谈情，还有一个原因，就是我不喜欢你那纨绔子弟的样子。你那时基本不怎么上课，考试都是临时抱佛脚，每天和一帮狐朋狗友吃吃喝喝，再就是跟一群漂亮女生纠缠不清。我不喜欢你这样的人。"

"你怎么都知道？"

"你的仰慕者遍布全校，到处有人谈论，我也没法把耳朵一天到晚都塞着吧？"潘婕说的倒是实话，大学里林俊峰的动向是很多女孩子茶余饭后议论的话题,她就是不想知道都很难。

说到这些,林俊峰确实很无可奈何。那时的自己,真的也是很胡闹,大学四年只弄明白了一件事,其他的几乎都是混过来的。潘婕这样说,他很难反驳。

"唉,都怪我那时不懂事,荒废了那几年,你说的我承认。可是,和女孩子纠缠不清的事,真的不是你想的那样。大学四年,我真的没对其他女孩子真正动过心,除了你。这一点我敢对天发誓。"林俊峰说得信誓旦旦,可潘婕却冷哼了一声。

"不要把自己装成情圣一样,你没对别人动过心?那肖雅娟是怎么回事?既然你没动心,为什么做出那样的事?"

终于说到这里了,林俊峰知道潘婕迟早会提这件事,她问到的那一天,就应该是真相水落石出的那一天。

"潘婕,这件事我要和你好好解释。我承认,在学校其实我和不少女孩子都有过交往,但基本上都是因为被你拒绝之后,我想找心理平衡,或者想刺激你,才会跟她们出双入对。我承认自己有些虚荣,受不了你的冷言冷语,所以就有些放纵自己,我不求你现在能理解我,可希望你能给我重新证明自己的机会。但是,肖雅娟的事,真的是一个误会,这件事我瞒了三年多,我想今天是和你解释的时候了。"

其实当年出这件事的时候,全校的人都觉得有些意外。因为在整个大学期间,Z大都没传出过林俊峰和肖雅娟的风言风语,也从未见过两人在校园里结伴同行,突然冒出一个怀孕跳楼事件,很多人都不大相信。

潘婕当时也感觉莫名其妙,不过由于一直对林俊峰印象不好,所以最后也就接受了大多数人的推测。

于是,林俊峰表情凝重地把三年多以前那个班聚夜晚发生的事,原原本本地说了出来。一幕幕的往事,就像放电影一般,再次重现在他的眼前。他没有看潘婕,也有点不敢看,害怕看到她如果是一副不相信的表情,那自己就不知该怎么办了。

等他说到两人离开酒店回到学校,这才停了下来。侧过身看向潘婕,心里很是忐忑。

潘婕没有看着他，而是盯着地面上的地砖出神。林俊峰说的这些，完全出乎了她的想象，她没法判断他说的是真是假，可还是被他的话惊呆了。当年学校对林俊峰的处理，难道真的是个冤假错案？突然间，林俊峰没了声音，潘婕不自觉地抬起了头，对上他的眼睛，这一刻，那双眸子清澈透亮。她不相信有着这样眼神的人会说谎，潘婕有些迷惑。

"后来呢？"

林俊峰苦苦地笑笑，是的，后面这一段往事，他也要说给潘婕听。

当天晚上，酒醒之后的肖雅娟就找到了林俊峰，手里拿着他丢在酒店房间的手机："林俊峰，这是你的吧？"

"是的，是我的。"既然说不清，不如大方承认，林俊峰看着肖雅娟坦荡地说道。

"好，那就好，你不觉得要对我负责吗？"肖雅娟说着，把手中的手机冲着林俊峰扬了扬，本来还怕他不承认，现在一切倒都简单了。

"负责？负什么责？丢个手机就要对你负责？"

"你欺负了我，就想一走了之？"肖雅娟当然不能任凭他一句话就打发掉，自己在酒店里醒来的情形，还能说什么呢？虽然她根本记不清是谁跟她共历此番云雨，但她最后的意识是和林俊峰在一起，而他的手机又遗落在床下，还会是别人吗？

林俊峰闭上眼睛，心里一阵恼怒。张军！

"肖雅娟，我不知道你凭什么说是我欺负了你，我可以负责任地跟你说，我没有！"

"林俊峰，你不能这样……"肖雅娟说着，眼泪就流了下来。

"我没做过的事，你要我负责，我怎么负？除非你拿出证据，不然你就是诬陷、诽谤！"看着眼前的肖雅娟，林俊峰心里也有些不忍，毕竟她是吃了亏。虽然她找上自己负责不应该，可细想想，她也真的是糊里糊涂。

张军后来告诉林俊峰，那天他一进屋，根本没注意床上有人就躺了下去，几乎立刻就被肖雅娟抱住。两人都是喝了酒，所以都没法自控。完事之后张军几乎立刻就睡着了，而肖雅娟好像从头到尾都没有清醒过，直到早上张军离开，都还没有醒。

林俊峰看着这个几近癫狂的女子，不知该说什么才好，想了想，只好什么也不说，转身离开。跑到操场上找到了正在打球的张军，狠狠打了他两巴掌。事已至此，还能怎样。

本以为这事就这样过去了，林俊峰见到肖雅娟就开始躲着走。而张军还不算太狼心狗肺，屁颠屁颠地跟在肖雅娟后面，开始认认真真追求她。无奈肖雅娟原本心里就只有林俊峰，这次就更认定了他，所以对张军的追求完全无视，三个人完全弄了个错位满拧。

之后的一个月里，三个人就像猫捉老鼠一样，转着圈地玩着“躲猫猫”，林俊峰躲着肖雅娟，肖雅娟躲着张军，而张军躲着林俊峰。

张军躲林俊峰，是因为实在受不了他的拳脚。每次他被肖雅娟追得急了，就会抓住张军发泄一番，心情强一点的时候是破口大骂，心情差一点的时候便是拳脚相加。张军自知理亏，让林俊峰替自己背了那么大口黑锅，所以挨骂的时候都不敢还嘴，老老实实受着；可挨打就不行了，林俊峰人高马大的，下手虽说并不算太黑，可打在身上也疼啊，受了几下之后他就开跑。

可就算揍了张军，也解决不了肖雅娟的问题。林俊峰只好想方设法继续躲着这女人，所以逃课就更多了。

可一个多月后的一天晚上，肖雅娟像不要命一样，不顾管理员的阻拦及众多男生异样的眼光，冲进了林俊峰的宿舍，一进门就大哭起来。吓得林俊峰只好拖着她跑出宿舍，她这是个什么情况？非要毁了我吗？

宿舍楼后面有一片小树林，林俊峰怕他们的谈话被别人听到，只好拉着她进了树林深处。看到四周没有人，他这才放开肖雅娟，怒气冲冲地对她低吼：“你这是要干吗呀？”

肖雅娟止不住哭泣，可好不容易抓到林俊峰，必须把话和他说清楚，于是抽泣着说道：“林……俊峰，我……怀孕了……”

“你说什么？”林俊峰脑袋一蒙，就像被雷劈了一样，“你再说一遍！”

“呜呜呜呜，我怀孕了……”

林俊峰这下傻了，从没遇到过这样的事，一时也有点慌，手足无措地不知道说什么好："那……你……找我也没用啊……"

肖雅娟一听事到如今林俊峰还是不肯认账，就更急了："是你做的事，什么叫找你也没用？你今天要是没个说法，我就告到系里学校里去……"

这下事儿可闹大了，林俊峰说什么也不能再受这个冤枉啊，心里一急就结结巴巴地说道："你等我……等我一下……我马上回来……"

说完，转头撒腿就往宿舍楼跑。来到张军的宿舍，一脚踹开门，屋里没人，这会儿大多数人应该都在自习。林俊峰这下急了，张军这货又没手机，上哪儿找他去啊。这样想着，赶紧去了别的房间，叫了几个自己的死党，让他们帮自己去教学楼里找张军，而他自己直奔图书馆。他自己平时根本不去晚自习，也不知道张军会在哪里，只能碰运气了。

半小时以后，他回到宿舍，看见张军正在屋里等他，不禁火从心头起，一脚上去就把他踹翻在地："你小子干的好事，自己去收拾！"

张军不明就里，只听到去找他的人说林俊峰急着找他，就连忙收了东西赶了回来。虽说前段时间林俊峰一直对自己鼻子不是鼻子眼不是眼，可最近已经好了不少，今天这又是抽了哪门子疯？本来肖雅娟就一直不怎么搭理他，这个少爷又动不动拿他撒气，想到这也上了火："林俊峰，你什么意思啊你？有完没完了？"

林俊峰顾不上跟他废话，从地上一把捞起张军，拖着他飞快地下了楼，来到小树林。可站定一看，肖雅娟人已经不在了。"你还来劲儿，你知不知道，肖雅娟怀孕了！"

张军听到这句话，人都有点发软，他大学四年都没谈过一次恋爱，出了这种事根本不知道该怎么办。"这可怎么办？这可怎么办？"

"怎么办？找到肖雅娟把话说清楚！这事闹到现在这个样子，我不能再替你背黑锅了，不然要被你们给毁了！肖雅娟已经说要去系里告我，这事根本兜不住了！"林俊峰说话的时候情绪非常激动，胸脯随着呼吸剧烈地起伏，手也开始发抖。

张军听到这话，人一下跌坐在地上："不！不！她要是告诉学校，我就会被开除的……不行，我不能……"

林俊峰气得狠狠地踢了他一脚："你只想到你自己，你想过我没有？想过肖雅娟没有？你现在最起码要跟肖雅娟坦白吧，我跟你们这事一点关系也没有，凭什么要被你们这样扯着？"

张军这时坐在地上哭了起来："她根本不肯理我，我就更不敢说。我不是不肯对她负责，可是……"

林俊峰弯腰揪住张军的衣领，手指点着他的鼻子狠狠地说道："不管她接受不接受，你去给我找到她，把这事说清楚。今天你不把这事搞定，你就别回来！"说完拎起张军，推搡着他走出小树林。

张军已经顾不得有人看见自己的狼狈样子，抬手擦了擦眼泪，迈着无比沉重的步子向女生宿舍的方向走去。一边走，一边回头看林俊峰。

林俊峰看见他回头，便对着他挥一下拳头。如此三四次，张军才消失在夜色之中。

张军果然一宿没回来，而第二天林俊峰照例没有去上课，后来听说那天张军和肖雅娟也没有去上课。晚饭时间，传来肖雅娟跳楼身亡的消息。

张军从那天晚上离开，就一连消失了好几天，也不知道躲去了什么地方。而学校却传了林俊峰去问话，保卫处里一名干事和两名警察仔细询问了一些细节问题，包括他们那天班聚的情况，林俊峰只好据实把情况说了一遍。当他走出询问室的时候，才看到一脸死灰的张军，红着眼睛和他擦身而过。看来他也跑不脱。

张军一直没有告诉林俊峰，当他找到肖雅娟之后和她谈话的内容。现在人都死了，这些事也就成了张军心里永远的秘密了吧。当张军回到宿舍，去了林俊峰的房间，把所有人赶了出去之后关上门，对着林俊峰跪了下去。他是农村出来的孩子，全家人供他上学，他如果为这件事被开除，可以说不只是自己一生的希望破灭，也是全家人的希望破灭。只有来求林俊峰，让他帮自己顶下来。林俊峰即便被开除还可以有别的出路。

林俊峰咬着牙、攥着拳头听完张军说的这一切，可最终这一拳并没有打在张军的身上，而是狠狠地砸在了自己的桌子上。冷冷地赶走了张军，他拿出新换的手机，给林宏宇打了个电话。这样的事，不仅要他担待，也要自己的父亲能担待。

几个月后，当林俊峰按照学校的要求离开Z大的时候，来送他的不仅有自己的几个“狐朋狗友”，还有张军。林俊峰走得还算洒脱，很多事想开了，对他也就不是问题了。可张军却似乎一夜之间就变得十分憔悴，林俊峰知道，这个人情债只怕要纠缠他一生了。

林俊峰静静地走到张军身边，伸手轻轻拍拍他的肩膀，最后用力按了按："兄弟，有一天我会需要你为我说一句话，只要你说了，我所做的一切就没白做。"

此时的张军，已经说不出话来，千言万语仿佛都堵在喉头，无法发声。林俊峰这个情分，自己注定要背一辈子了，别说他到时需要自己说一句话，他就是要自己为他上刀山下火海，他也一定会去。

林俊峰临行前偷偷去看过潘婕，那时她正坐在图书馆里专心致志地看书。林俊峰没有叫她，只是一动不动地站在门外静静地看着她，他知道，这一别，就不知道何时才能与她相见。几个月后，她要去美国，而自己父亲已经联系好了英国的学校，让他继续学业。本来计划好的毕业之后就不顾一切地追求她，可现在看来只好把这计划推迟了。潘婕，你一定要等着我，等我回来娶你！

四个月后，潘婕动身去了美国；又过了半个多月，林俊峰登上了飞往英国的飞机。两个人都开始了求学之旅，只不过一个往东，一个往西。

潘婕听了这一段往事，她已经坐不住了。林俊峰看到潘婕站了起来，也连忙起身向她走过去。可潘婕对他伸出手，做了个制止的动作："别，我想自己走走，让我静一下。"说完，一个人慢慢地向前走，出了医院的大门。

林俊峰放心不下，可不敢太靠近潘婕，只得远远地跟着她。这件事，确实有点曲折离奇，潘婕觉得消化不了也可以理解。真希望她就此能放下过去的成见。

走在前面的潘婕，已经不知道自己心里是什么滋味了。林俊峰的话，不由她不信，因为这不是一个靠编造能讲述的故事。这其中不少环节，她在Z大都听说过，甚至亲眼看到，林俊峰的讲述，将过去的很多疑团一一揭开，每个细节都丝丝入扣，她知道这一切都是真的。

照这样看，林俊峰本就是无辜，他牺牲了自己的四年，换取了同学的平安和一纸文凭。这让她觉得不知是喜还是悲。潘婕很心酸，为林俊峰心酸，他一个人承受了这么多，却从未对任何人说起过。她也为自己感到惭愧，虽说这事与自己无关，可她这么多年从来没给过林俊峰好脸色，很大程度上不也就是因为他的这次冤案吗？到底是什么，能让他背负着这么多的骂名和压力，走过了这么多年？

眼泪，是不知不觉之间落下的，潘婕说不清为了什么而哭，好像更该流泪的是林俊峰，他的隐忍让潘婕觉得万分难受。也许自己一直拒绝的，本就是这样的一个优秀男子，而自己却只差那么一点，便错失一生。怎么办？好像最明智的做法就是转过身，跟林俊峰在一起。可是，怎么转？

潘婕心里乱极了，就这样漫无目的地一边走一边哭，视线根本已是一片模糊。在这一桩情事之中，好像没有谁对，也没有谁错，可到最后所有人全是输家，甚至包括潘婕自己。

林俊峰远远地跟着，看着形单影只的潘婕，说不出的心痛。

他想说，潘婕我一直在你身边等着你；他想说，过去的一切都已经过去；他想说，让我们重新开始把彼此交给对方；他想说，我对你的感情不管发生了什么都从未改变。

这些，他都想说。可是他什么都没说出口，真相对他来说从来只有一个，只在于说与不说。可这真相对潘婕来说，要全部接受就很难很难了，要颠覆很多她过去的想法，这对她不容易。也许她需要的只是时间，他会给她。

潘婕视线模糊，四周的景物已经看不清，当然也就没有看到脚下的地砖角上缺掉的一块。靴子的后跟刚好卡在这个破损处，人向前走，鞋子却被卡住，潘婕一下子失了重心，踉跄了几步，可脚崴了吃不上力，人便向旁边倒下去。她下意识地伸手向眼前一个模糊的物体伸出手去，想要拉住它维持身体的平衡，可没想到那是一个隔离车道的软桩，类似海绵一样的材质，根本吃不住力道。她一扑，那个桩子竟然也随之向前折倒，潘婕前冲势头没止住，人继续向前扑了下去。正在这时，迎面车道上驶来一辆双层巴士，潘婕双手向前，眼看就要倒在车道上。

突然，从她身后飞身冲上来一个人影，一个鱼跃抱住潘婕的腰，就势改变了她的前冲方向。两人的身体甫一落地，来人便抱着潘婕向人行道的方向翻转了几圈，而巴士司机看到这一幕已经来不及刹车，在这一瞬间从车道上呼啸而过，走出好远才把车急刹下来。

司机连忙下了车，看到人行道上的两个人还没有站起来，慌忙向他们跑过来。周围零星的行人一看这个情形，也围拢过来。只见地上一个漂亮的女孩脸色苍白，眼睛瞪得老大，已经说不出话来。抱着她的男孩子却紧闭双眼，鲜血顺着额头流到面颊上。估计落地的时候头撞到了人行道的水泥梯台。司机一见情况不好，赶紧招呼人扶起了那个姑娘，又把男孩子一起抬上车，向医院驶去。好在离此不远就有医院，很快，车就开进了医院。

车到了医院，潘婕就已经缓过了神，看着躺在担架上的林俊峰，"哇"的一下就哭出了声："林俊峰，林俊峰，你怎么了？你不能死！"她摇着林俊峰的手臂，拼命地喊着他的名字。他的脸从没像现在这样苍白，那双好看的眼睛也从没有像现在这样闭着不看她。

"林俊峰……你醒醒啊！你不是说要娶我的吗？你不能说话不算……你不能骗我啊！"潘婕被深深的恐惧完完全全地笼罩了起来，如果林俊峰死了，她也不想再苟活了。自己欠了他那么久，如果最后再欠他一条命，那就一定要还给他！

担架上的林俊峰突然动了一下，慢慢睁开了眼睛，虚弱地对她笑了一下。

潘婕看到林俊峰没死，高兴地抓起他的手，对着他哭得更凶。这时医生和护士都已经赶来，一群人推着林俊峰进了急救室。林俊峰一直看着潘婕，直到被急救室的门彻底隔绝。潘婕看着他，似乎读懂了他想说的话："等我！"

我会等你！等你出来！等你娶我！什么矜持，什么冰美，统统见鬼去吧！当潘婕回国看到父亲不在，母亲昏迷的时候，她曾经有过这样的恐惧，那是害怕失去最爱的亲人时的恐惧。今天，同样的感觉再次出现，她才明白，原来自己不知不觉之中已经爱上了这个人。每当自己面对他时那种无力、软弱，其实都是因为不敢面对的那份爱恋，她没有勇气接受他。这一刻，面对着这个满脸是血的男人，她的防线全面崩溃，她终于下定决心把自己交出去，交给这个值得信赖却被她错过了这么多年的人！

十九 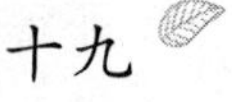

潘婕在急救室门外等了一个多小时，直到手机铃声响起，她才从沉思中醒了过来。电话是路云鹏打来的。

“小潘，晚饭时间了，你们谈得怎么样了？”

潘婕握着手机，情绪的激动明显已经无法控制，可还是擦了擦眼泪，努力平复了一下：“我们在一楼急救室……林俊峰为了救我，头撞破了……正在处理。”

路云鹏一愣：“怎么回事？就在楼下吗？我马上下来。”说完也没等到潘婕再次确认，挂断了电话。等他急匆匆地来到急救室的门口，就看到潘婕泪眼婆娑地坐在椅子上。

“怎么会出这样的事？在哪里撞破头的？”

潘婕抬头看了看他，脸上满是泪水，眼神中全是担心和悔恨。路云鹏一见，也不再追问，挨着她坐下来，潘婕的样子让他看着非常心疼：“别太担心，一定没事。”他没亲眼看到林俊峰的样子，这样说也就是想安慰她。这姑娘的妈妈还躺在楼上的病房里，现在又多了一个让她担心的人，路云鹏真怕她承受不住倒下去。

“路总监，我误会了他，冤枉了他好几年。我现在终于知道了真相，想接受他，可他……我对不起他，对不起他……”

果然，路云鹏听到潘婕这样说，心中一直的疑惑终于解开。他们的故事，从他听到的那一刻起就觉得有哪里不对头，可又说不出，只觉得林俊峰的行为，根本前后矛盾没法解释。现在，虽然潘婕仍然没有说出她是怎样误会林俊峰的，但路云鹏听得出，他们之间的误会一定是说开了。他禁不住为潘婕感到高兴，可同时心里也浮起一种淡淡的说不清道不明的情绪。

“没事的，潘婕，你相信他，他不会舍得丢下你的！你要好好的，他和你妈妈都还等着你呢。”

潘婕仿佛一下子猛醒，只顾沉浸在自己的情绪之中，都忘记了妈妈。猛伸手抓住路云鹏：“我妈妈那里没事吧。”

路云鹏点点头：“一切都很正常，罗医生说希望还是不小的。明天他调整一下治疗方案，如果顺利，应该可以有脑部反应了。所以你要振作一点，不管是林俊峰还是你妈妈，他们都希望醒来看见你好好的。”

罗医生的原话并不是这样，他对路云鹏说的是，对明天的治疗，他其实也没有十足的把握，如果运气足够好，那么明天应该出现脑部反应，如果还没有，就不乐观了。可现在潘婕的情况，他不能这样说，她的心情已经够糟糕了，需要给她一点希望，让她挺过去。

听到路云鹏的话，潘婕脸色果然缓和了下来，虽然林俊峰出事她万分自责，可妈妈治愈有望这样的消息对她来说非常安慰，人也多少平静了一些。

正在这时，急救室的门开了，几个穿着大褂的医护人员从里面走了出来。潘婕赶忙迎了上去，急切地问道："大夫，怎么样？他没事吧？"

走在最后面的一位医生，看来是主治大夫，看向潘婕轻轻说道："伤口不算太大，缝了四针。病人有脑震荡的症状，到底有多大影响现在还不好说，恢复几天再观察吧。"正说着，担架从里面推了出来，林俊峰闭着眼睛躺着，头上包着白色纱布，外面还套着白色的纱网。

"林俊峰！你醒醒！我是潘婕！"潘婕凑到担架旁边，轻声唤着床上的病人。

"他打了麻药，要再过四五个小时才能苏醒。你们哪位是病人家属，办一下住院手续吧。"

"我是，我是！"潘婕连忙应声，"我是他女朋友。"

身旁的路云鹏听她这样说，微微一怔，这么快她就做了决定？

潘婕伸手接过旁边一名护士递过来的一堆单子："医生，我妈妈在三楼病房，能不能把他的病房也安排在三楼，我好照顾？"

"好，我们尽量安排。"医生说完，转身向身后的护士交代了几句，然后就离开了。潘婕去交钱办手续，路云鹏跟着担架，一起去了三楼的病房。

医院很人性化，不仅把林俊峰安排在了三楼，而且临时把潘婕妈妈病房中一个即将出院的病人调到了隔壁，直接把他推进了那个病房。这样，潘婕不用出门就可以同时照顾两个人。

路云鹏安顿好他们，就直接出了门。没过多久端上来了两份餐。套饭是给潘婕的，饭点已经过了很久，她一定饿了。粥是怕林俊峰苏醒过来会觉得饿。潘婕没有胃口，可是看到路云鹏忙前忙后了半天，心里过意不去，如果再不吃饭实在有些对不起人家。于是端起饭碗，食不知味地把饭吃了大半。

时间不早了，护工也已经来了，路云鹏本想叫潘婕跟他回去休息，可看看病房里的情形，知道就算自己叫，潘婕也一定不肯走，只好由她。一切都要等林俊峰醒过来以后才能说。路云鹏想了一会儿，走到潘婕身边说道："小潘，那我先回去，明早我送早饭过来。你自己别太着急，晚上注意休息。我走了。"

潘婕恹恹地对他点了点头："嗯，我没事，今天多谢你了！"

路云鹏轻轻摇摇头："别说这种见外的话。"指了指一旁的陪护病床，"撑不住就过去睡一下，别把自己累坏了。"

"我知道，那你回去路上小心。"

路云鹏应了一声，蹑手蹑脚地走出了病房。他走出医院，在路边的人行道上停了一下。马路对面有家便利店，路云鹏快步走过去，买了一包烟。

他平时并不抽烟，但此时却有一种对烟草的渴望。在路边点燃，飘散的青烟他一股脑吸进肺里，苦辣的味道刺激着他的呼吸道，也刺激了他的大脑。掐灭烟蒂，等眩晕感慢慢消失，他才缓缓起身，没有叫车，沿着马路向家的方向走去。

潘婕静静地守在林俊峰的床边。路云鹏走后，她看了看妈妈，一切都很正常，护工又在手法娴熟地帮她擦身、换衣、按摩，暂时没什么可担心的。可林俊峰一直不醒，让她很焦急。

沉睡的林俊峰，看上去像一尊完美的罗马雕塑一般。潘婕和他认识七年多了，可从来没有机会认真仔细地端详过他。林俊峰从来没给她写过情书，他的追求更多的就是面对面，让潘婕无处躲无处藏，也正因为如此，潘婕对他避之不及，即便是被他逼得无路可走，也只能冷下一张脸，严词拒绝。所以他们并没有很多机会交流，彼此反倒不怎么了解。那时的林俊峰年少轻狂、行事乖张，这也让潘婕视他为洪水猛兽。而这样一念之差，两人便错过了七年。

潘婕突然觉得自己很傻，如果不是因为今天他的话、他的行为，恐怕自己仍然不愿意面对他。或许智商高的人，情商都会有所缺失，这种不完美，让她差点与自己一直在追寻的珍宝失之交臂。想到这，潘婕忍不住微微一笑，幸好……

房间里的暖气让潘婕觉得非常舒服。尽管心里仍然担心，但一天下来的疲惫终于压倒了她。渐渐头越来越重，意识也渐渐模糊，最后她轻轻地俯下身子，趴在林俊峰的床边睡着了。

林俊峰苏醒过来的时候，已是半夜两点多钟。四周的白墙，旁边的吊瓶架，还有空气中浓浓的来苏水的味道，提醒着他这里是医院。他醒了醒神，仔细地回忆，自己是怎么跑到这里来的。恍惚记得自己受了伤，有人在身边跑，对着自己喊话，然后看到一个姑娘的脸，最后就是很多人影晃动，再后面就什么都不记得了。

也许是麻药的药效还没有完全过去，他没感到疼痛，只是觉得自己的头沉沉的，他想转一下都不行。花了好大的力气，才微微把头偏向身体的一侧，他想看看四周是什么情况。刚刚用目光开始向四周搜寻，就感觉自己的床一动，紧接着一个女孩子在身边猛一抬头，一双清亮的眸子瞬间闪出光彩。

“你终于醒了！”

林俊峰露出一丝疑惑的表情，还没等他开口，就听见她继续问道：“要不要喝点水？饿不饿？”

“不用，我不渴、也不饿……这是哪里？”

“你为了救我受了伤，这是我妈妈住院的医院。你的伤口已经缝好了，医生说要观察几天。你等一下，我去叫值班医生，他们交代你一醒就要通知他们。”说完，潘婕转身出了门。不一会儿，值班医生就带着一个护士，跟着她回到了病床前。

医生翻开他的眼睑，检查了一下眼底、瞳孔，又测了一下体温、脉搏，询问了他的感觉，确定一切都还正常之后就站起了身，对潘婕说道：“病人情况基本正常，应该没有大问题，输完液后记得叫护士给换。”说完便带着护士离开了。

潘婕的一颗心这才算放下。不管怎么说，人没事就好。林俊峰的身体看上去一直不错，等伤口长好了就万事大吉了。她深深地舒了口气，重新回到林俊峰的床边坐下，伸手抓住他的那双大手，柔声说道：“应该一切都正常，等你快点好了，什么都会好的。”

她从来没有主动握过林俊峰的手，不只是林俊峰，其他男孩子也没有。现在这样做，她希望给林俊峰传递一个明确的信息，我已经接受你了，让我们重新开始。

岂料，潘婕手心中的大手却瑟瑟缩缩地向后一缩，她猛抬头看着林俊峰。只见一脸不解的林俊峰开口说了这样一句话：“姑娘，你是？”

潘婕连忙扑到林俊峰身边，看着他的双眼不敢相信地问道："你怎么了，林俊峰？我是潘婕，潘婕啊！"

林俊峰微微皱了皱眉，好像很认真地想了想，对着她轻轻笑了笑："哦，你好！"

这是什么情况？林俊峰怎么会不认识自己？潘婕一下慌了神，推门冲出病房来到医生办公室。刚才过来查看的值班医生正在写病历，潘婕一个箭步来到他面前，大声地问："医生，为什么他醒了好像不认识我？"

"走，去看看！"医生也没耽搁，立刻起身跟着潘婕向病房走去。这种脑部受伤短暂失忆的情况其实并不少见，大部分这样的病人很快都能恢复。这个人如果也出现失忆，倒不算稀奇，但还是要看一下他的失忆程度。

医生来到林俊峰的床边，轻声问道："怎么样？有想呕吐的感觉吗？"

"没有，就是好像有点隐隐的头疼。"

看来麻醉的药效开始消退了，接下来的头痛会比现在更厉害。医生点了点头，转身指向身后的潘婕："这个女孩子你认识吗？"

林俊峰再次努力地想了想，然后露出了一个充满歉意的笑容："总觉得在哪里见过，可实在想不起来。"

听到这句话，潘婕的眼圈一下子红了："我是潘婕，你也想不起来了吗？"

"对不起，我是真的想不起来，你是我的谁？"说完，询问的眼光看向潘婕。

我是你女朋友！这句话到了潘婕的嘴边，却怎么也没有出口。他好像完全忘记了自己，还怎么告诉他自己是他爱了七年的人？看着一脸茫然的林俊峰，潘婕的眼泪像断线的珍珠，哗啦啦地落了下来。

身旁的值班医生经验丰富，看到这个情况便明白了七八分。转头轻声安慰了一下潘婕，继续说道："现在太晚了，你们都早点休息，明天做个完整的测试，就知道是怎么回事了。姑娘你也别着急，这种病人并不少见，最后大多都能恢复，你也不必太难过了。"

潘婕此时心里乱作一团，只是顺着医生的话，轻轻点头。

"明天测试我们还需要你的帮忙，你今晚要保证休息好才行。"

"好，我知道了。"潘婕抽泣着应了一声，可是她怎么能睡得着？倒是林俊峰，虽然眼前的情景让他不太搞得清楚状况，还是顺从地闭上眼睛。

潘婕并没睡到床上，可林俊峰不认识她，她也不好再坐在他的床边和他搭讪。把椅子远远地移开，坐下后远远地看着林俊峰。上天为什么如此捉弄自己，要让他们正要重新开始的情路又戛然而止？是不是自己曾经的冷面无情，注定了今天要全数奉还？这一切，难道真是自己要承受的天谴？

潘婕就这样边流泪边想，时而清醒时而迷糊，好不容易熬到天亮。

罗医生上班的时候，心里还想着今天潘婕妈妈的治疗，他并不知道，昨天他看到的那个小伙子也成了病人。交接班之后，听到值班医生的描述，他的眉头也微微一蹙，怎么这事儿都赶到一块了？准备妥当，他第一时间来到潘婕所在的病房，毕竟是路云鹏的朋友，他想看看情况到底有多严重。

潘婕一见罗医生走进病房，连忙迎上前去。

罗医生先看了看潘婕妈妈的情况，还比较稳定，接着来到林俊峰的床前："怎么回事?"

"我昨天不小心差点被车撞，他为了救我，头撞到了路边的水泥梯台……"

罗医生听她这样说，更确定了林俊峰是外伤引起脑震荡带来的后遗症，可为了明确这一点又再次向潘婕发问："他认不出你了?"

"是……昨天夜里他醒过来，问我是谁……"

是失忆应该没错了，可失忆究竟到什么程度还需要再观察。他现在外伤未愈，脑震荡也还要一段时间恢复，失忆的程度只怕一时半会儿很难做出准确判断。罗医生不再说话，观察了一下林俊峰的伤口出血情况，又摸了摸他的脉搏，对潘婕说道："他的主要问题是伤口愈合，你尽量不要刺激他，等他恢复几天，再看看其他症状。"

潘婕虽然迫切希望知道林俊峰的失忆情况，可罗医生的话打消了她想继续追问的念头。只要人没事，失忆这种事终归会慢慢好转的吧。潘婕此时并没有意识到，因为这次受伤，林俊峰和她从此便如同陌路之人，他们的感情也因此无端生出了无数的波折，当然，这一切都是后话。

罗医生说完这些，打量了一下眼前这个悲伤的姑娘，看来这个小伙子在她心里的分量不轻，自己那个老友只怕是没戏了。

路云鹏一早带着几个饭盒来到医院的时候，罗医生已经到别的病房查房，护工也回去休息，病房里只有潘婕坐着发呆，再就是两个躺着的病人。林俊峰并没有睡，听见有人进来抬眼看了看。他对路云鹏有印象，好像是自己的对手，而至于潘婕，他却怎么也想不起来，在什么地方见过。

看到路云鹏过来，潘婕站起身来，接过他手里的东西放到桌上，没说话也没道谢。心里的难过没办法说出来，她怕自己一开口就控制不住，这个情分自己记下就好。

路云鹏看着潘婕发出了一个询问的眼神，她知道他想问的是"他还是不认识你吗"。潘婕轻轻摇摇头。他轻轻叹了口气，拿起一个饭盒递给潘婕，并冲她使了个眼色，潘婕明白这是给林俊峰的。她接过饭盒走到林俊峰的床前，他行动不便，潘婕准备喂给他吃。林俊峰一见，连忙向她示意："怎么好意思叫姑娘喂我，你帮我把床摇起来就可以了，我能自己吃。"说完还不忘对着路云鹏笑了笑。

潘婕听他这样说，只好放下饭盒，把他的床摇了起来。半躺在床上，林俊峰的视线更好，双手活动也方便了。接过潘婕递来的叉子和饭盒，一小口一小口地吃起来，每嚼一下就牵动着头上的伤口，可他还是坚持着慢慢把饭盒里的东西吃完。他已经想起这里是香港，虽然不记得自己来这里是为了什么，但他想早点出院，他得回到H市。

路云鹏看着林俊峰，不禁为潘婕担心。林俊峰爱了潘婕七年，始终得不到她的心；等她终于愿意和林俊峰在一起了，他却忘记了她。这世上的事竟然真的是造化弄人，如此的阴差阳错，难道真的是人们常说的好事多磨？在这一刻，路云鹏没有想过自己，毕竟和林俊峰的坚持相比，自己那点心动算不得什么。

他一边想着，一边拿起另一个饭盒，交到了潘婕手上。潘婕默默接过，看了一眼路云鹏，然后走出了病房。路云鹏对林俊峰点了点头，也跟着出了门。他知道潘婕有话想对他说。

走廊上，潘婕已经在长椅上坐下，看见路云鹏出来便指了指身边，让他也坐下，然后低低地说："他记得很多过去的事，可是和我有关的事他几乎全部忘记了，不记得我是谁，不记得我和他之间的过去，也不记得我们的赌约。"说到这，声音哽咽了一下，"他把我从记忆里抹去了……"说着，眼睛再次红了。

路云鹏有些不解:“你和他聊过了?”

潘婕轻轻点头:“刚才罗医生来过之后,他就醒了,我和他聊了不少,他……把我忘了……”

“不应该啊,他那么一个满脑子里都是你的人,忘了自己都不可能忘了你,不可能。”

“我也不知道是为什么,等会儿想再找罗医生问问。”

路云鹏拍了拍潘婕的后背,轻声安抚道:“你赶紧先吃饭,我去找他问问。”说完就站起身,四下寻找罗医生。

潘婕再难过,也知道这个时候自己不能倒下,老老实实打开饭盒,逼着自己把里面的东西全部吃完。起身回到病房,看林俊峰已经把饭盒放回了桌上:“吃好了?”

“嗯。”

潘婕一看,饭盒里的东西大概还剩下差不多一半:“吃这么少,够了吗?”

林俊峰对她笑笑:“一直挂着吊瓶,不怎么饿。而且嚼起来伤口有些疼,这些就够了。”

潘婕摇摇头,只好把饭盒收好,准备拿出去洗干净。林俊峰这时开口问她:“我同学你认识,你也是Z大的吧?”

二十

转眼三天过去了,潘婕妈妈的康复取得了重大进展。脑电波的监测显示,大脑活动已经明显活跃起来,痛觉已经恢复,对外界的反应也出现了。这让身心俱疲的潘婕,在万般委顿之中总算获得了一个好消息,为此她非常欣喜。

林俊峰的伤口恢复得很快,毕竟年轻,身体的底子又好,过了两天,伤口上厚厚的纱布就减少了很多,只是纱网还戴着。治疗来得及时,所以没有任何发炎的迹象,脑震荡的症状也逐渐在减轻,所有的情况都在好转,除了……他还是不记得潘婕。

路云鹏和潘婕为了这事专门找了罗医生，由于失忆的情况比较复杂，罗医生也很难完全说清楚，只说这和病人的心理状态、自我意识很有关系。大多数失忆的病人，遗忘的都是些不堪回首或者潜意识里不愿触碰的事和人；也有人是分段式遗忘，也就是说忘记生命过程中某一个时间段的事情和人物；极少数的人，忘掉的是一直在脑海中反复思考、根本无法忘怀的事，这些事往往曾经纠缠他们很久，而且印象深刻到如同呼吸心跳一般必不可少。这最后一种病例，看上去不合常理，也很难解释，但却是曾经发生过的病例，在失忆症的类型比例中也是非常低的，大概只有1%左右。

而林俊峰现在的症状，基本上可以确定，就是这1%。

潘婕非常关心这种失忆症是否会康复，罗医生的回答非常含糊，他给潘婕的建议竟然是，如果你不愿和他分开，那么你们需要重新认识、重新恋爱，就像初识一般。

林俊峰从反复的检查、测试中，感觉到了自己可能出现了些问题，也听到他们谈论的失忆，可他仍然记不起自己和天天在病房里照顾自己的这个女孩子之间到底发生过什么，所以和潘婕的相处礼节很周到。这让潘婕心里更加难过。

又过了三天，林俊峰的伤口已经差不多长好了，他就向罗医生提出了出院的要求。

罗医生检查了他的恢复情况，也觉得可以出院，简单询问了潘婕和路云鹏之后，就同意林俊峰出院了。

送林俊峰去机场的，是路云鹏。潘婕和他在医院道了别，便回到妈妈的病床前。她不愿在他面前落泪，特别是他都不知道她为什么会哭，这会让她自己觉得很不堪。路云鹏自告奋勇替她去送，一路上都没和林俊峰说话，只是在他进安检的最后一刻，轻轻说了句“保重”。而这时潘婕在医院里，已经是一个泪人。

假期马上就结束了，路云鹏也要准备回去。说起潘婕妈妈的情况，他们都认为要继续留在香港治疗比较好。潘婕在回去工作和留下来照顾之间难以取舍，最后还是路云鹏建议她，说服原来照顾她妈妈的王婶飞来香港，接替她。而潘婕和路云鹏一起回去上班，周末或者节假日过来看望，如果有进展随时通知她。这是不得已的选择，但却是最合理的。潘婕给回家过年的王婶打了电话，没想到她很爽快就答应了。这件事办妥，潘婕心里的一块大石头才算落了地。

没多久，王婶就到了香港，潘婕和她交了班，毕竟是熟人，王婶上手很快，在潘婕看来，就像是把H市的病房搬到了香港一样。把这一切交代好，潘婕和路云鹏便买了回H市的机票，临行自然少不得向罗医生道谢，千叮咛万嘱咐地告诉他，妈妈的治疗一旦有进展，就要第一时间告诉她。当她最后来向妈妈告别的时候，拉着妈妈的手说自己要回去，她明显看到脑电波监视器上的光点跳了一下。她知道，妈妈这是舍不得她。

春节香港之行，对潘婕来说，是福，也是祸。短短几天，她经历了由悲到喜、由喜生悲、悲喜交加。面对今后的路，她充满期待，可同时又觉得很茫然。妈妈快醒了，让她对家有了期盼，可和林俊峰呢？

飞机到达H市，天色已经晚了。他们没耽搁，直接坐车回了市区。潘婕筋疲力尽地回到自己的公寓，打开门走进屋里，看着四周熟悉的景物，想起林俊峰那天疯狂的一吻，眼泪再次扑簌簌地滚落。这一刻，她才清晰万分地意识到，自己的生活里不能没有林俊峰，也许当初自己已经错失了他，可现在，她要重新拥有他，或者说，她要重新让他爱上自己。谁说冰美学霸就不能倒追男孩子？你林俊峰追了我七年，大不了我再还你七年。想到这，潘婕狠狠地咬了咬嘴唇，主意一定，心里也就豁然开朗。

节后综合征，在上班族的人群中存在是非常普遍的，一个长长的假期，足以改变人的生物钟，让很多人在上班第一天出现各种不适症状。许弈飞就是这个人群中症状最严重的一个。

许弈飞早上就出现严重不适，半梦半醒地站在门口，一边挤出一脸假笑和相熟、不相熟的人打招呼，一边哈欠连天地嘴巴张得老大，还时不时眼神呆滞地站在原地晃悠两下，那样子，简直就像个没抽够就跑出来的大烟鬼，萎靡不振。

过个年，回家肯定除了吃就是睡，不少人都养得白白胖胖的。许弈飞在感慨自己几个月的减肥成果都付之东流的同时，也心中暗喜地看着公司里那些莺莺燕燕的跟她情况差不多，一个个圆着脸、带着双下巴来上班。这让她内疚的心理立刻得到了极大的安慰，所以当她看到林俊峰头上戴着纱网出现在公司的时候，一时还没反应过来。

林俊峰平时上班就没有和前台打招呼的习惯，今天也不例外，看着这个笑得跟朵花儿似的小胖人儿，也照例径直走过，也不顾她满眼的怪异神色。心想：不就是弄破了头而已，至于这么看人吗？

许弈飞看了一早上人们年后的各种“珠圆玉润”，猛地一下看见林俊峰这副样子，吓了一跳。这过个年把脑袋给过破了？这是个什么情况？心里下意识地就想到了会不会和潘婕有关？不管有关无关，等下赶紧给她打个电话，这可是个重要情况，及时汇报一定没错。

这样想着，飘飘忽忽的睡意也就不见了，好不容易等到人都来了个七七八八，赶紧躲进前台里面，拨通了潘婕的电话。

电话响了三声就接通了，看来她也按时上班了：“喂，潘部长，我是弈飞。”

电话那头的潘婕一听，马上回答道：“弈飞啊，过年好啊，今天上班了吧。”

许弈飞也赶紧给潘婕拜了个年，紧接着就像个小密探似的压低了声音：“潘部长，今天林部长来上班，头上戴着个网子，好像是头上受了伤，你知道吗？”

一句话说完，对面半天没声音。许弈飞赶紧把电话拿到眼前看了看，没断啊，她怎么不说话？“喂，潘部长，你听到吗？”

“……哦……我听到了。”说完，潘婕并没回答许弈飞的问题，而是问道，“他看上去精神怎么样？”

“精神还行，走路也还是挺快的，其他看上去都还蛮正常。”潘婕的回答让许弈飞觉得有些奇怪，按捺不住自己的好奇心，又赶紧追问了一句，“不是你们打架了吧？……”

“噗……”电话里的潘婕笑了出来，“你这想象力怎么还是这么丰富啊？我们怎么可能打架？再说了，就算是打，破了脑袋的也应该是我吧，怎么会是他？你就别胡思乱想了，好好上班，这事我知道了。”

“好吧。”许弈飞就像个拿了自己的宝贝出去炫耀，却被狠狠一顿嫌弃的孩子一般，不甘心可也没办法，只好乖乖挂断电话。潘部长这保密工作，做得也太好了。

潘婕放下许弈飞的电话，心情并没有什么太大的变化。

昨天她已经把林俊峰这件事想得很清楚了，也决定了接下来要怎么做。失忆从外表根本看不出来，潘婕能想象得到许弈飞要是得知林俊峰忘了自己会是怎样一副表情。暂时先不告诉她吧，迟早会知道的。至于林俊峰，你可以忘了我，但我会让你重新记起的。过去的七年，你没放弃我；那么现在，我同样不会放弃你。也许以前我没意识到我们根本就该是对方的一部分，那么从现在开始，我会时刻提醒自己，同时，也会提醒你！

春节过后第一天上班，照例都是同事之间的互相走动，拜年问候，说的都是吉祥话。李总也很少见地在公司上下走了几趟，不仅跟几个部长客套了一番，普通员工也基本一一走到，算是节后的余兴。当然，他不是空手来的，"利是封"照例是要送上的。拿到红包的人自然心情舒畅，这开年第一天公司上下就喜气洋洋的。

李总到潘婕办公室的时候，送出的利是封与普通员工的可就不同了。厚厚的一叠，一看数量就不少。

"小潘，新年大吉啊，这是公司的一点心意，感谢你去年做的贡献，小意思，请笑纳。"

潘婕很开心地收下："谢谢李总，给您拜个年。"

李总今天笑意盈盈，年前项目获胜的喜悦，到现在还影响着他。潘婕和路云鹏没参加年会，多少有些遗憾，但后来听说他们带着潘婕母亲去香港治病了，所以也没再计较这事儿。

"小潘，你妈妈的病情怎么样了？"

潘婕微微一笑："谢谢李总关心，家母治疗挺顺利的，医生说康复的希望很大。"

"那就好，那就好！我已经交代公司财务了，你们去香港的费用交给公司报销吧，你妈妈的治疗费用公司也帮你出一部分，你看怎么样？"李总当然希望通过这个机会向潘婕传递一种被关注重视的信号，潘婕是个人才，断点希望她能长久地留下来，现在花点代价是值得的。

"那怎么好意思呢？这毕竟是我自己家里的私事啊！"潘婕赶忙劝阻。这不合常规，她不想在公司被当作特殊人群看待。

“你的事不就是公司的事吗？不要说了，回头我叫我的助理过来帮你办，或者叫你的助理去办也行，财务那边我已经打好招呼了。”说完对着潘婕笑笑，告辞去给其他员工拜年去了。

李总这一手怀柔政策，不得不说很高明。潘婕拿着厚厚的红包，心里很是感动。不管怎么说，自己来公司时间并不长，要说贡献，也就只有地产项目这个事儿出了些力，再说还有路云鹏一大半的功劳在里面。李总现在这个态度，让她有那么点受之有愧的感觉，但那份心意她还是懂了。

整个上午，在公司里就没做什么正经事儿。李总来过之后，各部的部长也开始走动拜年，这样寒暄告一段落，半天也就过去了。卫兰陪着潘婕也楼上楼下跑了几趟，快吃午饭的时候才回到办公室。

在家过了一个春节，卫兰也胖了一些，脸色变得白净红润。卫兰在地产项目开标那天之后就一直没有见过潘婕，第二天接到林俊峰那一堆电话之后，她给潘婕打过电话，后来又听说了年会缺席的事儿。以那天的情形来看，潘婕和林俊峰缺席年会她能想到，两个人肯定又发生了什么事。可是，为什么路云鹏也没参加呢？

卫兰知道潘婕春节期间要带她妈妈去香港治病，潘婕还告诉过她在哪家医院，怕她有事联系不到自己。后来林俊峰找她，询问潘婕的去向，她犹豫再三还是告诉了他。卫兰也担心潘婕一个人在香港太过辛苦，如果林俊峰能去帮忙，那就更好了。想法是好的，只是她不知道，她的好心几乎改变了潘、林二人的命运。

回家之后她给潘婕发过短信，不过不知为什么一直没有收到潘婕的消息。卫兰很怕她那边出什么事情，所以心一直是悬着的。现在看到潘婕完好无损地来上班，她很高兴。只是上午一来就忙忙碌碌的，没时间静下来找潘婕说说话。

这会儿终于清静下来了，卫兰跟着潘婕回到了她的办公室。

“潘部长，你妈妈的病怎么样了？”

潘婕看了看卫兰，对她轻轻笑笑：“治疗挺顺利的，应该很有希望。”

卫兰这才放下心来，想起透露她行踪的事儿还没向她解释，又连忙说道：“那就太好了！还有一件事，潘部长，那个……林部长问你去了哪里……我就把医院的地址告诉他了……你不会怪我吧?”

潘婕虽然没说，但心里很清楚，林俊峰能找到她那里，只可能是问过了卫兰。如果没这姑娘，她可能还会继续蒙在鼓里，又怎么会知道林俊峰曾经受了那么大的委屈呢？如果不是林俊峰追到香港，恐怕自己到现在也不会明白对他的心意吧。

“你说什么呢？我一点都不怪你啊！”

卫兰总算松了一口气，潘婕和林俊峰这两个人，关系时好时坏的，夹在他们中间实在是很难做人。其实卫兰真的很希望他们能在一起，不管从哪方面来看，他俩都是最适合对方的结婚对象，看上去般配得没有天理，只是不知道他们之间怎么就有那么多的误会和隔阂，只要在一起就不是吵就是打的，连婚约都是要打赌来的。

“那你们在香港……没事吧?”卫兰话一问出口，自己也觉得有些不合适，怎么听上去这么别扭，到底是希望他们有事还是没事呢？可收回也来不及了，于是窘窘地看了潘婕一眼。

潘婕倒没介意，很平静地说了一番让卫兰目瞪口呆的话:“不能算有事，也不能算没事，他在香港受了伤，失了忆，把我忘记了。”

听了这话，卫兰就像中了孙悟空的定身咒一般，瞬间就觉得自己被石化，不能动也不能说了。听潘婕这口气，就像说跟自己不相关的事情一样，失忆！忘了她！这都是什么情况？他们在香港怎么了?

半晌，卫兰才缓过这个劲儿来:“你们怎么了？出什么事了?”

“他为了救我，摔倒的时候头撞破了，醒过来的时候就不记得我了。”潘婕的回答很简单，事已至此，说多了也不能挽回什么，反而会让卫兰跟着一起担心。

“怎么可能？他追你追成这样，怎么可能忘记你?”卫兰是无论如何不会相信的，林俊峰会忘记潘婕？说笑话呢吧?

潘婕叹了口气:“是真的。有些人选择忘记最痛苦的事，有些人选择忘记最重要的事，有些人选择忘记最不愿面对的事。而林俊峰，选择了忘记我。”

卫兰不知道该怎么描述自己的心情，难道在林俊峰的心里，真的就能放下潘婕？医学这些事她不懂，可这情况也太离奇了，根本就是不可能的嘛！可既然潘婕这样说了，应该就是真的了，那接下来他们怎么办啊？“潘部长……那你怎么办？”

“怎么办？”潘婕微微一笑，“他忘了我，我没忘了他。他追了我七年，大不了我追他一次，只要最后能在一起，我们也算扯平。”

卫兰还没从石化状态脱离出来，就直接被潘婕这一席话彻底碎掉了。这还是她认识的那个潘婕吗？这还是那个矜持淡定，进退有度的潘婕吗？虽说这样的决定卫兰其实很高兴听到，毕竟这样的话两人才能有成就良缘的机会，但潘婕这个变化是不是有些太大了？直接从冰的一头要调到火的那一面？她能跨得过去吗？

潘婕看着卫兰的表情，知道她的震惊和怀疑，别说卫兰不相信，她自己也不知道怎么样去倒追一个男孩子，这种事她从来没干过。不过为了林俊峰，无论如何她要试试，如果遇到困难就这样放弃，她自己心里也不会原谅自己的。这是她的原则，而且她知道，这也是林俊峰的原则。

潘婕走到卫兰身边，搂住她的肩膀，算是把她从石化碎裂的状态拯救了出来。

“没事的，别担心我，都会好的。你出去忙吧。”

卫兰便在神志还没恢复的状态下被送出了门。回到自己的座位上，卫兰使劲摇了摇脑袋，聪明劲儿总算是回来了。好吧，既然已经这样了，自己就有责任帮着潘婕去追林俊峰了。想到这，自己也觉得太过怪异，这算什么事儿啊？不过，如果真的这样，那许弈飞那个小白痴就责任重大了，得赶紧告诉她，让她盯紧林俊峰。关键时刻通风报信、打探消息什么的，许弈飞最合适。想到这里，赶紧给许弈飞打了个电话。

送走了卫兰，潘婕回到座位上。不慌不忙地拿起了电话，拨通了林俊峰的号码。

“喂，你好，我是林俊峰。”

潘婕心里叹口气，过去没觉得林俊峰的声音好听，可现在听来，不仅音色音质很好，而且每个字都像打在自己的心上一样。林俊峰没变，变的是自己的心态吧。“你好，我是潘婕，还记得吗？”

“啊，是潘小姐，你好，我还没谢谢你在香港时对我的照顾呢。你今天也上班了？”

林俊峰的回答非常有礼，过去那种在电话里对潘婕说话时的贫，完全没有了半点影子。潘婕心里微微一酸，也许这才是林俊峰本来的样子，为了她，他改变得太多太多，而自己就是那个毫不领情、后知后觉的人吧。压抑了一下难过的情绪，潘婕的声音恢复了往日的沉稳。

“既然要答谢，那就请我吃顿饭吧。”这不是潘婕的风格，她从没有这样向人要求宴请的。

林俊峰倒是答应得很爽快：“好啊，潘小姐什么时候方便？”

“随时都可以。”

“那就今晚吧，下班之后我去接你，你在哪里上班？哦，对了，忘记了，你和路总监是同事，在断点公司是吧。六点钟可以吗？”

“好。”潘婕答应得也很快，也许，这是他们重新开始的第一次约会，她要好好经营这段感情。只是……他们的赌局……“林俊峰，你还记得和我打过赌吗？”

林俊峰迟疑了一下，他是真的不记得和这位潘小姐打过赌：“呃……我不记得了，我们赌的是什么？”

潘婕闭上了眼睛，他是真的都忘了。不过没关系，还有我潘婕呢，你忘记的事情，我一点点帮你回忆，让我带着你重走一遍我们走过的路。“你等我，我告诉你我们赌的是什么。”

说完潘婕就挂上了电话，穿上大衣拿起了包，走到屋外对卫兰说了句“我出去一下”，就快步奔向了电梯。卫兰不明就里，也来不及问，只好由她。

潘婕推开绝尘公司的大门，离开两三个月，站在这个熟悉的大厅里，却有一种莫名的陌生感。好像什么都没有变，其实却什么都变了，这世间的事就是如此难以捉摸。

许弈飞眼尖，一眼就看到潘婕进来，跳起身飞快地向她奔了过来：“潘部长，你怎么来了？”

“林俊峰在公司吗？”潘婕顾不得和她多说，问道。

“在的，早上来上班之后就一直没出去。”

“弈飞，你去帮我把他叫到五楼的栏杆边上好吗？就在我走的那天他站的那个位置上。”

许弈飞也不问她要做什么，只是顺从地点点头，转身跑去电梯上了楼。潘婕是她佩服的人，她要做的事一定有她的道理，自己就是问了恐怕也不能很快理解，还不如照办。

看着许弈飞上楼，潘婕一步一步踏上了外楼梯。几个月前，她就是从这里一步一步走下来的，现在，她要回到当初和林俊峰立下赌约的地方，用和当初一模一样的方式，让林俊峰回忆起曾经的过往。

这不是潘婕喜欢的方式，她被动惯了，不知道怎样变为主动。但是，林俊峰为她做过的，她都是经历过的，她只要照着做，总会唤醒他，让他想起自己，接受自己的。她相信。

许弈飞不负重托，很快就引着林俊峰来到五楼的栏杆边上。林俊峰顺着她的手势向下看去，一眼就发现了站在外楼梯上的潘婕。潘婕？她来这里做什么？

与此同时，潘婕也看到了林俊峰，她的心突然跳得快了起来。不过她没忘记自己来这里的目的，对着林俊峰微微一笑，就大声说道：“林俊峰，还记得我们在这里立下的那个赌局吗？”

此话一出，果然不出潘婕所料，每层楼的栏杆边上都出现了人头，而且越聚越多。

“几个月前，我们在这里立下了赌约，现在听到我说话的这些人都是见证人。如果你忘记了，没关系，我今天来，就是和你重订这个赌约。我和你赌剩下九个项目的得失，谁拿到的多谁就算赢。你赢了，我消失；我赢了，你娶我！你敢不敢接？”

绝尘的大楼里一下子炸了营！潘婕口齿清晰，声音洪亮，所有人都听清楚了她说的话。

潘婕无暇顾及嘈杂的议论声，对旁人的议论内容也不关心，她只这样仰着头，静静地看着五楼的林俊峰。只见他脸上看不出有什么特别的表情，潘婕不知道他是否记起了过去的事，只是这样充满期待地看着他。

不只是潘婕，所有看热闹的人都静了下来，等着听林俊峰是如何回答的。

静，又是那般鸦雀无声的寂静。要想再次喧闹，必须等林俊峰开了口才行。这是上次的剧本，也是常理。潘婕在等，所有绝尘的人也在等。

终于，林俊峰开口了，声音沉稳，音色悦耳，这种男声让人听到感觉很舒服。

"我六点钟来接你！"

说完，表情镇定地看了一眼潘婕，也不理会广大的围观群众，独自转身离去。

这？这算是什么回答？不光潘婕呆了，看客们也愣了。林俊峰在潘婕面前从来没有如此的冷静，可他说的那句话是什么意思？赌婚之局接了还是没接啊？林俊峰这话的意思算是约会吗？这一段起自绝尘的情事，在几个月后却变得如此扑朔迷离、峰回路转，这满满一楼人的胃口被他们二人吊得高高的，这结果最后如何可太让人期待了！

旁人不明白，潘婕却明白了。六点来接，本就是两个人之前约好的，她的赌约，林俊峰未予理会。突然之间她感到从未有过的挫败，第一次，她尝到了冷遇的滋味。林俊峰，当初的你，也是忍受着我给你的这些吧。

无奈地苦笑了一下，潘婕轻轻摇摇头，一切都刚刚开始，慢慢来吧。她重新抬起头，看着栏杆边的观众并未散去，充满歉意地对大家笑笑，潘婕转身正准备离开，突然发现视线上面有点晃动。潘婕调整了一下视线，只见九楼的栏杆边上站着一个人，远远地看不太清楚。

距离太远，潘婕并不能非常确认是否有人。

看到潘婕看向自己，那个男人往后退了退，这一退便出了潘婕的视线。她也未多想，低下头，转身向一楼走去。同样的路，同样的步数，却是不一样的心情。潘婕嘴角不禁浮现出一抹苦苦的笑意。

一楼大厅的许弈飞，再次目睹了这个赌婚场景。她早已接到卫兰的电话，知道林俊峰已经忘记了潘婕。这个她一直崇拜敬重的女孩子，勇敢地冲上楼梯，对着自己爱的人大声说出心迹，让她感到万分钦佩。换作是她，说出这番话的勇气可能是有的，但一定不会如潘婕做得那般漂亮彻底，要知道潘婕过去可是女神啊，"女神"走下神坛，这需要多大的气魄啊。

许弈飞同样听到了林俊峰的回答，那句话让她不解，也让她心酸。他没有理会潘婕的挑战，也就是说他没有接受赌婚。林俊峰，你要不要这样无情啊？就算是忘记了潘婕，也不要在这么多人面前，打碎她的自尊吧！

许弈飞心疼了，看着潘婕一步步走下楼梯，她的心里非常难过。迎上几步，扶住潘婕。可让许弈飞没想到的是，潘婕的表情并没有她想象的那么难看，相反很平静，这让许弈飞大惑不解。

“潘部长……你没事吧？”许弈飞问得很轻柔，也很小心翼翼。

潘婕走完最后一格楼梯，转脸对她笑笑：“我没事。弈飞你忙吧，我回去了。”说完，拢了拢已经齐肩的头发，大步走出绝尘的大门。

身后楼上的人们也渐渐散去，九楼栏杆里面站着的那个男人，也缓缓走回自己的办公室。

那是一间已经很久无人进入的办公室，宽敞的空间内处处显示出大气，与楼下各位部长们的办公室大体相同，书柜、办公桌、吧台、沙发、茶几应有尽有，除此之外，还有一个衣帽间和一个小的洽谈室。不同于其他办公室，这里所有的家具颜色不是银灰色的，而是很深的胡桃色。这是房间主人的喜好，彰显着他成熟稳健的气度。

九楼这个男人就是绝尘公司的总裁——林宏宇。

林俊峰春节过后头上缠着纱布回到家中，林宏宇并没有表现出什么大惊小怪。男孩子，摔打摔打不是什么了不得的事情，只要人不出大事，就没什么问题。不过毕竟是父子，林宏宇虽然没有在表面上表现出很多的关心，却偷偷嘱咐张妈多做些有利于伤口愈合和补脑的膳食。父子俩后来也有过长谈，其他的都很正常，只是当林宏宇问到潘婕的时候，林俊峰明显有一些迟疑，很多事好像都无法再连贯起来说清楚了。

林俊峰是知道自己失忆的，虽然在医院里，潘婕、路云鹏和罗医生都没有和他说过这个病情，但在那里接受反复的检查和询问，林俊峰就已经意识到，自己身上肯定出现了记忆方面的麻烦，不然他们不会总在问“你还记得这个人吗？”“你还记得那件事吗？”这一类的问题。林俊峰只是失忆，脑子并没撞坏。

这一点，回来后他和自己的父亲也说明了，只是他说不清自己到底遗忘了什么。林宏宇听他这样说，也知道要想了解他这次受伤的情况，恐怕只能找潘婕。

可他没想到是，还没等他找上潘婕，她就自己找上门来了。

几个月前，儿子和潘婕赌婚的那一幕，他是无缘亲眼得见的。而今天，潘婕这个小姑娘竟然把当初的情形完整地重现了出来，这让林宏宇万分欣赏。这姑娘除了有美丽的外表，还有坚韧的性格，更有足够的智慧。单凭这一点，他便认定这个小姑娘是林家儿媳妇的不二人选！

所谓的赌婚，在林宏宇看来，其实也就是小孩子过家家般的把戏了，别说是十场，就是百场，有他林宏宇在，峰儿也输不了。如果他出手，这结局会很快呈现，甚至根本不需要这么麻烦，他直接做主就可以订下两个人的一场美满姻缘。但他不想那么做。林俊峰和潘婕两个孩子，都活得很自我，他们需要经历这样一个过程，才会让他们彼此珍惜。过去是峰儿，现在是潘婕，不努力争取，就不该收获幸福。他做个旁观者就好了，也许时不时的，可以帮他们一下。

潘婕自然不知道在绝尘办公大楼九楼的办公室里，林宏宇的这番内心活动。她还要赶回公司，一堆的事情需要尽快处理。还有，晚上和林俊峰的约会，该怎么办怎么说？心里也还没有完全想好。和林俊峰的感情，是她现在最急切要解决的事情，但她的生活不能只有这些……

帅气的林俊峰在五楼的栏杆边说完这句话，就走回了自己的办公室。他其实很清楚地知道，自己和这个仰面看向自己要跟自己赌婚的女子一定有着一段不简单的过往，但面对她的挑战，他没有感觉。他不懂为什么神圣的婚姻，可以用打赌这种方式来决定，这是不是太过儿戏？因为失忆，他已经完全忘记，这种儿戏其实是他自己先发明的。他没有正面回答潘婕的问题，这个赌约他不能接。

林俊峰很感激潘婕在香港期间对自己的照顾，这是个美丽的女子，细心体贴，可是她身上散发出的对他浓浓的关注，让林俊峰本能地远离，那种关注他懂，那是爱意。林俊峰身边曾出现过很多怀有这种心思的女孩子，从中学到现在，几乎没断过，他却没对她们之中的任何一个抛出过橄榄枝。潘婕，也只不过是她们之中的一个吧，没什么特别，只是更加胆大一些，胆大到要和他以婚姻为赌。

想到这，林俊峰轻轻地笑了一下。如果他林俊峰是那种被人一垂青就顺竿上的男人，也不会现在还是王老五吧。他要的，是一个特别的女子，一个清丽的女子，一个脱俗的女子，不是她们这一群俗脂艳粉，也不是潘小姐这样的自以为是。虽然他现在身边还是空空如也，但他知道，那样的女子在等着自己，而他的任务，就是要尽快去到她的身边。

世上之事，有时便是这般无情。

午饭时间了，办公室门外的人声，提醒林俊峰该去餐厅。他正要起身，突然桌上的电话响起。

“喂，企划部林俊峰。”

“峰儿，中午你跟我去餐厅小包间吃饭，我有话问你。”

“好！”

父亲今天是正式回归的第一天上班，过去他都是在餐厅包房单独用餐，有时叫上个部长、经理什么的，主要是为了午饭时间也可以利用上谈点事情。他病休后，那个包房就基本停用了，父亲不在，没人敢去享受那个待遇。今天他喊自己去，肯定是有什么重要的事情要谈。整理了一下西装，林俊峰起身走出了办公室。

李钰琪正站在林俊峰的门口，他一开门出来差点撞倒她。林俊峰眼疾手快地扶了她一把，这才稳住了她的身形，嘴上却已经责怪了起来：“怎么这样站在门口，不怕被撞着？”

惊魂未定的李钰琪并没理会他的责怪，只是定定地看着他。林俊峰无奈，随口问了句：“你怎么不去吃饭？”

看李钰琪还是没反应，林俊峰摇摇头，抬腿准备下楼。没想到李钰琪紧跟在他身后也进了电梯，直到他走进餐厅的小包房，她才在门口止步。

潘婕和林俊峰今天在绝尘上演的这一出，李钰琪也是观众。李钰琪没别的本事，但大学四年小说可没少看，尤其喜欢看言情小说，因此想象力是非常的丰富。看到林俊峰头上的纱布纱网，再看到潘婕冲到绝尘来和他重订早已存在的赌约，李钰琪很自然地想到了这中间最有可能的一个解释：林俊峰的脑袋受伤，他失忆了！他把潘婕的事给忘了！

想到这点的李钰琪，立刻就兴奋了起来。过去林俊峰因为潘婕，对别的女孩子都是不理不睬、不冷不热的，现在他失忆了，哪怕就是没失忆，至少他和潘婕之间出现了问题，那也就意味着……自己的机会来了！

林俊峰可管不得李钰琪这点小心思，他还在想着父亲找他的事。一进包房，就看到林宏宇已经坐在了桌前，菜也已经放在了桌上。林宏宇冲着儿子一伸手，示意他坐下来。父子俩就像在家里一样，一边吃一边聊了起来。

“峰儿，潘婕今天来绝尘的事，你怎么看？”

“……爸，你怎么问这事儿？”

林宏宇继续低着头吃饭，看也没看儿子一眼，继续说道：“你和潘婕过去就订了一场赌局，全绝尘都知道，虽然你现在记不得了，但是也不能就这样赖过去吧，让人家潘婕和断点公司小看你。”

“爸，你的意思是？”

“好好地把那十场赌局跟人家拼完，也算给人家、给自己、给公司一个交代。你最近也别忙别的，给我在你的企划部那里立一块看板，题头就写‘赌婚项目’，你亲自抓所有和断点公司竞标的项目。什么时候那十场赌局完成，什么时候再把那块板子给我撤掉。咱们绝尘不能让别人小看了。”

林宏宇说着这段话，完全没给林俊峰反对的机会，等到说完，才抬眼看了看对面的儿子，又补上了一句：“绝尘资源，随你调用。”

林俊峰想了想，问道：“这些都没问题，只是……非要写赌婚项目吗？那个潘婕……”

“怎么，不喜欢她？”

“说不上喜不喜欢，没太多感觉而已。能不能写‘断点竞标项目’？我不想写那两个字。”

林宏宇停下了筷子，深深地看了一眼林俊峰，放下了潘婕的他，却更像自己的儿子，他过去就是这样的。虽说潘婕这孩子他很喜欢，但林俊峰现在的样子他更喜欢，男孩子嘛，这样才对。

“好吧，你自己心里知道就行了。”作为林俊峰的父亲，林宏宇也算是为潘婕这个自己心里认定的儿媳妇做了他能做的事，剩下的，就看他们自己了。

林俊峰听到父亲这样说，心里觉得很高兴。他想坦然做事，不要受其他因素的牵绊。看林宏宇不再说话，只专心吃饭，他也端起饭碗忙活开了。总裁的小食堂确实不错，比他在大堂里吃的强多了，今天自己跟老爸沾光了。

潘婕回到公司，已经过了午饭时间。她没什么胃口，随手从楼下带了一个汉堡，回到办公室就着咖啡囫囵地吃了下去。

卫兰看她匆匆回来的样子，就知道她没好好吃饭。潘婕回来之前，许弈飞的电话已经打给了卫兰，向她描述了潘婕在绝尘的"壮举"。卫兰听完，鼻子有点酸，她知道为了林俊峰，潘婕什么都豁出去了。可林俊峰的回答，让她和许弈飞都有点看不懂。难道他们这么久的感情，真的就要如此一朝清零了？带着回忆的潘婕，重追林俊峰的道路看来会非常艰难。

敲开潘婕办公室的门，卫兰轻轻推门走了进去："潘部长，李总通知，两点钟开部长会议，请你参加。"

"好！我知道了。"潘婕正在喝最后一口咖啡，桌上还放着刚刚吃完的汉堡包装纸。随手把纸捏成一团，丢进身旁的垃圾桶，拿起笔记本站起了身。"我去一下路总监那里，有事打我电话。"

说完，利落地走出办公室。卫兰看着她的背影，眼眶一热。她就是打算这样，一个人扛着，一个人坚持着吗？

潘婕要找路云鹏。地产项目虽然已经拿下来了，可接下来还有很多事情要落实，包括很多的细节。能把项目最后漂亮地做完，才能算把这份答卷完美地交上。

本来项目拿到，市场部的任务就算完成了，剩下的事情应该是设计部和后勤部的事情了，可3D拍摄需要潘婕参加，她不能置身事外。当然，潘婕这样投入还有一个重要原因，林俊峰的事要说对她没影响，那是骗人的。她如果不让自己忙起来，不知道要怎样才让自己不去想、不难过。相比之下，她更愿意让自己变成一个旋转的陀螺。

同一时间，绝尘公司九楼的会议室，也在开着公司高层会议。林宏宇的回归，对绝尘是件大事。不仅是因为他在病休几年后的回归本身就是件大事，而且他一回来就做的，也是大事。而这件大事到底有多大呢？从人事任免开始的事，你说大还是不大呢？

说是任免，其实主要是任，至于免的事，林宏宇想等等再说。

会议一开始，他就说了各部增设副部长的决定。其实这一点之前潘婕、林俊峰上任的时候，大家已经有心理准备。但潘婕走后，也就只剩企划部有一个副部长，其他几个部都是部长。现在决定增设副职，也就意味着出现了很多升迁的机会。

林宏宇出山之前，就已经意识到绝尘现在失去了过去的活力，很重要的一个原因是因为升迁的冻结。没了升职的吸引力，单靠每年涨点薪水，是很难吸引和留住人才的。况且现在各部只有一个部长，权力过于集中，这不是林宏宇想要的。

唯一对这个决定抵触的，就剩下了市场部鲁平阳一个人。

严格来说，鲁平阳是一个非常专权的人，他在绝尘的几年，一直在市场部一人独大。潘婕上任时初来乍到，不了解鲁平阳，再加上感念绝尘在她最需要的时候发出那份聘书，所以很尽心地做事。殊不料这样的认真却触到了鲁平阳的逆鳞。鲁平阳对潘婕表面上维持着虚伪的客气，暗地里却毫不手软，不仅当着全市场部的面给了潘婕一个下马威，还私下里逐渐削弱潘婕的权力，把她慢慢架空。当时的潘婕如果不是意识到了这个问题，也不会把眼光放到印刷拍摄部上面。

鲁平阳如此强势，一方面与他对自己能力的自负有关，另一方面当然也与他那放不到桌面上的暗箱算计有关。市场部在他手里，很多事就很方便，如果身边多了个人，他行事起来自然就是碍手碍脚，而更糟糕的是，如果这个人要是林宏宇控制的，那就麻烦了。

鲁平阳心里的小九九，旁人自然不会知道，而他表面上也完全不动声色。既然其他几位部长都没有意见，他如果跳出来贸然反对肯定会引起林宏宇的注意。这样一想，他脸上也就堆起了笑容，一个劲儿地点头，表示他同意这个决定。

如此一来，增设副部这事就成了定局，鲁平阳心里虽然一万个不乐意，可也不敢挂在明面上，只能在心里暗暗叫苦，祈祷他的副部长最好是个软柿子，这样他在市场部的地位就不会受到动摇了。

一看部长们都没意见，余副总赞成，林宏宇满意地点点头。接着就把午饭时和林俊峰谈的事抛了出来。

“过去绝尘一直没把断点放在眼里，可地产项目大家也看到了。对手已经足够强了，我们不能再坐视不理，否则绝尘这么多年的积淀就要被慢慢蚕食殆尽了。我决定专门成立一个专项工作小组，处理和断点竞争的项目，在职能上行使企划部和市场部的责任。也就是说，涉及断点的项目，市场部和企划部派专人进入这个小组，由这个工作小组直接对项目负责。我考虑过了，由峰儿担任这个小组的负责人。大家有什么意见没有?"

林宏宇压根没提潘婕赌婚的事，可在场的没有一个人不明白，林宏宇名义上是把断点作为竞争对手，实际上这是替儿子接下了她的赌局。

人家老子让儿子接未来儿媳妇的龙门阵，旁人谁能有意见？根本就是家事嘛。所以这一条通过得比刚才那条更快。

两个重要的事情布置完，接下来说的就是些芝麻小事，很快也就散会了。

散会回到市场部办公室，鲁平阳仍然心郁难解。他一向自由惯了，对绝尘的贡献又有目共睹，当初把全公司第一个副部长潘婕放到自己这个部门，鲁平阳心里就有火。好不容易她走了，林宏宇现在还要再弄一个来。

他倒是不担心新来个副部长，自己会掐不住，而是怕林宏宇对自己不再信任。这次好在是各部都配备副职，不然鲁平阳一定会认为是林宏宇想钳制他。公司里的这些事，一向敏感。旁人不觉得，鲁平阳一定会在意。

对于林俊峰负责专项的事，鲁平阳并没太上心。不就是十个项目嘛，做完了也就得了，虽说要派人供林俊峰调遣，但其实对他鲁平阳也没什么损失。不过鲁平阳觉得现在这样安排更好，省得项目还要放在自己这里管，万一弄砸了还摊上林氏父子的抱怨。虽说弄丢项目他们不会在意，可要是弄丢的是老婆和儿媳妇，这事可就不好说了。

二十一

鲁平阳一方面对林宏宇是否信任他有些忧心忡忡，可另一方面又在人家已经布局的时候还浑然不觉，所以他的结局也就注定，只不过这是后话了。

而几乎在同一时间，断点总裁办公室里的会议，却进行得轻松愉快。正如潘婕和路云鹏提前的商量一样，李总主要也是谈了一下要把地产项目做好的事情，当然这两位功臣也是再次得到了表扬。

开完会，几位部长都是表情轻松。路云鹏更是提出要去潘婕那里讨杯咖啡，于是两人结伴下了楼，一起回到了潘婕办公室。

不等潘婕邀请，路云鹏就大大方方在她办公室的沙发上坐下。看着潘婕给她倒上咖啡，路云鹏心里转了好几个念头。

上午潘婕去绝尘的事，她还在回来路上的时候路云鹏就已经知道了。潘婕的心思路云鹏是知道的，可他很担心。自己毕竟比潘婕年长，很多事比她看得通透，虽说潘婕今天做的事很勇敢、也很感人，但林俊峰如果现在心里没有她了，那她的追求之路会很艰难，甚至会很难堪。他不知道潘婕这样做到底有多大的决心，可好心提醒她一下应该不是多此一举。

更何况现在林宏宇已经回到绝尘坐镇，路云鹏还不知道他对潘婕的态度，但从项目来说，今后与绝尘的厮杀必定不会那么轻而易举，潘婕面对的挑战会有多大，连路云鹏都心里没底，所以他必须提前警示一下她。

“路总监，请！”潘婕仍旧是云淡风轻地来到路云鹏面前，弯腰放下咖啡杯，自己也回去端了一杯，在路云鹏旁边的沙发上坐了下来。

路云鹏丝毫没有绕弯子：“小潘，你上午去绝尘了？”

潘婕既没有吃惊，也没有回避：“是的。”

路云鹏欣赏潘婕这种坦荡不扭捏的性格，所以对她也是知无不言：“做好心理准备了吗？这个过程可能很艰难，很痛苦，真的能承受吗？”

潘婕笑笑，她知道路云鹏的意思，也知道他想说什么：“路总监，放心吧，我有心理准备的。哪怕被他嘲笑、被他不齿，我也会坚持下去。”

言及于此，路云鹏也就无法再往下说，很聪明地转换了话题：“给香港那边打电话了吗？你妈妈好点没？”

“嗯，昨天晚上我给王婶打过电话，她说情况挺好的，如果我妈妈醒了，她第一时间告诉我。”

“我也会关照罗医生的，他会很尽心。”

“不用再特别麻烦他了，他已经真的很帮忙了。”

路云鹏嘴上这样说着，可心里想的还是她和林俊峰的事。口不应心，说了两句也就不再继续，只低头默默喝着咖啡。他没有看到潘婕去绝尘时的情况，可听人讲述的时候却很是心疼。

看着沉默不语的总监，潘婕心里很感激。他对自己的关心，潘婕心里明白，这个男人，有才华，心地善良，值得尊敬。

送走路云鹏，潘婕走到衣帽间前。她仔细想了想，果断地选择了那条紫红色的裙子。虽说天气冷了，裙子不能搭配水晶鞋穿，但今天自己那双黑色小羊皮短靴也可以搭配。潘婕没有忘记两次穿着这衣服与林俊峰的冲突，一次让他舞会上失态，一次让他在洗手间门口当了一回“猪笼草”，希望再次看见，能让他回忆起一些什么。

门声轻响，卫兰走了进来：“潘部长，晚上你约了林部长，是吗？”

“是的，六点钟他来接我。”潘婕其实很清楚，卫兰是因为担心自己才专门进来询问，所以最后不忘又说了一句，“放心，我没事。”

卫兰并没有接着她的话说下去，而是看着那套裙子出神地说：“嗯，这套裙子最适合你。那我就先走了，有事你给我打电话啊。”

“好。”看着卫兰出门，潘婕再次笑了笑，不就是见个林俊峰，至于这么紧张吗，他又不是老虎会吃人。再说，现在想吃人的是她潘婕，林俊峰早已“改邪归正”了。

看看时间也差不多了，潘婕手脚麻利地换好了衣服。她不想让林俊峰等，提前十分钟下了楼。可下了楼刚刚走出大厦，就看见林俊峰站在车旁边，而他的车正停在大厦出口处。

很绅士地给潘婕打开了车门，让她上了车，林俊峰这才绕过车头坐上驾驶室。两人相视一下，微微笑笑算是打过了招呼，林俊峰并没问潘婕想到哪里吃这顿答谢宴，而是径直向前开去。看来他早有安排。

这是一片建筑风格非常欧化的高档餐厅区，沿着湖边蜿蜒地一一排开，每家店面都各有特色。林俊峰停好了车，就引着潘婕走进了一家用黑色大理石装修的餐厅，“阿波罗太阳神餐厅”这几个金色的大字刻在黑色石头之上。

门口彬彬有礼的迎宾直接把他们带到了最临湖的小隔间。从这里看出去，冬日傍晚的酾湖衬着太阳的余晖，湖面上映出点点金色的波光。终是温度低了，湖上隐约有一层雾气缓缓浮起，颇有身处仙境的感觉。

“怎么样，这里风景不错吧?”屋里暖气开得很足，林俊峰一边脱掉身上的大衣，一边微微笑着问潘婕。

“嗯，我在这里这么久，从来没发现丽湖有这么美。”潘婕也觉得热了，脱掉黑色大衣露出了那套紫红色的裙子。她抬眼看了看林俊峰，发现他有一丝出神。潘婕心中一喜：难道，他想起了什么?

看到潘婕的这套裙子，林俊峰确实心里一动。这裙子怎么看起来这么眼熟? 可这种情绪就只维持了一两秒钟，他很快恢复了正常。他接过服务生递上的菜单，笑着对潘婕说道：“吃点什么? 对了，建议你尝试一下这家店里的法式大餐，很地道的口味。”

“好，你的推荐应该没错，那就吃法餐。”

林俊峰听到潘婕这样说，也直接把菜单合上，对服务生说道：“两份法餐，一瓶红酒。要一杯特浓的意式咖啡。”说完看向潘婕，“你的咖啡要什么?”

“算了，咖啡我就不要了，今天在公司喝了不少，再喝晚上睡不着了。给我换一杯橙汁吧。”

服务生点头应允，收了菜单就转身离开。林俊峰看了看眼前的潘婕，笑着问：“潘小姐不常来这里吧。”

“嗯，基本没来过。记得还是上小学春游的时候来看过丽湖，一晃都这么多年过去了，一直没有再来，想不到现在变成这个样子了。”

“这里环境不错，也还比较安静，我回国之后就经常来这里。”林俊峰看着潘婕，轻声说道。

潘婕抬眼看了看林俊峰，自己对他不理不睬的那段时间，估计他就是一个人跑到这里来，对着湖水发呆的吧。想到这里心里一酸，怕自己失态，赶紧垂下眼睑。

“嗯，这里不错，我也很喜欢。”潘婕声音很低，虽然下定决心要倒追林俊峰，可她实在太木讷，面对着林俊峰甚至不知道怎么样说话才好。今天的绝尘之行，被林俊峰那样轻描淡写地揭过，此时的潘婕既希望能让他快些回忆起过去的事，又怕他提起今天的事，心里矛盾极了。

对面的林俊峰倒显得很光明磊落，一点没有不自在的样子："谢谢你在香港的照顾，我再过两天就可以去拆线了。"

潘婕再次抬头看了看他，也许是出于对她的礼貌，林俊峰今天没有戴纱网，而是戴了一顶帽子。

"头还疼吗?"

"基本不疼了，也没什么后遗症，既不头晕也不眼花。"林俊峰笑着回答道。

该死！把我忘光了，竟然还说没有后遗症！潘婕听着他的一番话，心里那叫一个气啊。她也不说话，伸手在林俊峰的眼前晃了晃。

林俊峰一看，扑哧一下笑了出来："别试了，五个手指头。"

潘婕没好气地说："能看到是五个手指就算没后遗症？有些毛病，病人自己是不自知的。"

"比如?"林俊峰虽说失了忆，可口才却没失去，丝毫没有落下风的意思。

潘婕想了想："比如，你忘记了某个重要的人……某些重要的事……"

林俊峰听她这样说，愣了一下："比如你今天去我公司和我说的那件事?"

他终于还是提到了！潘婕脸上一热，可是她不想回避，这是机会，让他想起自己的机会。她抬起头，直视着林俊峰那双好看的眼睛："是啊，你都忘记了吧?"

林俊峰沉吟半晌，不知怎么回答才好。他虽然失忆，可人却没傻，所有的蛛丝马迹都显示自己和对面这个漂亮女孩之间一定是发生过些什么，只是自己完全不记得。也许是另一个肖雅娟的故事?

他其实很想知道自己到底遗忘了什么，可是又出于一种完全说不清的感觉，不想开口问潘婕。他毕竟应该是当事人，不能听她的一面之词吧。但是，除了她，这些事还有谁知道？他想不起来，实在是想不起来了。

除此之外，林俊峰还有一种非常强烈的潜意识，他没跟任何人说起。他也说不清为什么，自己心里一直存在一个强烈的暗示，要他远离所有的女孩子，时刻提醒着他，心里有一个女人。可是，那个女人是谁，他却不知道！这个暗示，和对面这个女孩子有关系吗?

今天，这个叫潘婕的女孩子来到绝尘，和自己下了一场以婚姻为注的赌局，还说这是自己曾经下给她的。是吗？我曾经这样疯狂过吗？虽然还是不能确定潘婕到底是谁，可想着自己原来做过这样精彩的事情，林俊峰的嘴角不自觉地挂出了一丝微笑。

看到林俊峰半天不说话，脸上竟然浮现出了微笑，潘婕甚至有一瞬间觉得，他想起了什么？可接下来的话，却让她的满腔希望化作了失望。

“你给我下的赌局，我爸爸已经让我接下来了。不过那个赌注我不会接受，我不会把自己的终身大事这样轻易地决定。”

虽然做好了接受各种打击的心理准备，潘婕听到这句话仍然很难过，可她不想放弃：“你就这样确定自己会输？”

“你错了，”林俊峰向后舒展了一下身体，“我不会输给你的。”

“那你为什么不愿意接受赌注？你赢了，我就会消失，不会再烦你了。”

赢了？要是赢了，潘婕就会消失。听起来是个多极端的赌局，很典型的不成爱便成仇，难道自己当初也是这样下注的？自己现在对潘婕是没有什么感觉，可是也根本没办法确定她会不会就是心里的那个人，如果真的是她，那么她消失了再上哪儿找她去呢？

林俊峰这样想着，就更觉得今天不接她的赌局是正确的。

“何必要消失呢？这个赌注本身就不合理。作为竞争对手，我们来个比赛是可以的，赌注什么的就算了吧，或者咱们慢慢商量，换个赌注？”

潘婕看着林俊峰，他没有任何掩饰的痕迹。心里暗暗叹了口气，要是没有赌注，我又何必要跟你来场赌局呢？

林俊峰刚要回答，服务生敲门而入。这菜来得真是时候，林俊峰刚好不知道怎么回答才能稳住潘婕，看着服务生摆好两人的餐盘，赶紧招呼道：“这是头盘，来来，赶紧吃，这个鹅肝酱味道不错的。”

唉，天救他啊！潘婕无奈地摇摇头，算了，也不是一天两天的事，慢慢来吧。看着盘中的食物，潘婕也着实是饿了。

鹅肝酱非常细腻，配上腌制的雪梨和蔬菜沙拉，美味确实无法阻挡。本来心情晦暗的潘婕，慢慢脸色明朗了起来。

“这菜真不错！”潘婕的这句夸赞发自内心，回国之后，这顿饭是她觉得最美味的一次西餐了。

“嗯，这家餐厅的大厨是个法国人，所以味道很纯正。”

“你经常来这里？”

“嗯。有段时间几乎天天来，这里临着湖，一个人静静坐着吃，感觉非常特别。”林俊峰边吃边介绍。当然他没说，其实每次来这里吃饭，好像心情都并不特别好，不过享受了这里的美食之后，对提振心情确实有帮助。

潘婕端起酒杯，喝了一大口红酒。酒很醇厚，也比较有劲，她觉得脸热了起来：“林俊峰，你记得自己有女朋友吗？”

看着潘婕微红的脸，林俊峰突然觉得有一点恍惚。她的样子好像在往自己心里那个人的影子上融合，可是又好像被什么力量生生地阻住。这让他感到很茫然，也很迷惑。

林俊峰并没有回答她的这个问题：“怎么样？你有没有感觉到这个餐厅很特别？”

潘婕深深地看着眼前这个男人，心里有些懊恼。这个傻瓜到底在想什么啊？为什么不愿意面对这个问题？即便你忘了我，我们也可以从头开始啊！虽然林俊峰不愿谈及，但潘婕很清楚地知道，如果今天不把话说开了，今后两个人这样单独相处的机会可能就会越来越少，再加上即将到来的项目争夺，鬼知道两个人的关系会变成什么样。

她放下刀叉，双手紧紧地握在一起，因为用力过大，连指节都变得发白：“俊峰！你看着我的眼睛。”

林俊峰听到她如此严肃的口气，知道她不会轻易让自己蒙混过关。反正已经躲不过，那么来吧。抬眼看向潘婕，只见这个漂亮女孩子的双眼灼灼发光，那种热切，林俊峰并不觉得陌生。

“我是第一次这样叫你，可能你觉得不习惯，不过我决定以后都这样称呼你。俊峰，别逃避我的问题，我知道你忘记了很多事情，不过没关系，即便你都忘记了，我也愿意和你重新再来。我想做你的女朋友，你愿意吗？”

潘婕长这么大，从来没有对任何一个男孩子说过这样的话，她不知道自己哪来的这么大勇气。她的脸一直在发烧，浑身因为激动都在微微颤抖，眼睛一瞬不眨地看着林俊峰。而对面这个英俊的男人，脸上的表情却瞬息万变、阴晴不定。

也就过了三十秒，林俊峰开口了。可这三十秒，对潘婕来说，就像三十年那么漫长。

“我记得我有女朋友……可是，我怎么也想不起她的名字，也想不起她的样子了。我现在不能让你做我的女朋友，我怕万一想起来的时候，让自己追悔莫及……对不起……”

潘婕的眼泪唰地流了下来，即便他不记得自己，可是还在心里留下了最重要的位置。她还能说什么呢？七年，确实不算短，这个看上去放荡不羁的男人，把自己全部的身心都放在了这一段曾经一厢情愿的相思之上。林俊峰，你这个傻瓜，你如此的坚持到底是为什么呀？

林俊峰看到潘婕落泪，有些慌乱。他以为是因为自己拒绝了她，让她伤心了。很想走过去安慰她，又觉得不合适，一时间倒显得手足无措。正在不知所措的时候，却看到潘婕流着泪露出了一丝笑容。林俊峰的心猛然一跳，这个画面在哪里见过？

林俊峰努力地在回忆中搜寻着相似的画面，可一直找不到。直想到头都有些微微发疼，也没有回忆起自己想要的东西。他摇了摇头，下意识地摸了摸还包着纱布块的伤口。

潘婕看到他的动作，心里一紧：“是不是头又疼了？”一边说着，一边飞快地伸手抹去了泪水。

“哦，没事，只是想事情的时候有时会有点痛，没什么大要紧的。”

“那就少想点，等伤口都长好了再操心吧。”潘婕看他很快恢复了正常，也稍稍安心了些。

林俊峰倒是没再说话，心里暗暗好笑，这还不是你招的？好好的要来说做我女朋友什么的。

两人都静了下来，默默地把头盘吃了个干净。服务生及时地进来收走了空餐盘，不一会儿就把主菜端了上来。

潘婕看着餐盘里的食物，眼睛瞪得老大：“这是要养肥婆吧？”只见盘中一块大大的牛排，还有三只很大的煎对虾。

林俊峰也往盘子里看了看，笑着对潘婕说道：“这可不算多，你那么瘦，应该多吃点。"

"不行不行，我在国外这几年都没怎么长胖，回国来都长好几斤了，再这么吃下去非变形了不可。你帮我吃一点吧。"

"那可不行。再说你现在这个样子，一阵大风都能吹跑，再长胖点才好。"说完，也不等潘婕，低头开始专心吃饭。

潘婕无奈，只好拿起刀叉，可怎么看怎么觉得没法吃完。抬眼瞟了一眼林俊峰，见他正自己忙活着，便偷偷将牛排分成两半，端起盘子飞快地拿到林俊峰眼前，趁他还没反应过来就把半块牛排拨到他的盘子里面。

林俊峰嘴里正在咀嚼，指着潘婕呜噜呜噜地提出反对。潘婕一见，索性把对虾也丢过去一个，正要丢第二个，林俊峰一把攥住了她的手腕，狠狠地把她推了回去。

"打住！你这是作弊你知道吗？"

潘婕一看，这剩下的也差不多了，于是对着林俊峰吐了吐舌头："你个子大，能吃，就多吃点，不然我吃不完都浪费了。"

结果一道主菜吃完，潘婕的盘子里倒是干干净净，林俊峰的盘子里却剩下了三分之一的牛排没吃完。

"你倒是不浪费，改我浪费了。"

潘婕微微一笑："那就说明餐厅这配餐有问题，谁能吃下这么多啊！"

林俊峰也笑了："你还怎么说都有道理。"

等到主菜撤掉上甜点的时候，潘婕已经快崩溃了。

"以后可再不能来这里吃了，这是要撑死人啊！"

"哈哈哈！"林俊峰笑得爽朗，"我这是答谢宴，要是不给你吃饱，不是显得我这个答谢太没有诚意了吗？"

潘婕斜起眼睛看了看他："你是故意的吧？说，是不是故意的？"

"不是不是，那你可真冤枉我了。我只是因为这里风景好、环境好，才选的这里，真没有想撑死你的想法。"

正在这时，餐厅的音箱里传来了《白色圣诞》的音乐旋律，慵懒的蓝调让潘婕突然有了起舞的兴致。

"请我跳支舞吧,正好活动活动,消化了好吃甜点。"潘婕说完,还对着林俊峰闪了一下眼睛。

林俊峰忍俊不禁,笑着站起身,来到潘婕的座位边做了个很绅士的邀请动作。潘婕优雅起身,站在林俊峰的身前,一只手攀上了他的肩,另一只手被他轻轻托住。

上次共舞还是在绝尘公司的晚会上吧,也是这条裙子,也是这个人。潘婕眼前慢慢地腾起水雾,也许一切都变了,甚至是她,还有林俊峰。可是幸好,她还没完全失去他。那天踩下去的一脚,他应该很疼吧?

一曲结束,潘婕还是不肯放手。林俊峰倒也配合,就这样一直拥着她,缓缓地舞。已经没有什么舞步,只是轻轻地挪着。当一首《我爱你》响起,潘婕再也无法控制自己。她双手环住林俊峰的脖颈,头紧靠在他的胸口,眼泪像脱了闸的洪水,喷涌而出。

林俊峰愣了一秒,身体僵直了一下,可很快还是将双手环住了潘婕的腰。这个女孩子,让他有一种特别的感觉,可是又很难分辨这种情感到底是什么。他只得任由她,牵引着自己。

当潘婕再也无法静静落泪,身体开始抽搐的时候,林俊峰停下了脚步,双手扶住她的肩膀,将她扯离自己。只见她紧闭双眼,眼泪一刻不停地从眼角流出,而面颊上,早已泪迹斑斑。

她到底是谁?她到底怎么了?为什么看到她这个样子,自己会如此心痛?林俊峰突然无法自持地伸手托起她的下巴,俯下头深深地吻住了她。

潘婕猛睁开眼,当她看到林俊峰闭着眼,微蹙着眉头的样子,她无声的落泪变成了有声的哭泣。环住林俊峰脖子的双手抱得更紧。这是吻,是真正的一吻,不同于第一次的强吻,是两个人真正投入的一吻。

我一定吻过这个女孩子!林俊峰猛醒。这种气息、这种感觉,以前有过,我一定是吻过这个女孩子的。难道她真的是我心中的那个人吗?

林俊峰越来越迷惑,他需要知道答案。可是他不想放开怀中的人,他贪恋这一吻,他不愿终止。

潘婕知道,自己真的动了情,生平第一次,她彻彻底底地爱上了这个人,想把自己的生命和他融在一起。她要和他在一起，不管什么都不能阻挡她的决心。

她用力把头向后仰，让自己的唇离开了他的，然后踮起脚尖，把头搁到他的肩膀上。对着他的耳朵深深地说道："俊峰，我爱你！"

沉浸在迷惑和激情中的林俊峰，仿佛猛地被这句话惊醒。他这才意识到，自己和潘婕是以怎样一种亲密无间的形态拥抱在一起。唇齿间的留香还在，那种感觉也还在。我这是怎么了？

他拥着潘婕的手猛然一松，潘婕感到了他的动作，赶紧看向林俊峰。他低垂着眼睛，不敢看她，只是用一种极温柔的语气轻轻说了声："我们吃甜点吧。"说完，手上加了一点点力气，慢慢推开潘婕，回到了自己的座位上。

潘婕不想离开那个宽大的怀抱。别说是她已经堕入情网的今天，即便是当初不愿接受林俊峰时，他的怀抱也曾让她贪恋不已。可自己的一句话好像把林俊峰从刚才的状态中惊醒，而他重新回复冷峻的样子，让她再也没有勇气向他跨出一步。

潘婕心中苦笑一声，没关系，不是说了要还他七年嘛，这还只是刚刚开始。想到这，她抬手拭了拭脸上的泪水，也安静地走回自己的座位。

只听林俊峰轻轻说道："……对不起……我……"他说这句话的时候并没有抬头，他不知道在这一刻怎么面对她。

可半晌没听到潘婕的回答，只有音箱中传出悠扬的乐曲。他缓缓抬起头，正对上潘婕一双红红的眸子。

"你不会因为我吻了你，就让我对你负责吧？"

潘婕红肿着眼睛，微微一笑，笑容中带着说不出的无奈和凄美："不会，你放心吧，我会等到你自愿对我负责的那一天！"

林俊峰的身子又是一顿，这姑娘还真是有自信。不过听她这样一说，心里那种负疚感立刻减轻了许多，低头一勺一勺地吃起了甜点，可心里的疑问却一个接着一个。

"潘婕。"

"嗯？"

"说说你自己吧。"

"说什么呢?"

"随便说,说说你自己的情况,你的家庭……对了,还有你妈妈的情况。她在香港最近怎么样了?"

潘婕没有胃口吃点心,可还是把小勺子拿了起来。一边在碟边轻轻画着,一边幽幽地说道:"我妈妈治疗挺顺利,每天都有进展。罗医生说,恢复知觉和意识,很快了。"说到这,抬眼看了看林俊峰,"至于我的情况……以后你慢慢会知道的。"

林俊峰一听,就知道潘婕现在不想多说。可过了今天,自己心中那么多的问题该找谁解答呢?

"你以前是不是我女朋友?"

潘婕低垂着双眼,泪雾又开始浮现。该死!怎么成了好哭鬼了?过去的自己一向自诩坚强,今天却……她死命地把眼泪憋了回去,抬头对着林俊峰笑笑。该怎么回答他呢?

"……不是……"

这也许是实情,在这个时刻说出实话,潘婕知道她即将面对的是什么,可是她不想骗他。如果有一天他清醒过来,潘婕不希望他对自己有丝毫怀疑和猜忌。她要坦坦荡荡地和他在一起,哪怕因为自己的这句话,她的情路要变得无比艰难。

潘婕看到林俊峰的表情明显有了变化,先是一松,再是一紧,然后便陷入了沉思。她赶紧跟上了一句:"不过,以后我希望做你的女朋友。"

可这句话,明显没对林俊峰产生什么触动。他吃完最后一口盘中的甜点,对潘婕轻轻说了句:"快吃吧,咖啡要上来了。"

这顿饭吃了三个多小时,快十点的时候,两人才从餐厅走出来。上车后两人一直无话,林俊峰静静地开车,来到了潘婕住的小区——国林花园,而且准确地把车停在了潘婕的楼下。停住车,转头看向潘婕,只见她轻轻解开安全带,回看了林俊峰一眼,微微一笑:"谢谢你请我吃饭,这餐我很喜欢。"

"不用客气,是我该谢你。"说完也不再开口,只看着潘婕。

潘婕吐了口气,是该告别的时候了:"那我回去了,你自己路上小心。"

林俊峰嘴角向上扬了扬，一个微笑迷死人不偿命地出现在潘婕的眼前："早点休息。"

潘婕微微一怔，可是很快就恢复过来。她轻轻点点头，打开车门下了车。认识他七年了，这还是第一次被他的样子所迷惑。不能否认，林俊峰是真的很帅气。

她一步步向单元门走去，没听见身后汽车引擎的发动，知道林俊峰正在目送自己。她停住脚步，转过身看向他，而此时的林俊峰也已摇下玻璃，从车窗处看着她。冬夜中昏暗的灯光下，林俊峰的脸庞更显得轮廓分明。看到潘婕转身看他，他也微微一笑，露出雪白的牙齿。

潘婕突然有一种非常强烈想要冲过去抱住他的冲动。就在这里，就在这个单元门口，他曾经紧紧地抱住那个疲惫的女孩子，给了她无限的温暖。她多想拥抱重现，把自己沉溺在那片柔情之间。

可她没动。背对着单元门，面向这个英俊的男人，潘婕展开了最美的笑容。她笑着向他挥手，无声地说"再见"，然后笑着转身，打开大门走了进去，没让身后的男人看到一点点再次落下的热泪。

二十二

由林宏宇亲自招聘面试的几个部的副部长到任了。

人事部和财务部，副部长都是从原来绝尘的经理中选拔的。两个副部长上岗，自然是满心欢喜，因此一派其乐融融的样子。

可市场部和企划部，就没那么和谐了。

林宏宇从市场部招聘提拔了一个经理，却并没有按照大家原本想好的路线进行安排，而是把这个新提拔的副部长放到了企划部，而让林俊峰到了市场部做了副部长。本来顺理成章的事情，却横生枝节，不禁让很多人生出诸多猜测。

鲁平阳开完了公司大会，一脸怒气地回到办公室，门口的周林看他脸色不对，连忙跟了进来。

“鲁部长，您……没事吧？”

鲁平阳看了看周林：“我能有什么事？没事没事！”

其实鲁平阳不说，周林也很清楚，他一定是因为林俊峰来市场部做副部长的事生气。公司人事任免从来都是大家最关心的，大会没开之前就已经风言风语，议论纷纷的，现在人员去向确定了，就更少不得闲话了。已经有不少人在猜测，总裁叫自己的公子入驻市场部，到底是何用意。旁人尚且有想法，鲁平阳不可能不动心思，更不可能不动气。他一向独来独往惯了，走了个潘婕还没舒坦几天，就又给他弄来个更难缠的总裁公子，周林就是用脚后跟想想，也知道鲁平阳会有多不痛快了。

“鲁部长，是为了林副部长来市场部的事吧？”

鲁平阳走到桌边，一拳敲在桌面上：“林总还是不放心我市场部，不放心我鲁平阳啊！”

周林脸上的表情凝住了一下，很快又堆起了跟往常一样的笑容：“鲁部，您言重了。林总重视市场部，才会把自己的儿子放到这里来。而且，我听说这样做还是因为要让他更好地应对潘婕的挑战呢。”

鲁平阳转过身，斜着眼睛瞟了周林一眼，这个助理怎么还是这样不转脑子！“他当然重视市场部，可是用得着再把自己儿子也放在这儿吗？周林你动脑子好好想想，从来这种家族企业，总裁的公子在哪个部门，就说明他对哪个部门不放心，你就不明白？”他气哼哼地走回桌前，一屁股坐到椅子上，“至于什么潘婕的赌局，根本就只是个借口，借口你懂吗？”

周林一看他话说到这个分上，知道他真的动了怒，再说下去只怕自己也要跟着挨骂，索性顺着他的话问道：“鲁部长，那您打算怎么办？”

“怎么办？”鲁平阳端起桌上的茶杯刚要喝，才发现茶杯是空的。周林一见连忙接过杯子，麻溜儿地给他泡了杯绿茶，递了过去：“还能怎么办？看看再说呗。好在林俊峰现在一门心思在对付潘婕，对我们影响暂时也没多大。”

“那我们……以不变应万变？”周林试探地问道。

“是！先看看这个公子意欲何为，然后再说。”

“好，我知道了。”周林说完转身正要出门，只听身后鲁平阳叫住了他：“周林，明天你组织个市场部的聚餐，欢迎一下我们新来的副部长。”

周林连忙回身：“您的意思是……”一边说着一边看了看鲁平阳的脸色，看他不急不忙地一口口喝着茶，也就不再多问，“您看哪儿合适？”

“明天下班后，公司餐厅！”

“好，我这就去安排。”周林转身出了鲁平阳办公室，腰便直了起来。回到自己座位上，低声低语地打了个电话，然后就进了电梯，安排明天的聚会去了。

而此时，李钰琪已经开始搬着自己的东西来到了五楼。

林俊峰推开原来潘婕原来办公室的门，走了进去。

他的东西已经全部被搬了过来，正放在桌上。和断点相争的项目看板也已经拿了过来，十个空格中，第一个已经在断点公司的下面贴上了一颗五角星，其余九个还是空的。

这间办公室和他以前七楼的办公室结构几乎一样，但可能由于曾经是女孩子用过，房间里有一种淡淡的香味。

把桌上的东西收拾好，没花他太多工夫。李钰琪进来帮他把咖啡机清理干净，所有的杯子也已经洗好。做完这些便怔怔地看着他，看到他挥挥手，这才走了出去。

李钰琪最近已经收敛了很多，不再像过去那样每天缠着他。不过但凡是个人，稍加注意也能明白，她对自己的领导还是很上心的。好在这姑娘和公司的人都还混得不错，没引起大家伙的反感，所以这么点心思让大家当八卦聊聊也就过去了。

她现在坐的，便是过去卫兰的位置。自从潘婕和卫兰离职，这里一直没作安排，倒也让他们搬东西的时候省了不少麻烦。

他们才刚刚收拾停当，周林便过来了。

“李钰琪，林副部长在不在？”

“在，在办公室里。找他有事吗？”

“哦，没什么大事，鲁部长说要安排个欢迎聚餐，我过来通知一下他。”

李钰琪站起身：“那要我去通知他，还是？”

周林连忙摆摆手："没事，你忙你的，我去告诉他就行了。"说完就走到林俊峰门口，敲了敲门。

"请进。"林俊峰正在屋里对着满书架的书想心事，听到敲门声立刻应答。

周林推门而入，一脸笑容地说道："林副部长，欢迎您来市场部。鲁部说，明天晚上想安排个市场部的欢迎聚餐，我过来问问您时间上方便不方便。"

林俊峰一愣，鲁平阳的安排让他有些意外。公司内人员变动本是很正常的事，况且自己只是从企划部调来市场部而已，又不是新来乍到，怎么会想起来要弄个欢迎聚餐？

"哎呀，鲁部长也太客气了。我时间上倒是没什么问题，可这样会不会太高调了？不太好吧。"

"不会不会，这也算是咱们市场部的一个部门特色吧。您只要时间上方便，我这就去安排了。"

看着周林的背影，林俊峰略略沉吟。父亲曾经多次向他提起过，鲁平阳这人深藏不露，能力虽说很强，但心思也很难捉摸。这次放他来市场部，虽然父亲嘴上没说，但林俊峰当然猜得出他的想法。只不过自己暂时还不能表现过于显眼，一切都等看看再说。

正想着，桌上的手机响了起来。林俊峰来到桌边看了一眼，电话上显示的名字是"潘婕"。

昨晚到家，林俊峰一直很难入睡。想着昨天晚餐时的情景，他的心情非常复杂。他已经很强烈地感觉到，潘婕和他的过往一定是个挺曲折的故事，哪怕是现在回忆不起一星半点，可跟她在一起，特别是和她亲吻时的感觉，都在内心深处唤醒一些东西。而晚餐后自己是怎么那么顺利地送她回到家，也让他想不明白。她并没告诉自己她的住址，可自己开车停到她的单元门口，熟悉得就像自己回家一样。

可是林俊峰搞不懂，为什么她却说自己不是他的女朋友？

林俊峰拿起手机，接听了电话。

"喂，潘婕。"

"俊峰，昨晚你回家没事吧？"

“哦，没事，都挺顺利。找我有事？”

“是啊。今天上午刚刚收到一个项目咨询，是一个汽车厂要做用户手册的，甲方说也咨询了你们绝尘，我想找你问问，这个项目算不算咱们的赌局项目。”

“啊？我还没看到咨询呢。这样吧，我去问问，有消息再打电话给你。”

“好，那我等你电话。”潘婕说完正要挂断电话，只听话筒里传来林俊峰的声音：“潘婕，先别挂。”

“嗯？还有事吗？”

林俊峰顿了一下：“……呃……那什么……我今天调任市场部了……现在正在你以前的办公室里。”

潘婕沉默了片刻，只有轻轻的呼吸声从话筒中传来。当她的声音再次响起，林俊峰听不出她的情绪有什么大的变化：“哦，知道了。那以后我们两个就真正针锋相对了。”

林俊峰无声地笑笑：“干吗说得那么剑拔弩张的，应该说我们以后交流更直接了。”

“好吧。要不你明天请我吃顿饭，庆祝你到市场部走马上任？”

“哈哈，想让我请吃饭就直说，不用找这么个理由，再说这理由也实在牵强吧？不过明天还真不行，有个部门的聚餐，改天我再约你吧。”

“好，那就这么定了。”潘婕回答得也很利索，说完便挂断了电话。

林俊峰在桌边坐下，按下了内线的“1”，不一会儿李钰琪就进来了。

“李钰琪，你去查一下，今天公司有没有收到一个汽车厂用户手册的项目咨询。如果有，就给我拿回来。”

“好，我这就去。”

李钰琪很快找到负责接收咨询的市场部业务员，说是今天确实收到了几份咨询，不过都按照惯例送到鲁部长那里去了。所有的咨询，都要鲁部长亲自看过之后，再分给各个项目小组。

李钰琪又去找了周林。周林告诉她，这些文件可能要到明天才能从鲁部长办公室送出来。

“那可怎么办？林副部长说叫我现在就给他拿过去呢。”李钰琪并没就此离开,她知道林俊峰很着急要,刚才的口气里满是急切。

"什么咨询,这么着急?"

"是个汽车厂要做用户手册的项目,要不周大哥你帮我去问问,拿不回去林副部长要骂我呢。"李钰琪半真半假,弄得周林也紧张了起来。

这林俊峰骂李钰琪,可不是什么新鲜事,想她刚到公司的时候,就被林俊峰在不少公开场合连说带骂的,弄过好几回。虽然李钰琪挨骂,关不着周林什么事,可她这一声"周大哥",弄得周林也不好就这么把他打发走。

"那这样吧,我帮你进去问问,看看鲁部长看完了没。要是没看完,那你只好明天来拿了。"

"好!好!谢谢周大哥。"

周林站起身,走到鲁平阳的办公室门前敲了敲,听到应声便推门走了进去。

"鲁部长,早上送来那些咨询文件里,有一份汽车用户手册的咨询,林副部长派人想拿过去。"

鲁平阳听他这么一说,心中隐隐不快。这项目分派从来都是把在自己手上,林俊峰刚来,就想夺权?

"他什么时候开始,这么关心项目了?"

周林听到鲁平阳口气不对,赶紧解释:"我估计是和他跟潘婕的赌婚有关,不然他不会那么着急的。"

鲁平阳这才笑了笑,如果是这样那倒罢了。他们两个这事儿,都成绝尘一景了,今天你找我赌,明天我找你赌,赌来赌去也不就是那么点情情爱爱的事,弄得这么麻烦。公子哥就是公子哥,心里少不得那点泡妞的心思,这样最好,省得碍事。

想到这便在手边的文件堆里翻了翻,果然找出了一份周林说的文件。抬手递给周林:"这样吧,你去跟接咨询的人说,如果是甲方同时咨询了绝尘和断点的项目,叫他们直接把文件送到咱们的总裁公子那里,其他的还是照样全部送到我这里来。省得他三天两头到我这儿来找。"

周林伸手接过文件:"好,我这就去安排。"

李钰琪欢天喜地地拿着文件回到林俊峰的办公室,本以为会得到林俊峰的表扬，没想到一进办公室就被他劈头盖脸说了一顿。

“拿个文件要这么久，又去哪儿玩了吧?”

“不是……我没去玩！我去拿文件，他们说所有的咨询文件都要经过鲁部长审阅才能发放。我又去找了周林，还是他帮我从鲁部办公室里拿出来的呢！”李钰琪受了冤枉，心里自然不服，说着说着委屈劲上来，眼睛就红了。

林俊峰一听，自己确实冤枉了她。看她那个样子，只好安慰道：“好吧，我知道了，让你受委屈了，对不起。”

李钰琪听他这样说，眼泪一下子就涌了出来：“我虽然不聪明……呜呜呜……可是我一直用心做事的……你还冤枉我……呜呜呜……”

这下轮到林俊峰手足无措了，昨天刚刚有个女孩子在自己面前哭得像个泪人似的，今天怎么又来了一个?“好了好了，别哭了，我给你道歉，我不就是着急嘛！”看着她还是不肯罢休，林俊峰咬了咬牙，“别哭了，中午我请你吃饭，可以了吧?”

“真的?!”李钰琪听到林俊峰这样说，破涕为笑：“那你说话算话，不许骗人！”

“我什么时候骗过你?行了，快去吧。”

李钰琪这才擦干眼泪，欢天喜地地出了门。这通眼泪没白掉，林俊峰从来没和她单独相处过，这可是第一次说要请她吃饭。出了林俊峰办公室，她直奔洗手间，洗干净脸后，就回到座位上，开始不停地往脸上折腾。

林俊峰打开咨询文件，从头到尾仔细看了一遍。项目并不难，主要是些平面设计方面，但印刷数量大，所以也算是个比较大的项目了。看完之后，他给潘婕打了个电话，把这第二个项目确认下来。

处理完这些事情，也到了午饭时间。林俊峰想起还要请李钰琪吃饭，便笑着出了办公室，看到坐在外面的李钰琪正眼巴巴地等着，看到他出来，欣喜若狂地迎上去，脸上笑得像一朵花。

“走吧。”林俊峰说完，也不看她，径自向电梯走去。

李钰琪踮着小碎步，快速跟上林俊峰，两人一起进了电梯。她站在电梯的角落，一边傻笑，一边偷偷抬眼时不时地看林俊峰一眼。

林俊峰昂头挺胸，并不回头看她。电梯来到二楼，门开了，他这才回身对着李钰琪说了句“走吧”。随后走出了电梯，向员工餐厅走去。

“这……请我吃食堂?”李钰琪按住电梯，难以置信地问道。

林俊峰转过身，一脸促狭的表情：“怎么，不愿意？那算了，不是我不请你啊，是你自己不愿意。”说完看都不看李钰琪，自顾自地进了餐厅。

“好吧，好吧，我愿意。”李钰琪恨恨地跟上林俊峰的脚步，边走还边嘴里嘟囔。

林俊峰到窗口，给自己要了一份正常分量的套餐，却给李钰琪点了一份超量套餐。冲着李钰琪努了努嘴，示意她自己来拿。背后的李钰琪万般无奈，只好端起餐盘跟着林俊峰找了个座位坐下。

大部分员工已经吃完回到办公室，所以餐厅里人不算多，座位也大多空着。在公司里部长跟助理一起吃饭，是很正常的事。林俊峰在餐厅请李钰琪吃饭，也让这个宴请变得毫无特殊意义，就跟普通的工作餐没什么两样，也因为如此，李钰琪才一直气鼓鼓的，也不跟林俊峰说话，自顾自地吃饭。

林俊峰倒是心情大好，一边吃一边四下张望。这时许弈飞走进餐厅，打好了饭自己找了个空座位坐了下来。林俊峰端起盘子，对着李钰琪说了句“你慢慢吃，我有点事”，就独自来到许弈飞的对面坐下。气得李钰琪用一双怨恨的眼睛死死地看着林俊峰。

许弈飞看到林俊峰在自己对面坐下，有些吃惊。他可从来没有主动和她说过话，更别提这样面对面坐着了。可她故作镇静，没话找话地说道：“林部长，你怎么吃饭也这么晚啊?”

“哦，忙点事，来晚了。”说着，他停下筷子，很认真地对许弈飞说道，“许弈飞，我想问你些事情。”

“你问吧。”

“你是不是和潘婕关系很好?”

许弈飞一愣，林俊峰为啥要问这个问题？不知道他的目的，许弈飞只好嬉皮笑脸地笑笑：“啊，还行吧。”

“什么叫还行吧？你跟她关系不好，那天她来公司，你会帮她喊我去五楼?”林俊峰毫不客气就撕下了许弈飞的假招子。

“呃，林部长你真厉害，什么都瞒不过你。嘿嘿！”许弈飞笑眯眯的样子，反正已经被拆穿了，伸手不打笑脸人，你也不能因为这个就开除我吧。

林俊峰可不管她是怎么想的，继续问道：“你跟我说说，潘婕这个人怎么样？”

许弈飞这下就更糊涂了，挠了挠头：“什么怎么样？”

“说说你心目中的潘婕是个怎么样的人。”

好你个林俊峰，你追人家潘婕追得鸡飞狗跳的，现在把人家忘记了，来问我人家怎么样了。当年你把她逼走的时候，怎么不来问问我许弈飞。心里这么想着，嘴上却是另一套说辞。

“她是我见过的最完美的女孩子，人长得漂亮，对人也好，做事认真，能力又强。反正我觉得，她简直就没缺点。”

这下轮到林俊峰挠头了。其实他想知道的不是这些，他只是希望能通过许弈飞，了解一下自己过去和潘婕之间到底发生过些什么，可是又不能直截了当地这样问。听到许弈飞这不痛不痒的回答，林俊峰有点哭笑不得。

“我不是想听这些，我是想……”

许弈飞听到林俊峰吞吞吐吐，不禁睁着一双大眼睛看着他。虽说卫兰一直说她是无脑小前台，可对于各种八卦新闻的敏感性，她却是天分超高。卫兰说林俊峰失忆，把过去和潘婕的事情都忘光了，现在他又问起潘婕，肯定是想找她问问过去两个人之间的事情。只不过这个身为部长的总裁公子，不好意思明说罢了。想到这，许弈飞便有了主意。想起那天潘婕来找他下赌约时他冷冷的样子，今天自己不能放过他。

“哦，对了，她还是斯坦福大学的留学生，品学兼优的。只可惜这么好的姑娘，到现在也还没对象呢。还有，她挺可怜的，她爸爸车祸去世了，她妈妈还在医院昏迷不醒呢……”

“许弈飞！”这个小前台，肯定是故意的。林俊峰忍不住严厉了起来，“谁让你跟我说这些了？”

许弈飞也不害怕：“不是你问我她是个什么样的人吗？我都告诉你了，你怎么还恼了呢？”

“我……我想问的不是这些……”林俊峰已经有些气急败坏了，“我是想找你问问……我以前是不是追过她?"

"哈哈哈!"许弈飞这下可笑得前仰后合,惹得远处的李钰琪都恨恨地瞪了她一眼,"早说不就完了嘛,绕这么大弯子。"看看林俊峰真的有些急了,许弈飞也乖巧地就坡下驴,"你别急,我说我说。"

许弈飞四下张望了一下,看到周围没什么人,就凑近林俊峰,压低了声音说道:"没错,你以前把人家潘婕追得没处躲、没处藏,最后为了躲你,就离开绝尘去了断点了。"

林俊峰听完,呆坐在椅子上。原来真的是这样,自己真的追过潘婕。

许弈飞看他发呆,也不理他,低头继续吃饭。这失忆看来还真不太好治,这一点点地拼凑记忆,要到啥时候才能拼完整啊。不过潘婕态度的转变也让许弈飞看不懂,明明以前她不接受林俊峰,怎么过个年回来就彻底换了个个儿,改成潘婕倒追了。他俩之间到底发生了什么?看来哪天还要好好问问她才行。

"照我说啊,你俩就是瞎折腾,那么般配的一对儿,好了就得了呗,偏偏生出那么多事情来。你们折腾得不累,我们看着都觉得累。好就好,不好就不好,还要赌什么婚。唉,反正我这人脑子一根筋,是不理解你们这些高素质人才的想法。"

"是她要找我赌婚,不关我的事!"林俊峰说完,也操起筷子继续吃饭,结果对面的许弈飞听到这话可不乐意了,啪地把筷子撂在桌上。

"你是不是全忘了?这赌婚可不是人家潘部长先跟你赌的好吧,是你先逼着人家跟你赌的。"

"有这事?那你跟我好好说说。"

林俊峰的激将法明显对许弈飞很有作用,她一五一十绘声绘色地把潘婕离开绝尘那天的事,讲得活灵活现。当然,中间还不忘穿插几句自己的评论,就像跟各部门小助理们聊公司八卦那么起劲。

直到说到潘婕走出公司大门,许弈飞才意识到,自己好像着了林俊峰的道儿。抬眼看了看对面这个市场部副部长,她露出一丝尴尬的笑容。

林俊峰看她停住,便笑眯眯地看着她:"说完了?"

"呃,完了。"许弈飞见他面露得意,心中不禁懊恼。自己这大嘴巴,可别想把什么事藏住了。

“许弈飞，那我问你一个问题啊，既然你说我们俩看上去那么般配，我又一直追求她，她为什么不肯跟我在一起？”

“那我哪知道啊，这你得去问她本人。反正这要是我啊，肯定早早地就同意了，”说到这儿抬眼看了看林俊峰，又讪讪地说道，“当然啦，你也看不上我这种没头没脑的，我就是打个比方，比方！”

“哈哈！”林俊峰大笑两声，“谢了，吃饭！”

远处的李钰琪，看到两人聊得如此开心，恨恨地一跺脚，端起餐盘走到残羹回收处，把大半盘食物统统倒进垃圾桶，转身进了电梯。林俊峰看到也不理会，只专心吃自己的东西。这个助理，他从来就没把她当回事，反正过不了几个月她就要走的，再想进绝尘来，那是门都没有的。

餐厅本来人就不多，李钰琪的行动当然也被许弈飞看在眼里。许弈飞一向看这个女孩子不顺眼，也知道她毫不顾忌地追求林俊峰，现在绯闻男主角就在眼前，还跟她说了这半天“体己话”，她自然很想再挖出点八卦来，好去跟那些小助理们分享。

“林部长……”

“啊？怎么了？”

“那个李钰琪，是不是在追求你啊？”

林俊峰抬起筷子，指了指许弈飞：“不该打听的就别乱打听。”

“可是，公司里都传遍了，说她跟苍蝇一样每天盯着你。”

“你的意思是说，我是有缝的鸡蛋？”

“不不不，我不是那个意思，林部长，您别误会。”许弈飞连忙摆手，“大家只是好奇，你对她是怎么想的？”

林俊峰突然对这个话题有些厌烦：“怎么想的？你再这么胡乱打听，我对你的想法也就跟对她一样了！我吃好了，你慢慢吃吧。”说完，收拾餐盘也离开了餐厅。

看来李钰琪是没戏了。许弈飞自然而然地做了推断，这还差不多，要是林俊峰连李钰琪的纠缠都抵挡不了，那他也不配跟潘婕好了。虽然被他抢白了几句，可许弈飞的好心情却丝毫没打折，狼吞虎咽地吃完，也就收拾了餐盘，回到了一楼前台。

二十三

潘婕和卫兰在楼下吃完了午餐，回到办公室的时候，看到桌上放着一封信。

信封是棕色牛皮纸材质，是印刷了寄件地址的那种，红色字体醒目地写着"××省××市××城监狱"。潘婕非常诧异，她从来没有和北方的人联系过，也没有朋友在那里。

撕开信封，潘婕展开信纸。厚厚的六张，写满了字。

潘婕，你好！

冒昧给你写信，你可能并不记得我，甚至都不认识我。那我先做个自我介绍吧，我叫张军，是林俊峰大学同班同学。

看到这，潘婕猛抬头。他就是林俊峰说过的那个张军！吃惊之下，她连忙继续往下看。

前段时间，林俊峰专门从南方过来看我，把你们的情况也大概说了一下。我很抱歉因为我的原因，影响到你们两个人的感情，我只能说欠他的，这辈子恐怕也没法报答了。

关于当年他因为肖雅娟被开除一事，中间确实有很多的隐情，而我作为当事人，迫于各种压力没有承担自己的责任，害得他为我顶罪离开Z大，我对不起他。下面便是这件事的全部经过……

下面的四张多写满字的信纸，便把林俊峰和潘婕说过的事情完整叙述了一遍，而其中还有一小部分是林俊峰也没有说到的，就是张军找到肖雅娟之后的情况。

当天晚上我到处都找不到肖雅娟，可是我不敢回宿舍，我怕林俊峰会杀了我，只好在学校图书馆外面的长椅上躺了一晚上。第二天我去了肖雅娟她们宿舍，她们室友告诉我，说她头一天晚上回来一直哭，直到熄灯的时候才好了些，但打着手电一直在写什么。早上五六点钟，她就起床出门了。

潘婕看到这里，虽然知道了事情的结果，可仍然出了一身冷汗，这应该是肖雅娟在写遗书了。果然，张军在信中的叙述也证明这点。

我一听不好，就在学校到处找她。一直到下午两三点，才在教学主楼的顶上找到肖雅娟。这时的她，已经接近崩溃边缘。我告诉她，那天晚上和她在一起的人是我，不是林俊峰。还把事情从头到尾和她说了一遍，还告诉她，我愿意对她负责。

可是，不管我怎么说，她也不相信，还一口咬定是林俊峰让我替他顶罪，一口咬定是林俊峰侵犯了她却不愿负责。我心里怕极了，真怕她一时想不开就跳下去，已经给她跪下了。可她拿出一张纸，说是已经写了遗书，林俊峰不要她，她就算死了也不会放过他。

潘婕看到这里，缓缓闭上了眼睛。俊峰，那时的你，百口莫辩，一定难受到了极点吧？只可惜我那时不在你身边，没有陪你分担这一切。如果我早一点答应你，这件事也许就不会发生，肖雅娟也许就不会死吧。人生，就是有这么多的阴差阳错，让我们永远找不到正确的路。

我和她谈了整整两个多小时，可是不仅没有让她冷静，却……她跨出生命中最后一步时，笑着对我说："张军，你是个好人，谢谢你！可是我没法再活下去，我死了，林俊峰也不会好活的。"说完她就……我真没用，竟然让她这样就走了！我对不起她，也对不起林俊峰。我该死！

原以为自己已经能够很平静地接受林俊峰这段往事，可看着张军字里行间带出的回忆，潘婕还是感到触目惊心。一条鲜活的生命就这样逝去，这到底是为什么？这到底是谁的过错呢？

信的最后，张军诚恳地写了一段话：

潘婕，我不知道你为什么一直不肯接受俊峰，但在我看来，他是最有担当的男人，值得尊重值得爱。他对你，一往情深，这么多年过去，我知道他对你的感情从来没变过。如果你对他的这段过去耿耿于怀，那我希望这封信可以彻底打消你的顾虑。

认识他做他的朋友，是我这一生的荣幸。只可惜我不争气，辜负了他的一片情义。不过等我出狱，我一定会尽我所能报答他。我也希望你能接受他，你们一定会幸福的。

潘婕的眼睛湿润了。你说得没错，他值得尊重值得爱，只是……

慢慢地把信纸折叠整齐，她把它轻轻地放进了办公桌的抽屉里。这封信要收好，也许有一天会成为唤醒林俊峰的铃音。

正在这时，传来轻轻的叩门声。

潘婕赶紧敛了敛眼角的泪水，轻轻拍了一下面颊："请进！"

推门而入的是路云鹏。虽然潘婕简单收拾了一下，可他看到她的样子还是愣了一下："怎么了？"

潘婕连忙挤出一点笑容，敷衍地说道："哦，没事。对了，你找我有事？"

路云鹏狐疑地看看她，除了脸色不太好，倒也看不出太多的不妥。虽然他不相信潘婕的无事之说，可她既然不想多说，自己也不便多问，索性说正事。

"最新的那个咨询，就是汽车厂用户手册的项目，我想和你谈谈。"

"哦，那快请坐吧。"潘婕伸手请路云鹏在沙发上坐下，自己照例倒了两杯咖啡，也坐到了茶几边，"怎么？你有什么新的想法吗？我感觉这个项目是咱们的长项，应该问题不大呀。”

路云鹏接过咖啡：“嗯，原本这样的项目对我们公司来说毫无难度，可现在地产项目已经开始了，资金占用量比较大，所以这项目就不能说无难度了。”抿了一口咖啡，他继续说道，“主要是这次的印量不小，咱们又没有自己的拍摄印刷部门，要是拿到这个项目，很快就要产生不小的投入，这个有点麻烦。”

经路云鹏这么一说，潘婕也感到有些问题：“你提醒得有道理，这种平面印刷的项目，就是存在前期投入的问题。我之前也算过，这个项目的印刷投入要占到项目总额的50%到60%，而通常项目预付款最多只有30%，还有不小的缺口。”

路云鹏听潘婕这样说，多少有些安心，看来她还是心里有数的。“资金问题，我们找财务部商量一下，看看能不能补上这个缺口，不行的话也让他们想想办法。对了，我来还想问你个问题。”

“路总监，你尽管问。”

“‘创世纪广告公司’，你以前听说过没有？”

潘婕仔细地想了想，摇摇头：“没有，我没有印象。你怎么想起来问这个？”

路云鹏打开自己带来的咨询任务书，“这次咨询，除了我们和绝尘收到之外，还有这家公司。我查了一下，这家公司去年才成立，规模也不大，但是它却在一次投标中胜过绝尘，所以想问问你。”

“胜过绝尘？不可能吧？除了我们，好像H市还没有胜过绝尘的广告公司呢。你知道是什么项目吗？”潘婕听到路云鹏的这番话很吃惊，难道又是一个后起之秀？没可能啊。

“湖畔山庄的广告推介案，你有印象吗？”

“你说什么？”潘婕猛地站起身，这是在她手上丢的标，她怎么可能忘记。对啊，当初只是知道这个项目失标了，为此鲁平阳还大发了一通雷霆，潘婕却一直没在意是哪个公司夺了这个标，“湖畔山庄的案子，是这家公司接走了？”

“是的，你不知道吗？”

潘婕一脸懊恼，自己那时被鲁平阳弄得心烦意乱，根本就忘记了追究这个案子最后的去处。怎么能那么糊涂，这么重要的事都忘记跟踪了。

“那时，刚到绝尘，经验也不足，所以……”潘婕说着，脸都红了，这么大的错误被路云鹏指了出来，她实在觉得有些不好意思。

路云鹏看到潘婕的表情，就知道她介意了，连忙替她解围："不是什么大事，不要紧。不过这家公司能赢绝尘，肯定不简单，要了解一下。"

潘婕把湖畔山庄项目的事，一五一十地对路云鹏说了一遍。

路云鹏听完，沉吟半晌。抬头看了看潘婕，说道："我觉得应该查一查这个公司。"

"你是觉得有什么不对吗?"潘婕疑惑地看向路云鹏，不知他为何对这家新公司如此上心。

"嗯，有种预感，不过说不好，先查查再看吧。"

"好，我关注一下。"潘婕说完，又想起手册印刷的事，继续问道，"那我们的平面设计部分什么时候可以完成?"

路云鹏呷着咖啡，胸有成竹地回答："这个星期在和主机厂的人交流呢，估计下周就可以做出来。不过之前要把资金的事落实，不然会影响项目报价。"

"知道了，我等会儿就去找财务部。"

路云鹏见事情谈得差不多了，话题一转，说起了她母亲的病情："昨天罗医生给我打电话，说你妈妈康复情况很好，你最近有打电话过去吗?"

"嗯，有，差不多每天都会打，阿姨说情况特别好，我妈妈最近气色都好很多了呢。"一提起妈妈的恢复情况，潘婕就喜上眉梢。最近的康复做得特别好，苏醒也就是指日可待的事。

"那就好。"受到潘婕情绪的感染，路云鹏也觉得心情开朗了，站起身准备告辞。

潘婕也连忙站起来："谢谢你，路总监。"

放下杯子，路云鹏轻轻拍了拍潘婕的肩膀，走出了她的办公室。潘婕目送他离开后，上楼找到财务部长，谈了谈资金的问题。

如果拿到项目，财务部长很明确地说，公司可能需要小型贷款，这个需要总裁决定，答应明天给潘婕答复。

潘婕回到办公室，想着创世纪公司的事情，便开始在网上查找它的相关资料，同时也没忘记查询湖畔山庄的广告实施情况。卫兰中间进来送过一次文件，她也只是微微点了点头，手上的工作一刻没停。

二十四

鲁平阳此时正在办公室里若有所思，本来一切都在掌握之中的事情，因为林俊峰的到来被打乱了。他正琢磨着接下来的项目该怎么操作，桌上的手机响了，是那个熟悉的号码。

“喂，有事吗?”

对方在电话里说了几句，只听鲁平阳问道:“确定吗? 三家? ……好，我知道了……你把咨询扫描传给我，我交给罗晓波……好……这有什么好考虑的，你只管接下来，剩下的事交给我……嗯，那就这样。”

放下电话，鲁平阳沉思了片刻，便拿起包走出门去。路过周林座位的时候，和他交代了一下。

“我现在去拍摄印刷部那边一趟，这边要是有事，你给我打电话。”

周林连忙站起身:“鲁部长，要不要我跟您一起过去?”

“哦，不用，我去谈点小事情，很快就回来。”说完从口袋中摸出车钥匙，向电梯走去。

周林也不坚持，看着他身影消失，便坐下继续忙自己的事。

林俊峰的看板上，写着字的地方又多出了一行，只不过这个项目的归属还是空白的。

上午看过资料，对情况也基本了解了。这会儿，他拿着文件来到了七楼企划部，进了林至群的办公室。

“呀，是俊峰啊，什么风把你吹回企划部了?”林至群迎着林俊峰走过来。

“哦，今天刚接到的咨询，我想安排设计一组来做，你帮我看看。”说完，就把文件递给了林至群。

“好好好，你坐你坐，我看看。”林至群一边把林俊峰让到沙发上坐下，一边翻开文件仔细看了看，“是个平面印刷呀，这种案子很简单，直接交给平面组就可以了，用不着设计一组啊。”

“平面组行不行？林部长，这个案子我可输不起啊！”虽然听他说得笃定，林俊峰还是不放心。第一个项目已经输给潘婕了，这个如果还拿不到，人就丢大了。

林至群哈哈大笑：“哈哈，现在你管的案子，谁不知道是要跟潘姑娘PK的呀，那是要给咱们总裁赢儿媳妇的，谁敢马虎？”瞟了一眼林俊峰，看他现出了无奈的神色，也很知趣地给他了个台阶，“放心吧！要说做平面印刷，平面组比设计一组的经验要足。如果是多媒体广告，设计一组强，可这个案子，交给平面准没错。”

林俊峰看他这么肯定，也就不再坚持，毕竟他在企划部待了这么多年，情况比自己熟悉。“那好，我听你的，这个就交给你们了，一定要好好做啊！”

“你就放一百个心吧！”林至群合上文件夹，又问，“什么时候开标？”

“时间还没通知，你们还是尽快和他们交流，我想算上这周，最晚三周内要做完吧。”

“行，交给我吧，有事我告诉你。”

林俊峰正要起身离开，林至群连忙按住他：“你都很久没来我这里串门了，坐会儿再走啊。来，喝点什么？我这有瓶他们送来的拉菲，要不要尝尝？”

林俊峰摆摆手：“上班时间我就不喝了，刚去市场部还有一堆事情呢。”

“那怎么行？坐会儿坐会儿，你不喝酒，我就给你倒杯咖啡，陪你林叔聊聊。”

林俊峰心里暗暗咬牙，我有你这么个不像样的叔吗？可面子还不能拉下来，只好笑笑：“好吧，那就喝杯咖啡。”

“这就对了嘛！”林至群一边干笑着，一边走到小吧台边上给他倒了杯咖啡，“我这咖啡啊，虽然没有小潘那里的味道好，可也算不错。来，你尝尝。”

林俊峰接过杯子，耐着性子抿了一口。说实话，他对于林至群谈到潘婕，心里有说不出的反感，总觉得那样的女孩子该是清雅高洁的，被林至群这么个猥琐大叔说起来，听到耳朵里就那么不是味儿，就好像被他亵渎了一般。

林至群倒丝毫不觉得，继续说道：“唉呀，你说你们两个，折腾来折腾去的，折腾啥呢？你跟我说说。”

“你说什么折腾？我俩也没折腾啊。”林俊峰不想和他谈这个话题，不肯多说。

“没折腾?”林至群用力地靠近沙发靠背，肚子又不自觉地腆了出来，“先是你找她赌婚，现在她又找上门来找你赌，还说没折腾？你说说，你俩现在到底是谁不乐意啊?”

林俊峰只顾低头喝咖啡，看也不看他：“我俩都乐意！”

“那不就得了！”林至群一拍大腿，身子也坐直了起来，“两人都乐意就赶紧办了啊，还等什么呢？我跟你说啊，潘婕那种姑娘，你要是不赶紧下手，肯定就被别人追跑了。我想喝你们喜酒，如果能当个证婚人啥的，就更好啦！”

你想得还真够多的！林俊峰也不再表态，一口把咖啡喝完，站起身说道：“没事了我就先回去，那个设计林部长帮我抓紧啊！”

“放心吧，放心吧，有空也要来看看我，陪我聊聊天啊。”说着，把林俊峰送到门口。

送走林俊峰，他拿起电话叫了平面组的组长过来拿咨询文件。一切料理停当，笑着摇摇头：“果然是个初出茅庐的小子，这么个小项目就草木皆兵的，还是太嫩了呀。”

不过他倒不怎么敢看轻林俊峰，虎父无犬子，他爹林宏宇，当年那种做派可是他亲眼看见的，他的儿子就算现在还不能成气候，将来一定也是一号人物。想想自己奔四的人了，别说还没个后代，连个家也没了，怎是一个惨字了得？想到这里，重重地叹了口气。

路云鹏正在办公室里审核地产项目进度表，门突然被人撞开了，潘婕就像一阵风似的冲了进来。

“小潘，你……”

潘婕语气急促，语速快得就像出膛的子弹一样：“路总监，你的怀疑确实有道理，那个创世纪公司和鲁平阳有关系！”

“你说什么?”路云鹏猛地站起身，“别着急，来，坐下慢慢说。”

潘婕在桌子对面的椅子上坐下，急促地说道："我查了创世纪公司的资料，注册资金并不多，但这近一年来却接了不少平面印刷类的案子，而且据说设计水平还都不错。他们接的最大的一个项目，就是湖畔山庄的广告案子，也是他们第一次涉足影视广告拍摄。我查了这个企划和实施，发现他们的这个方案，与我当初在绝尘看到的设计几乎如出一辙，甚至可以说，就是同一个人做的，其中很多地方都有照搬抄袭的痕迹。"

路云鹏一边思索，一边说道："你的意思是说，他们的设计，是抄袭了绝尘公司的？"

"不只是抄袭这么简单。"潘婕把笔记本电脑摆到桌上，稍微调整了一下方向，让路云鹏也能看到，"你看这个街景广告设计，跟我在绝尘看到的几乎一模一样。我还看了电视广告，创意也跟绝尘的设计一样。我甚至有八九成的把握可以断定，绝尘的企划方案绝对是被原样拿到了创世纪。"

路云鹏看着她屏幕上的图片，果然不出所料，和他之前怀疑的一样，这公司确实有问题。但尽管如此，他心中还是有很多疑问："即便是这样，你怎么就能肯定，这个公司和鲁平阳有关？不会是方案设计者泄密吗？"

潘婕看了看路云鹏，他的思维的确很缜密。"嗯，这个问题我也想过了。当时在绝尘，这个标丢得就很蹊跷。企划部按照我的要求更改了方案，可是设计者却并没有告诉我甲方有要求，更没有坚持自己的设计。事后鲁平阳虽然对失标一事大发雷霆，但奇怪的是，他完全没有追究设计者的责任，照理说这样简单的事情，他不会想不到。"

说到这，她深深看了他一眼："鲁平阳很聪明，他只是在市场部大会上不点名地批评了我，对设计者的过失却不置一词，这不符合常理。而且，事后我就觉得不对，专门查了一下那个设计员的资料，发现他原来和鲁平阳同在北京一家广告公司共事过。当然，交情有多深我就不知道了，但几件事联系起来看，我觉得鲁平阳操纵这件事的可能性更大一些。"

"这么说，难道鲁平阳身在曹营心在汉，吃里扒外？"路云鹏暗暗心惊。像鲁平阳这样的公司高管，已经坐到了这么高的位置，如果他要反水，绝尘只怕连死都不知道怎么死的。

潘婕似乎也被他这句话吓了一跳，虽然真相就在眼前，可她还是不能接受。

“我查了一下公司的注册信息，是一个姓王的。现在看来，他和创世纪有关系是十有八九了，我只是不知道关系到底有多深。”说着，她猛想起一件事，“啊呀，这事要和林俊峰打个招呼，不然要出事。”

“先别忙！”路云鹏连忙制止了她，“现在我们都只是猜测，并没有证据，万一不是这样，你再跟林俊峰说，那事情就闹大了。我的意见是看看再说。”

潘婕想了想，觉得路云鹏说得很有道理：“那我们现在怎么办?”

路云鹏笑了，这姑娘能力不错，可毕竟年轻，关己则乱啊：“现在这种情况，其实对绝尘来说是很危险的，对我们来说影响却并不大，不管鲁平阳和创世纪是什么关系，都是我们的对手。”看潘婕仍然一副忧心忡忡的样子，知道她为林俊峰担心，“放心吧，绝尘那么厚的底子，不会因为一两个合同就怎么样，我们也正好趁机搜集一下证据。别忘了，你就算再担心林俊峰，他也是你的对手哦。”

潘婕被他一说，有些不好意思，脸也红了。

路云鹏看着她的娇态，也笑了。

事情谈完，潘婕告辞。路云鹏也不留她，看着她出了门。对工作，潘婕是没的说，全心投入而且的确天分很高。可是要说到自己的生活，她就像个没长大的孩子，遇到事就很难再像以前那样冷静了。所以今天他并没告诉潘婕，罗医生电话里的意思，是说她妈妈苏醒也就是这两三天的事情。虽说是喜事，可万一要是到时没醒，路云鹏怕她又受到打击，还不如等醒了由王婶亲口告诉她呢。

香港那边算是有望了，可林俊峰这头还不知道怎么个情形呢。过年前，看林俊峰的样子，对自己还多少有些敌意，所以也不好插手他们的事，只希望他们一切顺利吧。

而好消息来得出乎意料的快！

第二天下午，潘婕刚刚吃过午饭，在办公室正查找资料，桌上的手机响了起来。

“喂，我是潘婕。”

电话中的人，因为过于激动，声音颤抖，而且断断续续：“潘姑娘……潘姑娘，我是你阿姨……快！快！你妈妈醒了！”

潘婕噔地站起身："你说什么？我妈妈醒了？阿姨你照顾好我妈妈，我马上赶过来！"

说完，挂上电话冲出办公室。

"卫兰，快！快！帮我订飞香港的机票，最近的一班！"

卫兰从没见她如此慌乱，于是自己也跟着惊恐了起来："好！"说完一边找电话，一边问："什么事这么着急啊？"

"我妈妈醒了！我要赶紧过去。"

"真的？我这就打电话。"卫兰慌慌忙忙地拿出名片夹，手脚麻利地打过去，很快就搞定了。

"潘部长，三点十五分的航班，你还有两个小时时间。"

"好，知道了。帮我安排车送我一下，这就走。"潘婕说完又想了想，便快步向路云鹏的办公室走去，也没敲门，直接推门就闯了进去。

"路总监，我妈妈醒了，我现在就要赶过去，手上项目的事情就拜托你了！"

路云鹏腾地站起身："啊，这么大的事啊，我陪你一起去。"

"不用不用，我一个人就行了，这边项目的事情还要拜托你。"

"不会影响的，方案已经安排人做了，我赶回来审核就行了。香港那边肯定有很多事要处理，你一个人人生地不熟的，没法弄。几点的航班？"

"三点十五分，我已经叫卫兰安排了车。"

"好。你赶紧去找李总打个招呼，然后收拾行李，我这就弄好。"

"好，那我去了。"说完，潘婕转身出门上了楼。

路云鹏站起身，叫自己的助理也帮着订了张票。回到办公室来到衣帽间，随手抓了几件衣服塞进小登机箱。多年的单身生活，没什么牵挂，已经让他养成了习惯，办公室里放个小箱子，随时可以出差。

潘婕这时也已经回到自己的办公室，收好电脑，走到衣帽间飞快地收拾了两三件衣物，其他东西来不及收拾，不行过去买吧。正当她往电脑包里塞衣服的时候，路云鹏敲门走了进来。

"简单的衣物放我箱子里吧，我估计你就没有准备。"说完，就把箱子放倒，在潘婕的面前打开。

潘婕感激地看了看他，也没客气，手脚麻利地把衣服丢了进去。路云鹏很快地合上箱子，拉上拉链，起身对潘婕说道："好了，走吧。"

两人走出来，乘电梯来到大厦停车场，公司的车早已等在里面。上了车，关上车门，车子风驰电掣地驶出大厦，向机场奔去。

卫兰站在大厦的窗边，看着飞驰而去的车，开心地笑了。回到座位上，拿起了电话，她要完成潘婕临行交给她的任务。

当潘婕匆匆离去的时候，在她耳边说了句："我来不及了，帮我给林俊峰打个电话。"

飞机降落香港机场，已经是晚饭时间。潘婕根本顾不上这些，马不停蹄地在机场门口拦住一辆出租车，径直向医院奔去。她抑制不住激动的心情，不停地催促司机开快点，直到司机开始抱怨，路云鹏出面解释调停，她这才意识到自己太着急了。

香港不大，可这个时间正赶上下班高峰，他们的车子行进缓慢。潘婕坐在车里，心急如焚，身边的路云鹏看到她焦急的表情，伸手在她肩上轻轻拍了一下，示意她不用太过担心。

好不容易开到医院，潘婕拎起自己的手包，不顾一切地冲进大楼。路云鹏在后面拿箱子，结算车费，随后也快步进了医院。

潘婕直冲病房，还没看到她妈妈的人影，就大喊一声"妈"。

正在床边的王婶，听到呼喊慌忙站起身来。冲进房间的潘婕这才看到正躺在床上的妈妈。

一直紧闭双眼的潘婕妈妈，此时口鼻处正戴着氧气呼吸面罩，但眼睛却是微微睁开的。看见潘婕并没说话，但一旁的心电图明显波形陡变，眼眶也顿时湿润了。一向坚强的潘婕看见苏醒了的妈妈，眼泪瞬间决堤，扑到床前就开始大哭。

"潘姑娘，潘姑娘，你来太好了！别太激动了，你妈妈刚刚苏醒过来，罗医生说语言能力恢复还需要一段时间，而且身体也太虚弱，需要静养，你别太激动了。"王婶边说，也边红了眼眶。她照顾潘妈妈几个月，视潘婕就像自己的女儿一般，见她难过，自己也忍不住感伤起来。这可怜的孩子终于盼到了妈妈苏醒的这一天。

潘婕这才收住悲声，抬头仔细端详着自己的妈妈。原本她一直沉睡，表情平静，看上去还不觉得有什么；可现在苏醒，虽然眼睛睁开了，但并无神采，再加上戴着呼吸面罩，整个人显得非常憔悴。

“妈妈，是我，我是小婕啊，您听得见我说话吗？”潘婕带着哭腔问妈妈，只见她表情明显有了一点变化，眨了眨眼睛，示意自己能听到。

潘婕看到妈妈有了反应，眼睛一瞬也不愿离开她的脸庞，可泪水也无法控制地落下，却紧咬嘴唇不肯发出哭声。

她伸手握住妈妈的手，紧紧地放在胸前，感到妈妈的手上传来了一丝微弱的握力。她用右手的指甲，在左手的手腕上狠狠地掐了下去，手上传来的疼痛是如此真切和深刻，潘婕在内心大喊——这是真的！这一切都是真的！

王婶走到潘婕身边，轻抚她的后背柔声说道：“闺女啊，妈妈醒了这是好事啊，怎么哭得这么厉害呢？乖啊，不哭了，好好陪你妈妈说说话。”

潘婕点点头，抬手擦了擦眼泪，终于破涕为笑。可一肚子的话，看着妈妈却怎么也说不出来，只好一边脸上挂着微笑，一边静静地落泪。看得一旁的阿姨一阵心酸。

正在这时，路云鹏和罗医生走了进来。

路云鹏其实跟在潘婕的后面就来到了病房这层楼，不过他并没直接进来，而是首先去了罗医生的办公室。

看到他进来，低头正写病案的罗医生有些吃惊。

“哟，你怎么来了？”说着站起身来，看了看路云鹏的身后，小心翼翼地轻声问，“是陪潘小姐一起来的？”

“哈哈，什么事也瞒不住你！”路云鹏握住老友的手，另一只手掌在他肩上拍了拍。

路云鹏话锋一转，表情也严肃起来：“来，先跟我说一下潘妈妈的情况。”

“情况比原来预想的要顺利，接下来的问题就是调养了。肢体反应、听觉、触觉都已经恢复了，再多加锻炼就问题不大了。语言能力还没恢复，昏迷的那段时间大脑缺氧，可能对这部分脑组织产生了一定损伤，所以现在还不能定论是否可以恢复。”

他指了指旁边的椅子，让路云鹏坐下，自己也回到办公桌前，继续说道："现在她因为缺乏营养，非常虚弱，肠胃功能可能需要再过几天才能慢慢恢复，所以只能以输液和流质食物进行补充。潘妈妈虽然过去身体的基础不算好，但求生意愿非常强烈，所以我判断她的恢复速度应该是很快的。"

说到这，他的身体向后靠了靠："再加上现在潘小姐也过来了，肯定对她的康复有很大帮助。"

路云鹏听到这个消息，脸上浮现了盈盈笑意："那就太好了！那你估计她还需要在这里住多长时间?"

罗医生挠了挠头："在我这里的治疗，最多再需要一周的时间就差不多了，以后只要在康复院里进行康复性辅助治疗就可以了。所以我等一会儿会建议潘小姐，一周后出院，让她带妈妈回H市继续后面的治疗。"说到这，冲着路云鹏露出一个意味深长的笑容，"毕竟在我这里费用不低，我也不忍心总让你私底下偷偷地为她支付医疗费用啊。"

路云鹏一听，立刻做了个噤声的动作，同时飞快地向门口看了一眼。所幸周围除了几个专心做事的护士，并无其他人听见。他这才放下心来，压低声责怪罗医生："不是说了不提这个事情的嘛，你就不怕被潘小姐她们听见！"

罗医生无奈地摇摇头，也低声说道："唉，老路啊，就怕你这一番心意人家不晓得啊。"

"我又不是为了图她感谢才帮她，你就别再胡思乱想了。"一看情况了解得也差不多了，路云鹏站起身来，"走吧，一起去病房看看，潘小姐这会儿看到妈妈，肯定激动得想不起你这个救命恩人了，我来请你过去走一趟吧。"

"你呀！"罗医生伸出手指点了点路云鹏，无奈地站起身，随他一起来到了病房。

王婶正不知怎么劝慰情绪激动的潘婕，一见他们进来，就像看到救星一般迎了过来，对着他们悄声说道："路先生，你们来得正好，劝劝她吧，从进门哭到现在了。"

路云鹏放下手中的箱子，走到病床前。先对着病床上的潘妈妈笑了笑："伯母，我是潘婕的同事，我叫路云鹏。您醒过来真是太好了！"说完，转向身边的潘婕:“小潘,伯母刚醒,你这样情绪激动,对她不好。克制一下,克制一下。”

潘婕看到他们进来,已经收住了眼泪。被路云鹏这样一说,也有点不好意思,转过身用手背擦拭泪水。王婶一看,连忙把毛巾递了过来,让潘婕揩了把脸。

罗医生来到床前,看了看各种仪表的数据,都还正常。又检查了一下潘妈妈的几个基本体征,反应也都不错,便转向潘婕:“潘姑娘,令堂的情况非常好,已经完全过了危险期,再过一个星期,你就可以带她回去了。回去再做一到两个月的康复治疗,应该问题就不大了。”

“真的吗?”潘婕难以置信地睁大了双眼,她没想到这么快就能带着妈妈回家,虽然她等这一天似乎已经等了一辈子。

罗医生用力地点点头:“嗯。你们今天刚到,好好休息一下,我那边还有工作,我先回去了,有事随时叫我就好。”

“好,谢谢你了,罗医生,我都不知道怎么感谢你了……”

“潘小姐太客气了。”说完对着他们点了点头,又拍了拍路云鹏,便走出了病房。

王婶也走上来:“闺女,你先陪一下你妈妈,我去给你们弄点吃的回来。”说完,也出去了。

路云鹏看了看潘婕:“小潘,你来得急,还缺什么东西吗?我现在出去帮你买回来,你就在这里陪着伯母吧。”

潘婕想了想,贴身衣物根本没带,而自己是想一周后带着妈妈回去的,所以肯定是需要买的。但这种东西不可能叫路云鹏代劳啊,还是等明天自己去吧。于是她对着路云鹏笑了笑:“哦,暂时不用,回头我想一下,明天自己去买吧。路总监,你别在这里陪着我了,先回家休息吧。”

路云鹏也知道,女孩子用的东西自己当然不方便去买,可潘婕来得如此匆忙,洗漱用品总是需要的。“那我先出去一下,等会儿回来。”说完轻手轻脚地走出病房,到马路对面的便利店拿了几件,拎着袋子走回病房。

林俊峰在潘婕刚刚离开大厦的时候,就接到了卫兰的电话。他听到潘婕妈妈醒来的消息,也非常高兴,当又听说路云鹏陪同潘婕一起去了香港,便立刻打消了给潘婕打电话的念头。

路云鹏是何许人也，他是完全没有忘记的。这个对手非常强劲，让绝尘在设计方案几近完美的情况下，仍然遗憾失标，他怎么可能忘记？

现在，路云鹏又介入潘婕的私人生活，他和潘婕到底是什么关系？这个想法让他有些隐约的不安，但仔细想想，又说不出太多的不妥。一个公司的同事，过去帮忙也不是说不过去，况且潘婕跟自己过去到底是怎么回事，林俊峰也仍然心里没底，所以不安的情绪也就只在心头一闪，便被他很快忽略。

两三分钟前，李钰琪又送进来了另一份招标咨询，同样是和断点竞标，同样是一份印刷项目咨询，这次的甲方，是一家保险公司。

其实平时广告行业中，这种印刷项目是占比较大比例的，但通常项目难度比较小，不会由他这种级别的人来处理，在设计组和项目负责人之间就搞定了。现在这些项目跑到他的手上，完全是因为这些咨询涉及断点公司，而这一类的业务，过去一直是断点的主营方向，特别是在他们拿到地产项目之前。

事到如今，他对和潘婕的赌局心中生出了深深的惧意。这个赌局由于特殊的赌注，使得他在对于结果的期待上进退两难。他不知道自己是该努力取胜，还是该忍让求败，或者干脆退出竞争，因为，赌局的两个结果，对现在的林俊峰来说，都为时尚早。所以，他私心里莫名希望这个赌局能够结束得越晚越好，至少等到自己确定了那些重要的事情之后。

可是，只怕潘婕不会这样想。

对这个女孩子，林俊峰的心情已经完全不能用纠结二字来加以形容，这种情绪他不知道找谁倾诉，心中的烦愁更无处发泄。此时，他想喝上几杯。

二十五

林俊峰拿着招标咨询来到林至群的办公室，把文件往桌上一放，说了句出乎林至群意料的话："林部长，你那瓶拉菲还在不在？我想尝尝。"

"好啊！还在呢，咱哥俩好好喝一个！"林至群也是个很爱红酒的人，但对酒的品阶要求并不高，好酒能喝，差一点的也能对付。听林俊峰这样一说，更是来了精神。

开酒、醒酒，一连串的动作倒也有模有样。趁着醒酒的工夫，林至群举起酒杯对林俊峰说道："看看这酒杯，意大利的水晶玻璃，九道烧制，纯手工制作，怎么样？"

林俊峰今天过来，本就是醉翁之意只在酒，听他提起酒具，也不愿多说，便随口投其所好："不错，很精美！"

林至群心中不免一阵得意："这是一个朋友上个月出国专门给我带回来的，难得的珍品啊！"说完，把醒好的酒倒上了半杯，递给林俊峰。

林俊峰接过，先是抿了一口在嘴里慢慢品了一下，紧接着便仰起头，一饮而尽。

一旁的林至群正在倒酒，看到林俊峰这样喝酒，惊得闭不上嘴巴。

"老弟，你……"这哪里是喝拉菲的架势啊，照这大少爷的样子，这瓶拉菲就要白白糟蹋了。

"看着这些破项目我就心里有气，不说了，喝酒！"林俊峰心里明镜似的知道自己到底是为了什么事心烦，可他肯定不会告诉林至群。至于酒是不是拉菲，他还真不怎么在意。他想喝，林至群有，这就足够了。

林至群一听，忙不迭地把酒瓶的瓶塞盖上："小哥啊，你要是想海饮，我给你换海饮的酒。你这个喝法，把我这拉菲给糟蹋了。等着，我给你拿。"说完回到酒柜，换了两瓶普通的法国红酒，开了瓶也不醒了，直接给林俊峰倒满。

林俊峰看着满满的酒杯，笑了："这个好，今天不帮你把这两瓶消灭，我就不走了！"

"行！你说怎么喝，我就陪着你怎么喝，让你今天就喝痛快！"林至群说完便举起杯子和林俊峰碰了碰，两人各自饮尽。

林俊峰一向不喜欢林至群，更不愿跟他一起喝酒，可现在，他在公司实在找不到一个地方能不受打扰地喝酒，除了这里。

他的心思林至群当然不会知道，只道他耍性子厌倦了项目。于是，他好心地边解劝边继续斟酒，两人你一杯我一盏，两瓶酒不到一小时便全部干空。

“怎么样，够了不？不够我再拿两瓶？”林至群的脸已经红了，同时泛出了亮亮的油光。

林俊峰把最后一口酒倒进喉咙，就放下酒杯。还摆摆手对着林至群说了句：“够了，我好多了，谢谢你的酒，走了！”说完，不再多话，站起身就大摇大摆走了出去。

回到五楼，门口的李钰琪看他脸色阴沉，双眼泛红步履不稳地走过来，连忙向他跑过去，伸手便要去搀扶他。

“林部长你这是怎么了？没事吧？”

林俊峰推开她的手，连声说：“没事没事，什么事也没有，别咋咋呼呼的。”说完就进了办公室，直到李钰琪下班也没见他再出来。

李钰琪临走前不放心，轻轻推门向里面偷看了一眼，没见人。于是蹑手蹑脚地走进去，才发现林俊峰正躺在沙发上，闭着双眼大睡，嘴里发出沉重的呼吸声。

李钰琪心中一动，脱掉高跟鞋，无声地走到他的身边，跪下双膝探出身体，在林俊峰的唇上轻轻地留下了一吻。林俊峰仍然没有醒，而李钰琪心中却一阵狂喜！当她正想再次吻下去，身上的衣角拂过林俊峰的脸，林俊峰伸手在脸上扫了一把，吓得李钰琪连忙后退，又蹑手蹑脚地走出了他的办公室，轻轻带上了门。

路云鹏没有陪潘婕等到她带妈妈回H市，而是安排好香港的事情，提前两天返程。

他帮潘婕把一些需要带回来的药品、治疗用品、生活用品先行搬了回来，到了H市并没立刻回家，而是来到潘婕妈妈原来就治的康复医院，为她提前办好了住院手续，并和医生交流了相关的病情。把带回来的东西留在了医院病房，这才回到自己的住处。

第二天他便赶到公司。几个项目在并行，新项目的资金也还没搞定，潘婕也不在，这一切都需要他回来一一落实。不过，刚到公司就听到一个好消息，财务部已经通过银行申请到了一笔贷款，足够支撑目前公司项目运作的现金流。这让路云鹏非常开心。

主机厂用户手册的项目，与客户沟通得也很顺利，设计方案已经基本定稿，只等他回来审核。地产项目的印刷和户外部分的设计已经进行了一半，情况也很好。唯一有点问题的，是电视广告的拍摄。地产公司那边提出了修改3D人物造型设计的要求，同时也有形象人物的指定意向，这样的话，整个项目计划和资源协调就要进行重新调整，也需要他签字同意。

不过路云鹏听到这件事，倒觉得是个好消息。如果按照最初露娜的设计，那么潘婕就需要花大量时间参加拍摄，势必影响她的日常工作。再加上她妈妈回来之后，事情肯定非常多，怕到时潘婕的精力顾不过来。现在这种情况，是个皆大欢喜的建议，所以路云鹏二话不说就签了字。

但他还是把负责实施的项目经理喊进办公室，提醒他一定要注意计划调整带来的成本变化，如果成本增加，便需要进行合同金额变更。项目经理回去核算，路云鹏也轻舒一口气，他拿起内线电话，让助理把新收到的咨询拿过来。

很快，助理就拿着一个文件夹放到了路云鹏桌上。路云鹏打开仔细翻看了一下，看到负责项目的经理已经在交流信息上写了好几页，看来交流已经很充分了。再看一下竞争对手分析的一栏里赫然写着“绝尘广告公司”，路云鹏不禁微微一笑。

再仔细看了所有的文案，发现市场部现在的做事风格也和以前有所不同。比如这个客户交流，过去都是每个人自己做自己的，所以每个人做出来的都不一样。潘婕来到市场部以后，便对客户交流制定了一个专门的表格，涵盖了几乎所有需要了解的信息索引，因此工作效率和文件标准化都得到了很大的提高。现在这个办法，已经在公司各部门推广了。

对断点来说，潘婕绝对是个不可多得的人才。路云鹏脸上挂着笑容，在文案上批注了几行字，就叫助理进来把文案发还回去。

至于用户手册那个设计方案，路云鹏已经细细看过，整体设计还是不错的。虽然并没有什么特别的亮点，但设计中规中矩，只要商务报价那边没有太大差距，拿下案子还是有几成把握。这种平面印刷的项目，断点去年做过很多，经验应该来说也是足够的，只等下周甲方通知开标了。

林俊峰这两天心里很是不痛快。

前几天在公司餐厅市场部的聚餐中，李钰琪公开示爱，借着酒意腻在他身上怎么也不肯离开。

林俊峰顾念她是个女孩子，一直不愿和她撕破脸皮，可今天的样子实在让他没法容忍。当众人起哄，李钰琪红着脸闭上眼睛，把嘴唇送到他眼前的时候，他一阵恶寒，下意识地伸手推了她一把，站立不稳的李钰琪立刻摔倒在地，头却磕在餐桌的角上，瞬间鲜血直流。

一见此景，在场的人立刻慌了手脚，七手八脚地扶起李钰琪。而她额头上的血顺着脸颊流得满脸都是，好不骇人！此时的林俊峰也被她的样子吓住，虽然很讨厌她，可这样的结果也是自己不愿看到的。于是连忙叫上几个人，抬着李钰琪下楼上了他的车，一路飞奔把她送到了医院。

现在的林俊峰，内心对医院有一丝本能的恐惧。在他印象中，回国不到一年时间，已经去了医院N多次，这完全不像是自己，过去他身体强健，几年都不会去医院一趟。他也不知道自己最近这是怎么了，怎么就是走不出这个空气中充满来苏水味道的地方。

当然，他已经不记得，其实很多次到医院来，只是看望潘婕的妈妈。

几个陪着一起来的人，扶着李钰琪进了急救室，林俊峰便负责去挂号交费。

晚上十点多，伤口的处理全部完毕，李钰琪挂上吊瓶被送进观察室。陪同前来的几个人因为第二天还要上班，陆续也都回家了。有个人主动提出晚上陪同，可林俊峰作为直接肇事者，虽然自己十分不情愿，但如果不留下来也实在说不过去。再加上李钰琪一口咬定就要林俊峰陪，他也只好让大家都先撤，自己拖了一个椅子在病床前坐了下来。

李钰琪虽然受了伤，手上又挂着吊瓶，精神倒是并不差。林俊峰忍受不了她看着自己的眼光，劝她睡一会儿，可她哪里舍得睡去，只把眼睛死死地放在他身上。林俊峰无奈，只好自己闭目养神，看也不看她一眼。两人就这样别扭着在医院过了一夜，直到第二天医生上班，看过了李钰琪的情况，确认没有大问题，才同意让她回去休息。

林俊峰把李钰琪送回家，嘱咐她多休息几天，不要过来上班，这才拖着疲惫的身体回到家里，一头倒下去便沉沉睡去。

二十六

潘婕处理完了医院的事情，带着妈妈和王婶登上了回H市的飞机。飞机降落H市，到机场接她的是路云鹏。

潘婕妈妈此时已经可以做出不少面部表情了，看到路云鹏便微微笑了一笑。路云鹏看到潘妈妈的反应，心里也非常高兴，麻利地帮她们把东西装进后备箱，又帮着把潘妈妈抬上座位，这才关好车门，向医院开去。

车到医院，安顿好病人，潘婕就要跟着路云鹏回公司。

“你今天就别去了，刚下飞机，休息一下吧，顺便多陪陪伯母。”路云鹏连忙阻止。

“这么多天不在公司，我放心不下。妈妈这边有阿姨陪着，不碍事的。”潘婕坚持要去，路云鹏也就不再反对。潘婕跟妈妈说了一下，看见妈妈笑着眨了眨眼睛，就知道她也同意，便叮嘱了阿姨几句，随着路云鹏离开医院，回到了公司。

在路上，路云鹏已经把公司最近的情况向潘婕大体说了一遍，当提到新的项目时，特别告诉她自己已经做了妥帖的安排，叫她放心。

在这公司了，除了卫兰，恐怕路云鹏是最懂自己的那个人了。潘婕感激地看了路云鹏一眼，可是同样没有说出感谢的话来。对他来说，感谢已经都不是他需要的了吧。

到了办公室，潘婕赶紧喝了一杯咖啡。在香港，她每天晚上都住在医院里，一直休息不好。今天一大早又爬起来赶飞机，到现在人困马乏，不提提神只怕支撑不下去。看自己桌上并没有新多出来的文件，不免把卫兰叫进来询问了一番。

当然，她更关心的是最近林俊峰的情况。她到香港以后，就收到林俊峰一个电话，恭喜她妈妈苏醒过来，再以后就没有联系。如果是在他失忆前，潘婕可以肯定，他必定会第一时间飞到香港。现在，两人之间的关系发生了微妙变化，而潘婕似乎也成了对他来说并不重要的人，这让她心里多少有些失望和难过。

卫兰一听她问到林俊峰，犹豫了半天，不知道该不该把许弈飞刚刚告诉她的事情说给潘婕听。虽然她不相信林俊峰会和别人有什么感情，但许弈飞的亲眼所见肯定也不是凭空捏造的，连卫兰自己也变得对林俊峰没有太多信心了。

“什么事？别瞒着我，说！”潘婕跟卫兰认识了这么久，一看她的表情就知道这姑娘肯定有事。

“呃……”卫兰见瞒不住，只好说道，“弈飞刚才打电话告诉我，说……这几天林部长每天都和他的助手……出双入对……”

说完卫兰看了看潘婕，见她并没说话，可脸色却明显难看起来，赶紧解释道：“她电话里也没说清楚，说不定有什么事情，潘部长……”

“没事，”没等卫兰说完，潘婕便打断了她的话。对林俊峰来说，可能自己跟他的助手此刻在心里的重量也是一样的，一个忘记了过去的人，怎么能指望他还能记得过去的情分呢？再说，他想和谁在一起，自己有什么权利约束他呢？所以尽管心里不舒服，她还是不能多说什么，“放心吧，我没事。”

看到卫兰仍然担心地看着自己，潘婕站起身来走到她身边：“走吧，我去路总监那里了解一下工作情况。”说完，和卫兰一起走出办公室。看着她的背影，卫兰叹了口气。

潘婕毫无迟疑，快步来到路云鹏办公室，跟他很快地交流了一下最近的情况，把他手上正帮自己处理的文件拿了回来。做完这些，她才停了下来，给林俊峰打了个电话。

“俊峰，我是潘婕。”

林俊峰最近正被李钰琪纠缠得无比心烦。本叫她休息几天，可李钰琪只休息了一天，便头上贴着纱布来了公司，并且以尚未康复为借口，每天要求林俊峰送她上下班。林俊峰心中有万般不愿，但她的伤毕竟是自己造成的，如果做得太过绝情，只怕让部门的人看着也会说闲话。于是，只好强忍厌烦，每天早晚接送这个多事的女孩子。

也正因为如此，他没太多的心情给远在香港的潘婕打电话。现在接到她的来电，心中还是一喜：“潘婕，你是不是从香港回来了？”

“嗯，今天刚到就给你打个电话。”潘婕语气很沉静，心中的不快和疑惑都被她很好地掩饰了起来。

“你妈妈情况怎么样？”

"挺好的,香港治疗的效果特别理想。回来以后,现在已经在四医院住下了,继续做康复。"

林俊峰听到这个消息,也很高兴。毕竟在香港受伤时,和潘婕妈妈在同一个病房待了不短时间,潘婕当时担心的样子,自己现在还记忆犹新。

"那太好了！真为你高兴。那你妈妈现在可以认出人来了吧?"

"是的,现在只是语言能力还没有恢复,肢体反应、表情都已经有了,我看到她对我笑,开心死了!"说起妈妈的笑容,潘婕不由自主地笑了。

林俊峰听出了电话中潘婕的心情,隔着电话也笑了。

"你现在放心了吧,再也不用那么担心了。哦,对了,还有什么事需要我帮忙吗?"

潘婕很干脆地回答:"有!"

林俊峰有些意外,他眼中的潘婕,从来不是这样会提要求的人。虽然她咄咄逼人地打上门来要跟他赌婚,但一直以来他还是感到潘婕是个非常自立的人。"好啊,你说,我一定帮忙。"

潘婕握着电话,斩钉截铁地说道:"我想带你去见见我妈妈!"

林俊峰挠了挠头皮,莫名失笑。最近这是怎么了,接连有人要带自己去见妈妈。前两天下班送李钰琪回家,到了楼下,她一定要林俊峰跟她回家,说自己妈妈要见见他,感谢他对自己的照顾。林俊峰最后推脱半天,好不容易才抽身逃走。这才刚过一天,就又有人要带自己见妈妈了。

不过在林俊峰心里,这两个人是不可相提并论的。对李钰琪,他除了厌烦,还是厌烦。可对于潘婕,他的心情就复杂多了。姑且不论潘婕身份不明吧,就只说那天在餐厅中的一吻,林俊峰便无法把她视为普通路人。亲吻个姑娘对他来说并不是什么大不了的事,在他的记忆里也不是一次两次了,可潘婕似乎和旁人都不同,林俊峰从来没有想过,一个亲吻竟能让他感觉到灵魂的激荡,这在过去是从未有过的事。虽然事后潘婕并未责怪他,两个人也再没有谈起过这件事,但当时唇齿之间传来的感觉,至今还让林俊峰难忘。

更何况,林俊峰作为病友,和她妈妈也有几面之缘,现在潘婕妈妈苏醒,自己过去看望一下,也是情理之中。想到这,他肯定地回答道:"好的,什么时间?"

潘婕听到他半天没说话，真的很怕他拒绝自己的邀请。听到林俊峰答应下来，不禁长长地舒了一口气："明天周末，如果你不加班的话，就明天上午吧。"

"好啊，那我一定去。"林俊峰听她这样一说，觉得这个建议不错，反正周末也没什么其他安排。

"早上九点，你过来接我一下，可以吗？"

"好，就这么说定了。"

潘婕微微一笑，想想当初林俊峰约自己，十次倒有九次要碰钉子。看来那句老话真是不假，男追女隔座山，女追男隔层纸。他林俊峰已经翻山越岭来到了自己身边，最后这层窗户纸，自己就来捅破吧。刚要挂断电话，只听林俊峰电话里又喊住她。

"潘婕！我刚收到通知，主机厂用户手册那个项目下周三开标，你会不会参加？"

"啊？我怎么不知道？"

林俊峰一边夹着电话，一边看着邮箱里那封邮件："刚刚收到邮件，时间已经定了，你问问看吧。"

"好，我这就去问，到时候我一定去！"

"那我们都加油！"林俊峰说完，便挂上了电话。

设计文案其实还没出来，但周末加班已经安排好了，周一上午一定可以拿出来。再给市场部两天时间核算商务报价，周三参加开标肯定没问题。

和潘婕的赌局，已经显得越来越奇怪，两个关系如此微妙的人，竟然用打赌的方式在为各自公司获取利益，赌注竟然是两个人的婚姻，这让林俊峰越来越难在这件事上找到立场。因为在他看来，这个结果根本不需要通过这样的方式来实现。如果相爱，在一起是自然而然的事情；如果不爱，能靠这样的赌局走到一起吗？

在潘婕来过绝尘之后，他曾经认真想过，即便她赢了，自己也不会娶她，因为他不会让自己接受一个没有感觉的婚姻，这对两个人都不公平。自己如果不愿娶，她总没办法强嫁吧，所以林俊峰并不太担心潘婕获胜。反而是自己获胜的话，结果让他有些顾虑，潘婕消失……这个结果，自己不知道该怎么应对。万一潘婕就是那个人，她消失了，自己再去哪里找她回来呢?

所以，在他心里竟然有些隐隐希望潘婕获胜，这让他在项目争夺中多了一分很难说清的隐忧。

随着一阵轻轻的敲门声，李钰琪又走了进来。

“林部长，下班了，我们走吧。”

这几天李钰琪每到下班时间就来敲门，也不管他手上的工作有没有做完。如果他耽搁，她就坐在他的办公室里等着他，这就逼得林俊峰只能一到点就尽快走。

可今天，林俊峰实在不想再送，几天的忍耐让他已经濒临崩溃，和潘婕的这通电话之后，更让他有了一种难以控制的想要摆脱的冲动。

“李钰琪，今天我有事，不能送你了，你自己回去吧。打个车回去，车费我给你报销。”林俊峰语气很平静，他早已做好了李钰琪会死缠烂打的心理准备，如果她实在过分，林俊峰就打算提前终止她的实习。反正地产项目绝尘也没拿到，她给自己做助手也做了这么久，鲁平阳的面子应该是已经买过了。

李钰琪没有料到林俊峰会这样说，愣了一下之后，很快就反应了过来:“可是，人家今天头疼得厉害些，走路多了头晕。”

林俊峰想了想:“那这样，我扶你下楼，帮你叫好车，送你到车上。”说完，也不管李钰琪乐意不乐意，伸手从椅子上把她架起来，连扶带搡地就拉着她出了门。来到楼下，看到公司不少人正在路边叫车。

一辆车过来，大家抢着上车。林俊峰也不管车里是谁，拉开后门就把李钰琪塞了进去，随后对着车里的人说了句:“不好意思，帮忙弯一脚把她送回家，车钱算我的。”说完，从钱包里抽出两张百元大钞，放到了仪表板上面。

林俊峰砰地关上车门，看也不再看一眼，转身就走。

李钰琪眼里噙着泪，恨恨地注视着林俊峰远去的身影，只恨不得把牙咬得粉碎。

当潘婕走出单元防盗门时，发现林俊峰的车子已经停在了楼下。

“你……今天看上去有点不一样。”首先打破沉默的是林俊峰，一边说着，还很快地向潘婕这边瞄了一眼。

潘婕看着他笑笑:“有什么不同吗?”

“看上去……很有活力,更符合你的年龄。”

潘婕大笑起来:“你的意思是我平时老气横秋?”

“不不不,不是那个意思。”林俊峰开着车,不敢过于大意,可嘴上赶紧解释说,“你平时的打扮比较职业,今天比较随意。”

车子很快来到医院,林俊峰泊好了车,便随着潘婕一起走进医院。潘婕想起上次陪林俊峰看腿的事,心里很是感触,不知不觉地快步走到林俊峰身边,悄悄把手挽住他的手臂。

林俊峰感觉到了潘婕的动作,微微一顿,但他并没有阻止,也没改变自己的姿势。从外人的眼中看去,这两个漂亮的人儿便如一对情侣一般,别无二致。

潘婕很满意林俊峰的反应,两个人很默契地保持着,一直走到潘婕妈妈的病房门口,潘婕才轻轻松开了林俊峰。

病房里的百合依旧盛开,在小小的空间香气弥散。王婶正在病床前帮潘婕妈妈读着报纸,看到潘婕二人进来,稍稍有些吃惊。她知道今天周末,潘婕一定会来看望妈妈,可没想到她竟然带着这个同学一起来了。

“闺女,你来了呀!来,这边坐。”一边说着,一边把自己的椅子让了出来,同时又到旁边,把远处另一把椅子拿过来递给林俊峰。

林俊峰接过来,轻轻地放在地上。眼光重新回到病床上潘婕妈妈的脸上。

潘婕妈妈的脸色比起在香港的时候已经好了太多。也许是因为已经可以进食的原因,原本就白皙的皮肤上慢慢地竟透出了一点隐隐的粉色,比之以前的灰白色显得健康很多。加上每天清醒的时间越来越长,眼睛也越来越明亮,整个人看上去已经不像长时间昏迷刚刚苏醒的病人。

林俊峰虽然曾经多次到医院看望过她,可是在苏醒的状态下看到潘婕妈妈,这还是第一次。一见之下,就发现原来潘婕长得和她妈妈非常相似,从五官到气质,都活脱一个妈妈的翻版。明显的差别就只有年龄了,如果说潘婕可以算是年轻人中的绝色美人的话,那她妈妈便是中年人里面少见的清雅脱俗。

“妈,我来看你了!”潘婕拉住妈妈的手,娇声说道。林俊峰不禁微微一怔,他认识的潘婕，从来不会用这种语调和人说话。看来天下所有的女孩子见了妈妈，都会像小时候一样撒娇，而撒娇的潘婕，让他觉得既陌生又新奇。

感觉到妈妈手上传来的握力，潘婕笑了。这比前两天的力量好像又大了一些，妈妈每天都在进步。想到这，半转过身看着身后的林俊峰，伸出另一只手把他拉得更靠近病床前，然后看向妈妈，一字一句地说道："妈妈，这是我男朋友，林俊峰！"

除了潘婕自己，在场的三个人都愣住了，连潘婕妈妈都露出了疑惑的表情。

王婶听到潘婕的介绍，虽说惊讶但却是非常高兴，这个姑娘终于想通了，不再排斥这个实在不错的男孩子，真好！所以惊讶过后便是喜笑颜开。虽说自己见这个小伙子次数也不多，可是看人看小处，他表现出来对潘婕的关心和爱护，让她这个外人看了都深受感动。潘婕如果和他在一起，一定会幸福的！

林俊峰万万没有想到，潘婕会这样介绍自己。他飞快地抬起头，死死地看着潘婕，而此刻的潘婕也把目光转到了他的脸上。四目相对，林俊峰感到一阵晕眩和迷茫。在潘婕的眼中，一片坦荡，仿佛她刚才说出的话是早已铁定的事实一般，她的眼中没有内疚、没有做作、没有刁蛮、没有得意，除了沉稳的淡定和热切，什么都没有。而那种热切，林俊峰并不陌生，它流露出来的情感，叫爱恋。

两个人都没有说一句话，但是却在对视中完成了一次对话。

静默的病房中，没有唇枪舌剑，可在两个人的心里却一派刀光剑影。当他们正在兀自厮杀的时候，只听病床上传来了一声轻轻的话语，温软的吴侬软语，带着淡淡的试探，传到两个人的耳朵里。

"你好。"

潘婕猛地转过身看着病床上的妈妈："妈！你说话了！"

一旁的王婶也听到了这句轻声细语，激动得赶紧围拢到床边："大姐，你能说话了！"

病床上的潘妈妈，表情有一点疑惑，不过很快变为笑容。只见她努力地调整了一下各种发声器官，用接近刚才发出声音的状态说："小婕……"

听到她的声音，看到她的口形，潘婕就像被什么力量瞬间击中，双膝一软就跪倒在病床前，眼泪也潸然而下。

“妈妈！你终于说话了……妈……我太想你了！”

“不哭……没事……妈妈高兴……”潘妈妈在开口之后，似乎对发声的方法很快就熟练了起来，发出的声音也越来越多。

罗医生曾经告诉过潘婕，一旦她妈妈开口，那么语言能力的恢复就几乎可以说是完成了。

潘婕听到妈妈这一大句话，一边流着眼泪，一边开心地笑，一旁的林俊峰本来还对她擅自强迫自己接受新身份心怀不满，但看到她这梨花带雨的样子，心中也是不忍，便把反抗的念头收了起来，默然肃立在她的身边。

王婶连忙走上前来：“这可太好了，女儿给大姐你把女婿带上门来了，你也能开口说话了，今天可真是个大好的日子啊！”说到激动处，一双手连连在大腿上拍打。

潘婕用手背擦了擦眼泪，看到妈妈的眼光又转向林俊峰，便把他推到前面：“妈，他是林俊峰。”

林俊峰心里一阵愤恨，可脸上还是挂着笑容。面对着潘妈妈这样的病人，他不想在她面前给她女儿难看。

“阿姨，您好，我还和您一起在一个病房里住过。”林俊峰不想接着潘婕那个男朋友的话题继续说下去，便找到了这个病友的由头。说完，指了指自己的脑袋，“我那时碰破了头。”

潘妈妈看到他的神情，忍不住笑了：“那现在怎么样了？”

“好了！已经拆线了，什么毛病也没有了！”

听到他这样说，潘婕恨恨地瞪了他一眼。什么毛病也没有了？把我全部都忘了，还敢说什么毛病也没有了？当着妈妈的面，潘婕忍了忍，不方便和他计较。等出了医院，看我怎么和你算账。

“那就好，你也要多注意休息。”潘妈妈说话越来越清楚，连刚开始的迟疑和断续都慢慢没有了，语速也跟以前相差无几。

以前在家里，并没有听潘婕说起过这个男孩子，潘妈妈对天上掉下的这个准女婿，多少有些不知底细。不过这孩子模样长得真不错，说话也很中听，看上去跟小婕有说不出的般配感。于是潘妈妈心里不知不觉就给了林俊峰一个高分。

"小婕,你没和妈妈说过,他是……?"

潘婕连忙说道:"妈,他是我Z大的同学,后来去了英国留学,跟我差不多时间回国的。我们原来在同一家公司里做事,还是同事。只不过现在我离开了,他还在那里。"

"哦。"潘婕妈妈一边点头,一边继续打量着林俊峰。小婕从小到大没有听说和哪个男孩子关系好过,现在第一次带男孩子来看他,便是以男朋友身份带回来的,想必错不了。自己女儿的眼光一向很好,在这一点上潘妈妈向来不担心她。

整个病房里,最难受的恐怕就是林俊峰。他完全觉得,自己就像是一个不明就里的什么物件,被人强行拉到了市场上,便挂上个标签要被出售。潘婕何时变得如此霸道? 今天的这一切,根本就是个强盗逻辑的产物嘛,更可笑的是,自己一个堂堂的七尺男儿,就这样被潘婕这个小女人给摆了一道,还无力反抗!

他站在潘婕身边,越想越气,一句话在肚子里转了半天没忍住,脱口而出。

"我俩现在是竞争对手,正打赌呢!"

潘婕一听,立刻伸出手来,在他的胳膊上狠狠掐了一下。可一句话让潘妈妈有了兴趣:"哦? 打什么赌?"

"没什么,妈你别听他乱说,我俩闹着玩呢。"潘婕一边打着马虎眼,一边用鞋子在床底下踢着林俊峰。

"我俩拿婚姻打赌呢,结婚不结婚,要看谁能赢。"林俊峰根本无视潘婕的暗示,当然也无视潘婕听见这话之后,直射过来的满是小刀子的杀人目光。

潘妈妈稍稍一怔,这两个孩子在搞什么名堂?

还没等她开口询问,潘婕便拽住林俊峰:"妈,我俩先走了,还有别的事情,我明天再过来看您。"接着又对王婶使了个眼色:"阿姨,我妈这里拜托您了。"

说完,便拉着林俊峰,匆匆出了病房大门。

被潘婕死死拉住的林俊峰,带着一脸的促狭,并不反抗,任由她拖着自己来到医院停车场,走到自己车子的旁边。

"该死的林俊峰,你给我捣什么乱?"潘婕看远远离开了医院大门,这才狠狠地在林俊峰的胸口擂了一拳。

林俊峰也不躲闪,捂住胸口做出吃痛的样子:"哎哟,哎哟! 还说什么我是你男朋友，今后不就要做你老公的吗？你这是要谋杀亲夫啊？”

虽然在感情上两人现在的位置发生了互换，可林俊峰随口的这一句话，竟似回到了不久之前他追求潘婕时的样子。

潘婕今天本来就抱着调皮的心态带林俊峰来见妈妈，看他吃瘪，心里暗笑。被他在病房里一顿乱说，又恨他多嘴多舌。打了他这一拳，本来就只有一点的薄怒也早已散尽，而林俊峰这句恍若隔世的调笑，却让她心中一暖。

如果放在几个月前，只怕这句话又要引发自己强烈的报复。可是现在，潘婕听到后不仅没怒，反而有些感动。如果他能想起过去的一切，他们两个人会是怎样的一幅恩爱情景啊？

“你再说一遍。”潘婕喃喃地说道。

“什么？”林俊峰本以为潘婕会恼羞成怒，没想到她却一脸绯红，神情之间竟是不胜娇羞。他低下身子仔细端详了一下潘婕，还伸手在她的额头上摸了一下。“不发烧啊！”

“去！”潘婕打落他的手，“你就是来给我捣乱的！”

林俊峰一脸委屈：“我说潘婕，你真是好意思啊。你把我拉到这里来，见了你妈妈也就算了，结果都不商量就告诉你妈妈我是你男朋友。”他见潘婕根本没有想跟他理论下去的意思，便伸手拉住了他，“喂，你这个人真没良心。我不好意思在你妈妈面前戳破你，就说了两句真话你就说我捣乱。到底谁跟谁捣乱，你给我说说。”

潘婕脑子一转，抬头看着林俊峰，手心向上伸出食指，冲着他勾了勾，示意有话要和他说。林俊峰见状，俯下高大的身体，耳朵凑近潘婕的嘴巴。只见潘婕飞快地在林俊峰的面颊上亲了一下，然后立刻转身，就像什么事情都没发生过一样，若无其事地跑到了副驾驶的门边，还把手指了指车门，叫林俊峰赶紧开门。

林俊峰根本没有料到潘婕还有这一手，直到她跑开才反应过来。虽然潘婕的举动跟李钰琪对他的纠缠，实质上都是一样的，可他对潘婕却生不起气来，这一点和李钰琪得到的待遇有天壤之别。

他喜欢潘婕，这种喜欢是发自内心一个自己也说不清的角落。每次单独和她在一起，他总是会感觉到一种真正的放松和愉悦，有时甚至有一点幸福。这不仅让他有一种莫名的疑惑，更让他有一种说不清来路的负疚感。

二十七

时间过得飞快，眼看着就到了周三。开标定在下午两点，潘婕上午和项目经理再次把所有的招标文件核实了一遍，又找路云鹏谈了不少细节。吃完午饭就带着项目经理来到了招标主机厂指定的地点。

开标会的地点设在了主机厂采购部的一间大会议室里，潘婕他们到达的时候，已经有接待人员在里面了，不过参加竞标的其他公司的人还没到。

项目经理很快就找到了负责这个项目的采购人员，两人在一旁说说笑笑地谈些闲话。潘婕一见没有认识的人，就找到一张椅子坐了下来，四下打量会场的布置。正在这时，林俊峰带着两个人也走了进来。

看见潘婕，林俊峰毫不避嫌地向她走过来，在她身边的椅子上坐下："你这么早就来了啊。"

"没，我也刚到。还有一家创世纪公司，到现在还没看到人来。"

林俊峰看了看她："你认识这家公司？"

潘婕摇了摇头："不认识，不过他们实力应该不容小觑，他们从你们公司手里赢过项目。"

"哦？"林俊峰惊讶地看着潘婕，"什么时候的事？"

"你还没回来，在我手上赢的。"潘婕看着林俊峰，不知道该不该现在对他说出自己的怀疑。

正在这时，门口一阵人声喧闹，四五个人来到了会议室的门口。潘婕从没和创世纪的人打过交道，看到进门的几个人，不禁倒吸一口凉气。

新来的几个人，与其说是商务人员，倒不如说更像黑社会的打手。几个人一律黑色的打扮，走在最前面的穿黑色的大衣，本是正常的穿着，但大冬天戴着深黑色的墨镜，无疑就是在向所有的人暗示自己的身份。跟在后面的几个倒是没戴墨镜，但都是穿黑色的棉袄或是皮夹克，大多戴着黑色的皮手套。其中一个脸上还有一条不甚明显的刀疤，使得整个人看起来一脸杀气。一行人中，只有一个戴着近视眼镜的小个子男人，看上去还像个正经人。

林俊峰也被门口的热闹吸引，转身一看，眉头也紧紧地皱了起来。

潘婕心里就更是打鼓。之前自己和路云鹏分析过创世纪公司的背景，怀疑鲁平阳和他们有关系，现在看到这家公司这个样子，心中咯噔一下。

两人都没再说话，看着这几个人走进会议室，在指定的座位上坐下。

人都到齐了，招标也就正式开始。

和地产项目开标一样，首先还是各个公司介绍自己的设计方案。林俊峰带来了绝尘平面设计组的一个设计员，由他对设计进行了展示和说明。潘婕他们则是在公司内部就对设计方案进行了交流沟通，所以直接由负责项目的市场部人员上去做了介绍。到了创世纪公司的时候，果然不出所料，上去介绍的就是那个戴近视眼镜的小个子男人。

出乎潘婕和林俊峰的预料，设计方案上绝尘和断点的水平基本差不多；但创世纪的设计却有些标新立异。他们两家用的都是直接表现的方法，而创世纪却是意向表现。潘婕心中有种不好的感觉，这个公司看来确实有高人，绝不像表面看上去这样肤浅。当她看向林俊峰，发现他原本紧锁的眉头，皱得更紧了。

按照惯例，方案评标之后便是商务开标。三家公司都呈上了商务报价的密封文件夹，由招标方当场打开并予以宣读。

“断点公司，273万。”

“绝尘公司，256万。”

“创世纪公司，195万。”

与此同时，招标方也宣布了方案评标的结果，虽说创世纪的设计明显异于其他两家，但三家的设计得分并没有太大的差别，不会对最后的商务结果构成影响。

这样一来，创世纪便以无可争议的价格优势，赢得了这个项目。

当结果宣布之后，那个黑色团队的人就如他们匆匆而来一样，也匆匆离去，甚至没有任何庆祝的动作，似乎多一分钟也不愿在这个会议室里多加逗留，更似乎早对这个项目的归属胸有成竹。

潘婕和林俊峰无奈地相视一笑，看来这场赌局他们都败了，就好比那句古话，鹬蚌相争，渔翁得利。可他们做不到像创世纪这般嚣张无礼，就算没拿到项目，也要和甲方交流一下感情嘛。于是两人又在会议室中闲聊了一会儿，这才并肩走出会议室。

"感觉如何?"一走出会议室，林俊峰就向潘婕发问了。他自己心中是有诸多疑问的，很想听听潘婕是怎么想的。

潘婕眉头蹙了一下："今天他们报出的价格不正常。绝尘有自己的印刷部，所以你们报的价更接近成本价。断点需要做外委，所以我们的价格也在情理之中。但创世纪的价格就没道理了，就算他们有自己的印刷部门，这个价格也根本不可能把项目做下来。刨去公司应有的设计利润，他们这个项目基本等于要赔钱。这不符合逻辑啊。"

林俊峰点点头，这一点他也想过。和潘婕的第一个赌局已经输了，他很想把这个项目拿下来，哪怕达不到常规的利润水平。所以绝尘的报价出来之前，他曾经和拍摄印刷部的人仔仔细细核算过，印刷这个部分的利润已经打得非常薄。要是比这个价格还低，那么承包商必定是亏本赚吆喝，可创世纪这样的公司，有必要这样做吗?

"我也觉得今天这事蹊跷。"说到这，他想起刚才潘婕说了一半的话，便问道，"对了，刚才你说他们赢过绝尘，是哪个项目? 我想回去查查。"

潘婕看了看周围，四下无人，便压低声音附在林俊峰耳边轻轻说道："是湖畔山庄的案子，我和路总监分析过，结合我当时调查的信息，我怀疑……"

"潘部长，请留步!"潘婕话没出口，身后便有人高声呼喊。潘婕转身一看，原来是招标方的采购员。

两人停下脚步，潘婕连忙问道："你好，有什么事吗?"

"哦，是这样。你们公司的代表忘记在招标文件上签字了，能不能麻烦你上去补签一下?"

"哦，好吧。"说完看了看林俊峰，"你先回去忙吧，我回头再给你电话。"

林俊峰点了点头，径自开车离去。他心里惦记着湖畔山庄的案子，想要尽快赶回去看个究竟。

二十八

“你说什么？周林说鲁平阳背景复杂？”潘婕看着面前的卫兰，从座位上猛地站了起来。

“嗯，周林是这么说的，还叫我告诉你，和他打交道要小心。”

潘婕眉头紧紧地锁了起来，难道真的像自己先前猜测的那样？可是他这样做到底是为什么？只是因为创世纪公司吗？

想到这，潘婕抬头看向卫兰：“他没有再说别的？”

“没了。我问他既然知道鲁平阳背景复杂，为什么还要跟着他。他好像有什么难言之隐似的，怎么也不肯告诉我。”卫兰是个做事很有分寸的女孩子，什么话当说、什么话不当说，她十分清楚。也正因为这样，潘婕始终对她非常赏识，信任有加。

“这事看上去还真的是挺蹊跷。”潘婕喃喃地说着，仿佛在自言自语，沉思的眼神看上去有些涣散。

卫兰见她不再说话，便打算告辞：“潘部长，你要是没有别的事，我就先回去做事了。”

“哦，好，你先去忙。”

正当卫兰拉开门准备走出去的时候，潘婕突然叫住了她：“等等！”

卫兰回过头，看潘婕伸出手来向她招呼着，就再次走到她桌前。只听潘婕压低了声音问道：“我说卫兰啊，你是不是该跟我解释一下你和周林怎么碰到一起的？”

潘婕的话里充满了试探和戏谑，背后隐藏着两个斗大的字“八卦”，卫兰不禁红了脸。潘婕不仅是她的上司，更是她的朋友，照理说这种事不应该瞒着她。可是自己和周林昨天才是第一次约会，还不能说有什么实质性进展，现在就告诉她是不是太高调了?

“没有……他只是弄到两张滑冰的票,知道我喜欢,就喊我去了一次……真的不是你想的那样啊!”

这种事,捕风捉影从来都不会是无中生有,卫兰越解释,潘婕就越认定她和周林之间一定发生了什么微妙的变化。周林追卫兰,是在绝尘就公开的秘密,不是什么新鲜事,但卫兰倒是从来没有表示过接受,也没有和他有过单独的接触。现在两个人一起去滑冰,这可太不寻常了。

“好吧,既然你不承认,那晚上咱们就叫上弈飞一起讨论讨论这件事吧。如果你能证明自己的清白,我们就相信你。就这么说定了,我这就给弈飞打电话。”潘婕也不急于让她承认,不过许弈飞在的话,以她挖掘八卦的本事和天分,一定能把卫兰搞定。而她们也有段时间没见面了,正好可以借此机会聚一下。

“潘部长,别……吃饭可以,这事……”卫兰急了,许弈飞那个搅屎棍子如果来了,就算没啥也得被她编排点什么出来的,更何况自己还确实有那么点心思了。

潘婕根本不理会她的阻拦,板住一张面孔,拿出了上司的架势:“好了,就这么定了。我这里没事了,你出去吧。”说完侧过身面向电脑,不再理她。

卫兰无奈,看来今晚这一关是非过不可了。叹了口气摇摇头,转身出门。潘婕看她走了,拿起电话便拨许弈飞的号码。

一天很快过去,下了班照例是许弈飞到断点公司下面等她们。天气冷,几个人一商量,就打算去“好再来”吃火锅。许弈飞专门好这一口,听说去那里,简直忍不住地口水直流,恨不得插上翅膀立刻飞到。潘婕和卫兰笑她嘴馋,可她根本不在意,这嘴馋的名声早就享誉绝尘上下、公司内外了,还会怕她们说?在这一点上,她许弈飞对一切流言蜚语全部都是免疫模式。

许弈飞还是负责点菜,这已经是约定俗成的规矩了。她到这里点菜不用菜单,所以很快就弄好了。潘婕一看,可以进入正题了,于是清了清嗓子开始了“严肃”的话题。

“弈飞啊,今天咱们这顿饭有个主题,知道是什么吗?”潘婕说得一本正经,弄得许弈飞也严肃了起来。

“啊？还有主题啊？潘部长你知道我最怕说那些！”许弈飞这话说得倒是不假，但凡是说正经事，她就会头痛。只有八卦才能激起她的好奇心和求知欲。

“今天这主题你肯定喜欢！卫兰恋爱了！”

许弈飞的嘴巴立刻张得能吞下一个鸡蛋，而一旁的卫兰瞬间红了脸嗔道：“潘部长你胡说什么，没有的事啊，根本没到那一步！”

“什么情况？什么情况？卫兰，你太不够意思了，这么大的事竟然瞒着我！”许弈飞的嗓门立即上调了好几度。自己和卫兰几乎每天都能见面，恋爱这么大的事她竟然瞒着自己？

卫兰急得赶紧去捂许弈飞的嘴巴：“我的姑奶奶，你低调一点会死啊！别再喊了，我交代还不行吗？”

许弈飞一听她要招供，立刻闭上了嘴巴，笑眯眯地在卫兰对面坐下，竖起了耳朵准备过个足足的瘾头。好久没八卦了，卫兰和潘婕不在了，她平时连挖八卦的兴致都降低了一半。

“呃……是这样……周林其实一直想约我……我一直没答应……这次他弄了两张溜冰票……我很早以前就想能在真冰上滑行嘛，所以就去了……一切都挺正常的，不是你们想的那样！”卫兰红着脸，结结巴巴地把情况说完，可许弈飞却没那么容易就放过她。

“溜冰？没那么简单吧？拉手没？抱抱没？赶紧的，速速招来！”许弈飞咄咄逼人地追问，卫兰急得伸出巴掌就要打她。

“就你话多，看我不把你嘴巴缝上！”

许弈飞也不是个软柿子，更何况自以为这会儿抓着卫兰小辫子呢，看她的手挥过来，一伸手就抓住她。转头看向潘婕：“潘部长，你看她，问题不交代清楚还要打人！”

潘婕仿佛早就料到她俩会有这样的场面，笑着把两个人分开：“好了好了，你们的淑女风度都哪儿去了？动不动就大打出手，多不像样。都坐好！”说完，看向卫兰说道：“你也别急，我有正经话问你。”

卫兰听她这样一说，只好放开许弈飞，老老实实地坐下，等着潘婕的后话。

“事情呢，也许确实像你说的这样，只是两个人去滑了一次冰。不过我想问的不是这个，卫兰，你现在心里到底是怎么想的？对周林的感觉如何？”

其实要只是见了一次面，倒也不至于让她们这么小题大做。可是周林第一次约会就和卫兰说了那么私密的话，证明在他心里已经把她放到了很重要的地方。潘婕也想知道，到底卫兰心里是不是对周林也有好感，如果真的是，有些事还真是要从长计议了。

卫兰再次红了脸，可潘婕说得认真，她也不能再闪烁其词。

“我以前对他一点感觉也没有，缠得紧了还挺烦他的。可是昨天……他好像换了一个人似的，我感觉自己就像从来没了解过他一样。”说到这，生怕潘婕和卫兰想多了，抬头看看两人，见她们并没露出特别的表情，这才嘘口气，继续说道，“他溜冰溜得是真好，就像专业的一样。”

“哈，卫兰，你就这样被周林那个傻子给征服了呀？”许弈飞听她夸周林，可就坐不住了。她对周林没什么好感，包括他那个老大，感觉都有那么点阴森森的。卫兰是自己最好的朋友，这样就让周林给抢去，哪有那么好的事情呢？

“弈飞别闹！”潘婕伸手拍了许弈飞一下，制止了她，“让卫兰把话说完。”

许弈飞看潘婕发话了，不敢再闹，但心里还是多少有些不平，于是气哼哼地坐了下来。

“你是不是就准备和他交往下去了？”

卫兰看了看她，轻轻应了一声：“嗯。”

许弈飞不肯放下自己的成见：“跟什么人像什么人，他是鲁平阳的助理，你都不怕他黑你啊？”

卫兰想了想，很认真地说道：“我以前也是这样想，可昨天接触下来，我反而觉得他跟鲁平阳不是一条心，不然他不会和我说让我们小心鲁平阳那样的话。”

潘婕接过话头：“对这一点，也出乎我的意料，周林的立场显得有些奇怪。”

“嗯，我也这样觉得。但不管怎么说，我觉得他对我是坦诚的，所以……我想继续给他这个机会。”卫兰说着，似乎也更坚定了自己的想法，说起话来连之前的迟疑都没有了。

“嗯，好的，我相信你的判断。”潘婕笑着拍了拍卫兰的肩膀，“既然决定了，就好好相处，幸福都是靠自己争取的。”

许弈飞见潘婕说了话，虽然心里仍有顾虑，但也没再说话。正好电磁炉上的火锅也沸腾了，许弈飞抄起筷子，一腔的不自在全部发泄到了锅里的食物里。

二十九

林俊峰这几天都在忙着广告印刷项目的策划组织，明天便是开标的时间，可关于商务报价的部分，拍摄印刷部那边迟迟拿不出准确的预算来，这让林俊峰心里很是着急。

挂在墙上的看板，十个项目中已经有两个旁落他人，再这样下去，别说跟潘婕的赌局了，就是公司这边也怎么都说不过去了。所以，林俊峰打定主意，这次必须赢得标书。

方案设计是他直接指定了罗晓波来做，这个设计一组新提拔的组长，脑子里的灵感还是很让他欣赏的。上次创世纪的那个用户手册的设计，明显就比绝尘拿出去的设计更有感觉，甚至也超过了潘婕他们的方案。这次的设计，绝尘必须拿出点真东西来了。

而实际上，从他拿到手的这个设计图纸来看，罗晓波果然是个设计天才，没有辜负他的厚望。只要商务上再下点功夫，项目一定能拿到。可拍摄印刷部那边的消息迟迟不过来，林俊峰再也等不及了。

回到座位上按下1，李钰琪应声进来。

“你赶紧把广告印刷的项目经理给我叫进来。”林俊峰说这话的时候，看都没看李钰琪一眼，说完便专心地把注意力又回到了手上的文案之上。

李钰琪撇了撇嘴，自从上次林俊峰在员工餐厅请她吃了那顿饭之后，就一直没怎么搭理她，连交代事情也都像今天这样，根本就不看她一眼。如此的冷淡和别扭，让这个心中一直很高傲的女孩子非常不痛快。在Z大，她虽不是校花，可周围也从来没有少过围着她打转的毛头小子，而且还从来没有人给她摆过如此难看的脸色。李钰琪很憋屈，可是又毫无办法，摆明了林俊峰就不吃她那一套，只好自己跟自己生闷气，天天摆着张苦瓜脸来上班。

尽管是这样，她还是舍不得走。就算林俊峰不理他，但每天都能看到他，还是让人心中愉悦的。忍忍，再忍忍，也许过几天就好了。

李钰琪看林俊峰没有别的话说，自己也没开口，甚至连应声都没应声，掉转身直接出了门。林俊峰难得没听到她的动静，禁不住抬起头看了一眼空空的办公室，唉，这学校是怎么安排的，实习期怎么这么长啊?

不一会儿，项目经理敲门走了进来。林俊峰示意他在椅子上坐下，清了清喉咙对他说道:“广告印刷项目明天开标，印刷部那边的预算一直不送过来，我们不等了，直接按照平常的那种印刷成本预算，计算一下这个项目的成本，然后……”林俊峰咬了咬牙，不狠一点估计这个项目又要跑，“下调10%，按这个计入项目成本，中午之前就拿出商务报价。没问题吧?”

项目经理愣了一下。最近的几个其他的印刷项目，印刷部那边的成本不降反升，几个项目经理还谈过这事，不知道是什么原因。有人打电话过去问，那边回答一些印刷原材料涨价了，所以成本也增加了。因为每个项目增加的也不多，看上去并不太显眼，所以市场部也就并没有深究。现在林俊峰一开口就要下调10%，印刷部那边能干吗?

可现在是市场部副部长、总裁公子做的决定，他也不能不执行。不过一旦出了问题，林俊峰是不会被他老子责骂，自己作为执行人可就要倒霉了。所以，有些话该提醒的还是要说。想到这，他迟疑地问道:“林副部长……最近他们几个项目成本都上涨了，现在按下调10%计算，会不会亏本了啊?”

林俊峰看了看他，眼神中满是坚定和果断:“就这样报，就算是亏本，我也要把这个项目拿到。你去做吧，出了任何事情我担着。”

项目经理听他这样一说，便不再多问。点了点头便很快出门，忙活文案准备去了。

林俊峰这才长出一口气，希望明天能把这个标拿回来。正当他打算喝杯咖啡，提振一下心情的时候，他的手机响了。

“喂，潘婕，怎么一大早就有空打给我啊?”

“俊峰，我有个很重要的事情要跟你说。”电话里潘婕的语气非常急促。

“那晚上我过去接你，我们再谈？”

“不行，这事很急，我现在就要见你！”潘婕并不让步，她恨不能立刻就见到林俊峰。昨天回家之后她曾给林俊峰打过电话，但他的手机关机。所以今天一早，她把手边的事稍微处理了一下，就赶紧来约林俊峰。

林俊峰看了看手表，九点半，他应该可以有一个半小时的时间：“好吧，那去哪里碰头？我过来接你。”

“你别过来了，来来回回地折腾。我直接喊个车到你那边，那就去我们第一次吃饭的那家罗赛牛排餐厅吧，你先过去，我马上到。”

“好，那我现在就过去。”说完，林俊峰挂断了电话，合上电脑，整理了一下衣服，走出了办公室。

潘婕急匆匆地走进了餐厅，就看见林俊峰远远地在向她招手。潘婕脚步急促，很快来到林俊峰的对面坐下，顾不得任何的寒暄，开口就把林俊峰吓了一跳。

“俊峰，鲁平阳和创世纪公司有勾连，你一定要小心！”

潘婕说完，林俊峰的表情一直保持着惊愕，半晌都没有缓过劲儿来。“俊峰！俊峰！”

连着呼唤了两声，林俊峰才从震惊中摆脱出来。潘婕的这番话，就像炸弹一样，直接把他给炸蒙了，这是真的吗？

“潘婕，你可不能乱说啊，有证据吗？”林俊峰深知这样的事关系重大，如果没有证据，说这样的话就不止会影响到鲁平阳个人，甚至对整个公司都会产生不可预料的后果。

潘婕心里着急，听到他这样问，连说话都有些结巴了：“我如果有证据……还会这样来找你？但我不是无中生有的，来，我跟你从头说。”

林俊峰眉头皱得紧紧的，听着潘婕从前几天创世纪夺标，说到昨晚无意见到鲁平阳和创世纪老板在一个包房吃饭，再详细地讲述自己和路云鹏分析的情况。听到最后，林俊峰的拳头紧紧地攥了起来。

“俊峰，鲁平阳和创世纪的关系到底是怎样的，我还不能完全确定，这需要你多加注意。但是，以我对鲁平阳的了解，他是个无利不起早的人，如此勾连肯定有利益输出。别的我不担心，我担心他吃里扒外，会对你们公司不利。”

林俊峰何尝不知道这中间的利害，只是没有证据也无法做什么，只能多留心："好，我知道了。这事我去查一下。"

"必要的时候，去找一下周林。我觉得他应该知道不少事情。"潘婕立刻给了他个建议，卫兰回来说的事，说明周林跟鲁平阳不一定是一条道上的，应该可以用一下。

"他是鲁平阳的助理，你这么肯定他没参与其中?"林俊峰对于这个建议，倒是觉得不太靠谱，周林毕竟跟了鲁平阳好几年，大家都知道他很忠心，找他了解情况肯定没用啊。

潘婕笑了笑，从进门到现在，她一直表情严肃，直到现在才难得地露出了一点笑容："周林现在在追求卫兰，从我了解的情况来看，周林应该和鲁平阳不是一条心。你试试吧。"

"好！"既然这样，那事情就更好办了。

说到此处，这事儿也就基本讲清了，但无论是潘婕还是林俊峰，都没有想走的意思。林俊峰伸手把服务员叫了过来，给自己和潘婕都点了一杯咖啡。咖啡上来很快，拿着金属小勺搅拌着，林俊峰幽幽地看了潘婕一眼。

"明天开标，你们准备好了?"

潘婕端起咖啡抿了一口，早上一到公司就忙了起来，还没来得及喝咖啡。"嗯，都准备好了。"

看来断点又比自己走得快。林俊峰心里叹口气，继续问道："潘婕，你说咱们这赌局，最后会是个什么样的结局?"

他实在不知道他们到底在赌什么。如果是婚姻，两个人坐下来谈就好了，这样赌，没意义啊。

潘婕完全没想到林俊峰会在这时和她谈起赌局，这让她一瞬间有一些慌乱和不知所措。怎么回答才最好呢？沉吟半晌之后，她终于抬起头，一双亮亮的眼睛深不见底，坚定地看进林俊峰的双眸。

"只有一个结局！"

"什么?"

"我们结婚！"

潘婕回答得很直接，她并没说你娶我、我嫁你，而是我们结婚。俊峰，我们都是独立的个体，因为相爱走到一起，没有主次，没有高低，只有爱。这是我想要的结局，也是曾经的你想要的结局！

三十

从餐厅回到办公室，已经是下午两点钟了。林俊峰看到桌上已经端端正正摆好了明天开标的文案，心里感到很欣慰。

他和潘婕谈完，就已经到了午饭时间，两个人干脆各叫了一份套餐，吃完了才分手，各回公司。潘婕说的话，每一句都在他心中引起了不小的涟漪。上次开标之后，他回来仔细查了湖畔山庄留下的文件资料，但除了最后因为潘婕的干预，使得方案未符合甲方要求之外，便没有更多的信息。再查当时拿到项目的创世纪，也并没发现太多的不对劲，这是家小公司，之前做的都是些小项目，看不出什么问题。可是今天潘婕说的如果是真的……那一切就不一样了。

但现在，困扰他的不只是这个，还有潘婕关于赌局的说法，都让他有些混乱。

算了，眼下最要紧的还是赶紧把明天的文件准备好，其他的回头再说。

潘婕到达开标现场的时候，招标已经进行了一半。不过还不算晚，她赶上了商务开标部分。早上医院电话通知她，她妈妈好像有些感冒，发烧后状态不太好，昏昏沉沉地睡了一天了。接到电话她就急急忙忙赶去了医院，再回到会场时方案评审已经完成了。

林俊峰一直在会场上寻找潘婕的影子，心神不宁。看到她匆匆进门，心里就像一块石头落了地，整个人也变得安心许多。

参加招标的除了绝尘、断点、创世纪之外，还有一家公司。四家的设计方案，只有最后那家有些问题，使得他们没有获得商务开标的资格。其余几家都获得了通过，评标方正在打开各家公司的报价。

一块大的白板，上面写着各公司的名字，下面的价格由招标方的人用白板笔一个一个写上去。

“创世纪公司289万，绝尘公司245万，断点公司256万。最后胜出的是，绝尘广告公司。”

随着这句话的余音落地，林俊峰紧攥双拳猛地起身。他终于如愿以偿拿到了一个项目，这让他和潘婕又重新回到了同一起点上。欢呼过后，他把目光慢慢地转向潘婕，只见她高兴地拍着双手，看着他的表情满脸兴奋，看上去比他还要高兴。

林俊峰心中猛地一阵恍惚，不由自主地向着潘婕走了过去。当来到她的身边，林俊峰脸上笑容渐浓，一句话也没说，只无言地向着她张开双臂，露出一个温暖热情的怀抱。潘婕毫不犹豫将自己的身体扑了进去。四臂环抱，两人之间亲密无间，毫无罅隙。

虽说是庆祝，可两个人却都湿了眼眶。特别是潘婕，泪眼如此朦胧，眼看就要落下泪来。赌局的胜负，她早已不再关心，不管谁输谁赢，她都要成为林俊峰的妻子。她想看到林俊峰成为一个有能力、有担待的男人，而今天她越发感到，他离这个要求越来越近了。

潘婕一边落泪，一边轻轻拍着林俊峰的后背："恭喜你，俊峰！"

林俊峰听着她轻柔的话语，心中涌出了难以抑制的想要亲吻她的冲动。这个女人，就像很早之前就住在他心里，融在他血中一般，让他无法抗拒。

“走吧，潘婕，剩下的事丢给他们处理。”林俊峰松开潘婕，笑着看她擦干眼泪。两人不再停留，快步走出了会场。

上了车，潘婕扣好了安全带，可林俊峰却迟迟没有开车。潘婕看了看他，只望见了一抹深情，林俊峰那双不知道迷倒过多少女生的眼睛，正定定地看着自己。

潘婕被他看得心慌，脸上不禁泛出了红霞。看到林俊峰欺身俯过来，她毫不避让地迎上前，准备接受那深情一吻。可是，扣紧的安全带猛地卡住，勒住了她的脖子，潘婕不禁发出一声惊呼。

林俊峰仿佛被她的惊呼一下子惊醒，他很快地坐正了自己的身体，还夸张地甩了甩头。

潘婕看到他的动作，微微一笑，也不多说，只把安全带整理好，人也坐直了起来。其实，林俊峰在她面前失控，虽说不是一次两次，但每次他情不自禁，自己心里的想法也极其复杂。想让他接受自己，又怕他忘记心中的自己，这样的矛盾之间，也让她的想法变得不甚明了。

算了，眼下不是想这个事情的时候，妈妈还在医院，自己必须尽快回去照顾。想到这里，便对林俊峰说道："俊峰，能不能送我去医院？我妈妈发烧，神志有些不清醒了。"

"怎么好端端的会发烧呢？你早上就是因为这个才来晚的？"

"嗯，我赶过来看个结果，就打算再赶回医院去。"一想到妈妈的情况，潘婕便从胡思乱想中完全清醒，还有太多的事等着她去处理呢。

"你也真是的，这么大的事，你竟然还非要过来，打个电话问一下不就可以了吗？"林俊峰一边赶紧发动车子，一边埋怨着潘婕。

潘婕刚想开口说"还不是想过来看看你"，可话到嘴边却生生止住。说到妈妈的病情，让她的心绪几乎是立刻发生了变化，这样的话这时实在是说不出口。况且，她也不完全是为了来看他，担心项目也是一个原因。

车行在路上，两个人的头脑慢慢恢复清醒，潘婕这才想到一个问题。"不对啊，为什么今天创世纪的报价会这么高？这不是他们的价格水平啊！"

一语点醒梦中人，林俊峰本来并没有觉得有什么不对劲，经潘婕这样一说，才感觉到这中间确实是有些问题。"是啊，怎么他们的价格一下子上去了，而且还高出了不少。"

早上潘婕离开的时候，潘妈妈的高热已经退下来了，不过人还是没醒。当她带着林俊峰推开病房的门，却看到王婶正在一勺一勺给潘妈妈喂稀饭。她已经醒了。

自从潘妈妈从香港回来，潘婕只要一有时间就会到医院里来，有时还会用轮椅推着妈妈到医院的小院子里走一走，所以妈妈的气色一天比一天好。前几天的一个傍晚，阿姨推她下楼散步的时候，突然起了风，温度降得很快。虽然她们很快就回到了病房，但潘妈妈毕竟卧床时间太长，身体抵抗力比较差，所以回来之后就有一点咳嗽，当天晚上就发起了烧。

看到妈妈又睁开了眼睛，潘婕开心地走到她的身边："妈，怎么样？没事吧？"

"小婕，妈妈没事，你不用担心。"说完看到跟在女儿身后的"女婿"，更是温柔地一笑，"俊峰也来了啊，你看看，我就一点小毛病，害得你们上班都不踏实。"

林俊峰从很小就没了母亲，妈妈的关爱对他来说陌生而又渴望，所以每当潘妈妈温柔关切的目光投到他的身上，他心里都会涌起一股暖意。

"阿姨，您要是身体不好，潘婕……和我也不能安心工作啊。"迟疑了一下，林俊峰还是加上了自己，既然潘妈妈认定自己是未来的女婿，就算自己还没答应，他也不忍心在潘妈妈面前说破。有着这个身份，那么对潘妈妈的关心就少不了自己的那一份了。

潘婕伸手在妈妈的额头上摸了摸，温度已经和自己的体温相差不多了。这种寒冷的季节，像妈妈这样的体弱之人，还是要少在外面走动为好。想到这，就对王婶说道："阿姨，现在天气冷，妈妈散步就不要到院子里去吧，就在走廊里转转就好。"

王婶连忙回答："是呢，我刚才还在跟你妈妈商量这事，她也同意了。"潘婕这才放下了心。

从妈妈苏醒到现在，也已经过去将近两个月，虽然其他方面的情况越来越好，但肢体动作始终恢复缓慢。潘婕也曾经问过罗医生，得到的答复说是正常现象。这部分人体功能的神经比较长，恢复要很长时间，就算最后无法再恢复也是常有的事情。这当然不是潘婕想要的结果，她不想让妈妈的下半生在轮椅上度过。

三十一

林俊峰下午要去拍摄印刷部，看一下新拿到的那个保险公司印刷项目的进度。

自从潘婕和他谈了鲁平阳的问题，他一直留心观察，但没有发现任何不对劲的地方。鲁平阳一切照旧，除了因为林俊峰的到来分了他一部分工作，他比过去闲暇的时间更多了以外，几乎没有任何变化。

林俊峰是吃完午饭出发的，这个时间正是午高峰，很多地方堵车，所以原来大约四十分钟的车程，他走了差不多一个半小时。到达印刷部时，比原来通知的时间晚了接近一个小时，所以这里负责人的办公室里没有人。林俊峰只是第二次来这里，第一次来还是林至群的助理带着过来看了一眼。所以除了印刷部的负责人，其他的人基本都不认识。

两人电话里约好了见面时间，可林俊峰迟到了这么久，负责人去忙别的事情也可以理解。问了一下外面的人，说是去印刷车间了，一会儿就回来，所以林俊峰也并没着急，坐在办公室的椅子上等着他回来。

负责印刷部的是个四十多岁的中年男人，姓卜，都叫他卜大。这个部门原本是一家小的印刷企业，经营不善濒临倒闭。鲁平阳来到绝尘后，为了降低印刷成本，就直接兼并了这家公司，把他们变成了绝尘的印刷部。

公司虽小，但因为是污染比较重的印刷行业，所以都设在郊区，占地面积也比较大。绝尘看中周围的环境和这么大的地盘，就干脆做了个拍摄基地，把拍摄的部分也放到了这里，合称拍摄印刷部。不过卜大并没有按他原来希望的那样成为独立的部长，而是只做了个负责人，这个新建的拍摄印刷部归市场部和企划部双重领导。

虽然这里已经并入绝尘好几年了，但因为地处郊区，交通也不方便，所以公司的人除了必要的工作外很少会到这里来，这也使得卜大带着的这个队伍有些山高皇帝远的意思。

林俊峰坐在办公室里等得无聊，便随手拿起散放在桌上的几张报纸。一看日期，都是两三天以前的，便随手丢到一边，重新在桌面上寻找今天的。当他拿起一张看上去很新的H市日报，几张印刷彩页随着他的动作被带落，飘落在地上。

林俊峰漫不经心地弯腰一一捡起，正要将其放回桌面上，却突然被这几张彩页上的一行字惊住，——“×××汽车用户手册”，细看水印图案，更是似曾相识。他紧皱眉头仔细回想，是的，没错，这是创世纪公司参加投标时展示过的设计图。

创世纪公司的设计图，为什么会在绝尘的印刷部出现？

一种极其不祥的预感从林俊峰心头掠过，再想到潘婕和他说过的事，似乎当时没想通的几个主要链环已隐隐露出端倪。手上的几张纸，分明就是彩印过程中每道工序的套色试印品，所以每一张的颜色都有不同，只有一张是与当初开标时林俊峰看到的设计图完全一致，这张应该就是最后的成品。

这不就是典型的印刷厂做套色印刷的调试页吗？

林俊峰腾地站起身来，这个已经仿佛呈现在眼前的真相让他惊出一身冷汗。他来不及细想，快步走出办公室，来到刚才告诉自己卜大在车间的那个人面前。

"能不能麻烦你一下，带我去车间看看，我有急事找卜大。"

这人抬头看了看他，当看到面前这个人外表干净帅气，穿着讲究，便有了好感。他并不认识林俊峰，而他们这里经常会有一些需要零星印刷的客人来找卜大，因此也不稀奇。于是，他也不多说，带着林俊峰就走进了印刷车间。

印刷车间有一条长长的流水线，这条线使用的时间已经很长，但后来经过绝尘投资改造，现在仍然可以保证比较高的印刷质量。车间最里面靠近原材料仓库，巨型纸卷在那里被送上设备。在经过一系列复杂的套色印刷后，靠近林俊峰他们进门的地方便是成品装订处。

林俊峰在这里并没有看到卜大，而他仔细看了一下线上正在印制的东西，全部是保险公司印刷合同中的东西，成品处的几排女工正在做整理和装箱。一切看上去都很正常。

引着林俊峰进来的那个人四下张望了一番，没看到卜大，便对林俊峰示意了一下，两人继续向车间里面走。林俊峰跟在后面，不住地向四周搜寻，希望能找到些什么来证明自己的猜测。可都快走到车间顶头了，仍然没有发现任何不妥。

直走到原材料仓库门口，他们仍然没有看到卜大。那人挠了挠头："可能去成品库了，我们到那看看吧。"

林俊峰点点头，他也正想过去看一眼。既然出了调试彩页，肯定印刷已经完了，说不定东西就在成品库。于是他跟着带路的人又往回走。可还没等走到成品库，林俊峰就发现了他想找的东西。

在女工的工作台后面，有两个和其他包装纸箱不太一样的箱子，侧面贴着一大块白色的方便胶贴，但上面却并没有写字。下面一个箱子封着口，已经打包完毕。上面的一箱没封口，好像是因为还没装满而临时丢在那里的。林俊峰故作无意地走过去，先假装在女工的工作台上看一眼，又看了看她们身边的箱子，这才貌似不经意地走到这两个箱子边上，打开上面的一个，伸手进去拿了一本装订好的印刷品放到眼前。

“×××汽车用户手册”！

带路的人看到林俊峰手上的东西，也未介意：“哦，这批货要求的质量还挺高的，今天刚刚印完。”

林俊峰虽然心惊，但不动声色地把那本手册扔回箱子：“嗯，质量确实不错。”

听到林俊峰夸奖，走在前面的人不免心生得意：“可不是嘛，咱们厂是给绝尘公司做印刷品的，质量绝对没得说。”听话里的意思，绝对是把林俊峰当成普通客商了。

这事儿事关重大，林俊峰觉得自己已经处理不了了。如果不赶紧告诉老爷子，只怕要出大事。这边暂时先不要惊动，赶紧回公司再说。

想到这，林俊峰笑着对他说：“既然找不到他，那我就改天再来。我还有急事需要回去处理，下次再和他约吧。”

带路的人倒也没反对，林俊峰的话说得既客气又合理。“好吧，那回头我跟卜大说一声你来过。”

“就别说我到车间里来找过他了吧，不然他又是一大堆的客套话。就说我在办公室等了他一会儿，没等到就先回去了。”林俊峰很怕自己到车间来过的事让卜大知道后会打草惊蛇，他需要时间赶快赶回公司。

那人笑着点点头，应了一声，然后跟着林俊峰从车间回到办公室门口。林俊峰故作从容地向他道了个谢，转身急匆匆地走出了大门。身后的人看着他的脚步，心里还暗想，看来真的是急事。

他必须以最快速度赶回公司！

好在现在已过了午高峰，而下班时间还没有到，路上几乎是畅通无阻的。林俊峰把车停进绝尘停车场的时候，只用了三十分钟的时间。他冲进电梯，直接上了九楼。来到总经理办公室的时候门都没敲就闯了进去,却发现里面没人。助理告诉他,总裁正在会议室开会,跟企划部在谈今年设计人员培训的事情。林俊峰风一样地跑到会议室门口,敲了一下门便直接推门而入。

“爸,我有急事找你!”

林宏宇坐在会议室最里面的主席座位上,看到林俊峰闯进来开口就喊“爸”,不禁眉头皱了一下。父子俩之前已有约定,在公司的公开场合,林俊峰都要叫他“林总”。能有什么事让他闯进会议室,还乱了称呼?

想到这,看向儿子的目光也淡然微冷:“等我这边会议开完再说吧。”

“不行!这事十万火急,一分钟都不能耽搁。我强烈要求先暂时中止会议。”林俊峰毫不让步,关系到绝尘生死存亡的事,父亲会理解。

正在开会的林至群见状,很识时务地对林宏宇说道:“林总,我们这事不是那么刻不容缓,俊峰肯定是有急事才这么紧迫。要不我们先暂停一下,您这里忙完我们再继续开是一样的。”

林宏宇见林至群这样说,也不再坚持,合上了笔记本站了起来:“暂时休息半小时,如果这边没什么事,大家半小时后回来。”

说完径自走出了会议室,林俊峰连忙对着参加会议的人欠了欠身,跟着父亲出了门,走进总裁办公室。

“说吧,什么事?”林宏宇虽然对他打断会议非常不满,但这个儿子平时行事还算有分寸,什么事能令他如此方寸大乱呢?

“爸,鲁平阳和创世纪公司串通一气,利用绝尘的资源给他们做设计,又把拿到的项目在咱们的拍摄印刷部进行印刷!”林俊峰语气急促,但每句话说得都非常清晰。

林宏宇听完,猛地坐直了身体:“你怎么知道在印刷部印刷?”

“我刚从那边回来,本来是去看保险公司那个项目的,结果竟然看到创世纪拿到的那个主机厂用户手册的调试印刷版样,而且在车间里看到装订成册的成品。”

林宏宇听完,身体缓缓地靠近了椅子的后背,叹息了一声后幽幽地说道:“他终究是走到了这一步啊!”说完,伸手拿起了身边的内线电话,拨了一个号后问道："鲁平阳现在在哪里？"

林俊峰不知道他打给谁，也听不到电话里说了什么。只听父亲停了片刻又问道："创世纪的那个事情，现在到哪一步了？"

随着林宏宇的沉默，他的表情越来越严肃："把你手里有的东西全部给我发过来，你的任务快结束了。"说完这一句，他挂掉了电话。随手又按下了另一个号码，"通知所有的部长，放下手上的所有事情，跟我一起去一趟印刷部。对……现在……安排公司的车，马上！"

挂断电话，林宏宇站起身来，走到了站在面前的林俊峰身边，右手在他的肩上重重地拍了一下："儿子，你是真的长大了，成熟了。走，跟老爸去给他收尸！"

说完就大踏步地走了出去。

此时的印刷部里有些忙乱。

林俊峰前脚走，卜大后脚就回到了办公室，当然也几乎立刻就知道了有人来找过他。听到那人说是个不认识的人，卜大便详细问了一下情况。他们这个部门经常会背着公司在外面接一点私活，所以有陌生人找他并不奇怪。

虽然是私活，为了防止绝尘公司追查，卜大还是会每年拿出些油水给公司的几个高管上下打点，而好处最多的，自然是直管他们的企划部和市场部两位部长。市场部部长鲁平阳和他一来二去就成了朋友，时不时地还给他找点小外快，两人很快混得透熟。而林至群就老奸巨猾很多，好处照拿，但来往就很少了，当然对他的小猫腻倒也睁一只眼闭一只眼。所以他这个部门一直非常闲散自由。

后来绝尘来过一个新的市场部副部长，还发现了印刷部这边的管理漏洞，并且还在高管会上提了出来。不过好像没过多久，就听说她离职了。于是这边的事情就更没人管，卜大每天过着高枕无忧的生活，比起被绝尘吞并之前的日子，还自由自在。

不过最近鲁平阳拿来的这一单活儿，却和以往的都不一样。过去都是印多少东西给多少钱，就算公司查下来，也不过就是个背地里自主经营，没给总公司交租子而已。况且这边一直独立核算，所以也没啥大不了的。可这次的项目，却是实实在在地挖绝尘墙脚！

事情要说到差不多一个月前了，鲁平阳找到卜大，说有一笔大单子交给他做。好处自然是少不得他的，但是成本这一块就需要卜大好好想想办法，摊入绝尘的项目成本里。

这事可不是小事了，万一被绝尘发现，就是丢饭碗的事。卜大一听，把头摇得跟拨浪鼓似的，自己现在日子过得不错，冒这样的风险实在不值得。所以谈了三个小时，任由鲁平阳嘴皮子都快磨破了，卜大始终就不肯松口。

鲁平阳最后没办法，把自己搜集到的印刷厂的那些个劣迹统统拿了出来，威胁他说如果不干，他鲁平阳一定可以把他赶出绝尘。如果跟自己合作，有他在上面帮着撑腰和隐瞒，绝对不会有事。说完这些，鲁平阳又拿出了最后的底牌，答应这一单做完就给卜大个人十万块钱。这种萝卜加大棒的战术显然很快奏效，卜大终于屈服了。

当时绝尘只有两个印刷在厂里做，印量也不算大，所以要摊销成本实在太显眼，做不下来。卜大和鲁平阳一说，他便拍着胸脯大包大揽，并且告诉卜大，绝尘很快就又有一个大的印单会到，让他在三个项目中共同摊成本。实在摊不了的部分，也可以先挂着账，以后再有印单便逐次摊销，只要不是太离谱，肯定不会被发现。

已经上了贼船的卜大，听到鲁平阳这样说，胆子也大了起来，在收到设计稿的第二天便开始风风火火地安排试印。不过毕竟是见不得光的事，所以从试印到装订入箱，卜大都亲力亲为，就想早点把东西交出去。

今天在接到林俊峰的电话之后，他便在办公室等了一会儿，可左等也不来，右等也不见。他心里惦记着正在装箱的手册，便赶紧去车间和仓库查看了一遍，生怕哪个环节出了疏漏。而林俊峰也就是这个时间到了这里。

听着接待林俊峰的那个人讲了下情况，卜大也以为只是个来联系业务的普通客商。至于林俊峰，一个总裁公子，说话不算话的事也不会少，保不齐就被什么事绊住了不能来，也是很有可能的。可是，当他坐回自己的座位，发现原来压在桌面最下面的试印彩页不知什么时候跑到了最上面，他的心立刻咯噔了一下。

正所谓做贼心虚，卜大现在的心，确实虚了！

“那人长什么样?”

“个子很高，看上去挺年轻的，二十几岁，长得很帅，浓眉大眼的，穿得也很讲究。”

不是林俊峰还会是谁？这个公子哥还是来了啊。卜大想到这一层，心里更没底了。“他到我办公室里来了？”

“是啊，他开始在办公室里等你，等了半天你没回来，他就叫我带着他去车间找你。”

“你还带他去了车间？”

“是啊，他看到咱们昨天印的那个用户手册，还说质量不错呢！”

完了！被林俊峰看到了！

虽然卜大不确定林俊峰知不知道这个项目不是绝尘的，但这种东西被他看到绝不是件好事。他本来是过来找自己的，没找到却匆匆就走了，说不定真的是发现了什么。

卜大本来就心虚，想到这里就更加慌乱，大冷的天气却惊出了一身冷汗。他哆嗦着拿出手机，拨通了鲁平阳的电话。当鲁平阳的咆哮声从电话中传来的时候，卜大知道，完了，一切都完了！

正当他脑袋里一片空白的时候，鲁平阳的声音再次在电话中响起："你赶紧安排车子，把手册全部装车，一本都别留下，我现在就赶过去。另外你安排人，赶紧把那个印版毁掉，所有和这件事沾边的东西，连一张纸都不要在你那里出现。事到如今，只好冒险一试，只要不被他们拿到证据，事情就还有转机。快去吧！"

话音刚落，电话里便传来忙音。卜大早已吓瘫了，这种事如果绝尘追究，鲁平阳要是再推到自己身上，根本不是开除的问题，搞不好要坐牢啊。此刻的卜大，早已没有往日那种风生水起的自在和随性，慌慌张张地跑到车间和仓库，按照鲁平阳的安排一一照办。希望一切都还来得及，希望鲁平阳能保他过了这一关。

鲁平阳的车与林俊峰的车其实是擦肩而过的，只不过两个人都行驶得飞快，根本没有看到对方。半小时，林俊峰回到了绝尘，而鲁平阳到了印刷部。

运货的卡车已经停到了仓库门口，搬运工人正在往车上一箱一箱地装那些印好的成品。鲁平阳在这里没看到卜大，便穿过车间一路寻找，在制版车间找到了他，看见他正带着人打算销毁印版。

“这些印版全部装到车上去，连带成品一起拉走。销毁来不及了。”鲁平阳一把拉起卜大，“赶紧加人去搬成品，越快越好！”

卜大早已经晕头转向，只知道听着鲁平阳的安排机械地执行。事情到了这一步，虽然是鲁平阳给他带来了这么大的麻烦，但现在两个人在一条船上，就算卜大再不情愿，也只能把鲁平阳当救命稻草，对他的话更是唯命是从。

卜大没想到情况会这样糟，自己私下印这个活，甚至连厂里的大部分人也不知道他是这样运作的，只有非常少数的亲信才知道底细。当然这些人事毕之后也是需要他意思意思的。

也正因为如此，他清除痕迹的事进展得并不快，如果知道的人太多，那么就算痕迹清理干净了，绝尘只要过来一问，什么事情也都是瞒不住的。所以有限的几个人一会忙这边，一会忙那边，足足忙了一个多小时才把事情基本弄完。

鲁平阳给龙爷打了个电话，让他的人尽快到公司里接货，自己则上了车，准备亲自押着这些成品送过去。不管绝尘最后能不能发现，这些东西必须送回创世纪，否则这事可就闹大了，别说他鲁平阳，就算创世纪公司只怕也要出大乱子了。

鲁平阳的车在前面引路，卡车跟着他的后面，眼看就要驶出工厂的大门。正在这时，一辆黑色的轿车迎面驶来，正正地顶住了鲁平阳的车头。鲁平阳顾不上看来人是谁，赶紧拉开车门，对着黑轿车直挥手，示意它让开道路。

可黑色轿车不仅不让，还干脆熄了火。鲁平阳正要上前怒骂，只见黑车的后门打开，两个人昂然走了出来。鲁平阳一见此二人，脸色立刻变得煞白，脑子轰的一下进入真空。完了，这下是真的完了！

从车上走下来的不是别人，正是绝尘广告公司的总裁林宏宇。站在他身旁的便是他的儿子，市场部副部长林俊峰。

而跟在黑轿车后面的一台面包车上，也呼呼啦啦下来了一大群人。鲁平阳看到一张张熟悉的面孔，终于明白，今天自己是难逃一劫了。

“鲁平阳，你如此急急忙忙地是要去哪儿啊？”林宏宇声音洪亮，边说边来到了鲁平阳的面前。看着他一头冷汗，默不作声的样子，林宏宇极度失望。自己对鲁平阳虽然并不信任，但还是给了他足够的机会，而今天，鲁平阳给了他“回报”，让他明白之前的种种猜忌都不是他自己多疑，做出的所有防范也都不是多余的。

林宏宇见鲁平阳不说话，便抬眼看了看跟在他车后的大卡车，自嘲地笑了笑：“你是给创世纪公司送货去吧！”

鲁平阳闭上了眼睛，一切都已经不用再掩饰了，看来林宏宇早已对他的行动了然于心，自己再说任何一句话也都是多余了。

林俊峰走到卡车驾驶室边，把司机叫了下来，让他打开了货箱的门。林俊峰跳进货箱，搬了一箱东西又下了车，来到各位部长面前。此时这些绝尘的高管，已经齐齐地站到了林宏宇的身后。

林俊峰手脚麻利地撕开箱子的包装，从里面拿出了一本手册，在几个人面前一晃：“看到了吧，这是创世纪公司一个多月前从我们手中赢得的项目，现在在从我们绝尘的印刷工厂送往创世纪。”

听到门口的喧闹，印刷厂里的人已经三三两两地围拢了过来。更有腿快的，已经跑去给卜大报了信。这个财迷了心窍的负责人跌跌撞撞地向这边跑来。当林俊峰拿出那本手册的时候，他刚刚站定，听完林俊峰这句话，他的腿一软，整个人竟然瘫倒在地上。

林俊峰的这句话，不仅吓倒了卜大，更令所有在场的人大吃一惊。印刷厂的人本来就只顾干活，并不知道自己印的东西是哪里来的，所以听到这话很是意外。而绝尘的那几个高管更是深深明白，这件事非同小可，如果真的像林总父子所说的这样，那鲁平阳在绝尘的路就算是走到头了，甚至在H市还待不待得下去都是疑问。

林宏宇环顾了一下四周：“这里的负责人呢？”

四周围观的人赶紧扶起卜大，并把他推到林宏宇的面前。而此时的卜大，早已说不出话来，看着林宏宇，控制不住地浑身发抖。

“俊峰，你处理一下这里的事情，所有成品立即封存，一本也不允许运出去。”接着指了指卜大：“你现在带我们去会议室，全体高管现在就开会。”说完便领着众人走进了车间旁边的办公楼。

身后的高管也立刻跟着他，走进大楼。鲁平阳咬了咬牙，也跟着他们走了进去……

林俊峰叫了两个人，清点了一下成品数量，跟项目当时招标文件上的印数完全吻合。关闭货箱门后，他叫司机找来一把锁，将货箱锁住，又写了两张封条，把箱门封住。忙完这些他并没有去会议室，而是来到卜大的办公室。打开他的电脑，叫他的助理输入了密码，便在他的电脑里查找证据。果然发现了鲁平阳用私人邮箱发给卜大的邮件，还有罗晓波发设计图稿的邮件。

林俊峰一封封仔细阅读，将他们之间的交易了解得一清二楚。铁证如山，鲁平阳就算有一千张嘴为自己辩解，也无法洗脱自己吃里扒外的名声。

天色渐黑，林宏宇的会议直开到掌灯时分，一行人才从会议室里出来。

由于参加会议的都是各部部长，所以会上当时就决定了几件事。

鲁平阳被绝尘公司辞退，配车收回。绝尘暂时不对他提起诉讼，但保留起诉他的权利。

林俊峰提升为市场部部长，全面接管鲁平阳的工作。

本次事件的损失，绝尘公司将进行核算，要求鲁平阳予以赔偿。

绝尘辞退卜大，暂由林至群代管，新的负责人另行任命。

事情全部忙完，林俊峰感到疲惫不堪。今天的事对所有人打击都不小，再加上他来回跑了几趟，又安排了那么多杂事，到现在累得连话都不想说了。正当他在办公室里喘息的时候，接到了父亲的电话。

“今天你也辛苦了，不用开车，坐我的车一起回去。”

林宏宇平时上下班都很少自己开车，每天司机都会早晚接送他。

父子俩上了车，却一路都没有说话。今天的事，对绝尘来说是个不小的冲击，虽说剔除了鲁平阳这个害群之马，又为绝尘挽回了一些损失，但两个人都没有一丝一毫的高兴，相反心中却多出一份难以言状的沉重。这个市场部部长来绝尘快四年了，他是怎样变成了绝尘的一条蛀虫？这个问题始终萦绕在林宏宇的心头。可是，他没有开口向父亲询问，这件事回家再说比较好。

三十二

一道房门将清冷的空气隔绝在室外，房内的温暖让林俊峰的神经也松弛了下来。

“爸……”刚进门，林俊峰就迫不及待地开了口。却见林宏宇对他摆了摆手，伸手指了指沙发，示意儿子过去坐下。

林俊峰依言走了过去，张妈帮他们挂好了衣服，端了两碗热汤过来。早春的夜晚，还是很冷的。

林宏宇在自己平时常坐的位置上坐下，端起汤碗喝了几口。张妈手艺一直不错，汤的味道很鲜美，可林俊峰却毫无感觉，端起了小碗一饮而尽，连汤匙都没有用。

“说吧，说说你的想法。”林宏宇知道他已经要憋出内伤了，于是示意他开口。

“爸，我们绝尘待鲁平阳不薄，他为什么做这样的事？”这个问题，他在从印刷部回来的路上就在心里问了自己很多遍，可怎么也没想明白。父亲认识了他好几年，应该知道些什么。

林宏宇叹了口气，到他这个年纪，尤其是生过这场大病之后，钱在他心中已经不是最重要的了。可他认为不重要，对其他人却不一定是这样。听到林俊峰的疑问，他没有直接回答。

“峰儿，你知道我是怎么认识鲁平阳的吗？”

林俊峰摇了摇头，鲁平阳到绝尘的时候他还在Z大上学，根本没问过公司的事情。后来又去了英国，所以对鲁平阳的来历完全不清楚，直到回国进了企划部之后才认识了他。

林宏宇继续说道：“四年多以前，我当时因为身体原因，体检时怀疑有癌变，于是专门去了一次北京肿瘤医院，你还记得吧？”

林俊峰看着父亲点了点头。他记得当时父亲曾经打电话给他，告诉他自己要到北京去一趟，他依稀想起那次父亲在北京待的时间还挺长，大概有快一个月了。

“我在医院做检查的时候，正碰到一个人推着他的女儿也在做检查。都是病友，她女儿年纪又很小，我就感叹了一番，和他聊了起来。后来在医院里又多次见到，彼此就熟悉了。他告诉我他在北京的一家广告公司做市场总监，名叫鲁平阳。他女儿当时只有不到八岁，却患了白血病。”

林宏宇叹了口气，虽然已经过去了好几年，可他现在想起那个小姑娘苍白瘦弱的样子，仍然止不住叹息：“为了给女儿治病，他几乎倾尽了家产，可与她女儿匹配的骨髓一直没有消息。当时我们谈了不少事情，他给我的印象相当不错。我完成检查即将离开北京的时候，便向他发出邀请，请他到绝尘来执掌市场部。可他说要照顾女儿，所以没有答应，但是却留下了我的名片。”

往事蹉跎，不堪回首，当年的情景，林宏宇还觉得历历在目。

“可几个月之后，我收到了他的电话，说愿意接受绝尘的聘书。那时绝尘正是用人的时候，市场部始终没有一个得力的人打开局面，我也正在着急。听说他肯来，我自然非常高兴，于是帮他办好了一切手续，只等他到任。”

林俊峰之前设想过很多种可能性，但他万万没想到父亲和鲁平阳是这样相识的，更没想到鲁平阳竟然有一个身患白血病的女儿。难道正是因为要救女儿，鲁平阳才铤而走险？可是冰冻三尺非一日之寒，鲁平阳做的事情也不是一天两天就可以做成的，之前自己的父亲难道毫无察觉？

“爸，你过去没有注意到鲁平阳的问题吗？”

林宏宇抬眼看了看自己的儿子，沉声说道：“虽说古话说得好，‘用人不疑、疑人不用’，但我还是坚信另一句话，‘害人之心不可有，防人之心不可无’。他到了公司的第一天，我就安排了周林做他的助理。如果他没有二心，周林便是他的助力，可如果他有别的心思……”林宏宇说到这里，眼中闪过了一丝精光。

“周林是你的人？”林俊峰失声惊道，“你早就防备着鲁平阳？”

林宏宇摇摇头，虽说他对鲁平阳的安排早有伏笔，但说到这里时却并没有得意之色。这只是他为了以防万一布下的暗棋，但他没想到，鲁平阳真的就像他担心的那样走了下去。

“我从北京回来之后就调查了一下他，发现业内对他的业务能力都很认可，但也有一些负面传闻。虽然并没有什么切实的证据，但是联想到他女儿的病情，不由得我不留点心。”当时的选择也是绝尘的情势所迫，林宏宇至今也并没有后悔当初用了鲁平阳，只是对他今天的背叛感到痛心和惋惜。

“刚到绝尘的前两年，鲁平阳确实让我看到了他的实力。那几年绝尘的崛起，跟他的努力分不开，这些我都记着。也正因为如此，当我收到鲁平阳在背后有一些小动作的报告时，开始是不相信，后来则是念在他对绝尘的贡献不忍动他，最后便是想到他的女儿，所以才对他一直姑息到现在。”林宏宇眉头紧皱，表情痛惜。如果说鲁平阳走到今天是作茧自缚，那自己的容忍也是放纵他最后叛离的催化剂。

林俊峰看到父亲难过的表情，心情也万分沉重。这一切也许都是天意，所有的是非曲直又能说是谁对谁错呢？“爸，那你打算怎么办？要鲁平阳赔偿损失恐怕是不可能的啊。”

林宏宇伸手摸着额头，两侧的太阳穴隐隐有些疼痛。这问题他也没想好，作为商人，他不会将此事就此揭过；可作为父亲，他却没法做出继续追究鲁平阳的事。沉吟半晌，他看了看眼前的儿子，轻声问道：“峰儿，你觉得这事怎么处理比较好？”

林俊峰刚才提问的时候，就在心里反复想了这个问题，现在听到爸爸问他，便立刻回答道：“放过鲁平阳，把创世纪的成品接过来，找项目的甲方做合同变更，帮他们把这个项目做完。至于合同的差价……尽量去谈，能追加多少追加多少，底线是保住印刷成本。其他的，都可以不计较。”

林宏宇眼睛猛地一亮，看向儿子的眼光在平日的慈爱之上，又多出了一份欣赏。这孩子真的已经长大，可以帮他一起支撑起绝尘这一片天了！不管是于公于私，峰儿说的这番话都可以说是接近完美的解决办法。对这孩子的锻炼，看来可以更放手一些了。

“好，就按你说的办。鲁平阳离开绝尘，市场部的事情就全部交给你一个人了。这件事也由你全权处理，有什么拿不准的直接跟爸爸说。”说完，林宏宇从沙发上站起身来，“今天这一天都够辛苦了，早点休息吧。”

林俊峰也站起来：“好，我扶您上楼吧。”说着就走向林宏宇，扶住他的手臂。

林宏宇边上楼梯，边和儿子闲聊：“峰儿啊，你和潘婕最近怎么样了？”

“呃，没怎么样，还那样。”林俊峰也不知道怎么向父亲解释，因为好多事连他自己也想不清楚。

“你也太不痛快了，快刀斩乱麻，赶紧把她追到手给我娶回来！”

说话间来到了林宏宇卧室的门口，林俊峰赶紧打开房门，借机岔开了话题：“爸，您早点睡吧，我也回房了。”

说完不等林宏宇再说话，快步溜进了自己的房间。林宏宇看着他的背影，无奈地摇了摇头。

林俊峰一进屋就把自己扔到了床上，忙碌的一天让他也觉得非常疲惫，但躺在床上却毫无睡意。脑子里一遍遍地浮现出今天的一幕幕场景，如此紧张刺激的画面让他再次激动起来。他从裤子口袋里掏出手机，下意识地按下了潘婕的电话号码。连他自己也说不清，为什么每当这种时刻，他就很想和她说说话。

“喂，俊峰，这么晚了怎么还没睡？”潘婕的声音从电话中传来，甜美中带着一丝倦懒。她可能已经上床了。

“你怎么也还没睡？”林俊峰不知道说什么合适，只好反问了她一句。

潘婕扑哧一声笑了出来：“我要是睡了，不就接不到你的电话了吗？怎么，找我有事吗？”

林俊峰在床上翻了个身，把身体侧着靠在床头上：“没，没事。”

“那就是……想我了？”潘婕对林俊峰的这句“没事”实在是太满意了，没事却要打她电话，还能说明什么？说明自己成功地在他心里住下了呗。

林俊峰的心情就没那么轻松了，他无法在这种时候和潘婕调笑，虽然听到她的声音让他有一种难以表达的安定和欣慰。

“潘婕，绝尘出事了……”

潘婕的话音瞬间发生了变化，刚才的暧昧和缠绵立时荡然无存，代之以担心和忧虑。

“这么快？你说说是怎么回事？”

林俊峰便把事情的经过简要地对她说了一遍，中间未加任何自己的评论。鲁平阳走到今天，他心里是觉得非常惋惜的，父亲自此少了一个曾经非常得力的左膀右臂，再加上那个鲁平阳女儿的遭遇，让他实在无法说出除了事实以外任何的指责和议论。

事情说完，林俊峰陷入了沉默，而电话另一头的潘婕也静默了下来。女人的同情心永远比男人更容易泛滥，所以当他讲到鲁平阳女儿的时候，她就已经在心里为鲁平阳做了无罪的开脱。她为一个父亲在绝望之时的困兽犹斗感到震惊，更为他那一份爱女之心而动容。然而所有这些情绪如石上清泉一般从心头流过之后，她对林俊峰的爱意又增加了几分。

事关绝尘的利益，他却能在这种关头做出那样的决定，这不能不让潘婕再次对林俊峰刮目相看。冷静、沉着、妥帖、周全，换作是自己恐怕都很难在那么短的时间里做出如此周详的安排。她对林俊峰不追究鲁平阳感到欣慰，更对他在此时还能考虑到项目的安排佩服不已。

可这一切，她不想说出来，只想放在自己心里，让它沉淀、积累、甜蜜。

“俊峰……”

“嗯?”

“时间晚了，你也折腾了一整天，早点休息吧。”

“好，你也早点睡吧。”

尽管话已经说到这里，两个人都并没有挂断电话，无声地倾听着对方的呼吸，潘婕再次感到了暧昧和依赖。她不想挂断，真希望就一直这样下去，直到永远。可是她知道，明天对于林俊峰、对于绝尘都不会轻松，他还要有太多的事情需要做。所以，即便对这种温暖有着万分贪恋，她仍然坚定地说出了道别。

“那我挂了，晚安!”

“晚安!”

听到电话里传来的嘟嘟声，林俊峰慢慢合上了电话。明天，还有太多的事等着他呢……

周林已经有太久太久没有走进这间办公室了。他清楚地记得，最后一次来这里，是鲁平阳即将来绝尘的前夕。而当时他接到的任务也很奇特，做鲁平阳的助理，掌握他的动向。对此周林曾经认真解读过，最后把自己准确地定了位——助理卧底。

周林是在一个很偶然的机会认识林宏宇的。

他出生在江西一个农村小镇，父亲是个小学教师，母亲是个淳朴的农妇。

由于父亲对他要求严格，周林在镇小学上学时成绩一直非常好，也是镇上为数不多的几个考到县城重点中学的孩子之一。

虽然他自小在非常和睦的家庭环境里长大，但他的家境却并不非常好。父亲一人的工资，维持全家的生计之外，还要负担他所有的学费、生活费，因此当他经过勤奋努力考上北方的一所非常不错的大学后，全家对他高额的学费犯了难。

好在父亲和他们一家人在小镇上为人厚道，口碑很好，所以父母四处找人，终于靠借钱凑够了他需要的学费，但生活费只能继续靠全家节衣缩食才能提供。周林不愿父母为了培养自己过得如此清苦，一进大学校门就在外面打零工，不仅从此没再伸手向家里要过一分钱，过个一年半载的还能攒下点钱寄回去，帮助父母偿还当初的借债。

周林勤快，人也聪明，从小喜欢文学的他学的又是文秘专业，经常能在外面找一些写文案的活计，因为文笔不错，交货及时又好谈价，找他的人越来越多，所以后来像滑冰选修课这样需要一定投入的课程，他也有能力去上。

林宏宇认识周林是在他上大三的时候。绝尘曾经在H市为一家企业做过一次大型的宣传推介活动，由于创意新颖、组织成功，被当地电视台全程进行了拍摄报道，其中的一些经典片段甚至在重要频道上播出了。时隔不久，林宏宇就接到了周林所在的这个北方城市一家企业的邀请，来帮助他们策划并组织一次非常大型的产品推介活动。活动实施是两家共同组织的，而当时在文案编纂方面已小有名气的周林，被推荐给了林宏宇。

周林的才华很快得到了林宏宇的认可，而更被他欣赏的是周林身上那股子永不放弃的热情。也就是这次相遇，让周林在大三便拿到了绝尘的聘书。

对林宏宇，周林一直怀着感恩的心理，感谢他的知遇之恩，更感谢他在后来对他经济上的资助。那两年，他的很多文案都直接送到了绝尘，也帮助公司建立很多标准的文案模板。但由于周林一直是和林宏宇单线联系，所以绝尘很少有人认识他，知道他和林宏宇关系的人就更少了。

鲁平阳入职绝尘的前夕，周林刚刚毕业不久，正在市场部进行锻炼，所以启用他作为鲁平阳的助理，是最合适不过的人选。

几年下来，周林早已不是过去那个只醉心写作、不关心其他的学子，鲁平阳的所作所为他都看在眼里，记在心上。他其实一直不明白为什么林总对鲁平阳会如此宽容，要是在他看来，早在一年多以前，鲁平阳开始出卖公司利益的时候，就应该被清除出绝尘了。但他的这些疑问并没有问过林宏宇，对这个绝尘的老大，他心里只有深深的折服和钦佩，林总的决定，一定有他自己的道理。

看着眼前的林宏宇，额头已经白发丛生，可脸上的坚毅却一如当年周林第一次看见他的样子。

“周林，我想说，这几年你真的没有让我失望。”林宏宇走到他的身边，力道不大但却非常沉重地在他的肩上拍了几下，“我想交给你个更重的担子。”

周林立刻站了起来：“林总，我随时听从您的安排。”

林宏宇连忙把他按坐下来，自己也随手拖了另一个椅子，在他身边坐下：“这几年让你一直做助理，同时观察鲁平阳，我知道，委屈你了呀！”

“林总您实在是言重了，我做得很开心，也学到了非常多的东西。”周林的话的确也不是客套，鲁平阳不是个普通人，虽说贪财，但能力超群，跟着他确实学到了很多他过去都没听说过的东西。

“周林啊，我不是一个喜欢搞阴谋诡计的人，只是不喜欢被别人暗算。虽然我也知道派你做这事，你心里憋屈，但今天的情况你也看到了，没有你，只怕公司的损失远远不止这些。从这一点上来说，我要感谢你啊！”

林宏宇一番话语重心长，周林不觉有些不好意思：“林总您别这么说，我真的没做什么。”

林宏宇看了看周林，欣慰地注意到，这孩子的本质还是没变，忠诚踏实。当初绝尘向他发出了聘书，却并没要求他不要再给其他公司做文案。可周林非常懂事，从拿到聘书的那一刻起，就再没有给外面的任何企业做过事。他做事，心里自有一杆秤，秤的一头是利益，另一头却是他自己的准则和良心。

林宏宇打心里喜欢周林。

“周林，现在鲁平阳离职了，俊峰接替了他的职位，我想让你做市场部副部长，帮着他一起把市场部撑起来，你觉得怎么样?”

这是对周林忠诚的褒奖，也是对他这几年在绝尘工作的肯定，无论从资历、能力还是贡献上来说，林宏宇都认为这是他应得的，他也相信周林胜任这个职位。

可出乎林宏宇的意料，周林并没有表现出欣喜的神色，反而在听完这句话之后，轻轻锁了一下眉头。不过周林并没有立刻做出回答，沉思了片刻之后，他才抬起头，坦荡荡地看向林宏宇。

"林总，我特别感谢您如此信任我，而且我也有信心可以胜任这个职位。不过，我不能接受。"

林宏宇显然完全没有想到周林会这么快就拒绝，不过毕竟是经过了大风大浪的老江湖，微微一怔便恢复正常，只是看向周林的目光有些疑惑。

"哦，为什么呢?"以林宏宇对周林的了解，他不是一个莽撞冒失的人，所以他拒绝副部长的职位，一定有他的考虑。而林宏宇，对周林此时的真实想法非常感兴趣。

"林总，我想了一下，虽然您说因为我的工作给公司减少了损失，但总体来说，我在绝尘一直也只是个部长助理。现在我的部长走了，我便平步青云，不仅不能服众，还会给别人落下口实。就算您说我是为了公司，但旁人一定会有各种猜测，这无论对公司、对您、对我，都不是一件好事。"

听周林说到这里，林宏宇再次深深地打量了一下他。昨天，林俊峰已经让他对下一代的成长刮目相看，今天，周林更是让他在心中不禁暗自感叹"后生可畏"。周林的一番话，处处在理，虽说就算自己坚持安排这个职位，公司人最终也说不出什么来，但周林还是更多地站在他的立场上为他着想，这让林宏宇心中无比安慰，这么多年自己到底没有错看这个年轻人。

周林看他的表情由疑惑变成了欣慰，知道他心里已经接受了自己的说法，于是说话时底气更足了："我是这样想的，林部长现在的助理是个实习生，很快也要回学校了，再加上她又是个女孩子，很多事也不那么方便。我想……给林部长做助理。"

林宏宇听完，频频点头。这个考虑应该说是非常周到，既然这样，该怎么做他心里也清楚了。

"好，我尊重你的选择！那峰儿那里就交给你了。他经验不多，你多帮帮他。"

"放心吧，林总，我一定会尽力的。您这儿没别的事的话，我就先回去了。我把手上的文件也整理一下，帮林部长尽快了解情况。"

"好！"林宏宇也没多留他，看着周林稳稳当当地走出办公室，轻轻地把门带上，这才坐回自己的桌边，拿起了电话拨到了人事部："是我，周林还是做市场部部长助理，从这个月开始，加薪30%。"

如果周林接受副部长的职位，他的薪水大概能加40%～50%，现在他虽然继续做助理，但实际上做的都应该是副部长的工作了，所以加薪也是有道理的。不过林宏宇心中自有打算，有峰儿和周林在市场部，他不会再派副部长给他们了。那个位置迟早还是周林的。

于是，市场部最先设立副部长，最后却成了唯一的一个没有副部长的部。

周林离开总裁办公室的时候，林俊峰已经在办公室里忙开了。鲁平阳从昨天晚上开完会之后，今天就没再出现在公司里，甚至连私人物品都没有来收拾。周林一上班又去了总裁办公室，所以他并没有收到鲁平阳传来的待处理文件。

不过尽管如此，鲁平阳离开绝尘的消息也是一瞬间传遍了整个公司，由他接替市场部工作的任命自然也都家喻户晓了。正因为如此，早上过来送待审文件的人一直没停，就连一向喜欢往林俊峰办公室跑的李钰琪，最后都不耐烦这一趟一趟的差事。当她又拿着两份文件走进林俊峰办公室时，林俊峰意外地出言叫住了她。

"李钰琪。"

"啊？林部长你叫我？"李钰琪高兴地走了过去。林俊峰这段时间都对她异常冷淡，基本不怎么跟她说话，再加上她的实习时间快结束了，所以心情一直很灰暗。现在听到林俊峰叫她，自然非常开心。

可是，林俊峰的表情却并没有因为她的开心而和悦起来，说话的语气仍然那样冷冷的："你的实习期应该结束了吧？"

李钰琪满心欢喜地过来，听到林俊峰这样问，就像兜头被泼了一盆冷水。在绝尘实习这几个月，尽管她完全实现了自己以前的愿望，基本上每天都能看到林俊峰，但她也被迫接受了一个现实，那就是"林俊峰对自己毫无兴趣"。所以听到这句听上去无情无义的话，倒也没有像过去那样刺激得她想发疯，但回答的语气也一反刚才的殷勤乖巧，变得干脆而又不耐烦："是！"

李钰琪的语气变化，林俊峰并没有注意到。实际上，自从她来到绝尘，林俊峰就没怎么注意过她。

"今天周林会来接替你的工作，你和他做个工作交接。如果学校时间到了，你就可以随时回去了。"

刚才父亲已经打电话来，告诉他周林提出继续给他做助理。林俊峰自然非常高兴，他高兴的不只是周林是个不错的助理，对自己的工作一定大有帮助，更让他高兴的则是终于可以摆脱李钰琪了。

尽管李钰琪已经很清楚地知道，林俊峰根本不可能对她怎样，可当她听到林俊峰的这番话，仍然立刻就红了眼眶："林部长，你这是……在赶我走?"

林俊峰显然没有料到她的情绪来得这么快，但是他却没有丝毫的慌乱。

"我今天好忙，你先出去吧。顺手帮我把门带上，谢谢！"说完便看也不看她一眼，埋头伏进桌上的文件里。

李钰琪一见自己这样都没有引来林俊峰的同情，不禁放肆地加大了哭声。原本以为林俊峰不会把她怎么样，谁想到这个大公子直接站起身，推着她的后背把她"送"出了门。李钰琪没有收声，哭声一直传到外面大办公室里，引得不少人站起来探看。

正在这时周林走了过来，看到李钰琪，心里就已经明白了几分。一个姑娘站在男上司门口哭，这场景太容易让人浮想联翩。于是周林快步走过去，拍了拍李钰琪的肩膀，招招手，示意她跟着自己走。

周林引着李钰琪来到旁边的小会议室，转身看了看还在抽泣的这个前任实习助理。这姑娘也没什么大的不好，除了对林俊峰有点死心眼外，其他都不错。唉，这也只能说是她命里注定的劫数吧。

"别哭了，小李，听我一句劝，你和林部长是真的没缘分，强求不来的。再说，你那个追法，他能不烦吗？你总要让他跟你在一起的时候觉得自如才行啊，现在他一见到你就想着要怎么防备你，别说缘分了，恐怕连普通朋友也做不成吧。"

周林对李钰琪并没有什么厌恶感，看她这样伤心也想开导她一下。至于林俊峰，他和潘婕的那份感情可不是随便什么人就能破坏的，劝这女孩子早点放下，对大家也都是个解脱。

李钰琪含着眼泪看了看周林，她没想到这种时候竟然是他来安慰开解自己。平时两个人工作上倒也打过交道，不过没怎么说过话。刚才听林俊峰说是他接替自己的工作，心里还有一丝怨怼，可现在，周林的一番话不仅让她心里好受了很多，更让她对周林心生好感。女孩子软弱的时候，一个小小的善意也可能会成为救命稻草。

"那你说我毕业以后还有没有可能……进绝尘?"李钰琪一边抽泣，一边断断续续问出了这样一句话。虽然到现在她再进绝尘已经看似没有任何意义，可是初恋的那种萌动，让她怎么也不甘心不看到黄河就死心。哪怕只有1%的希望，她也会拼尽全力的。

周林叹了口气，如此的执着让他忍不住连连摇头。不过他不忍心直接再说出打击她的话，而是硬生生地换了个话题:"走吧，把你手上的事跟我交代一下。"

路云鹏走进潘婕办公室，脸上挂着若有若无的笑意。

潘婕最近的心情很好，医生也已经建议她把妈妈接回家里继续调养，康复锻炼也可以按计划在家里做，医院的治疗已经基本可以不做了。她打算把妈妈先接回自己租住的公寓。

其实她现在的公寓太小，她和妈妈再带上王婶居住，实在有些拥挤，还必须再撑一张行军床，而自己只能先睡沙发。但现在只能暂时将就，等她找到合适的房子，再想办法换个地方。至于买房子，她现在是不会考虑，因为她没钱买。

看到路云鹏进来，潘婕笑着站了起来。不用他吩咐，便走过去给他煮了一杯咖啡，端到茶几上。路云鹏也非常默契来到沙发上坐下，随手从口袋里掏出了一串钥匙。

"下班以后跟我一起去看看吧。"路云鹏端起咖啡，轻轻用勺搅了两下。不锈钢勺柄轻碰在杯壁上，发出清脆的叮叮声。

潘婕疑惑地看着他:"看什么?"

路云鹏并不直接回答:"到时候你就知道了，这个收好。"说完将钥匙向着潘婕推了推。

“到底是什么？为什么把钥匙给我？”潘婕说完，一屁股也坐到沙发上。最近路云鹏怎么总是神神秘秘的。

路云鹏笑了，他放下手中的杯子，把身体向前坐了坐直：“好吧，我告诉你。我在老住宅区那边买了一套房子，刚刚全部装修好，你妈妈不是马上就要出院了吗？她出院以后你们搬到那里去吧。她出入不方便，住平房更合适，而且那里老人比较多，你上班不在家的时候也有人能跟你妈妈说说话。”

潘婕猛地站起身，表情严肃地说道：“不，我不接受！”

路云鹏了解潘婕，早就料到她不会接受。只见他不慌不忙向潘婕摆了摆手，示意她坐下：“你先别急。我可没说这房子就给你了，而且也不是白借给你。算我租给你，每个月你要交租金给我。等你妈妈身体好些了之后，我还想在那里开个小门面，到时还要请你妈妈帮着关照呢。”

潘婕想了一下，其实路云鹏也是好意，就是想要帮助自己。而眼下，潘婕也确实没有时间每天出去找合适安置妈妈的地方，如果路云鹏同意收租金，那对她来说倒是个很有诱惑力的提议。潘婕很有原则，如果只是她自己，就算路云鹏说什么也不会接受的。可现在事关妈妈，她是真想能让老人家有个好的环境，而路云鹏说的这个地方，再理想不过。

“好吧，”潘婕回答得并不勉强，想通了这些，她也不会扭捏磨叽，“租金多少，你说了算。”

“每月你工资的五分之一。”路云鹏显然早就考虑过这个问题，所以回答得很快，“如果你工资增加，租金也相应增加。怎么样？”

很合理！潘婕点了点头，这个比例很合理。路云鹏果然是个心思细密的男人，如果他把租金说得太低，他知道潘婕肯定不会答应；可如果说得太高，他又担心会影响她们母女的生活，毕竟还有很多其他地方需要用钱。所以他说了个五分之一，这比一般外面租房所付租金占工资的比例要少，但他却留下了工资增加租金也提高的出口，这就让潘婕更加不好拒绝。

“好！我先租下，等我买到合适的房子就解约。”

“行，随时可以的。”路云鹏这才再次捡拾起钥匙，并递到潘婕的手上，“下班我来叫你，一起过去看看。”

潘婕应了一声，接过钥匙不自觉地抓紧在手心里。

路云鹏看到她的动作，再次微笑了起来。每次帮助潘婕，都让他感到一种莫名的满足和快乐。他再次端起杯子，一口一口把咖啡喝掉，温热的咖啡刺激味蕾，有一种特殊的醇香。

“小潘，接下来打算怎么办？我是说你和林俊峰的赌局。”

潘婕听他这样一问，才想起昨天刚出的事还没跟他说，便赶紧把昨晚林俊峰打电话告诉她鲁平阳离开绝尘的事说了一遍。

路云鹏听得很认真，听完之后眉头便皱了起来：“这是两败俱伤啊！”

潘婕知道他在说什么，也点了点头：“是的，绝尘和鲁平阳都有损失，不过少了鲁平阳这条蛀虫，绝尘环境应该会好些了。”

路云鹏沉吟了片刻，鲁平阳的背景复杂，这次出事对绝尘来说是福是祸还为时尚早。不过这些话他没说出来，他怕潘婕听了又会为林俊峰担心。

回到自己的办公室，路云鹏信步踱到水族墙的面前。鲁平阳被绝尘清除了，看上去应该是一件好事，可他毕竟在绝尘干了这么多年，多少是有一些自己的人脉。现在他走了，那些人会不会被他一起带走？如果这样，那么绝尘的动荡只怕还不会很快结束，而是刚刚开始。

三十三

想到这一点的，自然不是只有路云鹏。此时林宏宇的办公室里就坐着一位从未来过的客人，双手紧张地绞在一起，通过厚厚的眼镜片射出的目光是那样游移而惊魂不定，让人一看就知道此人是无比的紧张。他就是企划部设计一组的组长——罗晓波。

林宏宇以前并没见过罗晓波，但对他的设计能力却早有耳闻。今天的这场谈话并不是林宏宇发起的。人事部上午收到了罗晓波的辞呈，因为感觉与鲁平阳有关，所以人事部没有擅自处理，而是通知了林宏宇。林总裁一了解到这些情况，便通知人事部让罗晓波直接来总裁办公室找他，于是才出现了上面的这一幕。

看着对面坐着的这个手足无措的年轻人，林宏宇心里叹了口气。鲁平阳这几年在绝尘确实没闲着，他还是培养了一些自己的力量。今天辞职的除了罗晓波，还有其他两个项目经理。那两个人，林宏宇看都没看一眼就让人事部放行，既然你要投旧主，我也不会拦着，否则就算留下来也都是祸害。

可罗晓波不同，现在绝尘还没有哪一个设计师的能力可以超过他，这是个人才，林宏宇不想让他这样就走了，他想给一个机会，给罗晓波，给自己，也给绝尘。

"你叫罗晓波?"沉默了半晌之后，林宏宇还是先开了口。

"是，我是罗晓波。"眼镜男一边回答，一边伸手揪住了自己毛衣的下摆，还一个劲地不停地揉搓。因为他面前的林宏宇，在他眼中气场实在太强。罗晓波本来就很胆小腼腆，从进门到现在总裁一直不说话，要不是坐着，估计他早已经腿软到坐在地上了。

林宏宇一见他的动作，就知道这是个内向的人。本质应该不错，怎么会跟了鲁平阳呢?

"我也不跟你兜圈子，听人事部说你今天提出了辞职，我只想听你跟我说一个理由。"

罗晓波连眼皮都不敢抬，直盯着脚下的地板不停地眨着眼："我觉得自己能力……不够，所以我想……换个……"他的声音非常微弱，说到最后便几不可闻。

尽管他几乎什么都没说出来，但林宏宇还是明白了他想说的是什么。看到他的手一直在自己的身前垂着发抖，不禁把声音放低了一点，语气也稍微和缓了许多。

"你还是告诉我你真实的想法吧，不用找其他的借口和理由，直说就好。"

罗晓波嘴皮子嚅动了半天，可是却一句话也没有说出来。他虽然内向，不善言辞，但他心里并不糊涂。他不能说出真实原因，如果自己亲口说了，他在绝尘这几年帮着鲁平阳做的事就会全部暴露，他要想安然走出绝尘只怕也会很难了。

林宏宇叹口气："你如果不想说，那我帮你说吧，你是因为鲁平阳离开了绝尘，让你跟他一起走，是这样吗？”

罗晓波并没存侥幸心理，认为绝尘会完全不知道自己和鲁平阳的事。现在连他都已经离开了绝尘，自己说不说也就不重要了。即使今天不是鲁平阳要他走，绝尘知道他们的勾当，也会把他踢出门去的。所以听林宏宇说出这句话，倒也不意外，只是把头垂得更低了。

看他仍然不说话，林宏宇知道他已经彻底放弃了。罗晓波现在的态度，他其实比较满意，一副老老实实的认错姿态，没有狡辩，没有推脱，这倒更让他坚定了之前做出的决定。现在，他要把这个决定告诉罗晓波。

“如果我说，绝尘可以对你过去的事情一笔勾销、既往不咎，让你继续留在绝尘公司，你愿意吗？”

一直深深低着头的罗晓波，听到这句话，猛地抬起头来。他甚至怀疑自己的耳朵出了毛病。

“林总，您……您说什么？”

林宏宇直视着他的眼睛，语气更加斩钉截铁：“罗晓波，我再问你一次，如果我说原谅你，让你继续留在绝尘，你愿不愿意留下？”

罗晓波仿佛被这句话施展了咒语，定在原地足足维持了两分多钟，直到眼泪顺着面颊从他的眼镜框下面流出，才开始有了身体的动作。

他的肩膀抽动了起来。

他从没奢望过，出了这样的事，林宏宇还会挽留他。虽然他并没有直接参与鲁平阳的谋划，只是在他交给自己一些设计任务时帮他做完，而鲁平阳也会直接付给他一些酬劳，仅此而已，可是就算如此他能对谁解释呢？他和鲁平阳就像串在一条线上的蚂蚱，鲁平阳走了，叫他也走，他不得不跟着。

没人知道他的纠结。特别是当同一个项目，两个公司的设计都交给他做的时候，他基本上是处于绞尽脑汁的崩溃边缘。既要做得都有水准，又不能让人看出设计是出自同一个人之手。尽管这种情况很少，但出现一次两次都是要命的差事。

不过有一点他始终有自己的原则，就算同一个项目，他也不会把给绝尘的设计文案粗制滥造了去交差。罗晓波其实并不知道，林宏宇在今天找他之前，早已把他进绝尘之后做的所有企划设计都调来看了一遍。也正因为对他这种基本职业操守的肯定,林宏宇才决定,要把罗晓波留下来。

林宏宇冷静地看着面前这个年轻人,罗晓波的反应让他更坚定了自己的决定。他并没有在攫取利益的过程中泯灭自己的良心,这让林宏宇多少感觉到了一丝欣慰。所以,不等罗晓波回答,他继续说道:"你如果现在不能答复,那你可以回去考虑几天。我给你的承诺是,一笔勾销,职位、薪水统统不变,不过有一个条件,如果此类事情再发生,绝尘会追究你的法律责任。"

"不,不,不会,再也不会有了!"林宏宇的这句话把罗晓波从痛悔中惊醒过来,自己当初被鲁平阳从北京挖过来,其实也只是因为鲁平阳比较欣赏他的设计能力,尽管私下里做过那么多次交易,但两人并没有太多的交集,鲁平阳也并不把自己的事情告诉他。自己先对不起了绝尘,绝尘还肯给他这样的机会,他怎么可能还会让这种事再次发生呢?

他来绝尘这么长时间,这是个什么样的公司他心里非常清楚。别说是在H市,就是放在北京,绝尘也是个环境很好的企业。他舍不得离开这里,所以林宏宇的建议对他来说,毫无疑问是一束碧绿碧绿的橄榄枝。

"林总……我对不起绝尘……我……我愿意留在绝尘……今后绝无二心!"

林宏宇看着感激涕零的罗晓波,微微笑了一下,冲着他摆了摆手:"去吧,设计一组我就交给你了,做不好我唯你是问。"

罗晓波慌忙站起身,对着林宏宇连连鞠躬:"林总放心,林总放心,我一定尽全力!"说完便低下头,边擦眼泪边走出门去。

送走罗晓波,林宏宇深深舒了一口气。绝尘这边的人基本安排妥当,也是给市场部的人打打气的时候了。他从椅子上站起身来,这几天的紧张忙碌让他多少感到体力有些跟不上,看来这年纪真是不饶人啊。

走出办公室,林宏宇只喊上了自己的助理,进了电梯便来到了市场部所在的五楼。

市场部的员工最近情绪都比较低落。鲁平阳的离去,让市场部一度极其的混乱,接连两个项目经理的辞职,更让这种混乱变成了恐慌。

林宏宇的出现,非常出乎大家的意料。在很多人的记忆里,进入绝尘公司以后，能见到总裁的机会就很少。前两年是因为他在病休，来公司的次数就非常非常少。最近总裁复出，也一样不会到每个部门去转，所以今天的出现，不得不让人将它与鲁平阳的离职联系起来。

虽然每个人心里都有自己的想法，但看到林宏宇，几乎所有人还是站起身来向他问好。林宏宇也笑着和大家一一打招呼，有一些过去认识的老面孔，他便走过去握握手，说几句闲话。

大家看他的样子，也就不自觉地围拢过来，把他围在了人群中央。林俊峰也听到了消息，走了过来。

“我今天没什么事，就是过来看看大家。”林宏宇声音很洪亮，特有的强势气场很快让周围的人安静下来，“我知道，最近公司出了事情，大家心里都有些不安，其实大可不必担心。公司高层已经妥善解决了那些问题，大家只要是安心为绝尘工作，都不会受到影响的。”

话音一落，人群中就响起了窃窃私语。鲁平阳曾经是他们的部长，每个人都受他的领导，他出了事会不会影响到市场部、影响到自己，自然是他们关心的问题。现在总裁过来表了态，是否就意味着这件事就此结束呢？

林宏宇停顿片刻，待声音弱下去之后继续说道：“大家不要有什么太多的顾虑，绝尘还是绝尘，只要我林宏宇还在，就会带着大家继续往前走。在这里我也拜托大家，绝尘靠你们了！”说完，林宏宇微躬身体，向大家鞠了一躬。

人群猛地寂静了一下，但立刻爆发出雷鸣般的掌声。虽然总裁并没给大家任何承诺，但他的这一躬，已经蕴含了太多的含义。

林宏宇直起身来，微笑着看了看大家。双手掌心向下，示意大家静下来。

“我今天没有别的事，就是过来看看大家，没事了，大家都去忙吧。”看着人群渐渐散去，林宏宇向着站在人群外围的林俊峰走了过去。

“走，去你办公室看看。”

林俊峰的办公室还没搬到部长办公室，仍然是原来潘婕的那一间。鲁平阳的私人物品自己没有收拾，这几天周林正在帮他打包，准备专门给他送过去一趟。而林俊峰这两天忙着市场部的事，根本也没时间搬家。

看着两个人走过来，门口的李钰琪很有眼色地站起身，为他们打开了门。林宏宇看了她一眼，并没说话，径直走了进去。而林俊峰在进门的时候，根本连看都没看她一眼。

等房门在身后关上，林宏宇这才开口问道："这个小姑娘还没回学校呢？"

"我已经和她谈过了，她随时可以离开。可是……"说到这里，林俊峰摇了摇头。

自己儿子招姑娘，这在林俊峰很小的时候林宏宇就知道。儿子的脾气他了解，表面上看风流不羁，骨子里却是个执着的人。

"你对她无心，就说清楚，别把人家耽误了。"

林俊峰一副有苦说不出的冤枉表情："我怎么没说？就差帮她打包东西、亲自送她出去了。"

林宏宇笑了，也是，自从这个姑娘来到绝尘，耳朵里听到的可都是她怎么对峰儿死缠烂打，还没听说过峰儿对她有过好脸色呢。儿女小事，他自然不会管，他顾虑的是另外的事。

"她是鲁平阳推荐来的人吧？依你看，有没有？"

他的话没说完，林俊峰自然懂得父亲的意思："我注意观察过，应该是没有什么瓜葛。不过即便没瓜葛，我也是觉得尽快让她离开的好，不然这是个口子。"

林宏宇点点头，儿子既然已经想到了这一层，他也就不必响鼓重锤了。这孩子最近变化实在不小，而这些变化都让他喜上心头。他到了现在这样，自己已经大可放心了，只除了一件事……

"最近和潘婕怎么样？"

刚才还在父亲面前镇定自若的林俊峰，听他问到这件事，立刻变得有些不自在，手也忍不住放到头上挠了挠头皮："还行吧。接到他们的邀请，明天去参加他们公司的聚会。"

"小子，你可把握好机会啊，如果你自己不抓紧，后悔莫及啊！"林宏宇说着，看了一眼林俊峰身后的项目看板，赌婚的那十个格子还画在那块板子上，"你们这个赌局现在什么情况啊？"

"打平了。"林俊峰也回了下身，不过他是完全出于下意识的反应，他不用看也能回答林宏宇的问题。

“你这磨磨唧唧的，再不使劲潘婕跑了你可怎么办？”

林俊峰不禁咧了咧嘴，看来老爷子发飙了。可问题是，自己赢了应该是个什么结果啊？连他自己现在也迷糊了。照潘婕的说法，甭管谁赢谁输，最后的结果都是结婚，那还要这个赌局吗？

林宏宇说完，言归正传：“市场部过去是鲁平阳的地盘，你最近好好调理一下。周林对情况比你熟悉，遇事多跟他商量商量。我今天过来，就是帮你打气的，接下来就要看你了。我可不希望拔起了萝卜，带出一堆泥。”

“爸，你放心吧，我心里有数。”

林宏宇这才松了口气，又看了儿子一眼，转身走了出去。林俊峰送他离开，眉头慢慢皱了起来。心里那个人影，到底是不是潘婕呢？

三十四

潘婕还在看着最新的广告资料，路云鹏的电话打了进来，叫她下楼，自己的车停在停车场里等她。潘婕叹口气，收拾了东西出门准备下楼。

卫兰看她今天走得早，就问了一句：“潘部长走这么早啊，去医院看妈妈？”

已经走过去的潘婕，转过身来到她身边，俯下身子对着她耳边轻声说道：“去看房子。”

潘婕坦荡荡地上了路云鹏的车。

要说欠路云鹏的人情，已经是无法改变的了。从路云鹏帮他找到罗医生，再到现在租房子给她，这一切她都很清楚。她可以慢慢报答他，慢慢偿还，可以用任何方式，除了用她自己。这一点，潘婕已经不是暗示地告诉路云鹏，而是很明确地跟他谈过。可路云鹏的反应非常轻描淡写，反倒显得潘婕自己以小人之心度君子之腹了。

如果潘婕知道她妈妈在香港治疗期间的费用，也是路云鹏帮忙支付了一大部分的话，不知道她会作何感想。

紧握方向盘的路云鹏，嘴角挂着淡淡的微笑。

他喜欢看到自己欣赏的女人过得轻松幸福，这让他颇有成就感。其实第一次从香港回来的时候，他已经可以正视自己的情绪，也明白地在心里偷偷承认，自己确实对潘婕产生了一种奇妙的感觉。可他不知道是不是那种男女之爱。他喜欢潘婕，欣赏她，但她对自己完全没有相应的回应，而代之以一种更像是兄妹之情的依赖。

而糟糕的是，路云鹏对于潘婕对两个人关系的这种定位，并不排斥。他知道这和自己的内心真实想法存在着差距，但潘婕对他的信任却让他很享受这个相处的过程。

车子轻快地来到最靠近巷口的停车区，路云鹏泊好了车，引着潘婕走到了巷子的入口。

"记住了啊，这条巷子叫做崇仁巷。"路云鹏微微笑着对潘婕说到，初春的风迎面而来，将他风衣的衣角吹起，搭在颈上薄薄的黑白条纹羊绒围巾也被风吹得荡了起来。儒雅的样子和这条巷子的名字很是协调。

带着潘婕走入巷子深处，大约五百多米，路云鹏在一座住宅的门前停住了脚步。

"来，开门！"

路云鹏这句话说出口，潘婕才意识到他今天交给自己的那串钥匙，应该就是打开这扇门的。她赶紧打开手包，把那串钥匙取了出来，看了看锁孔，试着找了一把看上去很像能配得上的钥匙插了进去。随着钥匙的转动，这扇一看就是刚刚新刷过的白色油漆的铁门，应声开了。

这是一个很标准的南方院子格局的院落，院子干净整洁。右边的院墙下面铺了防滑瓷砖，灰白的瓷砖底色上印着非常柔和的粉色百合图案，靠近墙角留出了一片土地，中间种了一棵看上去有些年头的葡萄藤，可能由于刚开春，再加上刚刚移栽过来，棕褐色的藤蔓上还是光秃秃的，没有一片叶子。

瓷砖覆盖的地面上部，是一个非常漂亮的铁艺葡萄藤架，细细的白色铁丝之间也点缀着粉色的百合铁花。藤架下面放着一把藤制躺椅，微风吹过，躺椅微微前后起伏。

左边的院墙下，是一片花圃，种了几丛潘婕也说不出名字的树苗。院门左手边有一棵桂花树，也是有了些年头的，长长的枝条已经越过院墙，伸向了院子的外面。

所有可以行走的地面，都用了瓷砖铺满，一直延伸到进门处。瓷砖上干干净净，甚至连浮尘都只是极薄的一层。想必是几天前刚刚打扫干净的。

看着潘婕在院子里就吃惊的表情，路云鹏不免失笑。拍了拍她的肩膀，把她从惊讶中唤醒过来："走吧，进去看看。"

潘婕不好意思地收了神，跟着路云鹏来到正屋的门口。这里同样上了锁，她又在一串钥匙中找出一把去开，可这次明显运气差了，连换了三次才把门打开。

"以后家里住了人，就不会这样麻烦了，里面这道门白天可以不锁的。"路云鹏细心地解释，俨然一副好房东的样子。

潘婕对他笑笑，并没说话，跟着他进了正屋。

正屋更像一个楼房公寓的客厅，三个门通向三个房间。这里因为临着院子，光线很强，所以没有摆放电视机。一组沙发靠着墙，正对着门口摆放，前面是一个茶几，看上去并不出奇。但潘婕细心地发现，沙发的大小和摆放的位置很合理，如果有一个轮椅要在室内活动，无论从哪个房间出来都不会受到任何阻碍。就连两个花瓶，也是放在沙发两侧的墙面上搭出的两个小台子上。

房间里没有多余的摆设和家具，非常干净利索，除了墙上挂着的几幅装饰感极强的画，提示着人们这所房子的装修者的匠心独具之外，其余完全看不出这个房间的特别之处。

看到这里，潘婕忍不住看了看路云鹏，而他此时的目光也正在自己的脸上。潘婕闪避地垂下眼帘，轻轻说了句："你真细心。"没有过多的询问，也不需要解释，一切都摆在了这里，潘婕很清楚地知道，这个房子的装修，路云鹏是真的花了心思。

"进房间看看吧。"路云鹏对潘婕的这句话并没做出任何反应，不过她的聪明已经显露无余，这让路云鹏非常满意。如果那些体贴的设计需要自己一点一点解释给她听，这件事的妙处便毫无趣味可言了。潘婕的样子，他很喜欢。

潘婕这次没等他在前面引路，自己率先走进了左手边的第一个房间。

房间照例干净简洁，装修非常简单，但一看就非常实用。这里是一张很大的床，正对着床的墙边是一排衣柜。床的左边临窗，窗下放着一个小小的床头柜。窗帘当然也是淡雅的百合图案，傍晚的阳光斜斜地照射进来，漫散出柔柔的光。

这些还不是最让潘婕吃惊的。潘婕惊讶地在门的右手边，看见了一个卫生间！

南方的这种老宅子，跟北京的四合院结构有些类似，一般房间里都不会有卫生间的。过去这一片住宅区，都是有几个公共厕所，而居民家里都是使用木质马桶，一夜使用过后，清晨的巷子里都会有很多人到公共厕所去倾倒并清洗马桶。

后来市政府对老住宅区进行改造，给排水系统也接到了巷子里，但并没有进户。如果居民需要接入，就需要支付从总管到室内的管道铺设费用，所以很多人家并没有自家的卫生间。

潘婕从小生活在这个城市，很清楚这一点，而她父母原来的房子，也跟这里的情况类似，所以当她看到了房间里有卫生间，着实吃了一惊。路云鹏为了弄这套房子，到底花了多少钱？

虽然心中存了疑问，她却并没开口询问，而是快速进了第二个房间。

这个房间的装修和布置都与第一个房间类似，只是在墙上多出了一个与正屋里一样的台子，放置着一个花瓶。另外的区别是，这里是一张尺寸稍大的单人床。

潘婕想当然地认为这里是为王婶准备的，可路云鹏的声音却在身后响起，让她知道自己想错了。

“这个房间通道最直，是为你妈妈准备的。”

潘婕猛地回身：“这里是单人床？”

路云鹏笑了笑：“你妈妈现在不能自由活动，所以需要在房间里放一个轮椅，床大了就会影响轮椅的活动。另外，她行动起卧都还需要人搀扶，如果用大床，不好照顾。”

一个男人心思能细密到这样的程度，还能让人说什么呢？潘婕心里除了佩服之外，实在说不出其他任何一句话。

其实潘婕听他说这间房是给自己的妈妈的，就格外留意了一下。墙上的花瓶架是第一个房间没有的，这里当然也有卫生间，而且卫生间比刚才那个要大不少。潘婕知道，他一定还是考虑了轮椅的需要。也正因为这样，这个原本最大的房间也就放不下太多其他的东西。

出了这一间，来到最后一个房间。这里的床和第一个房间一样大，墙上也有个花瓶架。除了衣柜之外，多出了一个梳妆台，衣柜的一扇门上装了一面镜子。墙上的装饰画风格也变得柔美起来，与其他几个房间略显不同。

潘婕犹豫了一下，看了看路云鹏。

“这是你的房间。”路云鹏轻描淡写地一语带过，潘婕的脸却腾地红了。

屋里的摆设和家具，明显是按照一对夫妻的标准配备的，床头柜是两个，台灯是两个，衣柜也比其他两个房间大了不少，甚至卫生间里毛巾架上的格子都是两格。

这哪里是租房，根本就是为自己和妈妈量身订造的！潘婕对路云鹏这样的安排，实在是说不出任何评论，心里的感觉也如倒翻了的调料一般，五味杂陈。

路云鹏当然看出了潘婕的不自然，立刻出声岔开了话题：“走，看看厨房去。”

潘婕没说话，低头跟着路云鹏进了厨房。这种房子的厨房很是不小，但通常都是很老式的灶台，而路云鹏把这里布置成了很现代的厨房样式。墙上满满一排吊起的橱柜，下面是操作台板和煤气灶具。厨房的另一个角落被隔成了小餐厅，餐桌是六人用大小，所有的厨具、碗筷都已经齐备。

整套房子，连被褥、床单都已经配好，只要是人进来，基本就可以正常生活。潘婕没有语言能表达自己此刻的心情，刚想开口却发现喉头哽住了，干脆不说。

路云鹏当然知道她的心思，丢下潘婕一个人站在厨房里，自己走到了院中，在葡萄架下的藤椅上躺了下来。藤椅背后的墙上，有一扇窗户，里面便是厨房。潘婕隔着玻璃看到路云鹏一个人在摇椅上打晃，连忙用手背拭了拭眼角，平复了一下心情，也抬脚走进了院子。

听到潘婕的脚步声，路云鹏从躺椅上坐起来：“你妈妈什么时候可以出院？”

潘婕清了清嗓子，轻声说道：“医生说现在就可以，我准备等周末休息的时候就把她接出来。”

“周末我帮你吧，正好把你自己的东西也帮你拉过来。”潘婕自己搬家和接妈妈，都有不少东西要搬，她自己又没有车，肯定有诸多不便。

"不用了，我自己处理就是了。"潘婕连忙推辞。已经太麻烦他了，不能让他再做这些事情。潘婕心里已经打定了主意，自己已经带林俊峰见过妈妈，这样的事还是去"麻烦"他一下吧。

路云鹏并没坚持，只是笑了笑。

潘婕看他站起了身，也觉得参观可以到此结束了："路总监，走吧，我请你吃顿家常饭。"

路云鹏立刻回答："好！这顿饭我等了很久了。"其实路云鹏并不是要吃这一顿饭，他知道潘婕不是一个安于接受别人帮助的女孩子，特别是对来自男人的帮助。现在她要请客吃饭，是想在能力所及范围内还他的人情，给她这个机会，也是一种善意。

三十五

车子行驶在通往潘婕公寓的路上。

今天潘婕妈妈出院，林俊峰刚刚帮她们搬了东西去新房子。可谁料到路云鹏不请自来，跟着忙前忙后，这让他很不高兴。潘妈妈的东西放进房间，路云鹏便起身告辞。潘婕见林俊峰一脸不满，便借口要去自己住的公寓搬东西，拖着他出了门。两人一路上都没说话，气氛显得多少有些紧张。

林俊峰开始还是有些余怒未消，可在如此安静的环境里，尤其是潘婕的沉默，使得他整个人也渐渐冷静下来。

他承认今天做事有些冲动，对路云鹏的态度也有些不妥。路云鹏说得有道理，自己对潘婕来说，并没有什么特殊的权力，对一个来给她帮忙的人发那么大的火，着实太不冷静。可连他自己也说不清，为什么看到路云鹏出现在潘婕的身边，就会那么火大，以前在香港的时候可不是这样的。

从香港回来以后，他和潘婕的关系确实发生了不小的变化，两人之间仿佛形成了一种默契，就好像存在了一个双方默认的契约一样。可这种契约中间，又仿佛存在着一种障碍，阻止契约的达成。他知道这个问题在自己身上，可是潘婕似乎对这种障碍也给予了默许。

他没给潘婕什么承诺，严格来说，就算路云鹏现在追求她，自己也无话可讲。可是……心里有一个小小的声音似乎一直在对自己呐喊着——“潘婕是我的！”

如果今天不是潘婕及时赶到，他绝对不怀疑自己会把路云鹏打一顿。

想到这里，他心里有点理亏，不自觉地偷偷瞟了潘婕一眼。

坐在副驾驶的潘婕，身体陷在座椅里，头深深地低着，不知道在想些什么。林俊峰有点心慌，于是想说点什么打破这尴尬的沉默。

“嗯……”他先清了清嗓子，没话找话地说道，“你自己的东西收好了没有？”

听到他开口，潘婕这才坐直起来。刚才自己一个人在低头出神，脑子里也是乱七八糟的头绪乱飞，一直想着要怎么才能把这件事跟林俊峰说清楚。

他今天的表现，明显是吃醋了。这一点其实让潘婕看在眼里，心中不免有些得意。可是，路云鹏毕竟帮了自己这么大一个忙，林俊峰如此对待他，潘婕也很生气。几种情绪交织在一起，她也不知道该怎么开口，所以只好一直沉默不语。

林俊峰的这句话，说明他的心情已经平静了下来。接下来该怎么和他谈呢？潘婕皱眉想了想，心里立刻有了主意。

“还没，到了再收拾吧，能搬多少搬多少，其他的以后我慢慢搬。”说完，潘婕看了看林俊峰，“搬了东西我们从我公司那里绕一下吧，我去拿点东西。”

“好！”听到潘婕的语气平静，林俊峰心里安稳了不少。万事开头难，这话头一开，下面的话就好说了。

“路云鹏买那套房子，不是你求他的吧？”

潘婕就知道他还没把这件事放下，迟早会问：“你觉得我是那样的人吗？”

林俊峰摇摇头：“我知道你不是那样的人，可我觉得路云鹏是那样的人。”虽然他没说出来，可他知道潘婕一定懂得他的意思。

听他又说到路云鹏，潘婕干脆再次陷入沉默。现在无论说什么也没法打消他的疑心，那就先放一下。所以直到林俊峰把车停到了她的楼下，她都没有开口再说话。

潘婕并没叫林俊峰跟着自己，但他还是一言不发地和她一起上了楼。当她打开门，林俊峰也跟着走了进去。

熟悉的场景、熟悉的布置，这一切都让他越发肯定，自己一定来过。

潘婕让他坐在沙发上等一会儿，房间小，只有沙发和床能坐人。林俊峰倒也听话，并没有到处乱跑，只是看着四周发着呆。潘婕给他倒了杯水，自己就走进了里屋。她要收拾点衣物过去，还是常用的东西。

林俊峰喝着水，听着潘婕穿着拖鞋的脚步在里屋走来走去的声音，模糊的场景和情节在脑海中拉开。也是这样拖鞋的声响，也是这个房间，两个模糊的人影在晃动。他依稀感到情绪有些激动，可这些情景稍纵即逝，他无法回想出更多的细节。

"潘婕，我来过这里吗?"

脚步声猛然停止，紧接着就是急促的跑动声，潘婕来到林俊峰的身边，眼中充满了期待，蹲了下来："俊峰，你是不是想起了什么?"

"不知道……有点模糊的影子……却抓不住。"

"是的，你来过这里。"潘婕原以为他想起了一切，可听他这样说便有些泄气，"跟我大吵了一架，然后……"

"我欺负你了?"林俊峰怯怯地发问，那种被反抗的感觉来得越来越清晰。

潘婕脸红了，可回答却并没迟疑："没！没有！你只是……吻了我。"

"你为什么反抗?"林俊峰有些迷惑，他吻过潘婕很多次，可她从来没有拒绝过，甚至有时是她主动吻上来。可在这里，那种遭到抗拒的感觉如此强烈，他不知道这是什么原因。

"因为……那时的我不愿意……"潘婕忽然觉得这样说下去会很纠结，因为你问我答这种形式，很可能会让林俊峰觉得自己在误导他。他的记忆正在慢慢恢复，仅靠自己的描述可能无法帮助他完整事情的全貌。她需要其他的人，其他的证据。

想到这里，她飞快地把还没放进箱子里的零散物品收了进去，对着满面狐疑的林俊峰发出了命令："快，帮我把这两个箱子搬下去，开车送我去公司，我给你看样东西。”

林俊峰没有说话，默默地拿起箱子走了下去，潘婕在他身后又把一些洗漱用品划拉到一个袋子里，拎到门口换鞋出门。潘婕不禁暗暗庆幸，幸好路云鹏细心地把很多东西都准备好了，就算大部分东西不带，也能先在那边住下，不然自己收拾一天只怕东西也不够用。

林俊峰专心地开着车，没有再说话，可脑子里一点都没闲着。心里那个人的人影，已经几乎和身边的潘婕完全重合，虽然他想不起两人之间的很多细节，但这一点他越来越肯定：他过去的女朋友应该就是潘婕。

明确了这一点，他突然觉得心里轻松很多。每当他单独和潘婕在一起，他都无法抵抗她对自己的吸引力，甚至大多数的时间还会希望能跟她亲近一点、再亲近一点；可当两人分开，他又会对自己的软弱感到深深的内疚。现在，他终于可以没有顾忌地和潘婕在一起，这让他有点激动，更有些紧张。

他不知道潘婕以前为什么会不愿意，也许他们两人之间发生过很多很多事。不过这些对他来说都已经不重要，只要潘婕就是他心里那个人，他就会坚定地和她在一起。而他们过去的生活细节，他可以像海边拾贝一样，慢慢捡拾。

车停到大厦楼下，潘婕让林俊峰在楼下等她，自己飞快地跑进了电梯。周末人少，电梯来得也快，所以她来到办公室几乎没用几分钟。打开门，走到办公桌前，她从左手最下面的抽屉中取出了那封张军的来信。这个，应该可以帮助林俊峰想起很多事。

当她回到车上，林俊峰已经向她伸出了手。既然不让他跟着，就一定不是故地重游，肯定是去取什么东西。潘婕毫不迟疑，将那封珍贵的来信递到林俊峰的手上。

信很长，林俊峰虽然看得很急切，可仍然看了半天。潘婕眼睛一瞬不眨地看着他把信看完，整个过程中除了有两次微微皱眉之外，林俊峰的表情一直很淡定。全部看完，林俊峰又把几张信纸从头到尾翻了一遍，这才仔细折好放回了信封里，又把信封递给了潘婕。

潘婕看他一直不说话，心里突然有些慌乱。难道……他不相信这封信是真的？还是？正当她胡思乱想的时候，只见林俊峰转向她，意味深长地笑了笑，然后发动了车子，向前开去。

车厢里再次一片沉默，潘婕心里忐忑不安。可林俊峰没开口，她也没有说话，这种事对于一个失忆的人来说可能还是非常突然，她不想打乱和干扰林俊峰的思路。

车到巷口，两人静静地下车。拎上东西静静地走入巷子，来到门口。院门没关，王婶还在收拾东西，而潘婕妈妈已经起来并坐上了轮椅，此刻也在院子里和阿姨说着闲话。从外面看去，小院中的情景宁静温馨，让人心里只是浮现出一个词——"家"。

林俊峰看着眼前的这幅景象，脚步渐行渐缓，最后在门口站住。"有妈的地方才叫家"，可林俊峰的妈妈已经不在有多少年了，连他自己都已经记不清了。看着看着，面前的场景在他眼中变成了另一幅画面：潘婕坐在妈妈的轮椅边陪着妈妈说话，而自己在她们周围打理着葡萄的藤枝。在这一刻，林俊峰想融入这幅画面的心情，无比强烈。

他放下手中的箱子，看向身边的潘婕，心中闪过无数个念头。张军信中所说的事，他并没忘记，但关于潘婕的部分他确实不记得。信中的言语之间，旁证了自己过去对于潘婕的感情，他相信张军不会骗他。

林俊峰被这突然而来的感觉震住，以至于他在看完信之后都没办法很快做出反应。他无法带着完整的感情看潘婕，只知道自己曾经疯狂地爱过她，而她现在愿意接受自己，这就够了。眼前这个美丽的女孩，她有妈妈，现在又有了一个家，林俊峰忽然很想把自己也变成其中的一员，那种渴望在这一刻让他情不自禁地伸开双臂，把潘婕紧紧地拥入怀中。

三十六

潘婕敲开路云鹏办公室的门时，他正在为新拿到的咨询标书做整体设计框架。看到潘婕进来，并没有停下手上的工作，而是笑着对她示意了一下，请她在沙发上坐一下。

潘婕对着他点点头，却并没走向沙发，而是走到了水族墙的面前，看着玻璃墙内游来游去的五色彩鱼，静静地出了神。

“找我有事吗？”路云鹏忙完，倒了杯咖啡递给潘婕。

潘婕今天其实是来道歉的。周六路云鹏来帮忙，却没来由地被林俊峰误会一番：“我是来为周六的事情向你道歉的，俊峰做事太冲动了，你千万别介意。”

路云鹏笑着摇摇头：“不关你的事，那天我没打招呼就跑过去帮忙，也确实唐突了。”说完，伸手从桌上拿了一份文件递给潘婕，随即转移了话题。

“看看这个新案子，不算小，又是跟绝尘竞标。”

现在潘婕和林俊峰的进展，应该已经不会在意赌婚的结局了，可这毕竟涉及公司的利益，就算潘婕不赌，她也要帮助断点来争取。尽管现在在路云鹏看来，和林俊峰争夺项目，对潘婕来说已经有些进退两难了，可是他仍然需要提醒潘婕，不要忘记自己的职责。

“嗯，我知道，这个咨询我看过。”其实潘婕两天前就看到了这份咨询，而且断定绝尘一定也收到了标书。不过那两天她忙于搬家，一直没有时间仔细考虑。今天被路云鹏一说，脑子也才清醒，自己有些失职了。

“你怎么想？”路云鹏这样问，自然有他自己的想法。他想知道现在的潘婕，还有没有必胜的打算，如果有，他便拼尽全力帮她。

潘婕抬眼看了看路云鹏，她跟路云鹏合作这么久，非常了解他的脾气秉性。如果放在以前，他这样问，一定只是想问问潘婕对这个项目的想法和思路，可现在，他想问的一定不只是这个。路云鹏是个聪明人，潘婕自然也不糊涂。

“我对结局不再纠结，尽全力争取就好，这是对公司的交代。”

一句话，路云鹏便明白了。潘婕和林俊峰已经没有情变的可能，所以不再需要用项目的得失来决定两人的未来。一切，恢复了原来的样子，项目仍然是项目，感情依旧是感情。只是他路云鹏还恢复得了吗？

“好，我知道了。”路云鹏没有抬头，凝神盯着手上的杯子。这一刻，他的内心有些苦涩，可这是他早就知道的苦果，他只能自己吞下。

潘婕饮尽咖啡，放下杯子的同时也站起身来："那我先回去了，你先忙着。"

"好！"路云鹏没有挽留，不过站起身来送她出门的时候，脸上还是挂着一如既往的淡定微笑。

潘婕完全沉浸在自己的情绪之中，并没有注意到路云鹏的异样。

每个姑娘都会对自己的未来有一个梦想，而潘婕直到接近二十五岁，才开始做这个梦。不过，她比那些早早做梦的姑娘们要幸运很多，因为她梦想中的王子，面目清晰，有血有肉。

想到晚上又要见面，她的心里有着一丝丝的甜蜜。昨天的林俊峰，让她彻底沉迷，也许真的是因为自己的情窦开得太晚，直到现在她才发现，林俊峰是那么的飘逸出众。

恋爱中的女人智商都会下降，冷静了二十多年的潘婕，心中的火山被点燃之后，自然也不能免俗。所以，当她走回办公室的时候，卫兰立刻就发现，昨天就挂在她脸上的红晕，至今还没有消失。

"潘部长……"卫兰踌躇了一下，还是叫住了潘婕。

"嗯？什么事？"卫兰的一声呼唤，把潘婕从遐想中拉了出来。

"刚才项目经理来过，说甲方刚刚通知，要把开标时间提前。"

潘婕这才猛地回了神："提前多久？"

"他没说。他说，等你回来他再来找你。"

"好，叫他马上来。"潘婕脸色立刻变得严肃起来。说完，推门进了自己的办公室。

新来的这个项目标书，潘婕前两天草草看过，是一个新建的私立幼儿园的广告宣传策划案。这种案子要说好做，也好做，可要说难做确实也不容易。毕竟牵涉到一些教育系统的规定，如果不弄清楚，很容易出问题。

门上一阵轻叩，潘婕知道是项目经理来了。"请进！"她自己说着，便回到了座位上，坐了下来。

"潘部长，您回来了。"项目经理很年轻，看上去跟潘婕年龄也差不了多少。

潘婕也不绕弯子，单刀直入，直奔主题："甲方要提前开标？"

"是。他们说这个项目急，所以只给了一个星期让我们做方案，下周一就开。”

潘婕皱了皱眉头，这种案子照理说也不算小，为什么甲方如此急于开标？难道他们都不担心方案不理想吗？

“了解了情况没有？为什么会这么急？”市场人员不只是把项目接回来、再去参加投标这么简单，整个过程中搜集信息、分析对手、掌握客户喜好这些，都是他们的职责范围。

“去了解过了，可得到的消息都是说，他们原本是计划半年后开园，不知道什么原因，突然得到提前开园的通知，所以不仅开标时间提前了，整个项目的要求计划也全部提前了。”虽然没查清根本原因，但作为一个项目经理，了解到这些已经算是尽职了。

潘婕轻轻地点点头，既然这样，也可能只是甲方临时做了改变，应该没什么问题。反正是计划做了调整，对各个参加投标的公司都是公平的。那么唯一的问题是，设计部能不能在一周的时间里做完企划方案。

潘婕刚从路云鹏那里回来，不想再跑过去，便拿起公司内部电话，拨了过去。路云鹏接电话很快，应该正在办公桌边上。

“路总监，刚收到消息，幼儿园的开标时间提前了，下周一就要开，我们的方案能准备好吗？”

路云鹏稍一迟疑，然后很快作答：“问题不大，刚才我正在做设计框架，基本已经搭起来了。现在就可以安排他们做细节设计。”

潘婕听到这里，才算松了一口气，断点的设计团队实在没得说。放下电话，她转向项目经理：“方案没问题，你先准备应标文件常规的那一部分，等方案一出来就补充进去。实在不行，周末就加个班。”

项目经理应了一声，就走了出去。

潘婕落实好这些，也觉得非常安心。结果她已经不再担心，也就显得更加轻松。这几天下来，和林俊峰的关系又有新的进展，这让潘婕非常兴奋。尽管这样，她还是强忍住给他打电话的念头，昨天说好了晚上见面，她不想在这个时间打扰他，都有很多工作要做。

此时，林俊峰正在办公室里，对着泪眼汪汪的李钰琪直皱眉头。实习期终于到了，李钰琪是来告别的。

林俊峰一直对这个天上掉下来的助手不怎么感冒，被她的纠缠更是弄得头痛不已。现在好不容易她要走了，又来了一个洒泪道别，这让林俊峰简直一个头两个大。可不管怎么说，李钰琪好歹跟了他这么久，没有功劳也有苦劳，没有苦劳还有疲劳，她来告别，自己就没办法把心里的欢天喜地表露在脸上，只好装出一副苦脸，看着她在自己面前哭天抹泪。

“没事，别哭了，以后有空就常回来看看。”林俊峰寻思了半天，才想出这么句话，可话一出口就有点后悔，其实他心里想的是“你还是别再回来了”。

李钰琪果然没放过这个机会，红肿的眼睛亮了一下：“你是说希望我经常回来看看？”

林俊峰这一刻，真有想抽自己一嘴巴的冲动，口气也特意更加冷淡了一些：“随便你。”

正在这时，周林推门进来，看见流着泪的李钰琪，故作吃惊的样子。其实，李钰琪进办公室，他看得清清楚楚，林俊峰对这女孩子的态度，他一直有所耳闻，选择这个时间进来，也是想帮他一下。

看到周林，林俊峰立刻就像捞到一棵救命稻草一般。只见他严肃地看着李钰琪，郑重其事地说道：“那就这样吧，你回去好好学习。出去吧，我和周林谈工作。”

逐客令下到这种程度，而且还是当着外人的面，李钰琪自然再也无法赖着不走，红红的眼睛又深深地看了看林俊峰，这才万分不甘地转身走了出去。

当门在她的身后咣当一声关闭，林俊峰这才瘫坐在椅子上，人就像脱了力一般：“你来得真是时候！”

周林自然理解他的心情，却并没有顺着这个话题继续往下说。虽然他是进来帮林俊峰解围的，却不想在这件事情上多加评论。跟鲁平阳这几年，让他学会了谨言慎行，在这一点上他甚至比卫兰做得还要好。

三十七

一连几天，林俊峰都忙着下班之后帮潘婕搬家，跟潘妈妈和王婶也慢慢熟了起来，潘妈妈非常喜欢他，王婶更是天天追着潘婕问“什么时候请阿姨喝喜酒”，每当这时潘婕总是红着脸，回她一句“你去问他”。所有人眼里，这小两口的好日子已经不远了。

林俊峰和潘婕谈过，想要找路云鹏把这房子买下来，他实在不想让自己的女朋友再欠外人这个人情。可潘婕想了很久，还是没有开口和路云鹏提出要买房子的事。房子是路云鹏的，他至少还接受租的条件，每个月付给他租金，自己也能住得心安理得一些；可如果林俊峰买下，他绝不会同意租房给她，而潘婕不会接受这样的事，哪怕他是自己的未婚夫。

事情就这样拖了下来，而潘妈妈的情况也越来越好了。也许是离开了医院的环境，再加上这个小院的环境像极了她以前的住处，她的气色慢慢红润了起来。平时的康复锻炼也在护工的督促下按时完成，自己已经可以滚着轮椅动几下，在人的搀扶之下，甚至可以踉跄地走上两步。这一切，都让潘婕欣喜若狂，她觉得自己的生活正一步步走向阳光。

幼儿园的项目，绝尘拿到得不算困难。参加竞标的四家公司，除了绝尘、断点之外，还有创世纪和另一家不出名的小公司。创世纪受到招标邀请有些出乎潘婕和林俊峰的预料，可开标过程中却在方案介绍时，就直接和那另一家公司一起被PASS掉。潘婕记得很清楚，鲁平阳当时离开会场时，早已没有了在绝尘时的翩翩风度，看向林俊峰的眼光也是恶狠狠的。

绝尘的方案得到了全场最高分，而商务价格与断点相差无几，通过招标方的议标，项目交给了绝尘。由于两家得分相差并不大，潘婕倒也并没有太过在意。

可紧接着的一个项目，绝尘就几乎是以压倒性的优势获胜，在方案评审这个环节领先断点三十多分，也使得绝尘获得了30%的价格优势。

路云鹏在第二个标丢掉之后，脸色就变得非常难看。潘婕也意识到了一些什么，做事也开始加倍小心。

和项目竞争上的失利相反，潘婕和林俊峰的感情进行得顺风顺水。心结已经打开的林俊峰，完全接纳了潘婕的感情，每天几乎都泡在崇仁巷的小院里。潘婕妈妈看在眼里，自然很是高兴，所以当潘婕回来告诉她，两个人准备结婚时，老人开心得几乎落下泪来。

“小婕。”此刻的林俊峰已经改变了对潘婕的称呼。看着眼前这个即将成为自己妻子的女人，他的呼唤也变得充满柔情和爱恋。

天气已经完全走入春天的模式，墙边的葡萄早已伸出了细细的藤条，藤条上绿绿的嫩叶就如表面刷了一层蜡一般。因为是老藤，所以发出的藤枝很粗壮有力，尽管还有半边的葡萄架上没有藤条覆盖，但看这长势，到了夏天一定是可以长满的。

潘婕闭着眼睛躺在摇椅上，呼吸着清新的空气，觉得整个人神清气爽。林俊峰跨在一条板凳上坐在她身边，双手扶在摇椅的把手上看着她。

“嗯?”听到林俊峰的呼唤，潘婕没有睁眼，只轻轻地应了一声，嘴角满是笑意。

“找个时间咱们两家人一起吃个饭吧?”

潘婕这才把眼睛睁开，坐起身子看向林俊峰。

绝尘的这位公子看了她一眼，便把眼睛垂了下来：“商量一下结婚的事……”

潘婕笑了，两人已经几次谈及了这个话题，可时间一直没有说定。潘婕的意思是想他们两人定好后再跟两家老人说，可林俊峰一直想先听听家长的意见。现在他提出让两家人见个面，自然也就是想把这事尽快敲定下来。

“呃……你安排吧，反正我妈妈的时间比较方便，看林总那边吧。”

林俊峰点了点头，宠溺地看了看潘婕。想到她即将成为自己的妻子，心里不免一阵激动。其实他并没告诉潘婕，自己已经买好了订婚戒指，想等到两家人吃饭时，当着二位老人的面向潘婕正式求婚。

“还叫林总？吃饭的时候你要是再这样叫，小心我收拾你！”一边说，一边伸出食指，弯成一个钩，在潘婕的鼻子上刮了一下。

潘婕不服气地冲他抽了抽鼻子。改口哪是一天半天就能做到的呢?

路云鹏最近的心情不是太好，接连两个项目的失利，让他有些气恼。而潘婕最近斗志全无，更是让他很担心。他也知道，最近潘婕和林俊峰的关系进展非常迅速，尽管她没说，可看到她每天容光焕发的样子，路云鹏也猜测到了什么，说不定他们真的已经到了谈婚论嫁的地步。

他其实心里很为潘婕高兴，无论从哪方面来说，林俊峰确实是她的良人。但一想到两人如果结婚的话，潘婕就很可能离开断点，路云鹏又感到一阵心烦意乱。如果真是这样，对于断点来说损失可太大了，上哪儿还能找到像她这样出色的市场部部长呢？而对他自己来说……算了，已经这样了。

不知不觉，天色已经黑了下来，早已过了下班的时间。路云鹏站起身，拿起拎包走出办公室。都已经走到了电梯间，才注意到潘婕办公室的灯还亮着，难道她到现在还没走？

路云鹏想着，脚步也就不由自主地走了过去。当他轻轻敲过门，听到里面传出“进来”一声，这才确定，潘婕果然还没下班。

“怎么还没下班？”路云鹏推门进去，看到潘婕还在桌旁看着电脑，便关切地问道。

潘婕看到是他，微笑着对他点了点头：“我在做最近两个项目的失标分析。”说完又回问了一句，“你怎么也才走？”

路云鹏看了看手表，已经快八点了：“别做了，这么晚了，女孩子回去太晚路上不安全。走吧，我送你。”

“不用了，我这还剩一点马上就完。”潘婕说完，看路云鹏还是没走，就继续说道：“路总监你先回吧，我等会儿路口打个车，很方便的。”

“好吧，那你早点结束，尽快回去。”路云鹏不再坚持，对潘婕挥了挥手便退了出去。潘婕看着房门关上，这才又把注意力放到屏幕上面。

连续两个项目没有拿到，李总和路云鹏虽然并没说什么，但潘婕仍然感到了不小的压力。不过这两个项目丢得确实莫名其妙，按理说方案、报价虽说不算完美，但也并没有大的偏差，所以她也很想搞清楚到底是什么原因。

当她把项目经理写的绝尘最后一次的项目方案、报价看完后，脑子里有了一个模糊的念头，这个念头让她心里有些暗暗心惊，甚至不能相信自己的判断。于是她把所有的资料从头到尾又看了一遍，尤其把最后经理写的应标分析报告仔细查看，终于确定了自己的看法。

这两个项目，都有着比较明显的暗箱操作的特征，种种迹象都表明，绝尘在底下做了手脚！

林俊峰会这样做？

潘婕在这一刻心情猛地跌落下来，她不相信林俊峰会为了项目这样做。可如果不是他，还会是谁呢？

正当潘婕心乱如麻的时候，手机响了。是家里打来的。

“小婕啊！”潘婕接起电话，妈妈的声音从话筒里传了出来，“还在公司吗？怎么还没回来？俊峰刚才还打电话找你呢，叫你到家给他打电话。”

“哦，我知道了，我这就回来。”潘婕一看时间也确实不早了，便又安慰了妈妈两句，这才起身收拾东西，准备下楼。

林俊峰昨天就说过今晚有应酬，所以两人晚上才各忙各的。估计他是晚上忙里偷闲想跟她说说话，才发现她还没回去。潘婕想到这里，加快了脚步，现在不是一个人的时候了，还是不要让别人担心为好。尽管不自由，可这种被人牵挂的感觉实在是好。

潘婕很快乘电梯下了楼，走到马路边上，准备搭乘出租快点回家。

正在这时，远处一辆黑色轿车疾奔而来，吱的一声在潘婕身边猛然停住，靠近人行道一侧两个车门同时打开，两个一身黑衣、身体强壮的男人迅速下了车。他们二话不说，快步走到潘婕身边。还未等她反应过来，就把她推搡进了车里。潘婕刚刚张嘴要喊，后排座椅上早已坐着的一个人立刻用胶布把她的嘴封上，还毫不客气地在她脖子上缠了两道，粘住的发丝拉扯头皮，疼得潘婕直哼哼。

两个男人坐上车，砰地关上车门，轿车飞快地驶离大厦。从汽车停下到离开，只用了两分钟，加上路上行人并不多，所以甚至都没人看到一个大活人就这样被劫走了。

潘婕才意识到，自己被绑架了！这些人目标如此明确，行动又快，一定是冲自己来的。在最初的慌乱之后，她很快镇定下来。她在脑子里搜索了一下以前看过的此类报道，她清楚地记得当时的评论说过，遇到这样的事一定要保持头脑冷静，不要胡乱挣扎，以免刺激歹徒痛下黑手。

可是，自己既没钱财，又没权势，绑架自己干什么？潘婕很想问一问，可嘴巴已经被封住，根本开不了口。思前想后便平静了下来，既然是绑架，那么肯定会有人出来说话的。自己只要保持镇定，一定会弄清他们的意图。但勒索也要有个对象，自己就只有妈妈这么一个亲人，她又根本没钱。想到这，潘婕猛地打了个寒战，难道他们的目的是……林俊峰？

林俊峰像疯了一样地在潘婕家的小院里来回踱着。

已经是半夜一点，可潘妈妈、王婶都没有睡。潘婕一直没有回家，手机也关机了，他们找遍了所有认识的人，都不知道她去了哪里，最后见到潘婕的人是路云鹏，但也已经是好几个小时以前的事情。潘婕，就好像人间蒸发了！

林俊峰忙完自己的应酬，已经快十二点了。一直没收到潘婕打回来的电话，他不放心，便再次给潘家打电话。当潘妈妈告诉他潘婕仍未到家，他便有些着急了。可打了无数次潘婕的手机，都提醒是已经关机。

林俊峰这下真的坐不住了，连忙拨打了卫兰的电话。卫兰告诉他，今天晚上潘婕好像是在公司加班，她下班的时候潘婕还在办公室里。

情急之下，林俊峰又把电话打给了路云鹏。路云鹏已经睡下，听说潘婕到现在还没回家，也急得蹦了起来。他告诉林俊峰自己最后看到潘婕时的情形，又告诉他自己马上赶过来。

林俊峰挂断电话，连家都没回，驾车来到了潘家。潘妈妈和王婶也担心得没睡，见到他来就像看见了主心骨一样。正当他在院里团团转的时候，路云鹏走了进来。也许是来得匆忙，他连头发都没顾得上梳，一头乱发直冲云霄，像个斗疯了的公鸡。

要是放在平时，看到路云鹏这个形象，林俊峰一定会大笑不已。可现在他完全没了这个心思，一个箭步跨到他的面前，冷着脸问道:“你最后见到她是几点?”

“我当时还特意看了一下表，差三分钟八点。”路云鹏下意识地把手腕抬了抬，好像在进行情景回放似的，“我还叫她别做了，送她回来。可她坚持要把事情忙完，所以我就先走了。”

林俊峰的拳头不知不觉地捏了起来，心里对路云鹏又多生出一分恨意。路云鹏看到他的神情，也不和他计较，这会儿不是跟他斗气的时候。

“报警了没有?”

“哼!”林俊峰一听，鼻子里哼了一声，刚才那股火腾地又升了上来，“要三天以后才能正式报失踪!”

路云鹏想了一下，转身向坐在正屋的潘妈妈走过去，“伯母，你先休息，注意接听家里的电话。我和林俊峰四处找找看，如果小潘回来或者有其他消息，你就给我们打电话。”说完，从上衣口袋中拿出一张名片，放在沙发前的茶几上。

然后回到院子里，对着林俊峰说道，“走吧，我们分头找，从她离开的公司开始。”

三十八

潘婕坐在车上，头脑越来越清醒。汽车开动没几分钟，后排那个下车抓她的人就给她眼睛上蒙上了黑布。不过他们并没绑住她的手，而是由身边的两个人抓住她的双臂。

潘婕感觉车子并没开出太远，便停了下来。按照这个距离，应该没有离开市区。车门打开，她被拽了下去。脚下并不好走，高高低低的，而且四周非常安静。潘婕隐约感到这里是个工地，至于在什么方位，就完全感觉不到了。

身旁两个人扭住她的双臂推着她向前走。两人力量很大，弄得潘婕手臂生疼，便说了句“不用使那么大力气，我不会跑”。他们手上的力道才松了不少。潘婕也不挣扎，顺从地跟着他们继续走。当两人停下脚步，潘婕也跟着停了下来。随后，她感觉到自己身体一沉，人却向上升起来。这应该是个电梯或者升降机。

升了没一会儿，潘婕感到停了。几个人又压着她继续向前走，七拐八绕，大约走了三五分钟，这才都停下了脚步。只听站在她右边压住她右臂的这个人开口说道:“手绑不绑?”这个声音潘婕觉得有一点耳熟，可怎么也想不起来在哪里听过。

“废话！”这个声音来自潘婕的正前方，“不绑你一直这样扭着她啊?！”

接下来便没了声音，身旁的两个人已经绕到她背后，把潘婕双手反剪，绑了起来。绑她的应该是一根麻绳，上面伸出的粗麻线头扎得她皮肤很疼。潘婕皱了皱眉，但没说什么。绑好后她便被人一搡，直接推倒在地，后背被什么东西顶住。潘婕把身体向后又挪了挪，确定自己靠在墙上了。

“妈的，这里有点冷啊，这娘儿们不会冻死吧?”

“你小子操什么心啊?”一阵窸窸窣窣的声音之后，这人又说道，“你们在这儿看着，我去打电话。”

脚步声带着回音，渐渐远去。潘婕一边注意聆听周围的动静，一边暗自分析。从现在听到、感觉到的来看，这里应该是一个建筑工地，她所在的地方应该是某个楼层的一个房间。房间的外墙应该已经封闭，不然不会有脚步声的回响。

刚才和她一起上来的应该有三个人，两个是刚才在车上扭住自己的，一个是坐在前排下来抓自己的人。司机好像没下来，应该是在车上等着。他们应该有个幕后指使，所以说，参与这个事情的，至少有五个人。

潘婕虽然分析得冷静，可一个女孩子遇到这种事，不可能不害怕。她在知道他们意图前，不敢开口说话，唯恐哪句话激怒他们，自己吃亏。不过刚才去打电话的那个人，他说的那几句却让潘婕心里稍稍心安，既然他们不会侵犯她，大不了就把她撕票，这反倒让她觉得更能接受。

自己这么晚没回去，林俊峰一定会很快发现的，他一定会想办法来救自己。潘婕对此有绝对的把握，可一想到他们绑架她肯定是要求财，又觉得心烦意乱。自己连他要为自己买房子都不肯接受，现在却要他花钱救自己的命。想到这里，又不免恨上了这几个劫匪。

身边两个人绑了潘婕，把她推到墙角也就不用再近身挟持她，两声轻响后，很快就传过来一阵烟味，随后传来低低的说话声。声音很弱，表明他们不想让潘婕听到说话的内容，尽管她竖起耳朵全神贯注，也仍然没有听清他们的对话，只有只言片语被她捕捉到。

“……最多三天……走人……北京……惹不起……怎么分? ……”

正当潘婕努力将这些零星信息分析连贯，带着回响的脚步声再次响起，打电话那人回来了。

“你，留下来看着她，别给她喝水。四小时以后派人换你。”说完脚步声变成了两个人的，再次向远处走去。几步之后停了下来，又说道，“不许动她！”

“嘿，知道！”离潘婕不远处发出了一声回应，潘婕再次觉得，这个声音以前一定听过。在哪里呢？

林俊峰和路云鹏找了一夜，早晨五点多一前一后又回到了潘家。一夜的寻找，再加上紧张焦虑，两个人都是双眼通红。潘婕生活极其规律，如此彻夜不归，一定是出事了！

潘妈妈也一宿未睡，本来刚刚康复的身体禁不住这样折腾，所以他们进门时看到她的脸色灰黄黯淡。劝了半天，才让王婶把她搀回房间，勉强躺下。如果再不休息，把身体弄垮，潘婕回来一定会非常伤心。所以林俊峰无论如何要照顾好潘妈妈。

安顿好潘妈妈，两人回到正屋，在沙发上坐了下来。

林俊峰心情极度糟糕，一句话也不想说。路云鹏毕竟年长，经历的事情也比较多，情绪相对更稳定。

“你怎么看？”路云鹏坐在沙发上，紧皱眉头开口问道。

林俊峰想了想：“潘婕不会无故不回家，她一定是出事了，我很怕她被绑架。”

路云鹏点点头，虽然林俊峰像疯了一样，但基本判断能力还是在：“我也是这么想的。”

“可潘婕根本没有仇人，也没钱，家里又是这种情况，绑架她有什么用呢？”从潘婕失踪到现在，林俊峰虽然一直怀疑可能是绑架，但绑架的目的到底是什么却始终想不通。绑架无非求财，或者打击报复，潘婕没有仇人，也没钱，绑架她干吗？

路云鹏看向林俊峰的目光变得深沉了起来，语气也重了一些：“你难道想不到是为什么吗？”

“我怎么会知道……”林俊峰反驳的话刚刚出口，便猛地停住。路云鹏这句话点醒了他，难道潘婕被绑架，目的并不在她，而在自己？

“你是说，他们是想……目标是我？”

路云鹏重重地点了点头：“也许是你，也许是林家，总之不会是她。”

林俊峰的表情变得无比难看，满是血丝的一双眼几乎冒出火来。他知道路云鹏说的很可能是真的，不管是什么人，要是因为跟他和林家有过节，而要拖潘婕下水，他都不会善罢甘休。

路云鹏看了一眼情绪激动的林俊峰，继续说道：“我把整件事仔细想了一遍，这件事只可能和一个人有关。”

林俊峰猛转头看向路云鹏，这个人他不是没有怀疑过，现在听路云鹏说出了同样的怀疑，他的心也随之一沉。

“鲁平阳？”林俊峰说完，看到路云鹏轻轻点了点头，他伸手便把手机掏了出来。

“您拨打的电话已关机。”听到话筒中传来的提示音，林俊峰恨恨地骂了一句。

路云鹏看了看已经微亮的天色：“这件事我觉得应该和你父亲说一下，我几乎可以肯定，绑架潘婕是冲着绝尘来的。”

“好。”林俊峰答应一声，正要拨通家里的电话，手机却响了起来。一个完全没见过的陌生号码。

“喂……”

电话里传来的一个恶狠狠的沙哑男声：“你是林俊峰？潘婕在我们手上，三天之内，五百万赎人。”

林俊峰怒不可遏，猛地站起身来：“你们是谁？潘婕在哪儿？你们要是敢……”不等他说完，对方就挂断了电话。

这时路云鹏也站了起来：“什么情况？”

林俊峰转身看向他，只说了两个字：“报警！”

说完两人快步走出崇仁巷，各自上车，驶入清晨的薄雾之中。

三十九

潘婕还是蒙着眼，靠墙坐在地上。

从她被绑来到现在，看守已经换过两次人，四周的温度也比之前高了不少，应该是已经接近中午了。一直坐在地上，让她四肢冰凉，双手又被麻绳绑住，血液不通，现在已经麻木。她很庆幸昨晚加班时一直没有喝水，所以没提出上厕所的要求。这让她从到了这里直到现在，都没有说话，也没有离开这个位置，甚至连坐姿都没有变过。

她想让绑架她的人知道，自己会配合，从而最大限度减少受到的伤害。

绑匪并不野蛮，甚至连对她动手动脚的行为都没有。除了交班时她听到两个人低低的说话声，其他什么也听不到。

大概几个小时之前，她听到不远处渐渐出现人声，还有机器开动的声音、打桩的声音，就更加确定这里是个施工工地。不过她在的地方一直没有别人过来，这让她又有点失望。

正在此时，她听到自己面前响起了电话的铃声，这应该是看守她那个人的手机响了。果然，那人很快接听了电话。潘婕明显感觉到他不想让自己听到电话内容，所以边接边向远处走，还特意压低了声音。

电话打的时间很短，紧接着潘婕就听到了滴滴答答拨打电话号码的键盘声。

潘婕听到脚步声再次向她这边走过来，看守应该是电话打完了。那人来到她身边之后，并没有像刚才那样安安静静，而是好像在潘婕面前踱起了步，感觉非常焦躁的样子。

潘婕感觉到应该是出了什么变故，可到底是什么她却猜不出来。身体长久保持一个姿势，再加上夜晚天气寒冷，让她全身僵硬，头脑也没有那么敏锐了。开始还能大概地分析一下形势，后来脑子里便只有林俊峰的样子了。一想到自己和他在一起的点点滴滴，便让潘婕心中生出丝丝暖意。他一定会来救自己的！

时间约莫又过了一个小时，潘婕听到了由远及近的脚步声，是一双皮鞋落在地上发出的声音。

皮鞋的声响在潘婕身边停下，又围着潘婕转了两三圈。然后潘婕感到有一只手拼命地把自己往上拽，耳边一个声音恶狠狠地说道："起来！"

本已思维都不灵活的潘婕，听到这句话，仿佛被一道闪电划破了浓黑的夜幕一般，不禁打了个寒战。她再迟钝，这个声音还是认识的，原来真的是他——鲁平阳。

嘴上的胶条还封着，不然她真的会惊叫出来。她要问问，我和你有什么深仇大恨，你要用绑架这种方式来报复?!

脚早已经麻了，鲁平阳把潘婕拖起来，她却根本站不住。潘婕刚刚勉强支持住身体的平衡，就被鲁平阳拉住衣服向外拖去，这让她再次失去平衡跌倒在地。

正在这时，一个声音大声喝道："鲁平阳！你放开她！"

俊峰！俊峰！是你来救我了吗？潘婕一直没有流出的眼泪瞬间溃堤，蒙住双眼的布条一下子湿透。她说不出话，只能用鼻子发出声响，告诉林俊峰，我还活着！

来人正是林俊峰。

他早上再次来到潘家后，一直在打鲁平阳的电话。和路云鹏看法一样，他也认为这事和鲁平阳脱不了干系，可他的电话始终关机。看到时间慢慢过去，绑匪的电话也没有再打来，他再也坐不住了，直接打电话找周林，要了鲁平阳的住址就驾车向他家开去。不管是不是他干的，都要去问个明白。

到了他家楼下，林俊峰却纠结起来。虽说他和路云鹏的分析都觉得鲁平阳有嫌疑，但自己毕竟没有证据，这样闯进去质问他，他一定不会承认，反而有可能打草惊蛇。

天无绝人之路，正当他犹豫不决的时候，却突然发现鲁平阳出现在自己的视野中。他行动慌乱，一看就知道赶着要去做什么。林俊峰立刻有了主意，二话不说跟上了鲁平阳的车，来到了这处工地。

听到这声断喝，鲁平阳哆嗦了一下，拉着潘婕的手立刻松开。

"林俊峰？你怎么找到这里的?"一边说，一边将手上握着的东西指向了林俊峰。一支自制手枪！

林俊峰看到举起的枪，猛地停住了脚步，再次向匍匐在地上的潘婕看了看。潘婕倒在地上，但还是用肩膀撑起半边身子，被封住的嘴里发出呜噜呜噜的声响。林俊峰稍稍松了一口气，人没事就好。

他这才慢慢抬起头，看向鲁平阳："到底为什么？你要做这种事？"

鲁平阳虽然没料到有人会尾随他找到这里，但此时的他已经顾不得太多了："别废话，我只要钱，你把钱给我，我就放人！"

林俊峰四下看了看，并没看到有人跟鲁平阳在一起，这不免让他有一点疑惑。但现在不是想这个的时候，他料定鲁平阳是为了求财，不敢开枪，便向前跨了一大步，这样离鲁平阳和潘婕就更近了。

"你觉得就算你拿得到钱，你能逃得掉吗？你伤害我可以，可你伤害了她，你觉得我会放过你吗？"林俊峰说这话的时候牙关紧咬。潘婕是他的逆鳞，谁碰，谁就要付出代价！

鲁平阳已经穷途末路，可他无法回头。女儿在医院等着他的钱做手术，他被绝尘踢出来，在这个行业名声扫地，出来这么久一个项目也没有拿到。

"你说那么多有什么用？枪在我的手里，你如果不给钱……"说到这，他把枪口直接顶住了潘婕的脑袋，"那就等着给她收尸！"

林俊峰一见，立刻收住脚步。他已经感觉到了鲁平阳的狂躁，生怕他真的狗急跳墙。

正在两人僵持之际，有人上来了。鲁平阳斜眼一看，只见一群警察呼啦啦地向这边冲过来。鲁平阳不禁红了眼，枪口再次对准了林俊峰。

"别过来！过来我就打死他！"鲁平阳紧握着手枪的手开始发抖，声嘶力竭地喊着。

说完这句话，他迅速将枪口转向潘婕。让他眼睁睁看着女儿死去，这比杀了他还要折磨。现在看来，想通过绑架拿钱救女儿的打算已经没指望了，既然这样，那就让他们也尝尝失去最爱的人的痛苦。杀了潘婕，林俊峰就等于死了，而林俊峰死了，林宏宇这个老东西也就没了半条命。自己和女儿之所以有今天，都是拜他们父子所赐，他要让他们生不如死。想到这里，心里一横，就想扣动扳机。

林俊峰见状，飞身扑了过去，两个人一起撞到了墙上。这栋楼并未完工，这个房间也只有四面的一个框架，这堵墙是用灰色墙砖垒在一起，并未用水泥砌上。两个人的体重加上林俊峰的冲力，砖墙立刻倒塌，失去倚靠的两个人顺着冲势继续前行，冲出楼外！

除了潘婕看不见，在场所有人都发出了一声惊呼，纷纷涌至楼边向下望去。

林俊峰下跌时是面朝下，在跌出楼层的瞬间放开鲁平阳，伸手去抓身旁的脚手钢架，可下冲力量太大，一下根本挂不住，人还是飞快地向下坠。伸出的双臂打在横七竖八的架子上，敲得痛彻心扉。“不能死，我还有潘婕！”这个信念在脑中一闪，求生的欲望再次让他寻找救命的目标。最后他看准一处斜伸出来的钢架，奋力抓去。这次总算拉住，下坠的身体在空中荡了几下，便跌落在一横一竖两根钢架形成的三角交叉处。

此时，他恍惚中听到砰的一声，仿佛重物落地的声音。而上面被他打到的一节钢架好像是松脱，横着落了下来。他俯身朝下，根本看不到，也来不及做任何反应，只觉得嗡的一声，头上受到一记重击，眼前一黑，便失去了知觉。

林俊峰再睁开双眼的时候，已经躺在医院的病床上。他很不喜欢医院里那种特有的气味，但此刻闻到却觉得特别镇定。试着动了动四肢，好像都没什么问题，也感觉不到哪里疼痛，只有头觉得有点疼，太阳穴的地方一跳一跳的。

“俊峰，你醒了！”潘婕的声音响在耳边，紧接着，一张清丽的脸便出现在他的眼前。脸色灰黄，双眼红肿。她这是怎么了？还从没见过她是这个样子呢！

“潘婕……”喉咙很干，发出的声音也很嘶哑，“帮我倒口水喝。”

潘婕赶忙跑了出去，不一会儿便端着一杯水跑了回来。不等她把林俊峰扶起来，他已经自己起身，向后挪了挪，靠在了床架上。潘婕连忙放下水杯，把枕头给他靠在背后，这才把水递到他的手上。

林俊峰大口大口地喝完，这才觉得嗓子舒服了很多。潘婕看他喝完，连忙上前接过杯子，放到桌上。

看到她外衣上全都是灰土，林俊峰不禁笑了：“你这是从哪里钻出来的？怎么灰头土脸的？”

“没事……”潘婕眼眶一红，可硬生生忍住，“你身上觉得哪里还不舒服吗？”

林俊峰动了动两只手，晃了晃两只脚，一切好像都很正常：“好像都没什么，就是头有点疼。”

“你这脑袋，都快变成木鱼了，每次受伤都被敲……”说完这句，潘婕的眼泪一下子没忍住,哗地流了下来。

“你是在变相夸我笨吗？哪有人用木鱼来形容人的脑袋的?”林俊峰好像完全没被她这句话吓住,反而说起了俏皮话。

潘婕被他的话也逗乐了,眼泪还没收住又笑了起来,梨花带雨的样子让林俊峰看到心中又是一动。

“我这是怎么回事?”林俊峰疑惑地看着潘婕,“怎么会来医院？我的头怎么了?”

“你都不记得了?”潘婕听他这样说,刚刚放松的心,又猛地提了上来。老天,千万不要,你要再来一次,我可真的受不了了,都成习惯性失忆了!

林俊峰仔细想了想:“我从东北回来,就去了香港,然后……”说到这,四下里看了看,“这是哪儿啊？香港?”

潘婕听完,猛地坐到林俊峰的床边。他记得的还是几个月前的事情,难道?

“俊峰,我是谁?”

林俊峰一听就乐了:“你是谁？哈哈,你竟然问我你是谁?”说到这眼睛骨碌骨碌地转了一下,“我不认识你。”

潘婕这下急了,这种时候他还没个正经。“该死!”骂了一句,双手便在他前胸狠拍两下,“我跟你说正经的呢,说,我是谁?”

“好好好,我说我说。”林俊峰赶紧按住潘婕的双手,“你是我的女神！潘婕,嫁给我好不好?”

他再次失忆了？潘婕已经被这个动不动就忘事的家伙弄到崩溃,他到底还记得些什么啊?

“潘婕,我对你说的都是真的,肖雅娟那事真的和我没关系,我是替张军顶罪才被Z大劝退的,不信等张军出狱你自己问他,我真的没骗你!”

想起来了！这个该死的林俊峰终于把过去的记忆找回来了！潘婕刚刚止住的眼泪又再次倾泻而下,可这一次她是笑着流泪的。

“你这个傻瓜,我已经答应了啊!”

“你说什么？再说一遍!”

“我说我答应嫁给你!”

林俊峰猛地伸手抱住潘婕："你说真的吗？真的吗？太好了，我终于得到你了！"

潘婕趴在这个激动的男人肩膀上，百感交集。我们今后要一直在一起，永远都不分开！

只听林俊峰就像想起什么似的："哦，对了，你妈妈呢？你妈妈醒了没有？"

老天！林俊峰！你什么时候才能把你的记忆拼凑完整啊？